FINGE CONMIGO

UN ROMANCE DE OFICINA DE AMIGOS A AMANTES

SYNERGY
LIBRO 2

MICHELLE MCCRAW

ADVERTENCIA DE CONTENIDO

Finge Conmigo es un romance picante que contiene escenas íntimas explícitas y lenguaje vulgar. Esta historia contiene una trama secundaria sobre demencia y la enfermedad de Alzheimer que incluye una lesión grave (de la cual el personaje se recupera aunque, lamentablemente, la enfermedad de Alzheimer no tiene cura).

Si este no es el momento adecuado para que leas una historia con estos elementos, considera saltarte este libro por ahora. Cuídate.

1

HABÍA VISTO a muchas mujeres entrar y salir de la oficina de Cooper Fallon, pero esta era la peor. Y no se estaba yendo en silencio.

Cuando su chillido —algo que terminaba con «imbécil»— se escapó de la puerta cerrada de su oficina y resonó por todo el pasillo hasta mi escritorio, apreté los labios para ocultar mi sonrisa y busqué la información de contacto de la agencia de personal.

Desde que su asistente de toda la vida se jubiló cinco meses atrás, el director de Operaciones de Synergy Analytics había pasado por dieciocho asistentes temporales. Algunas salían furiosas, como estaba a punto de hacer esta; otras se escabullían y algunas simplemente no se molestaban en aparecer al día siguiente.

Lo juro, todo fue culpa suya. Al principio. Después de que la temporal número cinco rayara con una llave la superficie de cerezo de su escritorio al salir, me pidió que seleccionara a la siguiente. Como un favor. Y yo simplemente me aproveché de sus altos estándares —y de su mal genio— para asegurarme de que ninguna se quedara. Me convertí en la Estatua de la Libertad de las temporales de San Francisco: *Denme a sus aficionadas, a sus holgazanas, a sus novelistas y poetas que anhelan holgazanear...*

Así que puede que no haya sido la persona más imparcial para contratar a la asistente de Cooper.

Porque tenía un plan. Uno que dependía de, bueno, ayuda poco confiable.

Mientras redactaba el correo electrónico para la agencia —tenía que ser lo suficientemente vaga sobre por qué estábamos despidiendo a esta para que nos enviaran otra igual de terrible—, una voz detrás de mí preguntó: —¿Están bien ahí adentro?

Giré en mi silla hacia la voz familiar, golpeándome la rodilla desnuda contra la pata de mi escritorio. Entrecerré los ojos para ver a mi amigo del trabajo, Tyler Young, rodeado por un halo de luz brumosa que entraba por el tragaluz del último piso del molino remodelado.

Me froté la rodilla. Con Cooper bramando desde la oficina de la esquina, no había oído el sigiloso acercamiento de las zapatillas de Tyler. —Estaba a punto de sacar las palomitas.

Mostrando sus adorables hoyuelos, rodeó mi escritorio hasta quedar enfrente, como siempre hacía para que yo no tuviera que mirar directamente al tragaluz. Cuando el gruñido grave de Cooper se superpuso a la voz más aguda de la temporal, Tyler se subió las gafas de montura negra y preguntó: —¿Estás segura? ¿Necesitamos...?

Incliné la cabeza para escuchar. La temporal le estaba devolviendo los golpes con la misma —o más— intensidad. Todas las palabrotas venían de su parte. —No, están bastante parejos. Al menos no es una llorona. —La semana anterior había saqueado el cajón de mi escritorio en busca de chocolate y pañuelos para consolar a la que había despedido.

Cuando los gritos de la temporal se convirtieron en un alarido agudo, el otro fundador de Synergy, Jackson Jones, salió de su oficina y se acercó a mi escritorio. —Hola, Marlee. ¿Quién eligió... —revisó su reloj Omega— las cuatro en punto? —Mi jefe apoyó su gran mano en mi escritorio y tomó un caramelo del cuenco de cerámica.

Resoplé. —Alguien de nóminas. Supongo que ella ganará la quiniela.

—Pobre Cooper. —Hizo una bola con la envoltura del caramelo y me la entregó para que la tirara a la basura—. No todo el mundo puede tener a la mejor asistente de San Francisco. Está celoso de que te encontrara primero.

Con las mejillas acaloradas, me alisé la falda rosa capullo.

Cooper, el director de Operaciones de una de las empresas tecnológicas más populares del mundo, exigía mucho a sus empleados. Era un multimillonario alfa, igual que en mis novelas favoritas.

Material de héroe romántico total. Solo deseaba que fuera mío.

El primer día que lo conocí, cuando todavía era una empleada de medio tiempo que intentaba entender qué hacía exactamente el software de análisis y cómo ese edificio lleno de programadores jóvenes y desaliñados había llegado a la lista Fortune 1000, me había quedado boquiabierta y las rodillas me habían flaqueado. Era más que guapo; parecía el modelo de la portada de la novela romántica que estaba leyendo. Cabello rubio, ojos azules, la cantidad perfecta de barba de un día, ropa impecable —aunque sin una espada ancha — y alto como una secuoya. Me pasé mis primeros tres días en Synergy mirándolo fijamente. Al final de la segunda semana, se había convertido en un enamoramiento en toda regla.

No solo era uno de los solteros más codiciados del norte de California, sino que era un hombre considerado, atento y honesto. Se sabía los nombres de todos sus empleados, desde el piso ejecutivo hasta la sala de correos. Había creado una fundación para ayudar a niños de familias de bajos ingresos a ir a campamentos de programación. Y lo más importante...

—¿No vas a contestar? —preguntó Jackson, apoyando una cadera en la mesa de laboratorio de esteatita que usaba como escritorio.

La línea de Cooper estaba iluminada en el teléfono de mi escritorio, sonando, pero como las dos personas que deberían haber respondido estaban gritándose mutuamente, me tocaba a mí.

—Oficina de Cooper Fallon. Habla Marlee Rice.

—Hola —dijo una voz femenina y ronca—. Soy Jamila Jallow. ¿Está disponible Cooper? Está esperando mi llamada.

¿Lo estaba? Mi corazón dio un vuelco. ¿Por qué Jamila Jallow, la primera de su clase en Stanford, la que podría haber sido modelo, la que aparecía en todas las listas de cuarenta menores de cuarenta, la mejor amiga de Cooper, lo llamaba hoy?

—No, lo siento. Está ocupado en este momento. ¿Puedo ayudarla en algo?

—Claro. ¿Podrías decirle que mis planes cambiaron y que *sí* puedo ir con él a la boda de Jackson?

Santo Stephen Hawking.

—¿Puede? —Aunque Jamila y Cooper habían asistido juntos a más de un evento de la industria, él nunca llevaba pareja a los eventos de Synergy. Y si bien la boda de mi jefe el próximo fin de semana no era un evento oficial de la empresa, yo estaba segura de que iría solo.

—Puedo. Pero, sabes qué, mejor le envío un mensaje de texto. Gracias, Marlee.

Me zumbaban los oídos. Suponía que Jamila iría a la boda de Jackson. Habían sido amigos desde la universidad. ¿Qué significaba que fuera con Cooper? ¿Era una cita de amigos o una cita-cita?

Sería mi maldita suerte si ella se quedaba con Cooper justo cuando yo por fin había reunido el valor para hacer algo con respecto a mi enamoramiento de tres años.

—Eh, ¿Marlee? —preguntó Tyler, acomodándose las gafas—. ¿Estás bien?

Parpadeé para enfocar. —Bien. —Me volví hacia Jackson—. Era Jamila Jallow. Dice que viene con Cooper. A su boda.

Sus cejas se dispararon. —Nunca trae a nadie a mis fiestas.

—Lo sé, ¿verdad? ¿Qué está pasando?

La puerta de Cooper se abrió de golpe, chocando contra la pared, y la temporal salió furiosa, con la cara tan roja como su blusa de seda. Me había asustado un poco cuando esa mujer espectacular había entrado el lunes con su ropa de diseñador y zapatos que costaban más que mi salario semanal, pero había estado demasiado ocupada revoloteando sus pestañas postizas a Cooper como para contestar sus llamadas. Agarró su bolso de cuero suave del escritorio de afuera y pasó contoneándose junto a nosotros hacia los ascensores.

—Adiós, Lynley —dije.

—Vete a la mierda. —Giró a la derecha, abrió la puerta de golpe y desapareció en el hueco de la escalera.

Intercambié una mirada con Jackson.

—Sí —dijo él—, Cooper me provoca ese efecto a veces.

Tyler no dijo nada. No había pasado suficiente tiempo aquí arriba en el sexto piso para saber que los humores de Cooper eran como una tormenta de verano: ruidosos, pero se disipaban rápidamente.

El hombre en cuestión salió de su oficina de paredes de cristal, con las fosas nasales dilatadas y la mandíbula como el mármol. Metió las manos en los bolsillos de sus pantalones negros de vestir y, con la vista fija en el suelo de madera recuperada, se acercó a nosotros. Me pasé una mano por el colgante y me enderecé en la silla.

Frotándose la nuca, posó sus ojos azul cristalino en mí.

—¿Marlee? —Se movió, inquieto—. Parece que Lindsey…

—Lynley —lo corregí.

Hizo una mueca, mostrando unos dientes blancos y rectos. —Ella y yo hemos acordado que no encaja bien en Synergy.

—Esa es una forma de decirlo —dijo Jackson.

La mirada de Cooper apuñaló a su amigo. —Si tan solo reconsideraras compartir a Marlee conmigo…

—Estaría encantada de… —empecé.

—Ni hablar —me interrumpió Jackson. Me miró fijamente, con dureza—. Marlee ya tiene mucho trabajo. Y bien podrías pedirme prestado mi brazo derecho. Búscate tu propia Marlee. —Se encogió de hombros—. O quédate con una de las temporales que ella te encuentra.

Antes de hablar, Cooper se tomó un momento para relajar las manos, que se habían cerrado en puños. Luego me miró. —¿Crees que podrías...?

—Hecho. —Hice clic para enviar mi correo electrónico a la agencia de personal.

—Gracias. Sabes que te adoro, Marlee. —Y ahí estaba, la sonrisa que me paraba el corazón y me derretía en el suelo cada vez. Quería deslizar las yemas de mis dedos sobre su mandíbula fuerte y con barba incipiente y luego por su cabello corto y arenoso. Pasar mis manos sobre su camisa de vestir a rayas grises para tocar los hombros tonificados que había debajo. Arrastrar mis uñas por su espalda y apretar su...

—En fin, Jay... —Se volvió hacia Jackson, y fue entonces cuando me di cuenta de que había estado desnudando a Cooper con la mirada otra vez—. ¿Podemos empezar nuestro paseo antes? Tengo un evento de la fundación esta noche.

—Voy a cambiarme. —Jackson me lanzó una mirada —no se le había escapado mi mirada errante— y luego sujetó el hombro de Tyler—. Hablemos mañana sobre sus ideas para el módulo de consumo de combustible. —Como estaba observando a Cooper, vi que su mirada siguió la mano de su amigo y luego se entornó hacia Tyler. Cooper tendía a ser el compañero celoso en su hermandad con Jackson.

—Claro que sí. —Tyler le sonrió a nuestro jefe, pareciéndose exactamente a un labrador al que le acababan de decir que era un buen chico.

Jackson había creado el producto estrella de la compañía —un paquete de análisis automotriz que hacía que los autos tuvieran un mejor rendimiento y fueran más seguros— diez años atrás en el dormitorio que compartía con Cooper en Stanford. Una leyenda de la programación, inspiraba admiración entre los desarrolladores, y Tyler era el presidente del club de fans. Aunque Tyler era un programador legítimo por derecho propio. Jackson no tenía la paciencia para ser mentor de muchos programadores, pero hacía tiempo para Tyler.

Cuando los dos ejecutivos regresaron a sus respectivas oficinas, le hice una seña a Tyler para que se acercara y verifiqué que no hubiera nadie más cerca. —Oí que Sanjay se va.

—¿Sí? —Su labio inferior se proyectó en un casi puchero—. Es un buen jefe. Lo extrañaré.

—Claro, pero… —hice una pausa para crear efecto—. Eso deja vacante un puesto de gerente. Y conozco a un programador talentoso que está listo para un ascenso.

—¿Quién, Grant?

Resoplé. —No, tonto. Tú.

Se balanceó sobre sus talones. —No estoy listo. Llevo aquí menos de un año.

—No importa cuánto tiempo lleves aquí. Lo que importa es cuánto sabes de programación y lo bueno que eres con la gente. —Y Tyler era bueno con la gente. A diferencia de la mayoría de sus colegas, no me miraba por encima del hombro porque yo fuera una administrativa.

Sus ojos se entrecerraron, inseguros.

—Piénsalo. Recursos Humanos publicará el puesto la próxima semana.

Soltó un gruñido evasivo. Tomando una menta de mi dulcera, retorció los extremos con más fuerza. Abrió la boca, tomó aire y luego lo soltó lentamente.

—Ah, claro. El módulo de consumo de combustible. ¿Quieres que le programe una reunión mañana? —Hice clic en el calendario de Jackson y busqué un espacio libre—. ¿Qué tal a las dos y media?

Un suave tamborileo fue su única respuesta. Sus largos dedos marcaban un ritmo contra el costado de sus jeans.

—¿Tyler? —lo insté de nuevo.

—Claro. Sí. —Apartó la mirada de mi escritorio y se encontró con la mía—. Unos cuantos vamos a… pensé que te gustaría, tal vez, eh...

—¿Sí? —Redacté la invitación a la reunión y la envié mientras él dudaba. Miré el reloj en la esquina de mi pantalla. Si Jackson se iba ahora, podría alcanzar justo el tren de primera hora. Definitivamente una buena idea, considerando los problemas que habíamos tenido últimamente. Hacía unas semanas, papá había intentado ayudar haciendo la cena, pero había terminado quemando una olla en la estufa y activando la alarma de humo.

—Es noche de pintas a tres dólares, y...

Ambos nos sobresaltamos cuando Jackson cerró de un portazo la puerta de su oficina y gritó por el pasillo: —¡Coop, mueve el culo!

Cooper salió de su oficina con una bolsa de deporte colgada al hombro. Al igual que Jackson, llevaba una camiseta que se ceñía a su pecho y terminaba justo debajo de la cadera de un par de shorts de ciclismo ajustados. Mis ojos recorrieron su pierna tonificada hasta el atisbo de un bulto justo debajo del dobladillo de esa camiseta. Tragué saliva.

—Nos vemos mañana. —Jackson saludó con la mano perezosamente en nuestra dirección antes de correr hacia las escaleras y sostener la puerta para Cooper—. Después del paseo, vamos a... —La puerta se cerró detrás de ellos, cortando las palabras de Jackson.

Parpadeé con fuerza y luego me volví hacia Tyler. —Perdona, ¿qué decías?

Se quitó las gafas y las limpió con su camiseta. Sin ellas, sus ojos estaban salpicados de motas marrones, azules, verdes y doradas, como la Tierra vista desde el espacio.

—Estaba pensando en ir al pub de la siguiente cuadra después del trabajo. ¿Quieres venir?

—Lo siento, no puedo esta noche. ¿Con quién vas? —Cuando pasábamos el rato juntos en las fiestas trimestrales de Synergy, los otros programadores orbitaban alrededor de Tyler como satélites. La mayoría de ellos estaban bien, pero algunos ni siquiera le dirigían la palabra a alguien sin «desarrollador» en su cargo. Pasaban la mirada sobre mí como si fuera una especie de exótico insecto rosado, completamente indigno de su atención.

—Oh, eh. Aún no había invitado a nadie más.

Interrumpí lo que estaba guardando. Era tan típico de Tyler organizar la reunión en torno a mí y mis preferencias. Un chico tan dulce. Si yo fuera otra persona, habría aprovechado la oportunidad de pasar tiempo con él después del trabajo.

Pero tenía responsabilidades. Y planes. —¿Quizás otra noche?

Tan pronto como asintió, caminé hacia el ascensor y apreté el botón.

Las puertas se abrieron de inmediato y, cuando me di la vuelta para presionar el botón, vislumbré la boca decaída de Tyler mientras me veía ir. Le dediqué una sonrisa de disculpa y un gesto con el dedo.

Él estaría bien. Saldría esta noche con sus otros amigos. Era como la mayoría de la gente de nuestra edad que trabajaba en Synergy: dedicado y trabajador, con pocas responsabilidades fuera de la oficina y con mucho dinero para salir de fiesta cuando el trabajo terminaba.

Aunque habíamos sido amigos durante casi un año y mejores amigos durante más de seis meses, Tyler no sabía que yo no era como él. Esperaba que no pensara que estaba inventando una excusa falsa, como habían hecho todos mis amigos de la universidad. Se habían alejado lentamente de mi vida después de demasiadas invitaciones rechazadas, demasiadas cancelaciones de último minuto.

Pero desde el momento en que me rescató de ese malvado grifo de cerveza, Tyler había sido diferente. Seguía invitándome a lugares a pesar de que la mayoría de las veces me negaba. Era un buen amigo. Uno que valía la pena conservar.

Lo llevaría a almorzar al día siguiente. Pero en ese momento, necesitaba armarme de valor para mi segundo trabajo.

2

MIENTRAS EL TREN entraba en mi estación en Oakland, deslicé el marcapáginas en mi libro de la biblioteca y acaricié la brillante portada. Algún día, alguien me tomaría en sus brazos y me besaría como el héroe con falda escocesa de la novela romántica acababa de besar a la heroína, con todo el deseo reprimido y un enredo de lenguas. ¿Sería Cooper?

No si estaba enamorado de Jamila Jallow.

Levanté la vista del pecho inverosímilmente depilado de la portada y vi a un hombre sentado frente a mí, sonriendo con aire de suficiencia. Puse los ojos en blanco y me levanté, metiendo el libro en mi bolso. Si hubiera sido un tipo mirando con lascivia una *Playboy,* me habría chocado el puño. Pero como era una mujer leyendo una novela romántica con una portada sugerente, creyó que podía mirarme por encima del hombro. Me aseguré de golpearle el codo —con fuerza— con mi bolso fucsia de cuero sintético al salir.

Abriéndome paso entre la multitud de gente en la terminal, me dirigí a la calle. El aire todavía estaba cálido en la tarde de septiembre, el sol apenas visible sobre las cimas de los edificios bajos. Caminé a paso ligero por las calles anchas y abiertas, tan diferentes de los cañones ensombrecidos por los rascacielos del centro de San Francisco. Saludé a las caras conocidas que me fui encontrando: la anciana señora Lukas agarrando su bolsa de bolos en la parada del autobús, el corpulento señor Oliveras apoyado en la puerta de su tienda de abarrotes, los pequeños niños Park echando carreras con sus carritos de juguete en los escalones de la entrada de su edificio. Había vivido en Oakland toda mi vida, y aunque había ido a la universidad y ahora trabajaba en San Francisco, la Bahía Este era mi hogar.

Justo cuando estaba a punto de entrar a nuestro bungaló de estuco, algo metálico sonó a un lado de la casa. El corazón me latía con fuerza en los oídos. Nuestro vecindario solía parecer seguro, pero no habría sido la primera vez que alguien intentaba entrar a robar. Este habría sido un buen momento para que mi héroe de las Tierras Altas viniera a rescatarme con su mandoble y me salvara del ladrón, pero todo lo que tenía era a papá, y él usaba un bastón, no una espada.

Con la mano temblorosa, busqué mi pistola Taser en el bolso —esperaba que las baterías todavía funcionaran— y, después de dejar mi bolso en el suelo con cuidado y quitarme los tacones, bajé de puntillas los escalones y avancé por el frente de la casa.

Un metal raspó contra otro justo a la vuelta de la esquina. ¿Habría decidido el merodeador subirse al tejado y entrar por la ventana? Me estremecí. La ventana de mi habitación.

Apreté la pistola Taser en mi puño y enderecé la espalda. No. No era una damisela indefensa en apuros. Había tomado dos clases de defensa personal en la Y, estaba armada y no tenía miedo de protegerme a mí misma y a mi hogar. Abruptamente, doblé la esquina y lancé un golpe con la Taser en un arco alto para darle al merodeador en la cara o en el cuello, como me habían enseñado.

La solté como si quemara y rebotó en el césped.

—¡Papá! ¿Qué demonios?

Me miró desde arriba, con un pie en el escalón más bajo de la escalera, las manos agarrando los lados y una vieja sarta de luces navideñas multicolores enrollada en su hombro.

Se le formaron arrugas alrededor de sus ojos azul pizarra. —¡Marlee! ¡Ya llegaste! Estaba a punto de colgar las luces.

—¿Luces para qué? —Me froté el pecho para evitar que el corazón se me saliera por las costillas.

Quitó una mano de la escalera para tocar los cables que colgaban de su hombro. —Luces de Navidad, por supuesto.

—Estamos a mediados de septiembre. ¿No crees que es un poco pronto para eso? —Me acerqué un poco, lista para sujetarlo en caso de que quitara la otra mano de la escalera.

Su sonrisa se desvaneció y me miró sin expresión. Luego, las puntas de sus orejas y sus curtidas mejillas se pusieron rojas. —¿Pensé en empezar temprano? —La forma incierta en que subió el tono de su voz al final me dio un puñetazo en el estómago.

—Sabes que no deberías usar la escalera. —Recogí mi pistola Taser y la deslicé en el bolsillo de mi chaqueta antes de rodear su cintura con mi brazo—. Agárrate y baja el pie.

Encogió los hombros, pero obedeció. —Mi bastón está por allá. —Levantó la barbilla hacia un lado de la casa, donde todavía estaba apoyado contra el estuco. Me aseguré de que tuviera los dos pies en el suelo y ambas manos agarrando la escalera antes de soltarlo el tiempo suficiente para tomar el bastón y ponérselo en la mano.

—Entremos. —Le rodeé la cintura con el brazo y lo sostuve mientras soltaba la escalera y giraba hacia la parte delantera de la casa.

—Podría haberlo hecho. He estado subiendo esa escalera desde antes de que nacieras.

Una caída desde esa misma escalera le había destrozado la pierna y lo había dejado permanentemente discapacitado. Cerré los ojos y apreté los labios para no recordarle que no podíamos permitirnos otro episodio como ese.

En cambio, dije: —Ya casi es hora de cenar y, además, faltan dos meses para tener que colgar las luces.

Caminó cojeando a mi lado hasta los escalones de la entrada, donde se detuvo. —Mira el lado bueno —dijo, con un brillo en los ojos—, ya pedí tu regalo de Navidad. No llegará tarde este año.

———

DESDE LA PUERTA PRINCIPAL, solo seis escalones de tamaño normal —la distancia de doce de los pasos arrastrados de papá— separaban la sala de la cocina, que nos recibió con el aroma especiado del chili de la olla de cocción lenta. Dejé a papá apoyado en el fregadero para que se lavara las manos mientras yo ponía mis cosas junto a la puerta trasera.

Se secó las manos y tomó la caja de mezcla para pan de maíz que había dejado en la encimera. —Supongo que me distraje.

—No te preocupes. —¿Por qué había decidido colgar las luces? ¿Habría visto uno de esos anuncios navideños tempranos en la televisión y olvidado la fecha?

Coloqué mis tacones contra la pared antes de poner mi maletín del portátil en el cubículo magenta que papá había construido junto a la puerta trasera cuando empecé el kínder. Lo había vuelto a pintar muchas veces a lo largo de los años, siempre en mis tonos favoritos de rosa.

Pasé a su lado apretujándome para lavarme las manos y luego puse la mesa. Ya no necesitábamos palabras a la hora de la cena; habíamos preparado comidas juntos tantas veces a lo largo de los años que anticipábamos lo que el otro haría. Le pasé un tazón y él sirvió el chili. Lo mismo con un segundo tazón, que llevé a la mesa redonda de madera.

Mis amigos de la universidad pensaban que era raro que quisiera vivir en casa, pero papá era la única familia que tenía. Lo necesitaba. Ahora él también me necesitaba a mí.

—¿Cómo te fue hoy en la escuela? —preguntó, acomodándose en su silla que crujía.

—En el trabajo, papá. El trabajo estuvo bien. Cooper perdió a otra asistente administrativa, así que tuve que encontrarle una nueva para mañana.

—¿Otra? Debe ser duro con ellas.

—Lo es. Tiene expectativas altas. —El hecho de que Cooper se deshiciera de las empleadas temporales más rápido que los Oakland A's de las pelotas de béisbol era una parte clave de mi plan para conquistarlo. Cuando mi jefe se fuera de luna de miel, seríamos solo nosotros dos. Seduciría a Cooper durante almuerzos acogedores.

—Tú le creas expectativas poco realistas. Esas empleadas temporales nunca estarán a tu altura. —Apenas tuve un segundo para enorgullecerme de su elogio antes de que me liquidara con un: —Podrías estar haciendo mucho más con tu título en ciencias de la computación.

Me encogí por dentro. Me encantaba vivir con papá, pero esto, justo esto, podría habérmelo ahorrado. La mayoría de los jóvenes de veinticinco años al menos tenían la distancia de una llamada telefónica; yo tenía que mirar a mi padre a los ojos mientras me reprendía por mi bajo rendimiento.

—Es un salario estable, y puedo elegir proyectos especiales cuando tengo tiempo.

—Pero nunca tienes tiempo, ¿verdad? —La mirada de profesor sin rodeos de papá me atravesó.

—Jackson me mantiene ocupada. —No añadí que correr a casa para asegurarme de que papá no hubiera incendiado la casa o se hubiera caído —de nuevo— no me dejaba tiempo para proyectos especiales.

—¿Cuándo se casa?

Parpadeé ante el brusco cambio de tema. —El próximo fin de semana.

—¿Vas a llevar a alguien?

No pude ocultar el sonrojo ardiente que se extendió desde mis mejillas hasta mi frente. —No lo sé. —Por décima milésima vez, deseé que mi madre todavía estuviera aquí para hablar de estas cosas. O para ser un amortiguador entre papá y yo. Él lo intentaba, pero…

—Deberías. Las bodas son mágicas. —Un recuerdo brilló en sus ojos—. La nuestra lo fue.

Por más que hubiera escuchado la historia, no lo detuve. Me encantaba cada vez.

—No teníamos dinero, pero sabía que tenía que ser especial para mi Maggie. Así que le pedí prestadas plantas a un amigo paisajista —macetas de rosas de todos los colores— y llené el patio trasero de Santos. Siempre que huelo rosas, me acuerdo de nuestra boda. ¿Alicia va a tener rosas?

—No. Hortensias.

—No tienen ningún aroma. —Sacudió la cabeza, pero luego, en lugar de tomar más chili, dejó la cuchara—. Encontrarás tu magia en la boda.

Eso esperaba, pero con el giro de Jamila, mi valentía se había esfumado. —¿Tuviste... tuviste miedo de que ella no sintiera lo mismo que tú, al principio?

Se rio entre dientes. —Por supuesto. Yo era el que hacía los trabajos. Todos los días, mientras construía esa casita de la piscina, ella salía en traje de baño. A veces sola con un libro y sus audífonos. A veces con una amiga o incluso un galán. Perdí la uña de un pulgar con una lijadora de banda mientras la veía nadar con otro tipo. —Sonrió ante la visión que solo él podía ver—. Era tan hermosa. Se veía justo como te ves tú ahora. —Fijó la vista en la foto de mi madre en la pared, sobre la que debería haber sido su silla en la mesa.

Tenía razón en su mayor parte. Compartíamos el mismo cabello espeso y color miel oscuro —aunque el mío no estaba cardado al estilo de los noventa— y los ojos marrones. Mientras que su barbilla era redondeada, yo había heredado la mandíbula cuadrada y la gran sonrisa de papá. En el hueco de su cuello descansaba un colgante en forma de estrella de sol, formado por diminutas esquirlas de diamantes. Lo acaricié donde ahora yacía en la base de mi garganta.

—¿Cómo supiste que era ella? ¿Y cómo supo ella que eras tú?

Se reclinó en su silla. —Un día, terminamos temprano. Me

quedé por allí, limpiando, después de que los otros se fueron. Pasé por la piscina al salir, y me pidió que le pasara una toalla. Yo estaba sudoroso, cubierto de aserrín, pero cuando toqué su mano, lo supe. Supe que quería sostener su mano por el resto de nuestras vidas. —Sonrió, pero no me miró. En cambio, volvió a mirar su foto.

¿Por qué no habíamos hablado de esto antes? La historia era perfectamente encantadora. —¿Y ella… fue entonces cuando lo supo?

Su sonrisa triste se convirtió en una sonrisa pícara. —Ella me dijo que lo supo la primera vez que me quité la camisa.

—¡Papá!

—Creo que sí. Finalmente vio que lo que quería no eran esos chicos de sociedad con su pelo lacio y sus cuellos levantados. Era yo. Aunque yo era un poco tosco, la amaba como esos otros tipos no podían. Unos días después, me pasó una cerveza al final del día y hablamos. Y finalmente reuní el valor para invitarla a salir. —Se quedó mirando su tazón, perdido en los recuerdos de un matrimonio que había sido interrumpido demasiado pronto.

Cuando aparté la vista de su rostro abatido, el brillo de un metal captó mi visión periférica.

—Oye, papá —dije—, ¿qué tal si sacamos el telescopio esta noche? El cielo se ve despejado.

Sacó el teléfono de su bolsillo y pulsó un par de veces. —Podremos ver Saturno. Y el tránsito de la EEI es a las 8:45. —Una amplia sonrisa se extendió por su rostro mientras revisaba las cartas.

La opresión en mi pecho se alivió. Lo de las luces de Navidad fue una anomalía. Papá seguía tan agudo como siempre. —Te propongo algo —dije—. Tú lavas los platos y yo armo el telescopio.

Se puso de pie, más rápido de lo que debería, se tambaleó brevemente, pero luego agarró su tazón. Apoyándose pesadamente en su bastón, se arrastró hasta el fregadero. El telescopio era demasiado pesado para que él lo manejara ahora, pero le dejaría a él los ajustes.

Cuando llevé mi tazón al fregadero, le besé la mejilla sin afeitar. —Te quiero, papá.

—Yo también te quiero, Solecito. Pero no podemos quedarnos afuera hasta tarde esta noche; tienes escuela mañana.

Cerré los ojos y dejé escapar un largo suspiro por la nariz. Levantando el estuche del telescopio de su estante, bajé ruidosamente por los escalones traseros hacia la luz lavanda del atardecer. En el pequeño patio trasero con sus rosales y suculentas, donde habíamos plantado el arce japonés para mi madre, donde papá me había enseñado a lanzar y atrapar una pelota de béisbol, y donde habíamos dirigido nuestras miradas a las estrellas en innumerables noches despejadas, inhalé los aromas del hogar, el que él había construido para mi madre y para mí.

Mi madre había muerto antes de su tercer aniversario de bodas, pero al menos había conocido brevemente un amor perfecto, de cuento de hadas. Algún día, yo también lo tendría, y compensaría no tener una madre que me arropara por la noche, que me diera la charla, que nos tomara cien fotos a mi pareja de graduación y a mí. Por no tener un solo recuerdo de ella.

Cooper ni siquiera había tenido que quitarse la camisa para que yo me enamorara de él. Y claro, lo había tocado muchas veces, al estrechar su mano en mi primer día, al pasarle papeles o su teléfono en muchos días desde entonces, y todavía no había saltado ninguna chispa, pero un baile, un mágico baile de bodas, nos uniría. Como a Cenicienta y al Príncipe Encantador.

3

UNA SOLA LÍNEA de mi mejor amiga me arruinó la mañana.

Acababa de terminar mi revisión de código del miércoles por la mañana —a Jackson le gustaba que yo la hiciera primero, ya que detectaba la mayoría de los errores que a él, con su visión general, se le pasaban— cuando apareció un mensaje en mi celular. Al ver el nombre de Alicia, supuse que querría ir a almorzar o que tenía una pregunta sobre la agenda de Jackson. Cosas sin importancia.

Pero no.

ALICIA

Debo haber perdido tu tarjeta de confirmación.
¿Vas a traer a alguien a la boda?

Debió haber sido fácil responder. A diez días de la boda, ya debería haberle entregado la tarjeta a Alicia. Ya debería saber con seguridad a quién —si es que a alguien— iba a llevar.

Tenía un plan. Había asumido que tanto Cooper como yo iríamos solos y que yo por fin me armaría de valor y le diría lo que sentía. Incluso esperaba que me llevara hasta el viñedo. Acurrucados en el cómodo asiento delantero de su Porsche eléctrico, por fin tendríamos ese tiempo a solas que nos llevaría de ser solo colegas a algo más.

Pero eso fue antes de Jamila.

Ahora tenía dos opciones: aparecer sola o llevar a mi propia pareja. De cualquier manera, estaba entre la espada y la pared, pues terminaría mirándolos a él y a Jamila con tristeza en lugar de poner en marcha mi plan.

Y ahora mi mejor amiga me había recordado lo jodido que estaba mi plan.

Miré por el pasillo hacia la pared de cristal de la oficina de Cooper. Al cabo de un segundo, apareció caminando, con los auriculares puestos y una mano metida en el bolsillo de sus pantalones negros de vestir. Hizo una pausa y se frotó una ceja rubia oscura como si le doliera la cabeza. Luego se dio la vuelta y volvió sobre sus pasos, desapareciendo de mi campo de visión.

Pobre Cooper. Trabajaba demasiado, cargaba con demasiadas responsabilidades. Se hacía cargo de todo lo que Jackson dejaba pendiente. Y Jackson dejaba mucho que desear. Necesitaba a alguien en casa que aliviara sus cargas, que lo ayudara a relajarse. ¿Podría Jamila hacer eso? Tenía su propia empresa, sus propias preocupaciones. Quizás se habían conectado por ese vínculo en común.

Otro mensaje apareció en mi celular.

¿Estás ahí?

¿Puedes darme un par de días más para resolver algunas cosas?

No hay problema. Solo necesito darle el número de invitados al viñedo el viernes.

Dos días. Tenía dos días para idear una estrategia para responder al asunto de Jamila.

Eché otro vistazo a la oficina de Cooper y alcancé a ver el movimiento del dobladillo de su pantalón mientras se alejaba.

Quizá no era tan malo como pensaba. Podrían ir como amigos, como habían asistido a tantas galas antes. Los tres habían sido muy unidos en la universidad —Jackson, Cooper y Jamila—, así que Jamila tenía su propia invitación a la boda. Quizá Cooper y Jamila solo iban juntos para ahorrar gasolina.

La puerta de la escalera se cerró con un golpe sordo detrás de mí, justo antes de que oyera el característico arrastre de un zapato deportivo sobre la madera. Ya sonriendo, miré por encima de mi hombro. —¿Qué te trae por aquí?

—Hola. —Enmarcado por el sol del mediodía que entraba a raudales por el tragaluz, Tyler se detuvo frente a mi escritorio y se quedó mirando el tablero de corcho a mi izquierda. Como no dijo nada más, seguí la línea de su mirada hasta donde terminaba, en la tarjeta de confirmación de color amarillo ranúnculo clavada en el tablero.

—No te habrá mandado un mensaje para que vinieras a molestarme con lo de la boda, ¿o sí? Le dije que le confirmaría para el viernes.

—No... no exactamente. —Trasladó su peso a un pie y agachó la cabeza.

Mi estómago rugió y puse una mano sobre él. Papá todavía estaba durmiendo cuando salí de casa por la mañana. Como no le había preparado el desayuno, se me había olvidado desayunar yo también.

—¿Quieres ir a almorzar? —preguntó Tyler, sonriendo.

También se me había olvidado traer el almuerzo que había preparado. —Qué brillante idea. —Miré la puerta cerrada de Jackson y le envié un mensaje rápido para avisarle que me iba. No respondió, así que debía estar concentrado programando. Tomé mi bolso y me puse de pie—. Vamos.

Cuando la puerta del ascensor se abrió en el vestíbulo, Alicia estaba charlando con José en el mostrador de seguridad. —Oh, qué bueno, están listos para irnos.

—¿Irnos? —¿Qué había olvidado?

Mi celular sonó con un recordatorio. *Prueba final de vestido de*

Alicia. Cerré los ojos con fuerza. Cerebro olvidadizo y hambriento.

—Cambio de planes, Tyler. Vamos con Alicia a la prueba de su vestido.

—Oh, no. ¿Ustedes tenían planes? —preguntó Alicia—. No te preocupes. Puedo ir sola.

—De ninguna manera. No vas a enfrentarte sola a la Dama Dragón.

—¿Dama Dragón? —preguntó Tyler.

—Es todo un caso. Pero puede permitírselo. Es la mejor. —Me encogí de hombros.

—Y amiga personal de la madre de Jackson —dijo Alicia.

Juntos, caminamos hacia la puerta giratoria, y Tyler nos hizo un gesto para que pasáramos primero. —Estoy ansioso por conocerla.

La tienda de novias no estaba lejos de la oficina de Synergy en el centro. Mientras caminábamos, Alicia y Tyler hablaban de un proyecto en el que él estaba trabajando. Dejé mis preocupaciones sobre Cooper y la boda atrás en el edificio de Synergy y dejé que el sol de septiembre me calentara la cara.

Cuando llegamos a la tienda, Alicia desapareció en el probador con la Dama Dragón.

—No te olvides que le prometí tomar una foto para Tiannah —le grité. Tiannah, la mejor amiga de Alicia de su ciudad natal, era la dama de honor principal oficial de Alicia. Como vivía en Texas, yo me había encargado de la mayoría de las tareas locales, como las pruebas de vestido.

Una asistente nos trajo bebidas —una lata de Mountain Dew para Tyler y una elegante copa flauta de agua con gas para mí— y nos acomodamos en un sofá de dos plazas frente a una plataforma rodeada por tres espejos.

Tyler miró alrededor de la tienda. —Esta es la primera vez que vengo a un lugar así.

—Tienes todos esos hermanos. Y tu hermana. ¿Ninguno está casado?

—No. Aunque uno está comprometido. —Bebió un sorbo de su bebida y tragó como si fuera amarga en lugar de dulce.

Me quité los zapatos y me senté sobre mis rodillas. —¿Para cuándo es la boda?

—El próximo verano, ¿creo? —Apartó la mirada, tamborileando los dedos sobre sus jeans. Su hoyuelo había desaparecido.

No podía ignorar las claras vibras de «no-quiero-hablar-de-eso» que enviaba, pero podía intentar animarlo. Dejé mi copa en la mesa y le apreté el hombro. —Ahora vuelvo.

Caminé hasta el perchero de la esquina, tomé un montón de sombreros y los llevé de vuelta al sofá. Los dejé con cuidado en la mesita baja y tomé un tocado turquesa con plumas de pavo real y una nube de tul. Me lo puse en la cabeza y levanté las cejas hacia Tyler. —¿Qué te parece?

Una comisura de su boca se curvó hacia arriba. —No es tu color.

—Entonces debe ser el tuyo. —Se lo puse en la cabeza y ahuequé el tul. Hacía que sus ojos color avellana se vieran azules.

Se miró en el espejo y giró la cabeza de un lado a otro. —Diablos, qué bien me veo.

—Modesto, además de guapo. —Tomé uno rojo con plumas esponjosas que salían disparadas como fuegos artificiales.

—Ese —dijo Tyler, señalando.

Dejé el rojo y tomé el que él había indicado. Era más simple que los otros, un trío de rosas de seda rosa pálido anidadas en una capa de tul rosa claro tachonado de cuentas nacaradas. Me lo acomodé en la cabeza y me miré en el espejo. Asentí. —Tienes razón. Es hermoso.

Sus ojos se habían oscurecido bajo su ridículo sombrero. —Hermoso.

La voz de la asistente me sobresaltó. —¿Necesitan otra bebida?

Tyler se quitó el sombrero de un tirón. —No, estamos bien.

Ella le sonrió, y luego a mí. —¿Y cuándo es el gran día?

—¿Alicia, te refieres? —Asentí hacia el probador. ¿No era su trabajo saberlo?—. Es el...

—No, me refería a ustedes dos. Se van a ver preciosos juntos.

—Oh, no. No. —Mi risa fue demasiado aguda, casi desquiciada—. Solo somos amigos. Amigos del trabajo.

—Solo amigos. —Tyler recogió los sombreros y los llevó al perchero.

—Qué lástima —dijo la asistente. ¿Le estaba mirando el trasero?

Bueno. Era un buen trasero, delgado y firme bajo sus jeans. Me aclaré la garganta. —Amigos.

Voces elevadas desde el probador captaron mi atención. —Ahora vuelvo, Tyler. —Me deslicé detrás de la cortina de terciopelo rosa.

Alicia se veía pálida, como antes de que sus náuseas matutinas disminuyeran unas semanas atrás, y no podía parpadear lo suficiente para deshacerse de todas las lágrimas que brillaban en sus ojos. La Dama Dragón tiraba de la cremallera, frunciendo el ceño ante la seda cubierta de encaje que se tensaba.

—¿Qué pasa? —pregunté, corriendo la pesada cortina para cerrarla detrás de mí.

—No... no sube. Supongo que he subido de peso. —Alicia sorbió por la nariz.

—Nada de lágrimas en el vestido —espetó la Dama Dragón. Sus fosas nasales se ensancharon, recordándome por qué la había llamado la Dama Dragón. Aparte de su chispeante personalidad, siempre parecía que estaba a punto de lanzar llamas por la nariz. Tomó un pañuelo de una caja cercana y se lo metió en la mano a Alicia antes de dirigir su atención a la cremallera, que se había atascado en la curva de la espalda de Alicia.

Ahora deseaba haber aceptado el champán que su asistente había ofrecido.

—Claro que has subido de peso —dije, juntando las manos para evitar arrancarle el rígido peinado de colmena rubio a la Dama Dragón—. Estás de cuatro meses de embarazo. ¿No debería la costurera haber previsto eso?

—Lo hicimos. Este es más peso del que habíamos anticipado —gruñó la mujer.

Alicia tenía la pancita de embarazada más pequeña y adorable. Si hubiera sido mía y de mi verdadero amor, la habría iluminado con luces de neón.

—¿Qué podemos hacer con el vestido? —pregunté. Mi amiga, normalmente imperturbable y que habría sido capaz de resolver este problema, estaba... perturbada.

—Déjenme ver algunas... —la Dama Dragón miró por encima de su nariz—... opciones. —Después de que se deslizó tras la cortina, Alicia presionó la parte delantera del vestido contra su pecho. Ya podía ver que la tela tampoco le cubriría el busto. Su pancita de embarazada no era la única parte de Alicia que se había expandido.

—¿Ves? Todo va a estar bien —dije, tomando otro pañuelo de la caja—. Dijo que tenía opciones.

Una lágrima se derramó por la mejilla de Alicia, disolviendo parte de su rímel. La sequé.

—Me dijeron que apenas se me notaría a los cuatro meses. Debería haber comido más ensaladas.

—No, cariño, tu cuerpo es maravilloso. Estás creando una nueva vida ahí dentro. Las cosas van a ser un poco extrañas. Pero todo va a estar bien. —Me aseguraría de ello.

—Oigan, ¿están bien ahí dentro? —La voz grave de Tyler llegó a través de la cortina.

—Sí —dijo Alicia.

—No —dije al mismo tiempo, haciendo que Alicia esbozara una sonrisa—. Saldremos en unos minutos. ¿Quizás podrías ir a buscar unos sándwiches... y chocolate?

—Enseguida —dijo.

Alicia acababa de terminar de sonarse la nariz cuando la Dama Dragón regresó. En una mano, sostenía un trozo de licra blanca de resistencia industrial. En la otra, agarraba una percha con un vestido estilo sirena de encaje elástico de aspecto lacio.

Agitó la licra hacia Alicia. —Faja modeladora para el vientre.

Tanto Alicia como yo la miramos horrorizadas. Si alguna vez lográbamos metérsela, tendrían que cortársela para quitársela, lo que le quitaría todo lo sexy a su noche de bodas. Suponiendo que no se desmayara en la ceremonia por falta de oxígeno.

—¿No le hará daño al bebé? —preguntó Alicia.

—Se las ponemos a las novias todo el tiempo —dijo la Dama Dragón. No había respondido a la pregunta, pero de todos modos no iba a aceptar consejos prenatales de ella.

—¿Cuál es la otra opción? —pregunté, mirando el vestido en la percha.

—Este es nuestro vestido de emergencia. Es muy favorecedor.

Bajé la barbilla y lo miré fijamente. Favorecedor, tal vez. Poco atractivo, definitivamente. Ese encaje elástico no ocultaría nada. Una cosa era celebrar el cuerpo embarazado de Alicia y otra resaltar solo su pancita y sus pechos supergrandes. A Jackson probablemente le encantaría. Su madre conservadora estaría menos entusiasmada.

Los dedos de Alicia se apretaron sobre el corpiño de su vestido por un momento antes de empezar a sacar los brazos de las mangas.

Le puse una mano en el brazo, deteniéndola. —No. Tiene que haber una tercera opción. —Le di a la Dama Dragón la mirada de acero que usaba cuando le decía a Jackson que tenía que reunirse con el director ejecutivo—. ¿No puedes soltarle a la tela del vestido de Alicia? —Se había probado docenas de vestidos la primavera pasada cuando se comprometieron, y este era el que amaba. No sabía nada de costura, pero...—. Estoy segura de que podemos hacer que funcione.

La Dama Dragón apartó el vestido del costado de Alicia para mostrarme las costuras interiores. —No hay tela extra con la que trabajar. Y pedir la siguiente talla tardaría dos meses.

En el espejo, los ojos de Alicia se volvieron a enrojecer y a ponerse vidriosos.

—Entonces haz un... un injerto. Ya sabes, toma tela de otro

lugar y añádela. —Lo hacían con la piel; seguramente había un concepto similar en las alteraciones.

Ella curvó el labio. —Supongo que podríamos añadir un par de paneles a los lados. Siempre y cuando mantengas los brazos abajo, no se notará demasiado.

—Ustedes son la mejor tienda de novias de San Francisco. Estoy segura de que pueden hacer que no se note en absoluto —dije en un tono meloso—. Audrey estará muy complacida.

La Dama Dragón frunció sus labios rojos, miró con el ceño fruncido el torso de Alicia por un momento, y luego tomó la cinta métrica de alrededor de su cuello. —No podemos decepcionar a Audrey —murmuró.

La campanilla de la puerta de afuera sonó. —Las dejaré para que lo resuelvan. Tomaremos la foto la próxima vez. —Apreté la mano de Alicia y me deslicé por la cortina.

Tyler me encontró en el sofá, con una bolsa de papel en la mano.

Extendí las manos, moviendo los dedos. —Dame mi sándwich.

—¿No tenemos que esperar a Alicia?

—Tardará un minuto.

—Te traje tu favorito, de pavo y aguacate.

Mi estómago rugió. —Gracias. Eres lo máximo.

Los primeros bocados de mi sándwich fueron celestiales. Incluso había recordado la mostaza picante que prefería a la asquerosa mayonesa que solía venir con él. Solo levanté la cabeza para respirar cuando Tyler habló.

—Supongo que no nos quedarán muchos días como este.

Miré por la ventana el sol de septiembre. —Supongo que no. Pronto será otoño.

—No. —Dejó su sándwich en su regazo—. Me refiero a nosotros tres.

—¿Por qué no? Hemos sido amigos desde que ustedes dos se mudaron aquí. —A diferencia de los otros programadores, Tyler había sido amigable —y no de una manera rara, invitándome a salir, sino tratándome como a una igual— desde que lo conocí. Él y Alicia habían trabajado juntos en un gran proyecto en la oficina de Synergy en Austin, donde conocieron a Jackson. En Austin, Tyler se había convertido en el protegido de Jackson, y Alicia en su novia.

Tyler se había mudado a principios de año, y habíamos conectado en una de las fiestas trimestrales de Synergy. Después de que Alicia se mudara permanentemente aquí unos meses más tarde, nos hicimos amigas al instante. Habíamos sido un triunvirato desde entonces, especialmente cuando Jackson viajaba.

Me costaba mantener amigos ya que papá ocupaba gran parte de mi tiempo libre, pero estos dos habían permanecido por más de seis meses. Por mucho que amara a mi padre, también necesitaba amigos.

Tyler bajó la vista a su sándwich. —Solo pensé que con Alicia pasando más tiempo con Jackson, nosotros tres podríamos no estar tanto juntos. —Quitó un pepinillo del pan.

Tragué el último bocado de mi sándwich. Tenía razón: una vez que estuvieran casados, Alicia y Jackson pasarían más tiempo como familia. Seguramente no perdería a mi amiga por completo. Todavía saldríamos juntas cuando ella no estuviera haciendo cosas de pareja con su esposo.

¿O no?

Miré hacia la cortina. Junto a ella, un retrato de una boda doble me llamó la atención. Justo como las hermanas en *Orgullo y prejuicio* de Colin Firth.

Era demasiado tarde para una boda doble, pero las citas dobles siempre eran una posibilidad. Sería perfecto: Jackson y su mejor amigo, Cooper, y Alicia y yo. Quizás algún día serían la madrina y el padrino de *nuestra* boda. Cooper se vería delicioso con un chaqué gris como los novios del retrato.

—¿Marlee? —La voz de Tyler interrumpió mi visión.

—¿Qué dices?

—Siempre seremos amigos, ¿verdad? —Me sonrió, pero su hoyuelo no estaba.

—Claro que sí. Me aburriría mucho si no vinieras a verme. Y...

—entrecerré los ojos—, cuando consigas ese puesto de gerente, tendrás que venir más a menudo.

—No estoy listo para...

—Claro que lo estás. Solo necesitas armarte de valor y pedir lo que quieres.

Justo como tenía que hacerlo yo.

Era hora de tomar en serio el Plan A la Carga por Cooper.

4

HABÍA APRENDIDO un par de cosas sobre nuestros ejecutivos tras trabajar en Synergy durante los últimos tres años.

Harris Weston, nuestro director ejecutivo, tenía una alergia al maní tan grave que no podía volar en un avión comercial.

Jackson, mi jefe, no podía quedarse quieto más de veinte minutos a menos que estuviera programando.

Y Cooper Fallon iba al gimnasio a las seis y media todas las mañanas.

Empujé la puerta de cristal del gimnasio del primer piso de Synergy y casi me muerdo la lengua cuando lo vi en la prensa de pecho. Su camiseta sin mangas revelaba los resultados del uso diario de la máquina: hombros anchos y musculosos, pectorales firmes y unos brazos definidos dignos de una revista de *fitness*.

No solo había heredado la cara de mi madre.

—Buenos días, Cooper —lo saludé desde el otro lado de la sala.

—Marlee —dijo con una exhalación.

Vaya. Era demasiado temprano para estar tan excitada. Arranqué la mirada de sus deltoides y desenrollé mi tapete de yoga. Cuando descubrí su hábito de entrenamiento, había intentado compartir el equipo de pesas. Bueno, me había hecho la tonta y le pedí que me enseñara a usarlo hasta que pareció irritarlo. No estaba orgullosa de ello. Pero el yoga me favorecía más. Sin sudar ni esforzarme, y mis pantalones de yoga hacían que mi trasero se viera lindo. Empecé con unos cuantos estiramientos que me permitían observarlo mientras empujaba las manijas hacia dentro y hacia fuera.

Joder.

Cerré los ojos para no ver su físico que me distraía tanto. Lástima que lo tuviera grabado en el reverso de mis párpados. Inhalé una profunda y purificadora bocanada de aire y establecí la intención de mi práctica: *Ser fuerte por papá... y grácil para Cooper, para que de verdad se fije en mí.*

No era exactamente lo que mi instructora de yoga tenía en mente.

Empecé mis saludos al sol, estirándome hacia las luces fluorescentes y bajando hasta la superficie rosa de mi tapete. Hice posturas de fuerza: Guerrero, Zancada de la Media Luna, Montaña. Metí el abdomen, expandí el pecho y me erguí.

Mientras tanto, Cooper inflaba las mejillas mientras empujaba las manijas para levantar la alta pila de pesas. Una gota de sudor rodó por su pómulo y quedó suspendida de su mandíbula esculpida. Frunció el ceño, concentrado en sus repeticiones.

Su rostro había mostrado esa misma mirada de furia concentrada el día que me enamoré de él.

En mi segunda semana de trabajo, el día que tenía una reunión programada con Weston, el director ejecutivo, Jackson había desaparecido. No es que se hubiera quedado dormido, es que no estaba. Nunca olvidaría la mirada fulminante en el rostro de Cooper cuando gruñó: «Vamos a encontrarlo».

Estaba aterrorizada. Asustada de que algo le hubiera pasado a mi jefe, preocupada por perder mi trabajo y desesperada por no poder volver a comerme a Cooper con la vista nunca más.

Pero lo encontramos. Detrás del almacén más sospechoso que había visto en mi vida. Una rata sarnosa y marrón había corrido por la pared detrás de Jackson mientras una Escalade tuneada y ostentosa se alejaba a toda velocidad.

Me mantuve a una distancia prudencial de su conversación en susurros. Cuando Cooper le puso una mano en el hombro a su amigo y Jackson le devolvió una débil sonrisa, ambos con los ojos vidriosos, casi me derrumbo allí mismo, detrás de ese asqueroso almacén. Nunca había tenido una amistad como esa. Nunca había tenido un amigo que viniera a buscarme a la parte más sórdida de la ciudad que hubiera visto jamás y, sin juzgar, me llevara de vuelta a donde pertenecía.

Después de que llevamos a Jackson de vuelta a su oficina, Cooper centró su atención en mí.

—¿Puedo contar con tu discreción, Marlee?

—Po-por supuesto. —Había firmado un acuerdo de confidencialidad cuando me contrataron, pero más que eso, me encantaba trabajar para Jackson. Era divertido, amable y enérgico. Y cuidar de los demás me salía de forma natural.

—Gracias. Por eso y por tu ayuda hoy. —Cooper se quedó mirando sus relucientes zapatos de vestir—. Jackson tiene algunas… inclinaciones autodestructivas. La autoridad, Weston en particular, a veces las detona.

Lo que dijo a continuación se me quedó grabado a fuego en el cerebro.

—Tú y yo —me hipnotizó con su gélida mirada azul—, ahora somos socios para mantenerlo a salvo.

Socios. Eso fue lo que me remató. Habría hecho cualquier cosa que él dijera, habría cometido cualquier crimen, le habría dado todo el dinero que tenía —no es que lo necesitara— para ser su socia. Para que algún día me mirara como había mirado a Jackson, con amor brillando en sus ojos.

Porque un hombre tan devoto a un amigo le ofrecería a su amante exactamente lo que yo anhelaba: un romance épico. Uno en el que vendría a mi rescate siempre que lo necesitara. Donde todos los días serían chocolates y flores. Un cuento de hadas hecho realidad.

Socios. Había soñado con ello desde ese día. Con que nos convirtiéramos en algo más que socios cuidadores. Que él me viera como yo lo veía a él. Como un alma gemela.

Lo miré al otro lado del gimnasio. Se había pasado a la prensa de piernas, lo que me ponía directamente en su campo de visión. Las poleas zumbaban.

Apoyé un pie en el tapete, levanté y agarré mi pie de atrás, y me incliné hacia adelante en la postura del Bailarín, imaginando lo grácil que se veía nuestra instructora cuando la hacía. Contraí el vientre y formé un ángulo de noventa grados entre mi pierna y mi abdomen, continuando hasta mi brazo extendido. Fijé la vista a lo largo de mis dedos estirados. Mi torso flotaba sobre el tapete. Yo era gracia, confianza, aplomo.

Hasta que desvié la mirada hacia Cooper para asegurarme de que me estaba mirando.

El ligero movimiento de mi cabeza me hizo perder el equilibrio. Me tambaleé por un segundo, agitando desesperadamente los brazos como un molino para recuperar el equilibrio, pero no sirvió de nada. Me fui de bruces y apenas logré golpear el tapete con el hombro en lugar de la barbilla. Se me escapó un «uf». *Qué elegancia, Marlee.*

Sin detener el rítmico zumbido de la máquina, me gritó:

—¿Estás bien, Marlee?

Tratando de recuperarme de mi fracaso de yoga, estiré los brazos y levanté la parte superior del cuerpo en la postura de la Cobra.

—Bien —chillé.

———

MÁS TARDE ESA MAÑANA, la pared de cristal de la oficina de Jackson reveló las señales de advertencia: la pierna inquieta, el bolígrafo que giraba, la expresión ausente. Hora de ponerlo en movimiento. Después de que se fuera su cita de las diez y media, empujé la puerta y asomé la cabeza en su oficina.

—Vamos a dar un paseo —dije.

Jackson me miró como si acabara de decirle que se habían acabado las clases por el verano.

—Eres la mejor, Marlee.

—Lo sé. Vamos. —Necesitaba quemar algo de su energía antes de su almuerzo de negocios. Se puso una sudadera polar sobre su camiseta de los Ramones y caminó a mi lado hacia los ascensores. Afuera, giramos hacia el parque. A medida que el concreto se convertía en trébol y hierba, la tensión se disipó de sus hombros y la línea entre sus cejas se suavizó.

—¿Hay algo de lo que quieras hablar, jefe? —pregunté. Mantuve la mirada en el camino pavimentado para evitar enganchar mis tacones bajos negros en las juntas —el cuero sintético se pelaría de inmediato—, pero él se tensó.

—La verdad es que no.

Era su decisión. Yo era su asistente, no su terapeuta, y si no quería hablar sobre el estrés que estaba agudizando su TDAH, por mí estaba bien.

Metió las manos en los bolsillos y se desvió del camino hacia una escultura de un hombre y dos osos, o perros, nunca estaba segura de qué eran. Siempre meditaba en una roca de cima plana por allí.

Mientras él se ponía a meditar, me senté en una banca y reflexioné sobre mi propio problema: Cooper. Y lo que fuera que estuviera pasando con Jamila. Le había pedido prestado un ejemplar de un periódico sensacionalista local a la nueva asistente temporal de Cooper, y ahora lo saqué de mi bolso. Cubría una gala a la que Cooper había asistido con Jamila, y una foto grande en el reportaje los mostraba en la alfombra roja. Con sus tacones, ella era tan alta como Cooper, y su piel oscura brillaba contra su vestido blanco. Él tenía la mano en la parte baja de su espalda —algo que había imaginado que me hacía a mí al menos una vez al día durante los últimos tres años— y sus sonrisas naturales insinuaban que uno de ellos acababa de contarle al otro un chiste secreto.

Pero lo que me llamó la atención fue el pie de foto de abajo:

*Con campanas de boda sonando para **Jackson Jones** (izquierda), ¿seguirá pronto el soltero más codiciado de San Francisco, **Cooper Fallon**, a su socio por el altar con la reina de la tecnología **Jamila Jallow**?*

Apenas le eché un vistazo a la foto más pequeña de Jackson y Alicia y a la especulación del pie de foto sobre su pancita de embarazada.

¿Campanas de boda? ¿Pero qué demonios?

Oí un roce en la grava, y Jackson se reunió conmigo, con una sonrisa juvenil en el rostro y las manos balanceándose libremente a sus costados. Señaló el periódico que yo apretaba.

—Alicia se ve fantástica.

Borré la indignación de mi rostro y le sonreí.

—Ella siempre se ve fantástica, pero ambos se ven geniales en esta foto. ¿Quieres que consiga una copia del periódico?

La miró por encima de la página.

—Sí. ¿Pero qué dicen de Cooper y Jamila?

Tragué saliva.

—Que les estás dando ideas con tu boda. Ideas de compromiso.

Bufó.

—Son amigos. Nada más. No hay chispa.

Sus palabras no me consolaron como deberían. Cuando Jamila acompañaba a Cooper a los eventos, siempre estaba despampanante con un vestido de noche talla cuatro, un pelo corto que llevaba con seguridad y un cuello esbelto que exhibía sus brillantes collares llamativos de joyas. Tan diferente a mí con mi complexión media, mi largo pelo castaño y mi único collar. Acaricié mi colgante, trazando sus bordes afilados. Ella era la pareja perfecta para el estilo de vida de Cooper. No había forma de que pudiera competir con ella si eso era lo que él quería. Cerré la revista con fuerza.

—Mira, Marlee. —Jackson se sentó a mi lado en la banca—. Sé que tienes… sentimientos por él. Creo que ustedes dos harían una gran pareja.

Dejé de respirar. Siempre le habíamos sacado la vuelta al tema, esquivándolo como si evitara mirar directamente al sol a través del telescopio de papá. Podría haberlo negado, y él se habría echado para atrás. Pero era mi amigo además de mi jefe.

—Gracias.

—Como él va a llevar pareja a la boda, ¿quizá tú también deberías? ¿Bailar un poco? ¿Mostrarle lo que se está perdiendo? —Me dio un codazo.

La imagen de Cooper y yo yendo por separado a la boda pero terminando juntos, como Cenicienta y su príncipe, me había consumido. Pero tal vez tenía razón. Ir al baile con otra pareja le había funcionado a Amy Adams en *Encantada*. Y yo ya había luchado contra una Dama Dragón.

Pero, ¿quién iría conmigo? La boda era en nueve días. Desde que conocí a Cooper, no había salido con nadie en serio. Nadie había estado a su altura.

—Piénsalo, ¿sí? —Se puso de pie—. Andrew no va a llevar pareja. Él iría contigo.

Una cita con el hermano de Jackson me parecía vagamente incestuosa. Pero, ¿qué otra opción tenía?

—Lo pensaré. —Entrelacé mi brazo con el suyo mientras caminábamos de regreso a la oficina—. Y ahora, ¿qué hay de ti? ¿Te sientes mejor?

Jackson puso su mano sobre la mía.

—Mucho mejor. No sé qué haría sin ti.

—Oh, yo sí sé —dije en tono de broma. Fui enumerando los puntos con los dedos—. Te perderías todas las reuniones y llevarían el lugar a la ruina sin ti. Te morirías de hambre porque te olvidarías de comer. Irías a la cárcel por no pagar impuestos. Ah, y no estarías con Alicia.

Como de costumbre, discutió:

—Fui yo quien tuvo que suplicar.

—Pero yo te di la idea. Sin mis increíbles consejos para reconquistarla, nunca la habrías recuperado. —Ojalá hubiera podido ver en acción todos mis mejores consejos de las novelas románticas, pero él había hecho todo el trabajo de conquista en Austin.

Atravesé la puerta giratoria y él me encontró al otro lado.

—Buen punto. —Dirigió una mirada esperanzada al repartidor en el mostrador de seguridad—. ¿Hay comida?

—Claro que hay comida —dije—. Tienes un almuerzo de negocios con el señor Weston.

Su sonrisa se desdibujó.

—Weston. —La relación entre el director ejecutivo de Synergy y Jackson era una que yo caracterizaba en público como desafiante. En realidad, eran como el perro y el gato.

—Pero pedí tu sándwich favorito de pollo al chipotle. Con papas fritas. ¿Me lo subes? —Firmé para recibir la comida, y Jackson tomó las bolsas del repartidor.

Cuando las puertas del ascensor se cerraron detrás de nosotros, Jackson levantó la vista del suelo.

—¿Hay alguna forma de que tú…?

—Nop.

—Pero ni siquiera sabes lo que yo…

—No. —Se equivocaba. Sí lo sabía.

—¿Pero y si…?

—Ni lo sueñes. Te vas de luna de miel en diez días. Tienes que reunirte con él antes de irte. Y programé la reunión durante el almuerzo para que ambos estuvieran de mejor humor. Pedí galletas.

Los hombros de Jackson se hundieron. Pero entonces su rostro se iluminó.

—¿Doble chispa de chocolate?

—Por supuesto.

—Te amo, Marlee.

Si tan solo su socio sintiera lo mismo.

5

DESPUÉS DE INSTALAR a Jackson y al señor Weston en su oficina, tomé mi almuerzo y mi novela y me fui a la sala de descanso del sexto piso. Toqueteé un trozo de mi sándwich de crema de cacahuate y mermelada en su tupper de plástico rayado, el mismo que usaba cuando era niña. Y, al igual que entonces, le había dejado a papá un sándwich idéntico. Esperaba que se acordara de comerlo.

—Ahí estás.

Gracias a Marie Curie que fue Alicia y no Cooper quien me había pillado con mi triste almuerzo. Le sonreí radiante a mi amiga. —¿Hola. ¿Lo necesitabas? Está reunido con Weston.

—No, vine a verte a ti. —Aunque llevaba una tarjeta de visitante, el personal de seguridad nunca le exigía un acompañante a la prometida de Jackson.

El estómago se me hizo un nudo. —Te prometo que mañana te doy la tarjeta de confirmación. —Si tan solo hubiera tenido el valor de pedirle a Cooper que fuera conmigo, quizá no estaría a punto de marcar un triste *1* en la línea de *Invitados que asistirán*. Incluso más triste que almorzar sola sería estar sentada, abandonada, en la mesa principal viendo a Cooper bailar toda la noche con Jamila Jallow.

—No, no vine a molestarte por eso. Aunque, normalmente, no eres tan... espontánea. —Alicia lo dijo como si la palabra le supiera mal. Aparte de enamorarse de Jackson, Alicia, una planificadora de corazón, nunca había hecho nada espontáneo en su vida—. Vine a darte las gracias por lo de ayer. No sé qué habría hecho sin ti.

—Para ganarle a una arpía, hay que ser otra. —Toqueteé mi sándwich y un poco de la mermelada se escurrió.

—Marlee. —Dijo mi nombre con tal brusquedad que levanté la vista—. No eres una arpía. Sabes lo que quieres y haces lo que sea para conseguirlo.

Me desplomé en la silla. Si tan solo fuera lo suficientemente valiente para conquistar a Cooper.

Sus ojos azules estaban empañados cuando dijo: —Pero bajo ese ímpetu, eres la persona más bondadosa y resiliente que conozco.

Le sonreí a mi mejor amiga. Teníamos eso en común. Ella había acogido a su sobrino cuando perdió a su hermana. Alicia defendía a Noah, que también tenía TDAH, con una determinación que yo esperaba emular algún día por alguien a quien amara. Podía parecer blanda por fuera, pero Alicia era de puro acero por dentro.

—Con permiso, Alicia. —Cooper había aparecido detrás de ella, que estaba de pie en la puerta. Se hizo a un lado, y toda la calidez de su sonrisa se congeló.

—¿Cómo va su trabajo para Jamila? —le preguntó él. Me quedé helada al oír el nombre.

—Casi terminado. Terminaremos el proyecto antes de la boda.

—Bien. —Los ojos azules de Cooper habían estado tan fríos y reflectantes como la Millennium Tower, pero se volvieron cálidos cuando se fijó en mí—. Buenas tardes, Marlee. —Metió la mano en el refrigerador y sacó uno de sus asquerosos licuados verdes.

Cerré de golpe la tapa de mi tupper del sándwich y apoyé un codo sobre él. —¿Hola, Cooper. ¿Qué tal te parece Kim?

—Ah. —Su sonrisa flaqueó—. Está bien.

No estaba bien. A diferencia de su predecesora, la holgazana parlanchina que pestañeaba sin parar, la asistente administrativa temporal de hoy se había sentado en silencio en su escritorio toda la mañana. Pero después de cuatro horas, todavía no podía escribir correctamente el nombre de Cooper y, de alguna manera, se las había arreglado para programarle una reunión con un socio clave en Boston mientras se suponía que debía estar en una conferencia en Los Ángeles. Probablemente duraría unos días más, que era todo lo que yo necesitaba.

—Genial. —Le dediqué mi sonrisa más deslumbrante—. ¿Buen entrenamiento esta mañana?

—No estuvo mal.

¿Por qué nunca se me ocurría nada inteligente que decir cuando estaba cerca de él? En mi mente, yo sería Katharine Hepburn para su Spencer Tracy, y todos a nuestro alrededor quedarían atónitos por nuestro ingenioso cotorreo. O al menos tendríamos una conversación significativa. Alguna vez. En realidad, éramos finalistas en la competencia de los Compañeros de Trabajo Más Incómodos.

—Bueno. —Lanzó una mirada de reojo a Alicia antes de levantar su licuado hacia mí en un brindis—. Nos vemos luego.

Cuando se dio la vuelta, observé esas piernas envueltas en pantalones caqui y ese trasero firme cruzar el pasillo hasta que se sentó detrás de su escritorio. Después de verlo con su ropa de entrenamiento esa mañana, era fácil imaginar lo que había debajo de esa ropa de negocios casual.

Agarré mi libro y me abaniqué mientras me entregaba a unos segundos de fantasía: yo entrando en su oficina, Cooper pulsando el botón de la pared para bajar las persianas. Yo cruzando hasta donde él estaba sentado en su silla, él atrayéndome a su regazo. La firme presión de…

Alicia se aclaró la garganta. —Marlee, este enamoramiento no es sano. Creo que te estás aferrando a algo en lo que ya ni tú misma crees.

Miré a mi alrededor para asegurarme de que seguíamos solas.

—Lo sentí desde el primer día que lo vi. Amor verdadero. Y sigo creyendo en eso. Tú y Jackson son la prueba.

Ella se rio entre dientes. —Ciertamente no fue amor verdadero la primera vez que conocí a Jackson Jones. Él odiaba todo lo que yo representaba, y yo pensaba que era un patán.

—Bueno, Jackson no es exactamente material de amor a primera vista. Puede ser un poco… —Busqué la palabra adecuada para describir a mi jefe. Lo adoraba, pero otros, especialmente Weston, lo encontraban difícil.

¿Arrogante? ¿Dominante? ¿Espinudo?

—Y lo amas a pesar de todo eso. Cooper, por otro lado, no tiene defectos. —Acaricié mi dije.

—Creo que lo estás idealizando un poco. Es un témpano de hielo hasta que explota con ese genio que tiene.

—Nunca lo usaría contra mí. —Ella no compartía mi admiración por Cooper. Lo respetaba profesionalmente y era cordial con él. Aunque me había dicho que pensaba que Cooper le guardaba rencor por haberle quitado a su mejor amigo. Yo creía que decía puras tonterías. Cooper Fallon era perfecto. Mi fantasía hecha realidad.

—Además, va a llevar a Jamila a la boda.

Apreté los dientes. —Lo sé. —Metí mi sándwich de nuevo en mi lonchera vintage de Barbie y guié a Alicia fuera de la sala de descanso hasta mi escritorio.

La puerta de Jackson se abrió. Después de ver al señor Weston salir pavoneándose y cruzar el piso hacia su propia oficina de la esquina, ambas nos apoyamos en el borde de mi escritorio. Casi podía sentir el calor que emanaba de la oficina de Jackson por el intercambio que habían tenido.

—Creo que volveré a la oficina de Jamila —dijo Alicia—. Lo llamaré más tarde para ver cómo está.

—Buena idea. Intentaré liberarle una hora o así esta tarde para que pueda tener un rato a solas en el gimnasio con el saco de boxeo.

—Me salvas la vida, Marlee.

—A eso me dedico. ¿Nos vemos mañana para almorzar?

—Ah. —La sonrisa de Alicia flaqueó—. Jamila va a recibir un premio a la innovación en un almuerzo mañana. Le dije a Jackson que iría con él.

—¿Y… y Cooper va a ir?

—Sí, va a ir. —Sus labios se apretaron brevemente—. Siento mucho perderme nuestro último almuerzo de viernes antes de la boda.

Agité la mano como si no importara. —No te preocupes. Por supuesto que debes ir con Jackson. Llámame si necesitas algún servicio de dama de honor este fin de semana.

—Siempre hay algo. No puedo esperar a que todo termine. — Se apartó de mi escritorio y caminó hacia las escaleras.

La vi marcharse, la ligereza que había sentido antes se atenuó como una estrella enana marrón. Aunque ella no quería la lujosa boda de sociedad que la madre de Jackson había planeado, se iba a casar con su amor verdadero. Y Tyler tenía razón: Alicia casada tendría cada vez menos tiempo para mí a medida que su vida se entrelazara con la de Jackson. Y con la del mejor amigo de Jackson.

Si Cooper y yo estuviéramos juntos, sería muy fácil pasar tiempo con Alicia. Yo iría con él a los almuerzos de premios a innovadores. Tendríamos citas dobles. Fines de semana de parejas en la playa. Quizá nuestros hijos jugarían juntos algún día.

Pero no si él quería a Jamila en su lugar.

Hundiéndome en mi silla, metí mi lonchera en el cajón con mi bolso.

Al oír un crujido deliberado en el suelo detrás de mí, me di la vuelta y vi a Tyler con una bolsa de papel blanca.

—¿Qué haces aquí arriba?

Me tendió la bolsa. —Yo… me sobró una galleta del almuerzo.

—¿Para mí?

—Es de doble chocolate con coco y macadamia.

—¡Es mi favorita! —Sonrió cuando le arrebaté la bolsa y eché un vistazo dentro—. ¿Quieres la mitad? Espera. Eres alérgico. —

Había tenido cuidado de surtir mi plato solo con dulces procesados en instalaciones libres de frutos secos desde que me enteré. Partí un trozo y me lo metí en la boca. Una nuez cremosa y mantecosa se derritió en mi lengua. El cielo—. ¿Por qué compraste de este tipo?

Se subió las gafas por la nariz. —Eh… —Su mirada se desvió hacia la inconfundible tarjeta de respuesta amarilla en mi tablero y luego volvió a mí. Las siguientes palabras salieron atropelladamente—. Alicia mencionó que aún no tenías pareja para la boda. Yo voy a ir, y pensé que tal vez… tal vez te gustaría ir conmigo en el carro. Podríamos, eh, pasar el rato. En la boda. —Tamborileó el dedo corazón contra su muslo.

¿Pasar el rato? ¿En la boda? O sea, ¿ir con mi mejor amigo del trabajo como mi cita?

Suspiré. Era mi culpa que mi vida se hubiera convertido en esto.

Pero entonces ladeé la cabeza, considerándolo. ¿Qué sería más triste: ir sola o ir con mi amigo?

A diferencia del resto de los desarrolladores, él me veía. Me escuchaba. Era atento. Considerado. Me traía cervezas en las fiestas de la empresa cuando yo estaba ocupada. Me traía galletas. Me tragué el último bocado delicioso y lleno de nueces.

Mis ojos ardían por mirar a Cooper para saber si me estaba observando, a nosotros, pero no pude. De su oficina no provenía ningún sonido. Cuando la esperanza parpadeó en los ojos avellana de Tyler, endurecí mi mirada. —¿Como amigos, verdad? —No podía permitir que ningún sentimiento de «algo más que amigos» se interpusiera en mi plan para armarme de valor por Cooper.

—Ah, eh, sí. Amigos.

Quizás Jackson tenía razón y verme con una pareja sería el empujón que Cooper necesitaba para empezar a pensar en mí como algo más que una compañera de trabajo intocable. ¿Se pondría celoso cuando yo entrara en la sala con Tyler, riéndome de algo que él había dicho? No, *Tyler* se reiría de algo que *yo* había dicho. Y yo miraría a Cooper, y él se preguntaría qué había dicho yo que fuera gracioso, y querría oírlo, y me sacaría a bailar. La mano de Cooper en la mía. Mágico.

—Entonces, sí, está bien.

Me dedicó una sonrisa que le formó un hoyuelo en la mejilla. —Genial. —Exhaló una bocanada de aire—. ¿Puedo...? —Señaló la tarjeta de respuesta. Se la entregué. Sacó un bolígrafo del vaso de mi escritorio—. ¿Carne, langosta o vegetariano?

—Langosta. —La boda de Alicia con el heredero de los Jones de San Francisco no era una parrillada en el patio.

Me la mostró. Había marcado la casilla y garabateado en la parte inferior: *Sentar con Tyler Young*. Metiéndosela en el bolsillo de sus jeans, dijo: —Se la daré a Alicia.

Asentí justo cuando Jackson salía de su oficina.

—Ahí está, Tyler. Deje de coquetear con Marlee y venga para acá. —Todavía de mal humor por lo de Weston, al parecer. Jackson dio media vuelta y regresó a su oficina.

Con la cara roja, Tyler se encogió de hombros y corrió tras él.

Me enderecé el collar. Mi plan para conquistar a Cooper no se había descarrilado después de todo. De hecho, apenas estaba comenzando.

6

A MEDIDA que pasaban las horas antes del fin de semana de la boda, Cooper parecía… raro.

A través de la puerta abierta de su oficina, lo observé fruncir el ceño ante la pantalla de su computadora sin tocar el teclado ni el ratón. Su teléfono había sonado varias veces, pero él no había contestado. Kim, la practicante despistada, seguía desviándole las llamadas de todos modos.

Un silencio expectante cubría el sexto piso. El día anterior, Alicia y Jackson se habían ido al viñedo para terminar los preparativos allí mismo. Ninguno de los otros ejecutivos había venido a trabajar; iban a convertir las celebraciones de la boda en un fin de semana largo. Y el personal de apoyo estaba esperando que el reloj marcara el mediodía para dar por terminada la jornada.

Yo había hecho mi propio plan, lo había escrito con un Sharpie en una hoja rayada de un bloc. No me molesté en abrir el cajón para releerlo, ya que me había memorizado la sencilla lista.

1. *Bailar con Cooper en la boda.*
2. *Trabajar como asistente de Cooper durante la luna de miel de Jackson. Trabajar hasta tarde. Intimar comiendo comida para llevar.*

3. *Besar a Cooper Fallon.*

Metas pequeñas y sencillas, tal como recomendaba Alicia, la persona más organizada que conocía. Empezaba con un roce —eso lo había tomado prestado de la historia de mis padres— y terminaba con un beso. El enfoque de la cámara se suavizaría, los violines se elevarían, las criaturas del bosque se congregarían para darnos una serenata. Bueno, quizá no tanto, pero sería un Beso de Amor Verdadero. Con chispas y todo.

Y entonces viviríamos felices para siempre.

Su línea sonó. De nuevo. Antes de que la temporal pudiera contestar y pasarle la llamada a Cooper, que seguía paralizado en su escritorio, yo respondí.

—Oficina de Cooper Fallon. Habla Marlee Rice.

—Oh, Marlee, gracias a Dios. Creí que nunca iba a poder comunicarme. Soy Jamila. ¿Puedes decirle que me llame cuando tenga un minuto? Estoy teniendo una pequeña crisis aquí —soltó una risita, como si se desayunara las crisis.

Deseé no haber contestado.

Aunque, pensándolo bien, quizá la crisis era que, después de todo, no podía ir a la boda. Dejando a Cooper sin pareja.

—Claro que sí. —Después de colgar, caminé hasta la puerta de Cooper—. Oye. ¿Estás bien?

Se sobresaltó; de hecho, dio un brinco en su silla.

—Mierda, ¿qué hora es?

—No te preocupes, ni siquiera es mediodía. Pero ¿estás bien? Pareces… distraído.

Me miró parpadeando.

—Estoy bien.

—¿Nada de lo que quieras hablar?

—Estoy bien. —Los rasgos duros de su rostro se suavizaron—. De verdad.

Me mordí el labio. *Algo* le preocupaba. Ojalá me lo contara. Deseé poder preguntarle sobre Jamila, pero la pregunta se me atoró en la garganta.

—¿Cómo estás tú? —preguntó—. ¿Lista para este fin de semana?

Ya lo creo. —No tengo que hacer nada difícil. Solo alisar la parte de atrás de su vestido al comienzo de la ceremonia.

—Y asegurarte de que se presente. —Miró por la ventana mientras se reía.

—No creo que haya peligro de una novia fugitiva. O un novio. Son almas gemelas. —Suspiré—. Igual que mi mamá y mi papá.

—¿Cómo está Will? ¿Vendrá?

—No, pensé que un fin de semana completo sería demasiado para papá. —Aunque últimamente estaba mejor. Quizá solo se equivocó con sus medicamentos el día que intentó subirse a la escalera.

—Qué lástima. Siempre disfruto hablar con él de física.

—Y a él le encanta hablar contigo. —Hacía dos semanas, cuando traje a papá a la despedida de solteros de Jackson y Alicia, lo encontré hablando con Cooper sobre mecánica cuántica. Cooper no se inmutó cuando papá no pudo recordar el término *diagrama de Feynman;* simplemente se lo dijo y siguió charlando sobre bosones. Y fue entonces cuando supe que era hora de actuar finalmente sobre lo que sentía por él. No muchos hombres aceptarían a una pareja que venía en combo con un padre y sus problemas de salud. Pero sabía que Cooper lo haría.

Su teléfono vibró sobre el escritorio, pero no lo tomó de inmediato.

—¿Necesitabas algo, Marlee?

Oh. Cierto.

—Llamó Jamila. Pidió que la llamaras. Algo sobre una crisis. Una pequeña —me apresuré a añadir cuando él frunció el ceño.

—Gracias.

Ya me había dado la vuelta para irme cuando su voz me detuvo.

—¿Me guardarás un baile en la boda? ¿El primero después de nuestro brindis?

Una chispa de alegría me recorrió. *Tómatelo con calma*. Sin siquiera darme la vuelta, dije, con toda la ligereza que pude fingir:

—Claro.

Quizá le puse un contoneo extra a mis caderas mientras volvía a mi escritorio. Ni siquiera me molestó cuando la luz de su línea se encendió y supe que estaba llamando a Jamila. Me había pedido que bailara con él. El Primer Paso estaba listo.

Revisé por encima los correos electrónicos en la bandeja de entrada de Jackson, marqué algunos para que los respondiera y avisé a los remitentes que estaría fuera las próximas tres semanas. Fiyi. Alicia me había mostrado fotos de aguas turquesas y playas de arena fina. Quizá algún día Cooper me llevaría a ese escondite caribeño al que se escapaba cada vez que tenía tiempo.

Su puerta se abrió y él salió, con el color de vuelta en sus mejillas y una sonrisa secreta jugueteando en las comisuras de su boca. Su maletín del portátil colgaba de su hombro.

—¿Ya te vas? —pregunté, innecesariamente.

—Jamila me pidió que pasara por su casa a recoger algo, pero nos iremos pronto. —Señaló con la barbilla mi maleta y mi portatrajes—. ¿Necesitas que te lleve?

Mi sonrisa forzada amenazaba con borrarse. Tenía una llave de la casa de Jamila. La conocía lo suficiente como para poder encontrar el objeto que ella había olvidado. Y me acababa de pedir que fuera el mal tercio. Una imagen cruzó mi mente; yo sentada no en el asiento del copiloto, sino en la parte de atrás del Porsche de Cooper, mientras ellos hablaban y reían hasta que se acordaban de mí y Jamila se giraba, con lástima en los ojos, para incluirme en la conversación.

La puerta de la escalera se cerró con un golpe sordo justo antes de que oyera el arrastrar deliberado de un tenis sobre el piso de madera detrás de mí.

—Oye, Marlee. Cooper. —Tyler esperó a que le prestara atención—. ¿Lista para irnos? —En lugar de su camiseta habitual, llevaba una camisa blanca de botones con sus jeans. Las mangas, arremangadas hasta el codo, dejaban ver una piel bronceada y un rastro de vello dorado.

Mi corazón dio un vuelco al ver a mi salvador de ser el mal tercio.

—Sip. —Me volví hacia Cooper, mi sonrisa ya no era forzada sino real—. Tyler me va a llevar.

—¿Ah, sí? —Sus cejas se arquearon, y nos miró a ambos.

Me levanté y tomé el portatrajes del gancho detrás de mi escritorio. Tyler subió el asa de mi maleta de ruedas.

—¡Espera! —Corrí a la cocina y volví con una lata fría de Mountain Dew que había guardado en el refrigerador. Se la di a Tyler—. Para el camino.

Su sonrisa se ensanchó.

—Gracias.

Tyler arrastró mi maleta de un rosa que le restaba toda masculinidad hacia el ascensor. Las puertas del ascensor se abrieron y entramos. Tyler puso una mano delante de la puerta.

—¿Bajas?

Cooper frunció el ceño.

—Tomaré el siguiente.

Desde dentro del ascensor, alcancé a ver a Cooper observándonos, con el ceño fruncido y el labio inferior atrapado entre los dientes. Mientras la puerta se cerraba, gritó:

—¡No te olvides de nuestro baile!

Un escalofrío de emoción me recorrió la piel.

Luego miré a Tyler por el rabillo del ojo. Un reflejo del ceño fruncido de Cooper arrugó su cara por un segundo antes de que se volviera hacia mí. Su postura era relajada, pero sus nudillos en mi maleta estaban blancos.

—¿Estás lista para esto?

—Ya lo creo. —La cuenta regresiva había terminado, y mi plan estaba listo para el despegue.

7

TYLER SE QUEDÓ MIRANDO las puertas cerradas del ascensor.

—Te gusta Cooper, ¿verdad?

Se me calentó la cara.

—¿Qué? No. Trabajamos juntos, eso es todo. —Solo Alicia y Jackson sabían que me gustaba. Como mano derecha de Jackson, tenía que proteger una cierta imagen, y preferiría que mis compañeros de trabajo no supieran de mis sentimientos poco profesionales.

Pero, maldita sea, Tyler lo sabía.

—No, a ti te *gusta*. —Hizo una mueca—. Veo cómo… cómo lo miras. La forma en que lo hiciste hace un momento.

—Es solo una atracción. —Jugueteaba con el cierre de mi bolso—. Él ni siquiera lo sabe. O finge que no.

Su voz fue suave cuando volvió a hablar.

—Oye, somos amigos, ¿no?

Me giré hacia él. Sonrió cuando mi mirada se encontró con la suya, pero no supe decir si era tristeza o lástima lo que hacía que las comisuras de sus ojos se inclinaran hacia abajo.

—Sí. Amigos.

Asintió.

—Los amigos se ayudan. ¿Te gustaría que te ayudara?

—¿Ayudarme?

—Ya sabes, actuar como si fuéramos… más que amigos. Atraer la atención de Cooper hacia ti. Hacer que te vea como yo te… como todos los demás te ven. —Un dedo tamborileó contra el asa rosa de mi maleta.

—¿Quieres decir que finjamos que estamos *juntos* de verdad e intentemos ponerlo celoso? —¿Era ese el empujón que Cooper necesitaba? Él era competitivo; eso sí lo sabía. No pude descifrar el perfil de Tyler. ¿Lo decía en serio?

—Sí.

—¿En serio? ¿Harías eso por mí?

Su voz sonó tensa.

—Dije que lo haría.

Si a él no le importaba fingir este fin de semana, ¿cómo podría rechazar su oferta?

—De acuerdo.

Me lanzó otra rápida mirada.

—¿De acuerdo?

—Hagámoslo —dije. Quizá él y yo podríamos bailar al ritmo de *With a Little Help from My Friends* de los Beatles.

—Deberíamos tener un nombre en clave.

—¿Un nombre en clave?

—Ya sabes, si necesitamos decir algo y hay otras personas alrededor. Igual que para los proyectos de software.

—Oh. Yo lo había pensado como el Plan Vaquera-al-Rescate-de-Cooper.

Arrugó la nariz.

—¿Qué tal Operación… Operación Príncipe Azul?

Chillé de emoción y me abracé a mí misma. Si no fuera por la cámara en el ascensor, le habría besado la mejilla.

—¡Eso es perfecto! Y gracias, de verdad. Espero que no sea muy incómodo para ti. Ya sabes, fingir ser mi chico.

Una comisura de su boca se curvó hacia arriba.

—Me las arreglaré.

LA POSADA, con su telón de fondo de hectáreas de hileras ordenadas de vides, era exactamente como en el folleto que Alicia y yo habíamos estudiado minuciosamente.

—Guau. —Tyler se apoyó en el costado de su Mustang y lo contempló todo. Ella no debió de haberle enseñado los folletos.

El viaje de dos horas hasta el viñedo se pasó volando con juegos de carretera. Jugamos al juego de cantar —Tyler se sabía *demasiadas* letras de canciones emo—; al juego de las películas —lo aniquilé, ya que me sabía todas las comedias románticas que se habían hecho—; y al clásico juego del abecedario. Casi me decepcioné al tomar el desvío hacia el lugar de la boda. Pero ya estábamos aquí, y la Operación Príncipe Azul estaba en marcha.

—Lo sé, ¿no es elegante? —caminé alrededor del capó para ponerme a su lado.

Las paredes de estuco blanco del edificio de dos pisos estaban interrumpidas por puertas y ventanas arqueadas que revelaban un porche envolvente con brillantes sillas Adirondack rojas. Los huéspedes se relajaban con copas de vino, y un par de camareros se movían entre ellos. Flores de finales de verano en escarlata, limón y naranja atardecer se desbordaban de macetas colocadas en las ventanas y puertas.

—Jay nos aloja a todos, no solo a mí, ¿verdad? —abrió el maletero.

—Ajá. —Jackson había reservado un hotel cercano para los invitados normales como Tyler, y el cortejo nupcial se alojaba en la posada del viñedo. Saqué mi portatrajes de encima de las maletas.

Subió los escalones y me sostuvo la puerta. Así era Tyler, mi caballero sureño y anticuado. Sostenía las puertas incluso cuando no estaba fingiendo ser mi acompañante.

Cuando mis ojos se adaptaron de la deslumbrante luz del sol del exterior al interior más oscuro, vi algo que me hizo agradecer aún más que Tyler estuviera allí detrás de mí.

Jamila Jallow se giró para mirarnos ante el estruendo de las ruedas de mi maleta sobre el suelo de baldosas.

—Marlee Rice —dijo, sonriendo—, qué bueno verla de nuevo. Su estilo es para morirse. Me encantan sus zapatos.

—Gracias. —Eran solo una imitación de unos zapatos de tacón Manolo Blahnik de color rosa pétalo. Nada tan fabuloso como sus relucientes Jimmy Choo.

Cooper se acercó para ponerse a su lado. Ojalá supiera si la llave que le entregó a Jamila era igual a la suya o si tenían habitaciones separadas.

—Hola, Marlee. Tyler. —Nos estrechó la mano—. Mila, este es Tyler Young, uno de nuestros desarrolladores. No voy a decir lo talentoso que es. No quisiera que intentaras robárnoslo.

Su risa fue fuerte y estridente.

—Ni siquiera yo intentaría robarle a uno de los programadores favoritos de Jackson en su boda. —Se aferró al brazo de Cooper. Desearía haber podido hacer eso yo.

Tyler le estrechó la mano a Jamila.

—Es un honor conocerla, Sra. Jallow. Leí la entrada de su blog la semana pasada. Sus ideas sobre el aprendizaje automático son inspiradoras. Me encantaría hablar con usted sobre ello en algún momento.

—Por favor, llámeme Jamila o Mila. Cooper, mira para otro lado. —Sacó una tarjeta de su diminuto bolso de diseñador y se la entregó a Tyler—. En caso de que no podamos hablar este fin de semana, llámeme y concertamos algo.

Tyler ponía la misma cara de fanático que ponía en presencia de Jackson. ¿Y por qué no iba a hacerlo? Ella era brillante, elegante, serena, divertida y malditamente amable. Quería odiarla, pero no podía.

Cooper le tocó el brazo, encendiendo una llama de celos en mi corazón.

—Manos fuera del protegido de Jackson. Vamos, tomemos una copa antes del ensayo.

Una mirada pasó entre ellos y luego ella nos sonrió.

—Nos vemos luego. —Se giraron hacia las escaleras. Ninguna pareja podría ser más opuesta en apariencia: los reflejos rubios de Cooper, su piel ligeramente bronceada y sus ojos azul hielo contrastaban con el cabello de ébano de Jamila, su piel oscura y sus ojos profundos, casi negros. Pero encajaban, su seguridad en sí mismos digna de la realeza, sus años de amistad uniéndolos de maneras que yo nunca había experimentado. Eran perfectos el uno para el otro. Y yo permanecía fuera de su burbuja de historia compartida, de amistad de toda la vida, de privilegios ganados a base de inteligencia y éxito. ¿Por qué me elegiría Cooper a mí, la pobre versión del «antes» de Cenicienta, por encima del glamur de Jamila?

Tyler me dio un codazo. Su sonrisa parecía forzada.

—Vamos a registrarte.

—Oh. Cierto. —Estaba aquí por Alicia, y necesitaba vestirme para el ensayo. Aunque ver a Cooper con Jamila me diera ganas de esconderme en mi habitación todo el fin de semana.

Después de registrarme, Tyler subió mis maletas a mi habitación. Dejó mi maleta justo dentro de la puerta antes de darse la vuelta para irse. La idea de ver a Jamila con Cooper en el ensayo —o peor, sentarme sola en la cena— me produjo un escalofrío.

—Te veré en la cena de ensayo, ¿verdad? —mi voz salió más aguda de lo que me hubiera gustado.

—Por supuesto. —Su rostro estaba prudentemente inexpresivo —. A menos que no quieras…

—¡No! —extendí una mano—. Somos amigos, ¿no?

Él tomó mi mano con la suya, más grande, y sus largos dedos se enroscaron en el dorso. Su agarre cálido y reconfortante alivió la tensión que había oprimido mis costillas desde nuestro encuentro con Cooper y Jamila.

Sus hoyuelos hicieron acto de presencia.

—Amigos. Y acompañantes de boda. Y compañeros de copas, ¿no?

—Después de todo, *es* un viñedo.

—Creo que vamos a necesitar mucho vino para superar esto.

—¿Qué, te refieres a fingir?

Esa expresión que a veces ponía cruzó su rostro. Aún no la había descifrado. Un endurecimiento de los ojos y la boca, casi como de dolor. Pero desapareció en un segundo, y sus palabras no coincidieron con ella.

—Nah, eso será fácil. Solo me preocupa la familia de Jay. Alicia dice que pueden ser un poco intensos.

—Oh. Qué tierno de tu parte preocuparte por Alicia. Ella estará bien. Y nosotros también. Como dijiste, el vino nos ayudará a superarlo.

—¿No es eso de *You and Me Against the World* de Helen Reddy?

—Esa es una de las favoritas de mi papá. Pensé que solo conocías música rock alternativo emo. Pero creo que ella dijo que eran los recuerdos lo que nos ayudaría a superarlo.

—Recuerdos, vino, amigos. Todo sirve.

Esa sonrisa. Esos hoyuelos. Sí, íbamos a superarlo. Incluso si Cooper estaba con Jamila, un fin de semana con mi amigo Tyler iba a ser genial.

8

SE ME NUBLÓ LA VISTA. Como viví con papá durante la universidad, no había participado en muchos juegos de beber. Lo único que sabía era que no entendía este y que ya había perdido.

—Jazmín.

—Nectarinas.

—Petróleo —dijo Tyler con una sonrisa de confianza.

—Presumido —dijo Jamila.

Olfateé mi copa. Vino. Sabía que si lo probaba, me sabría a… vino. Aunque era posible que ya me hubiera quemado las papilas gustativas con todo lo que había tomado. Empujé la copa hacia el otro lado de mi plato de postre. Mierda, ¿ahí era donde iba? Le eché un vistazo al lugar de Jamila en la mesa. Había puesto su copa de vino al otro lado de su copa de agua. Corregí mi error. La cena de ensayo, con todos sus tenedores y copas elegantes, no estaba a mi altura.

—¿Cómo aprendiste de vinos? —le preguntó Jamila—. ¿Tus padres?

—No —rio entre dientes—. Mi familia es más de Shiner Bock que de Riesling.

Ella dejó su copa y se inclinó hacia adelante. —¿Texas?

—Dallas, nacido y criado.

—Estás lejos de casa, vaquero. ¿Lo extrañas?

—Para nada. Me encanta este lugar. Las oportunidades. Además, en casa siempre estaba un poco lleno.

—Tyler viene de una familia grande. Cuatro hermanos y una hermana —dijo Cooper—. La mayoría fueron atletas universitarios y uno es beisbolista profesional. —Cooper podía hacer eso, sacar datos interesantes de casi cualquiera en Synergy. Le importaba mucho la empresa. Tan atento y generoso.

Pero cuando me volví hacia Tyler, no brillaba de admiración como yo. Se quitó las gafas y las inspeccionó, con los labios apretados en una línea delgada.

—¿En qué equipo? —Al parecer, Jamila no se había dado cuenta de que la burbuja de felicidad de Tyler había estallado.

—Minnesota —dijo él.

—Mamá y papá deben de estar muy orgullosos.

Más tensión se dibujó en su mandíbula. —Lo están. Aunque estarían más felices si jugara más cerca de casa.

—Se perdieron los *playoffs* por poco este año —fue el aporte a la conversación de Andrew, el hermano de Jackson.

Sam, la hermana de Jackson, arrastró una silla y se dejó caer en ella. —¡Sammy! —Andrew se volvió hacia ella—. ¿Te escapaste del Soltero Número Veintidós?

—¿Por qué se le ocurriría que me llevaría bien con un banquero? —Se bajó la falda para cubrirse las rodillas.

—Porque ya lo intentó con empresarios, directores ejecutivos, directores de informática, directores de tecnología e incluso con un par de herederos. Se está desesperando.

—Solo tengo veinticuatro años. Y quizás no me interesa tener pareja. Ni ahora ni nunca. Se lo presenté a Nat y me escabullí. —Hizo un gesto con la mano hacia el otro lado de la sala donde, efectivamente, la menor de los Jones conversaba con un chico guapo con un traje que parecía caro.

Vaya. Sabía que había mujeres así —Alicia decía que antes de conocer a Jackson, ella había sido una de ellas—, pero me costaba imaginar no desear un amor verdadero, de ese que te hace sentir chispas cuando se tocan, del que te hace encoger los dedos de los pies cuando se besan.

—Ya conoces a mamá. Siempre está buscando expandir el imperio Jones, ya sea orgánicamente —Andrew asintió hacia Alicia en la mesa de al lado, que descansaba una mano sobre su vientre— o mediante adquisiciones. Además, ¿qué tiene de malo? Quizá uno de ellos resulte ser una joya escondida.

Ella puso los ojos en blanco. —La única gema que me interesa es el lenguaje de programación Ruby. Nuestra madre puede quedarse con sus caballeros de brillante armadura y sus príncipes azules.

Di un respingo cuando Tyler me susurró al oído. —Creo que esa es nuestra señal.

—¿Nuestra señal?

Se levantó y tiró de mí hacia arriba con nuestras manos unidas. Me tambaleé y me dejé caer sobre su costado. Vaya. Estaba más inestable de lo que pensaba. *Maldito vino.*

—Necesito llevar a Marlee a la cama. —Y de hecho, subió y bajó las cejas de forma pícara en dirección a Cooper—. Mañana es un gran día.

Miré a Cooper. Sus propias cejas pobladas se arquearon. —Buenas noches. Nos vemos mañana.

Maldita sea. Aparte del arqueo de cejas, estaba impasible.

Mientras nos alejábamos, Tyler me susurró al oído: —¿Está bien si te toco la cadera?

¿Esto era parte de la cita falsa? ¿O estaba actuando como mi amigo y evitando que me cayera? Todo se había vuelto borroso en los bordes. —Mmm… está bien.

Su mano se deslizó de mi hombro a la parte baja de mi espalda, donde se detuvo. El alcohol debía de haberme afectado las terminaciones nerviosas, porque un cosquilleo de chispas siguió su mano hasta donde se posó en la curva superior de mi trasero. Me guio entre las mesas hacia la puerta como si me tocara así todos los días.

—¿Todo bien? —murmuró en mi oído, su aliento cálido me

puso la piel de gallina en el cuello.

—Esa no es mi cadera —susurré.

Miró por encima de su hombro. —Creo que funcionó, de todos modos. Te está mirando el trasero.

Probablemente porque brillaba por el cosquilleo que había creado el toque de Tyler. Había pasado demasiado tiempo —tres años— desde que había dejado que alguien se acercara tanto.

Toda la situación era extraña. Ya había salido con amigos antes, incluido Tyler. Partidos de béisbol, bares, incluso fui a un evento de recaudación de fondos de gala con Jackson una vez. Pero nunca había fingido una cita con nadie. ¿Lo estábamos haciendo bien? Se sentía bien —físicamente—, ya que mi piel reaccionaba con un estremecimiento feliz cada vez que Tyler me tocaba. Pero en mi interior, más allá de mis hormigueantes terminaciones nerviosas, se sentía mal. Incluso si funcionaba y Cooper me decía que él y Jamila solo eran amigos y que podía amarme, ¿llegaría a arrepentirme de la mentira que había dicho para darle un empujón?

Cuando la puerta del restaurante se cerró detrás de nosotros, me aparté. O lo intenté. Al dejar la seguridad del apoyo de Tyler, choqué contra la pared. Él extendió la mano hacia mí, pero se detuvo cuando levanté una mano y me mantuve de pie, apoyada en la pared.

—Gracias —dije—. Estoy bien. —Aferrada a la barandilla, me mordí la lengua y subí las escaleras con mucho cuidado. *Maldito vino. Malditos tacones.*

Logré mantenerme erguida y crucé la sala de catas hasta la puerta, que él me abrió con una floritura. Afuera, tomé una profunda bocanada del aire fresco de la noche para recuperar la sobriedad. No funcionó. Sin el apoyo de Tyler ni de mi nueva mejor amiga, la pared, el horizonte se inclinó y me tambaleé sobre los tacones.

—Tengo que sentarme. —Sin preocuparme por la suciedad en mi vestido de tienda de segunda mano, me dejé caer en el escalón superior del porche.

—¿Estás bien? —El escalón tembló cuando Tyler se dejó caer en él.

—Soy más de cerveza. Ese vino se me subió directo a la cabeza. —Miré las estrellas para estabilizarme y distinguí a Pegaso. Su forma de diamante me recordó algo de lo que habíamos hablado antes.

—¿Así que tu hermano es un beisbolista profesional? ¿Por qué no lo sabía?

Aparté la vista del cielo justo a tiempo para ver cómo se le endurecía la mandíbula. —No hablo mucho de mi familia.

—Ah. —Le froté el brazo—. Siento haberlo mencionado. ¿Tú también practicabas algún deporte?

Él se inclinó hacia mi caricia. —No. O sea, me gustaba jugar con mis hermanos. Y en los equipos del instituto. Pero en cuanto empecé a programar, supe que eso era lo mío. Conseguir un trabajo en Synergy, trabajar con Jay, fue un sueño hecho realidad. Mi versión de las Olimpiadas.

—Estoy segura de que tu familia también está orgullosa de ti. Eres un programador estrella en una empresa de rápido crecimiento. Te ha ido muy bien.

Una comisura de su boca se tensó. —No es fácil ser el friki en una familia de atletas. Los deportes son mucho más fáciles de entender que el *software*. —Bebió un sorbo de su vino—. Tampoco ayudó que le dijera a mi hermano que terminara sus estudios antes de entrar en el *draft*.

Ah.

Claro, papá me regañaba por no alcanzar mi potencial, pero nunca me había comparado con nadie más. Me habría apoyado incluso si hubiera tenido un hermano superestrella. Y me había insistido mucho para que terminara mis estudios, incluso después de que Jackson me contratara.

—*Yo sí* entiendo de *software*. Y sé que la estás rompiendo en Synergy. ¿Crees que te quedarás un tiempo? —Los programadores de la Bahía tendían a ser pasajeros, siempre buscando escalar en la escala salarial.

—Sí. No me imagino queriendo irme.

—Bien. Sigo pensando que deberías postularte para ese puesto de gerente.

Bajó la cabeza. —No lo sé. Tengo mucho más que aprender sobre *software* antes de empezar a decirles a los demás qué hacer. Pero ¿y tú? ¿Alguna vez has pensado en unirte a nosotros en el cuarto piso?

Por supuesto que sí. Pero programar de manera oficial significaba horarios menos flexibles. —No puedo. Tengo que volver a casa con papá.

—¿Por qué?

Mierda. Aspiré el aire fresco de la noche para hacer que mi cerebro funcionara mejor. No tenía intención de contarle a Tyler los problemas de papá. Cuando les decía a mis amigos que tenía que cuidarlo, nunca me creían. Incluso si lo conocían en uno de sus días malos, me preguntaban por qué él era mi problema, por qué no podía vivir en un asilo. En cualquier caso, pensaban que estaba poniendo excusas y dejaban de invitarme a salir. Nadie lo entendía. Excepto Alicia, que tenía que cuidar a su propio sobrino. Hasta ahora, Tyler había sido persistente. Seguía invitándome a *happy hours*, a ligas de sóftbol y a fiestas. Pero quizá si le contaba sobre mi vida en casa, él también se daría por vencido conmigo. Y yo quería conservar a Tyler. Sobre todo ahora que la vida de Alicia estaba cambiando.

—Ah, ya sabes, se siente solo todo el día en casa. Si no vuelvo a tiempo, podría ponerse a ver las noticias por cable. Y entonces tendría que empezar a preocuparme por la política.

Tyler rio entre dientes. —No podemos permitir eso.

Crisis evitada. Me levanté. —¿Me acompañas a la posada?

Me lanzó una mirada evaluadora que me provocó escalofríos en el cuello.

Le di un golpe en el brazo. —No lo decía en *ese* sentido, tú… tú. No estoy segura de poder volver sin torcerme un tobillo.

—Por supuesto, Lady Rice. —Se puso de pie, me hizo una reverencia burlona y otra floritura con el brazo mientras me ofrecía su codo. Deslicé mi mano y le apreté el bíceps. Su bíceps duro como una roca.

La noche era clara, con una luna gibosa menguante que iluminaba el camino de vuelta a la posada. Una brisa fresca suspiraba a través del viñedo a nuestra derecha, avivando el dulce aroma de las uvas caídas que se habían librado de la cosecha. La masa y el calor de Tyler me protegían del frío que no había previsto cuando salí de la posada antes con mi fino vestido.

Las luces de la posada brillaban delante de nosotros. ¿Cómo se terminaba una cita falsa? ¿Con un beso falso? ¿O uno de verdad? Mi cerebro, pegajoso por el vino, se atascó en la pregunta. ¿Cómo se sentirían sus labios sobre los míos? ¿Habría una chispa como cuando me tocó el trasero?

Me mordí el interior de la mejilla para concentrarme. No, este era Tyler. No habría besos. Ni más vino que me revolviera los pensamientos.

Por fin, llegamos al porche de la posada.

—Bueno, aquí me quedo —dije, soltando su brazo y apoyándome en la barandilla de la escalera como soporte.

Se metió las manos en los bolsillos. —¿Necesitas que te acompañe a tu habitación?

—No. —Levanté la barbilla y, como prueba, solté la barandilla. Sorprendiéndome incluso a mí misma, me mantuve en pie—. Gracias.

—Solo preguntaba. —Bajo la luz de la lámpara, las pupilas de Tyler casi habían consumido sus iris avellana.

—No intentarás manejar de vuelta a tu hotel, ¿verdad?

—No, alguien me llevará. No te preocupes por mí. —Bajó la vista a sus zapatillas Vans.

Ahora lamentaba haber sido tan cortante. Nos habíamos divertido y no había sido incómodo… hasta ahora. Y eso era culpa mía.

—Los amigos se preocupan el uno por el otro. Así que ten cuidado esta noche. No quisiera que le pasara nada a mi pareja para la boda.

Eso le hizo levantar la vista y sonreír. —Nos vemos mañana, pareja para la boda.

No pude evitar devolverle la sonrisa. —Buenas noches, pareja para la boda.

—Toma un poco de agua —fue lo último que oí mientras subía los escalones, aferrándome a la barandilla.

9

CUATROCIENTOS PARES de ojos nos observaban donde estábamos de pie en el escenario del salón de recepciones; yo, con mi vestido de dama de honor amarillo pajizo y Cooper, que se veía para comérselo en su esmoquin. A pesar de sus años de práctica hablando frente a audiencias, la sonrisa de Cooper se veía forzada, tensa. Quizás él también sentía las secuelas del vino de anoche.

Le di una sonrisa de aliento y murmuré:

—Podemos con esto.

Tiannah, sentada junto a Alicia en la mesa principal, y Andrew, al otro lado de Jackson, ya habían hecho sus brindis. Ahora era nuestro turno, el momento que llevaba semanas planeando.

Levantando mi copa de ginger ale, me incliné hacia el micrófono.

—Estamos aquí esta noche para celebrar el matrimonio de Alicia y Jackson con la ayuda de tantos familiares y amigos, incluyendo a toda la junta directiva de Synergy. —Hice un gesto hacia la mesa de los VIP a mi izquierda e hice una pausa para recibir el aplauso cortés—.

—Y *nosotros* —Cooper me rodeó los hombros con un brazo de

manera casual, haciendo que mi estómago diera un vuelco—, estamos aquí como el amigo más antiguo de Jay...

—... y la amiga más reciente de Alicia. —Le sonreí. La pobrecita estaba rodeada por la familia intimidantemente rica de Jackson y la élite tecnológica de San Francisco, y ni siquiera podía relajarse con champaña. Pero el estrés de un embarazo inesperado, una nueva ciudad y una nueva familia que vivía su vida en las revistas de negocios no la agobiaron esta noche. Prácticamente flotaba de felicidad por haberse unido a su alma gemela.

—Conozco a Jay desde que éramos compañeros de cuarto en la universidad. A través de Jay, he desarrollado un aprecio por los autos deportivos europeos —Cooper hizo una pausa ante la carcajada de la multitud—, y gracias a mí, Jay se sabe cada palabra de *Casablanca*. Juntos, convertimos la idea de Jay en una compañía Fortune 1000 con oficinas en todo el mundo. Y de todas las empresas de software, en todas las ciudades, en todo el mundo, Alicia entra en la de Jay. —Hizo una nueva pausa para la risa de agradecimiento de los invitados—. Aunque fue muy inapropiado que se enamorara de una consultora...

—... también fue increíblemente romántico —dije—. Cuando los vi juntos por primera vez, supe que estaban coladitos.

—Jay no es conocido por su capacidad de concentración —dijo Cooper—. Creo que lo único que lo ayudó a pasar Inglés de primer año fueron mis resúmenes en pantomima de los libros que no quería leer.

Jackson gritó:

—Deberían haberlo visto hacer *Cometas en el cielo*.

La sonrisa de Cooper era afectuosa mientras se volvía hacia la multitud.

—Pero desde que conoció a Alicia, ha mostrado una nueva dedicación. El año pasado, él y Alicia llevaron a nuestro equipo al lanzamiento de producto más exitoso en la historia de Synergy. — Estallaron los vítores en las mesas de los empleados de Synergy y de la junta directiva. El precio de las acciones había subido un veinticinco por ciento en los últimos nueve meses—. Alicia es la única persona que he conocido que puede mantener a Jay a raya. Sé que yo nunca pude.

—Como toda pareja, han tenido sus altibajos —dije—, pero nunca he visto a dos personas más enamoradas, no desde mi propia madre y mi padre. Así que no podría estar más feliz de que mi jefe haya conocido a una compañera tan excelente, y de que mi amiga haya encontrado al amor de su vida. Levantemos todos nuestras copas por muchos años de felicidad por venir.

Cooper dijo:

—El futuro es nuestro, chicos.

Todos los invitados levantaron sus copas en el brindis, Jackson y Alicia se besaron, y el murmullo de la conversación se reanudó.

Cuando bajamos del escenario, me volví hacia Cooper, me puse de puntillas y lo abracé, tratando de que pareciera espontáneo aunque lo había estado planeando durante días.

—Muchas gracias, Cooper. No podría haberlo hecho sin ti —le susurré al oído. Santa Ada Lovelace, qué bien olía. Hierbabuena, champaña y la perfección de un héroe romántico. Después de un abrazo demasiado largo, bajé a mis talones a regañadientes y me alejé de él.

La cantante se acercó al micrófono, la banda empezó a tocar y Jackson hizo girar a Alicia por la pista de baile.

—Se ven tan felices. —Nunca había visto a Jackson tan relajado, tan contento. Alicia era como la música en sus audífonos, calmándolo, centrándolo. ¿Podría yo ser eso para Cooper? ¿Algún día, la pequeña arruga entre sus cejas se suavizaría cuando yo estuviera cerca?

No esa noche. El surco era profundo cuando dijo:

—¿Tú crees? Yo creo que se ve… cansado.

—¡No! Bueno, quizás un poco. —Alicia era la que se veía cansada. La había visto antes de que la estilista le cubriera las ojeras—. Han trabajado duro para organizar esto y para terminar el trabajo y poder escaparse a Fiji.

—Y yo soy el que tendrá que cubrirlo mientras él no esté —refunfuñó.

Ah. *Eso* era lo que lo tenía tan malhumorado.

—Te ayudaré mientras él esté fuera. —Todo parte del plan—. ¿No vale la pena verlos tan felices?

Tyler se acercó a nosotros y le agarré el brazo para acercarlo.

—Tyler, ¿no crees que se ven felices?

—Nunca los he visto más felices. —Levantó su copa de champaña—. Que todos nos casemos con los amores de nuestra vida. —Bajo la luz sobre la pista de baile, el verde superaba a los otros colores en sus ojos color avellana.

—¡Salud por eso! —Le eché un vistazo a Cooper. Su copa colgaba de sus dedos a un costado, y fruncía el ceño a la pareja.

La canción terminó y, mientras todos a nuestro alrededor aplaudían, Alicia y Jackson nos hicieron señas para que nos uniéramos a ellos en la pista de baile.

Tyler me tocó el brazo.

—¿Bailamos, pareja de bodas?

—Oh. Yo, um… —El pesar en mi cara era real. Hubiera preferido quedarme y hablar con Tyler, que de hecho parecía estar divirtiéndose, que con el malhumorado de Cooper. Pero era el segundo paso del plan—. Este es mi baile con Cooper.

Por un momento, las comisuras de los labios de Tyler se tensaron, pero luego su expresión se aclaró a su habitual genialidad.

—Está bien. Pero recuerda, Fallon, que Marlee es mi pareja esta noche.

Las yemas de mis dedos hormiguearon. Tyler era *bueno* en esto de la cita falsa.

Aparentemente, yo no. Me sacudí los dedos.

Cuando Cooper me tendió la mano, la tomé y lo seguí hasta el centro de la pista. Levantó nuestras manos entrelazadas y puso su otra mano en mi espalda. En mi espalda desnuda, por encima de mi vestido de satén de corte bajo. Sus ojos se abrieron como platos mientras deslizaba la mano más abajo, encontrando finalmente la tela en la curva de mi espalda, justo por encima de donde la mano de Tyler había rozado mi trasero anoche. Bajo el peso de su mano, la tela delgada se pegaba a mi piel húmeda de sudor. Eso probablemente explicaba por qué no me recorrían los mismos escalofríos que tuve anoche cuando Tyler me tocó allí.

—No querríamos poner celoso a tu pareja, ¿verdad?

Forcé una risa. Uf. La ironía.

—Supongo que esta noche no es el momento para advertirte sobre los desafíos de salir con un compañero de trabajo. —Tenía los ojos fijos en Alicia y Jackson.

Levanté la barbilla.

—A ellos les fue bien. Están más felices que un par de heliofísicos durante un eclipse solar.

—Claro. —Me miró—. Te digo esto porque me importas, Marlee.

—¿Te… te importo? —Contuve la respiración y esperé. ¿Podría estar a punto de decirme que sentía algo por mí?

—Como a un hermano mayor.

Mierda. Bueno, podía trabajar con eso.

—Jackson es como mi hermano. Tú eres como el mejor amigo de mi hermano. —Uno de mis clichés románticos favoritos. Y si la heroína era persistente, el amigo del hermano siempre se enamoraba de ella al final.

Claramente, Cooper no había leído ninguna novela romántica del mejor amigo del hermano.

—Como sea, si algo fuera a… a pasar entre tú y Tyler, sería difícil, incómodo, para ti verlo en el trabajo todos los días. Dolería estar tan cerca de él y saber que nunca podrás estar con él.

Mis pies dejaron de moverse. ¿Me estaba advirtiendo sobre las relaciones entre compañeros de trabajo porque eso era lo que lo estaba frenando a *él*? ¿Había evitado empezar algo conmigo porque le tenía miedo a las consecuencias en el trabajo? ¿Jamila era solo una distracción para él? Mi corazón, cada órgano de mi cuerpo, se llenó de promesa.

—Yo mantendría la esperanza. De que pudiéramos resolverlo y estar juntos. Algún día.

Sus ojos azul hielo se derritieron un poco con eso.

—Eso es lo que amo de ti, Marlee. Eres un rayo de sol en

tiempos oscuros. Gracias. —Se inclinó para besar mi mejilla. Contuve un gritito. Había dicho «amo» y me había besado, aunque sus labios estaban fríos e inertes.

La canción terminó, y me aparté de él para aplaudir a la banda. Mi cabeza daba vueltas y no sentía los pies. Floté de vuelta hacia Tyler al borde de la pista de baile.

—Gracias, Tyler, por darme el gusto. Y gracias a ti, Marlee. —Cooper asintió, casi una reverencia principesca.

Tyler posó una mano posesiva en la piel desnuda de la parte baja de mi espalda —¡zas!— y besó mi mejilla. La otra, no la que Cooper acababa de besar, y más cerca de mi boca, por lo que mis propios labios vibraron con anticipación. La ternura en ese breve toque me hizo derretir. Cooper podría aprender una o dos cosas.

—Gran trabajo con el brindis, por cierto. Todo el mundo está hablando de eso —dijo Tyler. Me atrajo hacia su costado y miró a Cooper, con las cejas levantadas, en el equilibrio justo entre amigable y *manos-fuera-de-mi-chica*.

—Gracias —dije—. Trabajamos bien juntos, ¿no crees, Cooper?

Los ojos de Cooper se detuvieron en la mano de Tyler en mi cadera.

—Mmm. Necesito encontrar a Jamila. Y una bebida. Diviértanse. —Se dio la vuelta y se dirigió con paso decidido hacia el bar.

Eso no había terminado tan bien.

Tyler masajeó un círculo en la parte baja de mi espalda.

—Parece que tuvieron un momento ahí afuera. —Asintió hacia la pista de baile.

El subidón del baile se desvaneció.

—No sé. Me llamó «rayo de sol». ¿Qué crees que significa eso?

Tyler relajó su postura rígida.

—Creo que significa que te ves fantástica con ese vestido. Con el pelo recogido, te pareces a, um… esa princesa… mi hermana tenía una muñeca que llevaba un gran vestido amarillo.

—¿Bella? ¿De *La Bella y la Bestia*?

—Esa misma.

—Ay. Eres la pareja de bodas más tierna del mundo. —Lo abracé.

Él se apartó.

—¿Tierno?

—Definitivamente.

—Ningún chico quiere que le digan tierno. O agradable.

—Pero eres ambas cosas.

Puso los ojos en blanco hacia los focos sobre el escenario.

—¿Bailas conmigo?

—Claro.

Justo antes de entrar en la pista de baile, vi al larguirucho Noah, de once años, sentado solo en una mesa. Sus abuelas se habían unido al baile: la madre de Alicia con Jackson y su madrastra con Alicia. Había muchos otros niños en la boda —un montón de jóvenes primos Jones— pero se agrupaban alrededor de la mesa del pastel, dejando a Noah solo. La noche debía haber sido extraña para Noah, marcando la transición oficial para él y Alicia a la familia Jones, y mi corazón se encogió por el niño que había sufrido tantos cambios en el último año. Y que había perdido a su madre, igual que yo. Me detuve junto a Noah, haciendo que Tyler se detuviera.

—Hola, Noah —dije—. Tyler y yo vamos a bailar. ¿Quieres venir?

Sus orejas se pusieron rosadas y sacudió la cabeza, haciendo que los largos mechones rubios oscuros volaran sobre su cara.

—No, gracias. —Noah, me había dicho Alicia, había estado un poco enamorado de mí desde que fui su niñera hacía unos meses.

Tyler se agachó frente a él. Habló en voz baja, pero lo oí decir:

—Mira, amigo, cuando una chica guapa te pide que bailes, dices que sí. Puede que no te lo vuelva a pedir.

Noah tragó saliva y asintió, con los ojos muy abiertos. Le extendí la mano, y él la tomó y nos siguió a la pista de baile, donde la banda tocaba una melodía pop de los 60. Tyler se lanzó a un ridículo contoneo de chico de fraternidad, y Noah y yo nos reímos y bailamos al compás.

Mientras bailábamos, mis ojos se posaron en Alicia y Jackson, que se habían vuelto a juntar, balanceándose lentamente fuera de ritmo con la canción rápida. Me recordaron a la foto de la boda de mis padres. Su boda no había sido opulenta en absoluto, pero las expresiones de sus rostros eran muy similares a las de mis amigos. Un amor puro brillaba en los ojos azules de Alicia mientras miraba a su marido. Suspiré con todo el cuerpo.

Unas canciones más tarde, estaba sudada y mi pelo empezaba a escaparse de su peinado rociado hasta la rigidez cuando la banda pasó a «Something» de los Beatles. Alicia se acercó y le preguntó a Noah:

—Oye, amiguito. ¿Bailas conmigo?

—Claro. —Alicia me dedicó una sonrisa de agradecimiento por encima de su cabeza mientras se alejaban girando.

Tyler se acercó más y tomó mi mano derecha. Dudó un momento y luego deslizó su brazo por mi espalda, atrayéndome hasta que solo unos pocos centímetros nos separaban.

—¿Está bien? —preguntó.

—Está bien. —Pero estaba más que bien. Tyler estaba tan acalorado como yo, y su camisa blanca de cuello, desabotonada en el cuello, se le pegaba a la piel. El aroma de su colonia —cedro y cítricos— florecía a corta distancia. Levanté la vista hacia sus ojos, un caleidoscopio de esmeralda, ámbar y zafiro. Un atisbo de barba incipiente suavizaba su fuerte mandíbula. Cuando las luces del escenario le dieron en la cara, su atractivo me golpeó como un balonazo en las tripas. Nunca lo había *mirado* de verdad antes. Ciertamente no desde tan cerca.

—Mmm-hmm.

—¿Qué dices? —preguntó.

—Solo estaba de acuerdo contigo.

—No he dicho nada.

—Ah. —Si hubiera estado bebiendo, le habría echado la culpa al vino. Entonces me di cuenta de que habíamos cerrado los pocos centímetros entre nuestros cuerpos, y la seda amarilla que cubría mis pechos se apretaba directamente contra el fino algodón de su camisa.

Tyler miró por encima de mi hombro.

—Prepárate para la fase dos.

—¿Qué?

—Operación Príncipe Azul. La fase uno era bailar. —Nos guio en un cuarto de giro y respiró hondo—. ¿Lista?

—Para qu…

Me besó.

Y el mundo se detuvo.

Quiero decir, el mundo siguió girando a nuestro alrededor, y el cantante canturreaba: «Don'no quiero dejarla ahora», y las otras parejas seguían balanceándose, y las luces de colores se movían. Pero para mí, todo se desvaneció excepto el suave roce de los labios de Tyler sobre los míos y sus brazos sosteniéndome en esa pista de baile. Podrían haber sido cinco segundos o cinco minutos o cinco horas porque el tiempo se acabó mientras mis ojos se cerraban y nuestros labios se encontraban.

Finalmente, se apartó lentamente y abrí los ojos. Mi mano derecha estaba enredada en el pelo de su nuca, y él me miraba fijamente a la cara. Su pecho subía y bajaba como si hubiera subido un tramo de escaleras. O quizás era mi pecho el que subía y bajaba.

Entonces sus ojos se desviaron hacia mi derecha, donde Cooper nos observaba por encima del hombro de Jamila.

10

MIENTRAS TYLER y yo girábamos en el centro de la pista de baile, el sudor me humedecía la frente y me dolían los pies, pero no podía recordar la última vez que me había sentido tanto como la estrella de un musical de Rodgers y Hammerstein. Si hubiera sido capaz de entonar una melodía, habría roto a cantar.

Papá nunca tuvo dinero ni tiempo para enviarme a clases de baile, pero enrollaba la alfombra de la sala y me enseñó lo básico con «Could I Have this Dance» de Anne Murray. Por mucho que fantaseara con ser una princesa en un baile, habría necesitado lecciones al nivel de Mia Thermopolis impartidas por la mismísima Julie Andrews para llegar a serlo. Pero esa noche, Tyler era mi propio Fred Astaire, haciéndome girar como si yo fuera Ginger Rogers.

La banda arrancó con «Can't Help Falling in Love» de Elvis Presley, y Tyler me hizo girar hacia afuera y luego de vuelta hacia él. Mi vaporosa falda amarilla se abrió alrededor de mis tobillos y se enredó en las piernas de su pantalón.

—¿Eres una especie de gigoló de bodas? —le pregunté.

—¿Qué? —me dedicó una sonrisa perpleja mientras esquivaba hábilmente a un par de niñas de las flores que daban vueltas.

—¿Te contratan para bailar con las damas de honor y las tías solteronas?

Tyler tarareó y me guio hacia el foco de luz en el centro de la pista.

—Eres un bailarín fabuloso. Yo soy pésima para bailar y has hecho que me vea bien toda la noche.

—Tú ya te veías bien —hizo que diéramos una vuelta rápida—. Yo solo hice que te vieras con gracia.

Resoplé. Con gracia.

—Mi mamá —dijo él.

—¿Qué?

—Mi madre nos enseñó a bailar a todos los chicos. Dijo que no quería que la avergonzáramos en el baile de madre e hijo de la escuela.

Me imaginé a Tyler y a cuatro hermanos idénticos vestidos de traje y alineados como un bufé. Apetitoso. Pero aun así… —Pobre de tu madre.

—Éramos mejores para bloquear y taclear que para el foxtrot, pero nos defendimos.

Cuando la canción terminó y el cantante anunció un descanso de quince minutos, la euforia del baile se evaporó, haciendo que mis pies palpitaran dentro de mis endebles sandalias.

—Tengo que sentarme —gemí.

—Ah. Cierto. Lo siento. —Tyler me ofreció un brazo para que me apoyara y me condujo a una mesa.

—No hay por qué disculparse —me dejé caer en una silla—. No recuerdo haberlo pasado tan bien en una boda.

Él sonrió. —¿Agua o champaña?

—Agua, por favor.

—Ahora vuelvo.

Lo observé caminar hacia la barra. Su camisa de vestir se le pegaba a la piel, arrugada donde mi palma sudorosa había sujetado su hombro. Tenía la cara sonrojada, pero sonreía, con una postura relajada y natural. Hasta que Cooper se le acercó por detrás y le dijo algo. Tyler se dio la vuelta bruscamente.

Mi teléfono vibró en el bolsillo de mi vestido, lo saqué y abrí la aplicación de mensajes.

PAPÁ

Ya me voy a dormir. Espero que te estés divirtiendo en la fiesta.

Sí, me estoy divirtiendo. Buenas noches. Te llamo mañana por la mañana.

Incluso el dolor punzante en mis pies disminuyó. A papá le había ido genial este fin de semana. Todos esos pequeños deslices que había tenido en las últimas semanas eran parte perfectamente normal del proceso de envejecimiento. Y aquí estaba yo, en la boda de mis amigos, bailando como cualquier otra joven de veinticinco años, no sentada en casa como una reclusa sin amigos.

—Una fiesta fantástica. —Jamila Jallow se acomodó en la silla frente a mí, apartando mi atención del teléfono. Su vestido magenta ceñido al cuerpo no mostraba arrugas, y solo el brillo de su piel insinuaba que había bailado casi tanto como yo.

—Es como un baile de cuento de hadas. —Con mis pies, busqué a tientas mis sandalias debajo de la silla. Las encontré y metí los dedos. No podía hablar con la elegante Jamila estando descalza.

Ella se recostó en la silla, enganchando el brazo sobre el respaldo. —Me agradas, Marlee. Y por lo que dice Cooper, eres brillante.

—Gracias. —Me erguí un poco más.

—¿Puedo ser directa con usted? De mujer profesional a mujer profesional.

Parpadeé. ¿Jamila Jallow, directora ejecutiva de su propia empresa y supermujer en todos los sentidos, quería darme un consejo? —Cla-claro.

Se inclinó hacia adelante, con los codos en las rodillas. Cuando su mirada me recorrió, me sentí transparente, expuesta. —El mundo del software es un mundo de hombres. Por ahora. Eso significa que tienes que usar esa cabeza. Y esos lindos ojos cafés. —Hizo una pausa de unos segundos.

Era el consejo profesional más extraño que había escuchado. —¿Mmm-hmm?

—Creo que alguna fantasía te impide ver lo que tienes delante. Y lo que podría ser.

¿Se refería a mi enamoramiento? —¿Por qué cree que es solo una fantasía? ¿No cree que podría…?

—Creo que Cooper Fallon es un hombre complicado. Pero eres joven. Talentosa. Tu cerebro se desperdicia administrando calendarios y llenando informes de gastos. —Dijo lo mismo que mi padre.

—Eso no es todo lo que…

—Podrías hacer más. —Su tono me cortó en seco. Imaginé que también funcionaba en la sala de juntas. De su bolso de mano, sacó una tarjeta de presentación y me la tendió—. Lo que sea que necesites —consejos, mentoría, un nuevo trabajo— —descartó mi protesta con un gesto de la mano—, llámame. Cuando estés lista.

Deslicé la tarjeta en el bolsillo de mi falda. No la necesitaría, pero fue amable de su parte ofrecerla.

Miró hacia la barra y seguí su mirada para encontrar a Cooper y Tyler que venían hacia nosotras, con bebidas en las manos. —No me lo has pedido, pero también te daré un consejo personal. Aférrate a Tyler con ambas manos. Ese chico es especial.

Se puso de pie justo cuando Cooper llegaba a la mesa. Él le entregó una copa de champaña.

—¿Sabes qué iría genial con esto? Otro pedazo de pastel. —¿Le estaba poniendo ojitos?

—Por supuesto —dijo él. Nos saludó con la cabeza a Tyler y a mí y se alejó, con el brazo alrededor de la estrecha cintura de Jamila.

¿Jamila acababa de advertirme que me alejara de Cooper bajo el pretexto de un consejo profesional? ¿Intentaba evitarme un disgusto porque ella y Cooper estaban juntos o intentaba desviarme porque se sentía amenazada? ¿O estaba intentando robarme de Synergy? Un dolor me punzó la frente. Le quité el vaso de agua a Tyler y me lo bebí de un trago.

—¿Estás bien? —Tyler se acomodó en la silla de Jamila.

—Bien. —Bebí más agua y lo observé por encima del borde del vaso. *Especial*, lo había llamado ella. Era dulce. Un poco bobalicón. Todo lo contrario a Cooper Fallon. La confianza envolvía a Cooper en un aura dorada. Él evaluaba cada situación y luego actuaba con autoridad. Incluso se movía con la gracia fluida de un león.

Tyler giraba su copa de champaña sobre la mesa. Seguía a Jackson como un cachorrito. Uno torpe con patas demasiado grandes. Escuchaba más de lo que hablaba, y demasiadas de sus frases terminaban con un tono ascendente, como si fueran preguntas. Era adorable en un amigo, pero ¿en un amante? No era lo que yo quería.

Por muy bien que lo estuviéramos pasando o por excelente bailarín que fuera Tyler, simplemente no había comparación.

DESPUÉS DE QUE nos reunimos para despedir a Alicia y Jackson, la punzada en mi frente se convirtió en un dolor de cabeza en toda regla, así que cojeé hasta la mesa principal para escapar de la música fuerte. Tyler fue en busca de ibuprofeno.

Saqué el teléfono de mi bolso de mano. Ningún mensaje nuevo de papá ni de nuestra vecina, Alma, que había pasado la tarde con él. Ella me habría dicho si papá hubiera tenido algún problema del que no me hubiera hablado.

Cuando levanté la vista del teléfono, Cooper estaba de pie a unos pocos asientos de distancia, jugueteando con un boutonnière. Al principio pensé que acababa de quitárselo, pero luego me di cuenta de que el suyo todavía estaba prendido en su solapa, magullado de tanto bailar. Con Jamila. El que tenía en la mano llevaba un alcatraz blanco, lo que indicaba que era el de Jackson.

—¿Cree que lo querrá? —pregunté. Lo dudaba; lo único que Jackson coleccionaba eran camisetas vintage. Y autos.

Cooper se sobresaltó y levantó la vista. Se frotó la nuca. —Mmm, tal vez. —Se guardó la flor en el bolsillo del pecho—. Se lo guardaré, por si acaso.

Es tan considerado. Aunque Jackson probablemente se reiría de su sentimentalismo, Cooper iba a guardar este recuerdo de su boda para su amigo. Una cosa más que teníamos en común: yo guardaba mi ramillete de graduación seco en el cajón debajo del asiento junto a la ventana de mi habitación.

Ambos teníamos otras citas y era casi medianoche, pero no podía dejar pasar esta oportunidad. Ignorando el dolor de mis pies, caminé los pocos pasos hasta su lado. —¿Quiere que tomemos algo más tarde en la posada? Podemos hablar y relajarnos. —Su ceño fruncido me dijo que tenía algo en mente. Tal vez finalmente superaríamos las conversaciones incómodas que siempre parecíamos tener y hablaríamos de algo importante.

—Gracias, pero no. —Su mirada se posó en el ramo de Alicia, también abandonado sobre la mesa—. Mila tiene que irse a casa esta noche.

Toda mi felicidad por el baile se disipó, dejándome con un nudo pesado en el estómago. Se iba a casa con Jamila.

—¿No se va a quedar? Alicia y Jackson lo extrañarán en el brunch de mañana por la mañana. No los verá antes de que se vayan de luna de miel.

—No, yo... no puedo. —Apartó la mirada de las flores y me miró a los ojos—. Dile a Jay que tenga un buen viaje. Te veré en la oficina el lunes.

Asentí, pero apreté los puños. Mis planes de hablar con Cooper, de confesarle finalmente mi enamoramiento y ver si sentía algo parecido a lo que yo sentía, se habían ido completamente al diablo. Todo lo que podía hacer era pasar al segundo paso del plan el lunes.

—Maneje con cuidado. —Forcé una sonrisa.

Se dio la vuelta y se dirigió a la mesa donde estaba Jamila, alta, elegante y, a diferencia de mí, todavía con zapatos, hablando con algunos ejecutivos de Synergy. Puso la mano en la parte baja de su espalda y se inclinó para susurrarle al oído. Ella enlazó su cintura con el brazo y le ofreció la mejilla para un beso. Maldición. Se veían tan cómodos juntos. Como amantes.

—¿Qué pasa?

Aflojando la mandíbula y los puños, intenté sonreírle a Tyler, que se había acercado mientras yo los miraba fijamente. —Nada. —Pero miré hacia donde estaban Cooper y Jamila, abrazados.

Él siguió mi mirada e inclinó la cabeza hacia un lado, observándolos. Luego me tendió dos tabletas naranjas y una botella de agua.

Me tragué las pastillas, deseando que también pudieran adormecer mis celos.

—Sentémonos hasta que hagan efecto. —Su tono era tan suave que hizo que se me llenaran los ojos de lágrimas.

—Está bien.

Tyler se sentó en la silla junto a mí y señaló mis pies. —¿Te importa si...?

—¿Quieres tocarme los pies? Pero están sudados.

—Y te duelen. —Alcanzó mi tobillo y apoyó mi talón en su rodilla. Su mano acarició el surco rojo en mi tobillo donde la tira se había clavado—. ¿Está bien?

—S-sí. —Sus manos estaban tibias y aplicó la cantidad perfecta de presión para aliviar el dolor que los malditos zapatos habían dejado.

Continuó por el empeine de mi pie y pasó su mano sobre la marca de la tira sobre mis dedos. Me recliné en la silla.

—¿Todavía te duele la cabeza? —preguntó.

—Mmm-hmm.

Presionó con el pulgar entre mi dedo gordo y el segundo dedo. Dejar que un amigo, un compañero de trabajo, me tocara los pies era extraño. Pero mientras presionaba entre mis dedos, el dolor en mi cabeza disminuyó. ¿Desde cuándo el ibuprofeno funcionaba tan rápido?

—¿Qué... qué estás haciendo?

—¿Quieres que pare?

—¡No! Está ayudando.

Él sonrió. —Eso pensé. Puedes confiar en mí.

Y lo hacía. Sus pulgares se movieron sobre la parte superior de mi dedo gordo y luego por debajo, hasta la almohadilla de mi pie. La música de la banda se desvaneció, y también los demás invitados de la boda. La tensión abandonó mis músculos y me derretí en la silla.

Me había sorprendido dos veces esta noche. Primero con sus habilidades para el baile, y ahora con el masaje de pies de nivel profesional. ¿Qué otros talentos ocultos poseía? ¿Qué más no sabía de mi amigo, Tyler Young?

Dejando mi pie ahora deshuesado sobre su rodilla, tomó el otro, acariciando mi pantorrilla. Usó las mismas caricias largas por mi tobillo y sobre el empeine de mi pie, aliviando los músculos tensos debajo.

Movió sus manos a mi arco y trabajó un punto allí. Suavemente al principio, luego aumentando lentamente la presión. El músculo se relajó y se volvió flexible. No sabía nada de bioenergía, chi o prana, pero algo místico estaba sucediendo en mi pie.

No solo en mi pie. Un cosquilleo subió por mi tobillo y se detuvo en la unión de mis muslos. Pulsante. Ardiente. Bajé la vista para comprobar que sus manos seguían en mi pie y no habían subido por mi falda, donde dedos fantasmales me tocaban. Mientras me movía en la silla, mi piel se calentó.

—¿Se siente bien? —Mantuvo la cabeza gacha, con los ojos en mi pie.

—Sí. —Mi voz salió aguda y entrecortada. Dejé que mis ojos se cerraran mientras apretaba los muslos. Una humedad resbaló más allá de la insuficiente barrera de mi tanga, y me atreví a apretar un poco más. Las manos de Tyler se movieron de mi arco al centro de mi pie. Sus pulgares presionaron hacia mis dedos. El cosquilleo se intensificó. Mi pulso rugía en mis oídos y tragué aire. Esto no era un masaje de pies relajante. Era puro juego previo.

Continuó amasando la planta de mi pie, y cuando presionó simultáneamente mi arco, mi núcleo vacío se contrajo. Y se contrajo y se contrajo de nuevo hasta que un calor se extendió por la parte baja de mi vientre.

Dejé escapar un suspiro tembloroso. Esto era brujería de masajes.

Tyler detuvo sus manos en mis pies. —¿Mejor ahora?

—Gnnh.

Mantuve los ojos cerrados, pero escuché la sonrisa arrogante en su voz. —¿Lista para dar por terminada la noche?

—No estoy segura de que mi cuerpo funcione ya. Vaya masaje de pies.

—Podría llevarte en brazos.

Entorné un ojo. Con esos brazos sorprendentemente fuertes, también podría hacerlo. Y —una emoción me recorrió— causaría todo tipo de habladurías ridículas. Pero entonces recordé que Cooper se había ido. La Operación Príncipe Azul había terminado. La pequeña emoción revoloteó y murió.

—No, estoy bien. —Recogí los malditos zapatos —disfrutaría quemándolos más tarde— y mi bolso. Podía arreglármelas para el corto paseo de vuelta a la posada descalza.

Él ofreció su brazo. —¿Nos vamos, pareja de boda?

Eso es todo lo que era: una pareja de boda. Temporal. Por tiempo limitado. Volveríamos juntos a la ciudad mañana, pero solo como amigos. En el trabajo el lunes, lo vería en la cafetería, quizás, y lo saludaría. No más bailes ni masajes de pies sorprendentemente íntimos. Definitivamente no más besos. Mejor detener la farsa ahora. Mantuve mi brazo a mi lado y enderecé los hombros. —Vamos.

Fuera del tumulto desesperado de los asistentes a la fiesta que quedaban, el mundo estaba oscuro y silencioso. Una suave brisa susurró entre las hojas secas de las vides y me puso la piel de gallina en los brazos.

—Mira eso. —Tyler dejó de caminar y yo también me detuve.

—¿Qué? —Miré por el sendero, pensando que había visto a una pareja besuqueándose. Ahí es donde *mi* mente estaba.

—No he visto tantas estrellas desde que dejé de pasar el rato en los pastizales.

Alcé la vista al cielo nocturno. Lejos de la niebla y las luces de la ciudad, incluso la mancha de la Vía Láctea era visible. Como papá me había enseñado, me orienté. —Mira, ahí está Andrómeda.

—¿Dónde?

—¿Ves la Vía Láctea? Ahora mira hacia abajo y verás una *W*. Esa es Casiopea. Justo a la derecha, siete u ocho estrellas forman una especie de triángulo curvo con la punta hacia el horizonte. ¿La ves?

—Sí. ¿Tienes frío?

—Solo un poco. —Estaba helada. El saco de Tyler, tibio por su cuerpo, se posó sobre mis hombros. Incluso olía a él. Me acurruqué en él.

—¿Cuál es su historia? —preguntó.

—¿De quién? —Mi mente se había vuelto borrosa como la Vía Láctea.

—Andrómeda. Cuando estudiamos mitología en la clase de literatura, estaba demasiado ocupado mirando a Vanessa Brown como para prestar atención.

Parpadeé. —Qué lástima. Te perdiste una buena historia. Y hasta tiene un final feliz.

Tyler resopló. —Vanessa era mucho más interesante que mi profesor de literatura. Además, pensé que a todos los mortales los convertían en cisnes o en osos.

—A algunos sí. A Andrómeda no.

—Cuéntame sobre ella. —Se acercó, su cuerpo sólido contra mi brazo.

—Andrómeda era una princesa e hija de la reina Casiopea.

—¿Por qué Casiopea es una *W*? ¿Acaso la convirtieron en una serpiente?

—¿Eh? No, está sentada en una silla. Ya llegaré a eso.

—De acuerdo.

Me aferré a su brazo para estabilizarme mientras miraba hacia el cielo. —Casiopea era muy hermosa y también muy vanidosa. Se jactaba de ello e hizo enojar a Poseidón.

—Poseidón era el dios del mar, ¿verdad?

—Correcto. Así que Poseidón envió un monstruo marino para aterrorizar a su pueblo. Casiopea encontró un oráculo que le dijo que la única forma de derrotar al monstruo era sacrificar a su única hija, Andrómeda. La encadenaron a una roca en la playa, y Andrómeda esperó a que el monstruo marino viniera a devorarla.

—Eso no suena como un final feliz.

—Shh. Justo a tiempo, llegó Perseo. Es él, a la izquierda de Andrómeda —parece un monigote sin brazos— y mató al monstruo. Liberó a Andrómeda, se enamoró de ella y se marcharon navegando para vivir… felices para siempre.

—Lejos de la suegra malvada. Perfecto. —Su brazo me rodeó, por encima de su saco—. ¿Y por qué Casiopea está sentada en una silla?

—Poseidón todavía estaba enojado con ella, así que la encadenó a una silla en el cielo.

—Perverso. —Su aliento me hizo cosquillas en la oreja.

—¿Qué?

—Nada. —Se apartó, dejando mi cuerpo helado a pesar de su saco, pero tomó mi mano con la suya, más grande y cálida. Comenzó a caminar de nuevo por el sendero oscuro, y con una última mirada a las historias en el cielo, lo seguí. Nos detuvimos justo fuera del círculo de luz que rodeaba la posada.

—Me divertí esta noche —dijo.

—Yo también. —Aunque me encantan las bodas, las recepciones suelen hacerme sentir miserable. La pareja pasa la noche en una burbuja de felicidad, y yo me quedo fuera. Esta noche, Tyler y yo habíamos creado nuestra propia burbuja.

—Tal vez podríamos… hacerlo de nuevo alguna vez. —No podía ver su rostro en la oscuridad, pero su tono se elevó con esperanza.

—¿Hacer qué?

—Fingir que estamos saliendo. O salir. De verdad.

Maldición. —Tyler…

—No lo digas. —Su voz era un murmullo grave.

—Pero… —No quería que se enojara, ni que se decepcionara, o lo que sea que ese gruñido indicara. Mientras me acercaba a él —no sabía si era para tomar su mano o para abrazarlo porque mi cuerpo simplemente *se movió*—, mi pie se hundió inesperadamente en el césped blando y tropecé. Con agilidad felina, me sujetó y me envolvió en sus brazos. Estar tan cerca de él era aún más embriagador que llevar su saco. Recordé el beso en la pista de baile. Había sido un beso dulce, con la boca cerrada, para consumo público. Pero había sido todo menos casto. El calor había hervido justo bajo la superficie. Me pregunté si ese calor estallaría en llamas si lo intentáramos de nuevo, aquí en la oscuridad.

Me eché hacia atrás sobre mis talones. No podía. Yo quería a Cooper, no a mi amigo, sin importar lo lindo que fuera, sin importar lo mágico que hubiera hecho esta noche. Tenía que mantener mis ojos en mi objetivo. Y mis labios para mí.

Pero Tyler había resultado ser mucho más de lo que había pensado. *Especial,* había dicho Jamila. Una mezcla inesperada de Gene Kelly y masajista tántrico, la cita más atenta que había tenido, aunque todo fuera una farsa.

Ese beso. ¿Había sido solo para aparentar o sus labios eran realmente tan fascinantes como parecían?

Estaba mal, pero tenía que saberlo.

Me puse de puntillas.

Y lo besé.

Tenía tanta razón. Tenía que haber un encantamiento en sus labios. Hizo que todo mi cuerpo temblara y que mis rodillas dejaran de funcionar. Tyler podría haberme estado sosteniendo. O si no, estaba flotando porque Poseidón me había puesto en el cielo.

Su lengua tocó tentativamente mi labio inferior, y lo dejé entrar. Sabía a lo que olía: a cítricos, a champaña y a deseo. Deslicé una mano por su espalda, a lo largo de la suave tela de su camisa de vestir, acariciando los firmes músculos debajo. Con la otra, tracé el arco de su cuello antes de enredar mis dedos en su cabello. Me acercó más, y me perdí.

No sé cuánto tiempo nos besamos mientras las estrellas giraban en el cielo a nuestro alrededor. Tyler se apartó primero, dejando mis labios vibrando. Ambos jadeábamos, su aliento cálido en mi cara.

—¿Estuvo bien? —preguntó. Si no hubiera estado tan oscuro, estaba segura de que la respuesta habría estado clara en mis ojos vidriosos y mis mejillas sonrojadas.

—Mejor que bien. —Ignoré las luces rojas intermitentes, las sirenas que me decían que parara, y fui por más. Más fuegos artificiales. Más placer que derrite el cerebro. Me apreté contra él, frotando descaradamente mis partes blandas contra sus correspondientes partes duras. Tan sensibilizada como me había dejado ese masaje de pies, probablemente podría llegar al orgasmo completamente vestida. Algo que no había hecho desde… bueno, desde ese sexy masaje de pies. Pero antes de eso, desde la preparatoria. Deslicé mi mano por su pecho, mi cerebro hecho papilla ignorando mi resolución previa de mantenerme enfocada. ¿Qué daño haría una pequeña sesión de besos entre amigos, en realidad?

Justo cuando mi mano llegó a la cinturilla de su pantalón, él jadeó y se apartó. —Espera. Para.

—¿Parar? —Mi corazón decía, *vamos-vamos, vamos-vamos.*

—Somos amigos, ¿verdad?

—Amigos. —Asentí.

Respuesta equivocada. —Amigos. —La luz de la luna iluminó su sonrisa amarga—. Buenas noches, Marlee.

Dándome la espalda, metió las manos en los bolsillos y se dirigió por el sendero que llevaba al estacionamiento. La brisa fría se coló por la parte delantera abierta del saco de Tyler, enfriando mi piel acalorada y apagando mi deseo. Subí penosamente las escaleras hasta mi solitaria habitación en la posada.

11

NO, no di vueltas en la cama toda la noche. Caí en el sueño dichoso de alguien con la conciencia tranquila. No en el de alguien que había intentado añadirle algunos beneficios a su amistad con un chico dulce segundos después de haberle dicho que no podía salir con él.

—Marlee, ¿estás bien? —me preguntó Andrew mientras agarraba un muffin con chispas de chocolate del bufet del brunch en el salón común de la posada.

—Estoy bien —masculló con la boca llena de muffin. El hermano de Jackson era la tercera persona que me lo preguntaba en los cinco minutos que llevaba abajo en el brunch posboda.

Me examinó las ojeras azuladas bajo los ojos que habían hecho que mi corrector se diera por vencido. —¿Te traigo una taza de café?

—La más grande que encuentres. Por favor.

Ahora que se había ido, podía meterme en un rincón y ser antisocial. No tendría que hablar con Jackson ni con Tyler ni con…

Una mano me sujetó el brazo, con sus uñas rosas rodeando la manga de mi cárdigan. —Ahí estás.

Alicia.

Me llevó hasta un par de sillones orejeros en la esquina, lejos de la multitud del bufet. Pero su voz fue suave cuando dijo: —Te ves… cansada.

Estaba tan harta de que la gente me dijera eso. —Tú también.

Resopló. —Yo tengo una excusa. Todo el mundo espera que una novia parezca agotada la mañana después de su noche de bodas.

Abrí los ojos de par en par. —Uy. ¿*De verdad* te mantuvo despierta toda la noche?

Sus mejillas se pusieron de un rojo brillante, pero luego se le nubló la mirada. —Dormimos un poco esta mañana.

—Bueno, voy a necesitar detalles. —Quizá vivía mi vida sexual indirectamente a través de Alicia. Al menos una de las dos estaba teniendo acción que no requería baterías.

Negó con la cabeza. —Necesito saber qué pasa entre tú y Tyler.

—Ah. —Tragué saliva para intentar disolver el nudo que tenía en la garganta.

Giró la cabeza de un lado a otro. —Mira, no sé cuánto tiempo podremos hablar sin que nos interrumpan. Cuando Tyler me dio tu tarjeta de confirmación, pensé que lo de «asiento con Tyler» significaba que ustedes dos venían a la boda como amigos. Y entonces tú… él… te besó. ¿Qué está pasando?

—Lo viste. —Había esperado que no. Que hubiera estado tan encerrada en su burbuja de felicidad con Jackson que hubiera sido ajena a todo.

Sus labios se apretaron en una fina línea.

Ahora era mi turno de comprobar que nadie nos estaba escuchando. De todos modos, bajé la voz. —Yo estaba… estábamos intentando poner celoso a Cooper. Fingiendo que estábamos… juntos.

—¿Tyler accedió a esto?

—¡Él lo sugirió! —siseé.

Se desplomó en su silla. —No creo que él…

Una ira irracional y ardiente me recorrió. Me incliné hacia ella y siseé: —No conoces a Cooper. Tuvimos una conexión cuando bailábamos. Era como si me estuviera diciendo que la única razón por la que no podía salir conmigo era porque éramos compañeros de trabajo. —Apreté mi colgante, cálido contra el hueco de mi garganta.

—Sabes que tiene razón.

—Ah, ¿está bien para ti pero no para mí? —¿Cómo podía mi amiga, mi mejor amiga, destrozar mis sueños de esta manera?—. ¿No crees que merezco el cuento de hadas? Toda mi vida solo he querido el tipo de amor que tuvieron mis padres. El tipo del que lees en los libros. Y Cooper es eso para mí. Sabes que he estado colada por él durante años. Y ahora todo podría finalmente hacerse realidad.

—Marlee. —Cerró sus dedos alrededor de mi mano donde se agarraba al reposabrazos—. Sabes que quiero que seas feliz. Y que encuentres a tu persona perfecta como lo hice yo. Lo único que quiero decir es que Cooper es menos flexible con la política de la empresa —con todo, en realidad— que Jackson. La apariencia de… de confraternización podría impedirle ir tras alguien.

Y eso era lo que me había dicho mientras bailábamos. ¿Era realmente tan frío como para reprimir sus sentimientos por alguien —por mí— debido a la política de la empresa?

—Ni siquiera le reporto a él. —Mi voz era débil, entrecortada.

Me dedicó una sonrisa triste. —No importaría.

Una relación con Jamila no tenía esas barreras. —¿Crees que él y Jamila están juntos?

Negó con la cabeza. —No lo sé. Siempre supuse que solo eran buenos amigos. Pero los amigos pueden convertirse en algo más. —Dejó que eso se asentara en mi cerebro durante unos segundos y luego dijo—: Hablando de…

No tuvo que terminar la frase para que el muffin se convirtiera en un agujero negro infinitamente pesado en mi estómago.

—O tú y Tyler son mejores actores de lo que jamás hubiera creído, o ahí hay una chispa genuina.

Bajé la vista a mi falda de flores rosas. —Hay algo, sí. Y yo… lo besé. Más tarde. En privado. Y traté de… creo que lo molesté.

—Pero ¿por qué, Marlee? ¿Por qué besarías a Tyler si estás interesada en Cooper?

Tracé una rosa en mi falda. —Han pasado tres años desde que estuve tan cerca de un chico. Mis hormonas dominaron mi cerebro. —Esas hormonas iban a arruinar nuestra amistad si no las controlaba.

—Ahí estás. —Andrew me tendió una taza de café.

Se la tomé. Negro. Le di un sorbo y me estremecí por lo amargo que estaba. —Gracias.

Alicia dijo: —Andrew, ¿te importaría traerme un vaso de jugo, por favor?

—Sin problema. Cuñadita. —Sonrió y se fue.

Su sonrisa desapareció cuando me miró. —¿El beso? ¿El privado?

Dejé el amargo café en la mesita. —Me dio un masaje en los pies. Creo que fue una especie de vudú. ¿Es algo de Texas? Juraría que sentí como si me pusiera las manos en… —Miré mi regazo.

—No lo hizo. —Sus ojos azules parpadearon, muy abiertos.

—¡No! Por supuesto que no. —Aunque, por un segundo, había querido que lo hiciera.

—¿Y entonces intentaste…?

—Treparme a él como a un árbol. Pero me detuvo. —Me alisé la falda. Había ido demasiado lejos y había enfadado a mi amigo.

—Eres mi amiga y te quiero, Marlee. Pero Tyler también es mi amigo. —Me apretó la mano con más fuerza—. No lo lastimes.

—No lo haré. Te lo prometo. —Y la única forma de cumplir esa promesa era poner a Tyler en la zona de amigos. Y mantenerlo allí. Sin privilegios de visita a la zona de «más que amigos».

Mi promesa todavía flotaba en el aire entre nosotras cuando Tyler y Sam se acercaron. Con una lata de Mountain Dew en una mano, me extendió una taza de café. —Buen día.

No se veía mucho mejor que yo. Una barba incipiente le cubría las mejillas y la barbilla, y sus párpados caían sobre unos ojos inyectados en sangre. Llevaba una camisa de cuadros desabotonada sobre una camiseta azul marino con cuello en V, que dejaba ver algunos vellos castaños oscuros en la parte inferior de la uve. Me pregunté si cubrían todo su pecho en una maraña o si eran escasos, esparcidos estratégicamente por sus pectorales y... más abajo. Apreté los muslos y bajé la vista a mi café. Lo había aclarado con leche y... di un sorbo y suspiré... azúcar.

—Buen día —dijo Alicia—. Sam, ¿te divertiste anoche? No te vi después de las fotos.

—Ah, volví a la posada. Se me ocurrió una idea para mi investigación. Así que sí, me divertí.

Alicia se rio. —¿Y tú, Tyler? ¿Noche divertida?

Mantuve los ojos en la dinámica de fluidos de los lípidos que se arremolinaban en mi café, sin atreverme a levantar la vista.

—Sí. Marlee es una buena... —*no lo digas, no lo digas*—... bailarina.

Parpadeé hacia él. Una sonrisa jugaba en sus labios cuando me devolvió la mirada. Amigos. Tal vez podríamos lograrlo.

—¡Tyler! —Jackson se había acercado por el otro lado, haciendo que derramara mi café. Agarró la mano de Tyler y lo atrajo para darle un abrazo de amigos con el otro brazo—. ¿Acabas de llegar?

—Sí.

Jackson se frotó las manos, sonriendo. —Y bien. ¿Quién hizo algo de lo que se arrepiente anoche? Solo me caso una vez, así que necesito que las historias sean épicas. Quiero que la gente hable de este fin de semana por el resto de nuestras vidas. ¿Tyler? ¿Marlee? Tú no, Sam; no quiero oír sobre los desmadres de mi hermanita.

Antes de que pudiera mascullar una mentira, Andrew apareció de un salto con un vaso de jugo y se lo entregó a Alicia. —Cuidado, Sam. Mamá está en pie de guerra. Oyó que te fuiste de la recepción temprano anoche.

—Estaba trabajando en mi proyecto de tesis. Eso es mucho más importante que otra fiesta más. Sin ofender, Jackson.

—Había vino y baile. No era una fiesta más, ¿o sí? —Jackson se volvió hacia Alicia. Ella le puso una mano consoladora en el antebrazo.

Andrew le dio un codazo a su hermana. —Oye, Sam, tal vez podrías decirle a mamá que te escapaste con Tyler. Ambos son unos geeks de las computadoras. Puede que te lo crea.

Ella se apartó de él, arrugando la nariz. —Tyler está con Marlee.

—¿Tyler y Marlee? —Jackson se rio entre dientes—. Solo son amigos.

Debió de ser el único que se perdió nuestro beso en la pista de baile. ¿Qué iba a decir? No podía mentirle a Jackson. —Nosotros…

—Los amigos son los mejores amantes, creo yo.

Todos nos volvimos con los ojos muy abiertos hacia Sam, que lo había dicho. La conocía desde hacía tres años y nunca había tenido una relación seria. ¿Qué sabía ella de amantes?

—Alguien que ya te conoce y le gustas. Que se preocupa por ti como persona. Y luego le añades los componentes románticos y sexuales. Es como tener un programa que ya funciona bien y añadirle una nueva función. ¿Qué podría ser mejor? Yo querría ser amiga de mi pareja.

No podía —y no quería— mirar a Tyler. Había intentado añadirle una función a nuestra relación, pero era una que no encajaba. Como intentar añadir una función de pronóstico del tiempo a una aplicación para tomar notas.

—Necesito… es decir, voy a tomar algo. —Dejando su refresco en una mesa cercana, Tyler se alejó a grandes zancadas sin mirar atrás. Sin mirarme a *mí*.

Jackson se volvió hacia mí, con las cejas arqueadas hacia el nacimiento de su pelo. —¿Qué está pasando?

—Nada. Yo… Con permiso. —Alicia podía contárselo todo. Tenía que arreglar las cosas con mi amigo. Seguí a Tyler hasta la galería exterior.

Estaba de pie junto a la barandilla que daba al viñedo. Poniéndome a su lado, respiré hondo el aire con aroma a uva.

—Anoche yo… me pasé de la raya. Cometí un error. —Tragué

saliva—. Nuestra amistad es importante para mí, y no debí haber hecho eso. Lo siento.

—Yo también lo siento. Crucé una línea al besarte. Me dejé llevar por la Operación…

—Lo sé. Está bien. Y si ya no quieres seguir con esto, por mí está bien. —La Operación Príncipe Azul había sonado como otro juego divertido cuando lo propuso al principio del fin de semana. Pero había resultado ser un juego peligroso. Como jugar con fuego.

—No, está bien. Somos amigos. Los amigos se ayudan mutuamente. Quiero ayudarte. —Cuando se volvió hacia mí, volvió a parecer mi amigo. Sin arrugas de enfado entre las cejas, sin un mohín de tristeza en los labios. Sonrió, aunque el hoyuelo no apareció.

¿Estaba ayudando el noviazgo falso? Repasé la sorpresa en la cara de Cooper después de que Tyler me besara. No había sido exactamente celos, pero era un buen comienzo. Quizá si pasaba un tiempo de calidad con mi sustituto de novio a baterías, podría mantener mis hormonas a raya y mis manos lejos de Tyler. Y entonces Cooper se daría cuenta de que éramos perfectos el uno para el otro.

—Gracias. Eres el mejor.

—Carly Simon, «Nadie lo hace mejor».

Por primera vez en el día, me reí. Pero me recordó que teníamos que pasar dos horas solos en un auto, de vuelta a la ciudad. ¿Cuán incómodo sería? Peor aún, ¿podía confiar en mí misma para no alcanzarle la mano sobre la consola?

Distancia. Eso era lo que necesitaba. Y un orgasmo en solitario o dos. Entonces podría ser su amiga y su novia de mentira delante de Cooper.

—Oye, ¿no te importa si me voy con Sam? Me lo ofreció ayer mientras nos arreglábamos. —Ni siquiera era mentira. Nos habíamos puesto a hablar como geeks sobre ciencia ficción en la televisión, y me había preguntado si vería un episodio o dos de *Battlestar Galactica* con ella el domingo por la noche.

La sonrisa de Tyler se desvaneció. —No hay problema. De todos modos, estaba pensando en volverme antes.

Mi corazón se encogió, pero dije: —Tengo que terminar con algunos deberes finales de dama de honor. ¿Nos vemos en el trabajo el lunes?

—Claro que sí. —Giró sobre la punta de su zapatilla y caminó hacia los escalones que llevaban al estacionamiento. Sin sonrisa, sin abrazo, ni siquiera un apretón amistoso en el hombro.

Me lo merecía. Pero intentaría compensárselo. A partir del lunes.

12

—OYE, Cooper… —dije apoyada en el marco de la puerta de su oficina a las ocho y media del lunes por la mañana.

Mantuvo la vista en la pantalla y presionó una tecla de su computadora. —¿Sí, Marlee?

—Tengo buenas y malas noticias.

Levantó la cabeza de golpe, con los ojos muy abiertos en su pálido rostro. —¿Jackson está bien? ¿Y Alicia?

—Oh. —Hice una mueca—. Claro que lo están. No es nada *tan* dramático. —Él se recostó en su silla—. La buena noticia es que Kim, la empleada temporal que odiaste la semana pasada, llamó para decir que no volverá. La mala noticia es que eso significa que hoy no tienes asistente. —Luché contra la risa tonta que intentaba salir de mí. El segundo paso de mi plan había salido casi demasiado fácil.

Apoyó los codos en el escritorio de cerezo cubierto de cristal, inclinó la cabeza y se tiró de las raíces rubio oscuras de su cabello. Verlo tan vulnerable me dio ganas de acercarme, echarle la cabeza hacia atrás y darle un beso largo y lento. Me pregunté si sus labios sabrían a cítricos como los de Tyler. Aparté ambos pensamientos —especialmente el recuerdo del beso de Tyler— y di unos pasos dentro de su oficina, con los tacones hundiéndose en la mullida alfombra antigua. —¿De todas formas, por qué eres tan duro con ellas?

—¿Con quién? ¿Las empleadas temporales? —Cuando asentí, se frotó la nuca—. En realidad, es tu culpa.

Tomé aire para discutir. No había sido más que amable con cada una de sus empleadas temporales, quitándole tiempo a mi propio trabajo para capacitarlas y ayudarlas con las escandalosas exigencias de Cooper. El hombre exigía la perfección de todo el mundo —bueno, de todo el mundo menos de Jackson, que era un caso perdido en todo lo que no fuera programación; para todo lo demás, me tenía a mí— y era demasiado pedir a una empleada temporal que ganaba dieciocho dólares la hora e iba a la escuela nocturna.

—¿Cómo te atreves…?

Me detuvo levantando las manos, con las palmas hacia afuera. —Lo único que quise decir es que la vara que pones está muy alta. Todas parecen incompetentes en comparación contigo.

Casi, *casi* me sentí culpable por haberlas predispuesto al fracaso. —Es difícil empezar algo nuevo. Tienes que darle una oportunidad a la gente. —*Dame una oportunidad.*

Negó con la cabeza. —Has sido genial desde el primer día. En tu primer día —Cooper enumeró los puntos con los dedos—, localizaste a Jay en su apartamento, donde estaba durmiendo la mona, lo hiciste ducharse y vestirse, y lo trajiste aquí, a tiempo, con café en mano, para una presentación de la junta. *Yo* no podría haber hecho eso, y lo conozco desde hace más de diez años.

No podía creer que lo recordara. —Supuse que tenía que hacerlo. Si lo despedían, me quedaba sin trabajo.

—Si tan solo pudiera clonarte…

—Bueno, no puedes. Ni se te ocurra pedirme una muestra de la mejilla. Pero tengo una idea. —Habiendo logrado el paso uno, con el éxito de nuestro baile aún por determinar, era hora de saltar al paso dos: proximidad forzada, uno de mis clichés románticos favoritos—. Como Jackson estará fuera durante tres semanas, estaré completamente aburrida. Así que mientras él no esté, seré tu asistente interina. Te organizaré. Incluso entrevistaré a algunos candidatos para ti. Quizás finalmente podamos encontrar al adecuado para ti. De forma permanente.

—¿No tengo que hacer nada? ¿Tú te encargarás de eso?

—¿No quieres entrevistar a los candidatos?

Miró su pantalla. Estaba segura de que veinte correos electrónicos habían aparecido durante los cinco minutos que habíamos estado hablando. —No si no tengo que hacerlo.

—¿Confías en mí para contratar a un asistente permanente para ti? —Ahora sí que me sentí mal por su confianza mal depositada en mí.

—Absolutamente.

—Está bien, entonces. Te encontraré a alguien genial. Lo prometo. —Compensaría el sabotaje.

Su rostro se iluminó. —¿Y mientras tanto, te tendré a ti por tres semanas?

Podrías tenerme para siempre si tan solo me lo pidieras. Jugueteé con mi colgante y asentí, pensando en cubos de hielo y brisas invernales para evitar que el rubor subiera a mis mejillas.

—Hecho —dijo él.

Volvió a mirar su monitor y luego a mí, con una sonrisa irónica en los labios. —Casualmente, tengo una reunión en la sala de conferencias noroeste en diez minutos. ¿Puedes cargar la presentación y hacer la videoconferencia con el equipo de Austin? ¿Por favor?

Contuve un suspiro. —Claro que sí. —Me di la vuelta para irme.

Me llamó: —Yo invito el almuerzo.

Lo miré de reojo por encima de mi hombro. —Mientras sea tu asistente, tú invitas el almuerzo *todos* los días. *Con* postre.

Se rio entre dientes. —Usted es muy dura para negociar, señorita Rice.

—Ya te mostraré lo que es duro —murmuré en voz baja mientras salía al pasillo y casi choco con un pecho ancho cubierto por una camiseta verde desgastada de Donkey Kong.

Mierda, ¿por qué tenía que encontrarme saliendo de la oficina de Cooper?

—Perdón —chillé, deteniéndome en seco.

La mandíbula de Tyler se tensó por un segundo, pero luego sonrió. —Hola, qué bueno que regresaste. ¿Qué tal *Battlestar Galactica*?

—Bien. Sam tenía muchas opiniones al respecto. Nos divertimos. —No fue como salir con Tyler o Alicia, pero hacer nuevos amigos era algo bueno. Especialmente después de haber besado a tu amigo en la boda de tu otra amiga.

Giramos juntos y caminamos hacia la sala de conferencias, hablando del clima, de ciencia ficción, de cualquier cosa excepto de cómo casi arruinamos nuestra amistad al llevar las cosas demasiado lejos.

Él se acomodó en una silla mientras yo preparaba la presentación y la ponía en la pantalla. Después de unos minutos, Cooper entró a grandes zancadas. —¿Estamos listos para empezar, Marlee?

—Listo. Solo haz clic en el botón de llamada. —Revisé la sala una vez más. Todo estaba en orden.

Justo cuando me preparaba para escabullirme, Tyler se reclinó en su silla. —Marlee, ¿trajiste mi saco?

Mi sonrojo fue natural mientras le echaba un vistazo a Cooper. —Está en mi escritorio. Gracias de nuevo por prestármelo.

—Cuando quieras. —Tyler impregnó su mirada de calor, y eso alimentó el fuego de mis mejillas. Era tan bueno en esto de las citas falsas, que me estaba haciendo buena a mí.

Cerrando la puerta con cuidado detrás de mí, me agarré de la manija fría por un segundo, tratando de calmar mi pulso y dejar de brillar como una gigante roja. Habíamos vuelto a jugar, eso era todo.

Una hora después, cuando todos salieron de la sala de conferencias, tenía el horario de Cooper organizado, codificado por colores, e impreso y actualizado en su teléfono. Había bloqueado una hora para «Almuerzo con Marlee» todos los días que no tenía nada programado. No bromeaba con lo de los almuerzos. Iba a aprovechar al máximo mis tres semanas con Cooper. Sin la mirada de reojo de Alicia y Jackson, finalmente me armaría de valor para mostrarle a Cooper lo que sentía por él, y los almuerzos fuera de la oficina —y las cenas para llevar trabajando hasta tarde— eran la oportunidad perfecta.

Tyler hizo un gran espectáculo al recoger su saco al pasar por mi escritorio, y me dedicó uno de sus guiños texanos. Pero un colega lo esperaba en la puerta de la escalera, así que no se demoró en mi escritorio.

En lugar de ir directamente a su oficina, Cooper apoyó una cadera vestida de caqui en mi escritorio. Levantó su teléfono. —Gracias por sincronizar mi calendario.

—No hay problema. A Jackson también le gusta una copia impresa, así que la puse en tu escritorio. Avísame si no quieres una copia impresa en el futuro.

—Está bien, gracias. —Miró por encima de mi hombro hacia la puerta de las escaleras, donde Tyler y el miembro de su equipo estaban de pie, hablando. En voz baja, Cooper dijo: —Se ve agotado. ¿Es culpa tuya?

¿Culpa mía? Se veía mejor que el domingo por la mañana. Incluso me había dedicado ese guiño coqueto. —¿A qué te refieres?

—¿Mantuviste a nuestro chico despierto hasta muy tarde? —preguntó, mirando fijamente el saco de vestir de Tyler, colgado de su brazo.

Santo Isaac Newton.

Busqué mi botella de agua, pero erré el tiro y la volqué sobre mi escritorio. Levantándome de un salto de mi silla, tomé un rollo de toallas de papel de mi cajón y empecé a secar el desastre.

—No puedo creer... —dije, demasiado fuerte, antes de que Cooper me hiciera un gesto de «cálmate». Continué en un susurro a gritos—: Primero, no es de tu incumbencia con quién yo... —Aunque desearía que lo fuera—. Segundo, *no* nos estamos acostando. —La puerta de la escalera se cerró de golpe detrás de mí, y me estremecí.

—De verdad. —La voz de Cooper era plana, escéptica.

Fingir citas era una cosa. Fingir que nos acostábamos juntos era ir demasiado lejos. Cooper era demasiado caballero para romper una relación seria. —De verdad. Es algo casual. Estamos viendo si queremos ser más que amigos.

—Parecía que ustedes dos se llevaron muy bien con todo ese baile.

¿Era eso un destello de celos en sus ojos? ¿Acaso la Operación Príncipe Encantador había funcionado?

—Nosotros, ah, lo estamos tomando con calma. —Eso era cierto. Esperaba que pudiéramos olvidar cómo había intentado arruinarlo todo convirtiendo nuestro beso falso en una verdadera sesión de besuqueo. No podía dejar que eso volviera a pasar.

Se encogió de hombros. —Se te veía feliz.

Cooper me estaba dando un latigazo cervical con su discurso de «no salgas con compañeros de trabajo» seguido de un «se te veía feliz». ¿Pero lo había estado? Todavía no había procesado mis emociones del fin de semana. Estaban revueltas dentro de mí como las fotos de mi teléfono, sin revisar. Tiré el papel empapado a la basura y lo miré con furia. —No asumas nada.

Hizo una mueca. —Marlee, sabes que yo…

Mi teléfono sonó, y un vistazo me dijo que era la línea de Jackson. Levanté un dedo y tomé el auricular.

Un estornudo llegó a través del teléfono, seguido de un resoplido húmedo. —Marlee, soy Audrey Jones. Necesito tu ayuda.

¿Por qué me llamaba la madre de Jackson? Un escalofrío me recorrió. —¿Jackson y Alicia están bien? —Cooper se había levantado de mi escritorio, a punto de regresar a su oficina, pero se quedó helado.

—Por supuesto. Estoy segura de que están bien. Soy yo —estornudó de nuevo— la que no lo está.

—¿Qué pasa? —Hice un gesto a Cooper para que se fuera y articulé: *Están bien.*

—Estamos cuidando a su gato, Tigger, mientras están de luna de miel, y mis... mis... —otro estornudo— mis medicamentos para la alergia no están funcionando. ¿Te importaría cuidarlo por nosotros?

Un gato. En nuestra casa. Con papá. Cerré los ojos con fuerza y negué con la cabeza. Pero Alicia amaba a ese gato. Así que dije: —No, señora Jones. No me importaría en absoluto.

—Gracias. ¿Puedo enviártelo con un chofer a tu oficina? ¿Crees que podrías salir temprano de la oficina para llevarlo a casa?

Me perdería mi primer almuerzo con Cooper, pero imaginé a Alicia, por fin sin preocupaciones, en la playa de Fiji. —Estará bien. Gracias.

Después de colgar, llamé al marco de la puerta de Cooper.

—Lo siento, voy a tener que dejar lo del almuerzo para otro día. La madre de Jackson es alérgica a Tigger, y me lo va a enviar a casa. Ahora.

Frunció el ceño. —Pobre Audrey.

—Pobre Marlee. ¿Qué voy a hacer con un gato? —Nunca habíamos tenido ni un pez.

—¿Conoces a Tigger? Ama a todo el mundo. Y duerme todo el tiempo. Solo prepara su cama cerca de una ventana soleada, y no oirás ni un ruido de él en tres semanas.

Hice un ruido evasivo. Esperaba que el gato no causara problemas. Ya tenía suficiente con lo que lidiar en casa.

Me di la vuelta para irme. —Llámame si necesitas algo.

—Mmm. —Ya tenía la nariz de vuelta en la pantalla de su computadora.

Regresé a mi escritorio arrastrando los pies para empacar. El marcador era Destino - 2, planes románticos de Marlee - 0.

ESA NOCHE, mientras me lavaba los brazos arañados en el fregadero de la cocina, calculé mentalmente las horas que tendría que pasar con Tigger hasta que Jackson y Alicia regresaran de su luna de miel. Debajo de la mesa de la cocina, el gato se lamía una pata con indiferencia y se la pasaba por la oreja.

—Cuatrocientas cincuenta y seis horas, gato. ¿No podemos ser amigos por tanto tiempo?

Giró las orejas hacia atrás y me bufó.

Quizás debería pasar más tiempo en la oficina. Eso minimizaría el tiempo con Tigger y maximizaría el tiempo con Cooper. Pero entonces, ¿quién cuidaría de papá? —De acuerdo, quizás amigos es mucho pedir. ¿No podemos simplemente ignorarnos?

Se levantó, me dio su espalda a rayas naranjas y se volvió a sentar de golpe, con su cola temblorosa de cara a mí. Cerré los ojos y suspiré por la nariz.

Papá entró. —Solecito, ¿con quién estabas hablando?

—Solo con el gato.

Frunció el ceño. —No tenemos gato.

Esa sensación familiar me electrocutó como un Taser en el pecho. —Papá, recuerda, te hablé de Tigger cuando llegué a casa. Lo estamos cuidando por Jackson y Alicia.

Su expresión no cambió, pero dijo: —Es cierto. Bueno, buenas noches.

Un pequeño lapsus. Eso era todo. Había estado bien durante el fin de semana. Bien todo el día. No estaba perdiendo a mi padre. Estaba cansado y se había olvidado.

Me quedé mirando al gato que no quería estar en nuestra casa más de lo que yo quería que estuviera.

—Buscaproblemas —gruñí. Si no fuera por Alicia y Noah, que amaban a ese gato, estaría en la calle con su peludo trasero. Menos mal que estaba la Operación Príncipe Encantador. Me daría la distracción que necesitaba para superar los próximos diecinueve días.

13

—GRACIAS, Marlee. Le agradezco su ayuda —dijo Cooper sin levantar la vista del monitor.

Para el miércoles por la tarde, no había logrado ningún progreso con él, ni siquiera como su asistente extraoficial. Habíamos pasado bastante tiempo juntos, pero los meteoritos de afecto que le lanzaba se reducían a cenizas en la densa atmósfera de profesionalismo con la que se rodeaba.

De pie frente a su escritorio, ladeé la cabeza. —¿Necesita algo más? —. No parecía ni de lejos tan estresado como antes de la boda. Pero había algo en la forma en que tenía los hombros caídos —esos hombros que siempre echaba hacia atrás como un general de cuatro estrellas— y en la manera en que su pecho parecía acunar su corazón. Quería pasarle los dedos por el pelo, alisar las líneas de su frente. Ojalá pudiera quitarle sus zapatos de vestir y ofrecerle un masaje de pies de la calidad de los que daba Tyler, pero yo tenía dedos de *muggle*.

¿Lo había herido Jamila? ¿Habrían discutido también al final del fin de semana de la boda? Ni siquiera yo podía convencerme de ello. Ella lo había llamado todos los días, aunque sus conversaciones habían sido breves.

Así había estado Cooper desde la boda: breve. En el almuerzo de hoy, todo había ido bien mientras hablábamos de trabajo. Habló de su próximo viaje a las oficinas de la Costa Este hasta que casi me estampo de cara contra mi ensalada Cobb. Pero cuando le pregunté qué hacía en sus ratos libres cuando viajaba, me miró con la cabeza ladeada y dijo una sola palabra: «Trabajar».

Lo presioné. Seguro que tenía un restaurante o un bar favorito en Nueva York. Algún lugar al que él y Jackson hubieran ido en uno de sus muchos viajes. Pero su boca se cerró más hermética que el sello de la puerta de su Porsche, y murmuró que no tenía tiempo para divertirse.

Se aclaró la garganta.

Uy. ¿Cuánto tiempo llevaba allí de pie, mirándolo fijamente?

—¿Entonces, nada más?

—No. Gracias.

Apretando la tableta contra mi pecho, me di la vuelta y crucé su afelpada alfombra hacia la puerta. Eso era exactamente lo que necesitaba: diversión. Soltarse, relajarse. Yo podía ayudarlo con eso. Si tan solo me dejara. ¿Cómo podría convencerlo de que me dejara ayudarlo con la Operación Hakuna Matata?

Concentrada en mis pensamientos, no me di cuenta del visitante que estaba de pie junto a mi escritorio hasta que lo tuve encima.

—¡Tyler! No sabía que ibas a subir.

—Hola —dijo. Tomó un caramelo de cereza del cuenco que había en mi escritorio y lo hizo girar entre sus dedos. Esos dedos. Nunca antes les había prestado atención, y ahora me obsesionaba con ellos en los momentos más extraños. ¿Por qué?

Parpadeé y me senté en mi silla, manteniendo los ojos en su cara en lugar de en esas manos peligrosas. —¿Qué puedo hacer por ti?

Me sostuvo la mirada y, al cabo de un segundo, las comisuras de sus labios se curvaron hacia arriba. —No te he visto en la cafetería últimamente. ¿Cómo has estado?

—Bien. Ocupada. Mmm... —comprobé por encima de mi hombro que la puerta de la oficina de Cooper estuviera cerrada—, sigo trabajando en la Operación Príncipe Encantador. Hemos estado almorzando juntos.

Se metió el caramelo en la boca y habló con él dentro. —Bien. Me alegro de que esté funcionando.

—No sé si diría que está *funcionando*. No he progresado mucho —. Volví a iniciar sesión en mi computadora y eché un vistazo a la docena de correos electrónicos que habían llegado mientras estaba en la oficina de Cooper.

—¿Necesitas que haga algo?

Los dedos de Tyler tamborileaban contra el costado de su pierna. *¡Los dedos no!* Esta sequía sexual me estaba afectando de verdad. Quizá necesitaba un vibrador nuevo. Mis últimas sesiones con El Cooper —sí, les pongo nombre a mis juguetes sexuales— habían sido decepcionantes. —No, gracias. Voy a seguir intentándolo. Solo han pasado unos días.

—No te entretengo, entonces —. Pero no se fue. Abrió la boca y volvió a cerrarla. Y eso atrajo mi mirada hacia sus labios. Teñidos de rosa por el caramelo de cereza, esos labios me habían besado hasta dejarme sin sentido el sábado por la noche. *¡No! Absolutamente prohibido pensar en besar a mi amigo.*

Por el telescopio Kepler, *¿a dónde* podía mirar? Su nariz. No tenía ningún sentimiento sexual hacia su nariz. Tenía una nariz bonita. Recta. Se presionaría contra mi cuello mientras él...

Tragué saliva y ordené una pila de papeles en mi escritorio. —Tyler, ¿qué necesitas?

—Un... un grupo de nosotros vamos a salir esta noche. Para el *happy hour* —. Tamborileó contra su muslo—. ¿Quieres venir? No... no si estás ocupada. Entonces deberías ir a hacer eso.

—¿Hacer qué?

—Lo que sea que tengas planeado.

—Oh —. Yo solía ser espontánea. En la universidad, iba al dormitorio de un amigo después de clase y jugaba videojuegos. O me tomaba una cerveza con Jackson después del trabajo. Pero los miércoles, Alma iba al ensayo del coro y odiaba la idea de dejar a papá solo. Además, nunca se acordaría de darle de comer a

Tigger. ¿Y quién sabía qué maldades se le ocurrirían a un Tigger muerto de hambre y de mal humor?

Pero la idea de decirle que no a Tyler justo cuando estábamos reparando la amistad que casi había hecho añicos durante el fin de semana hizo que un cosquilleo frío me recorriera el estómago. Se había esforzado al invitarme a salir con él y sus compañeros de trabajo. Yo también tenía que intentarlo.

—No puedo esta noche. Tengo que planificar con antelación para hacer arreglos para papá y Tigger —. Parpadeó un par de veces, pero antes de que pudiera expresar las preguntas que vi formarse tras esos ojos color avellana, me apresuré a continuar—: ¿Qué tal mañana? Podría pedirle a mi vecina que los vigile.

Se le cayeron los hombros. —Mi hermano viene a la ciudad mañana. Vamos a ir a cenar.

—Ah. Bueno, entonces…

Negó con la cabeza. —Ven. Ven con nosotros. Raleigh no es tan malo.

—¿Cuál de ellos es Raleigh?

—El que jugó fútbol americano en la SMU. Ahora está en ventas.

No quería ser el mal tercio en su cena con su hermano. Pero tampoco quería decirle que no.

—¿De verdad no te importa?

Apretó la boca, pero luego dijo: —No. Le haré prometer que se portará lo mejor posible.

—Está bien.

—Está bien —dijo con un tono más ligero—. Vendré a buscarte aquí mañana a las seis.

Asentí. Cuando se dio la vuelta y se dirigió a las escaleras, me aparté deliberadamente. Raleigh no era el único que necesitaba cuidar su comportamiento.

———

A LA TARDE SIGUIENTE, Tyler llegó a mi escritorio cinco minutos antes, y yo no estaba lista. No porque necesitara arreglarme para salir con mi amigo del trabajo y su hermano. Ni siquiera porque no estuviera emocionalmente lista para estar de nuevo en un ambiente social con mi amigo después de que hubiera disparado mis hormonas hambrientas de sexo. Bueno, eso podría ser mentira.

Lo que más me hacía no estar lista era que no estaba segura de que papá estuviera bien.

Había estado bien desde que volví de la boda. De hecho, esa mañana, me había dicho que tuviera un buen día en el *trabajo*, no en la escuela. Pero cuando lo llamé sobre las cinco y media, media hora antes de que nuestra vecina Alma fuera a venir, me preguntó tres veces cuándo volvería a casa.

Llamé a Alma y le pedí que fuera antes para ver cómo estaba. Después de unos veinte minutos, me llamó y me aseguró que estaba bien. Por la falsa alegría de su voz, sospeché que había hecho algo para que estuviera bien, como convencerlo de que se levantara de la cama o ayudarlo a encontrar su bastón, quizás ambas cosas. Y la parte molesta: podía oír a ese cretino de Tigger ronroneándole de fondo. Lo había llamado *lindo*.

Así que cuando Tyler subió las escaleras justo cuando colgué con Alma, no estaba lista para ser la amiga divertida del trabajo que necesitaba ser. Y se notaba.

—¿Qué pasa? —Tamborileó con los dedos en sus vaqueros.

—Nada. Estoy bien.

—Algo pasa. Puedes decírmelo.

—Es mi papá. Sonaba raro cuando lo llamé para ver cómo estaba —. Todavía no le había contado nada sobre los deslices de papá. Si lo decía en voz alta, podría sonar peor de lo que era. E incluso podría ser verdad.

—¿Raro?

—Solo… confundido. Le pasa a veces.

—¿Necesitas cancelar lo de esta noche? —Se metió las manos en los bolsillos de los vaqueros.

Podría haberlo hecho. Quizá debería haber ido a casa a ver a papá yo misma. Pero entonces estaría rompiendo la promesa que le hice a mi amigo. Además, Alma había dicho que estaba bien. Y tenía mi número por si eso cambiaba.

—No, estoy bien. ¿Dónde nos encontramos con tu hermano?

—En un sitio italiano entre aquí y su hotel. No está lejos. ¿Quieres caminar?

Miré hacia el tragaluz. No llovía. —Claro.

Fuera de la puerta giratoria del edificio Synergy, la niebla había empezado a bajar, fría y pegajosa. Las luces traseras de los coches atascados en el tráfico brillaban en la bruma. Oficinistas y turistas se empujaban en la acera.

Tyler me ofreció su codo. —Vamos.

Entrelacé mi mano en su brazo, acercándome a su reconfortante calor. Me llevó hacia el parque, en la misma dirección que había caminado con Jackson un par de semanas atrás. Quizá podríamos encontrar el camino de vuelta a cómo éramos entonces, antes de que yo pusiera las cosas raras.

—Puedes decirme que no me meta, pero ¿qué le pasa a tu papá? —preguntó.

O quizá no. Aparté la mano y la metí en el bolsillo de mi propio abrigo. Pero si íbamos a confiar el uno en el otro, tenía que compartirlo.

—Lo conociste en la fiesta de compromiso de Jackson y Alicia. Usa un bastón. Porque se rompió la pierna hace un par de años y no sanó del todo bien. Intentó volver a trabajar, pero... no funcionó. Sus medicamentos para el dolor lo confunden a veces. Así que ahora está en casa todo el tiempo. Me preocupo por él.

Nos detuvimos en la intersección, y Tyler me escudriñó, con los ojos oscuros en la penumbra de la calle. —¿Te sentirías mejor si fueras a casa?

Sí. No. —Está bien, de verdad. Nuestra vecina está con él.

—Pero, ¿cómo estás tú? Cuidar de un padre discapacitado es mucho.

—¿Yo? Estoy bien. Él siempre me ha cuidado. Ahora es mi

turno. Nos las arreglamos bien —. Respiré hondo. Tampoco le había contado nunca el resto, siempre logrando cambiar de tema antes de que ella saliera a colación—. Mi madre murió cuando yo era pequeña.

El semáforo cambió y cruzamos la calle. Cuando estuvimos al otro lado, pasó su brazo por mis hombros y me abrazó de lado, solo por un segundo, como hacen los chicos entre ellos. Luego metió las manos en los bolsillos de su abrigo. —Lo siento.

—Gracias —. Hablar de mi madre muerta siempre era un aguafiestas, así que dije—: Tienes una familia grande, ¿verdad? ¿Cuatro hermanos?

—Y una hermana —. Miró al frente, por la acera—. Raleigh... de hecho, toda mi familia... puede ser un poco... —soltó el aliento, visible en el aire frío por un segundo antes de fundirse con la niebla—... intensa. Bromeamos mucho, normalmente a costa de los demás —. Se detuvo frente a un restaurante con fachada de cristal donde los camareros flotaban entre manteles blancos y brillantes detalles metálicos—. Aquí es. Solo... —hizo una mueca—. Ignora todo lo que diga.

Me sostuvo la puerta y entré. Ni siquiera tuve que adivinar quién podría ser Raleigh. De pie en la pequeña zona de espera del restaurante estaba el gemelo de Tyler. Bueno, no un gemelo, sino una versión más corpulenta y ligeramente mayor. En lugar de la expresión abierta de Tyler, una sonrisa burlona torcía sus labios.

—¡Ty! —Raleigh extendió los brazos para abrazar a su hermano, dándole una palmada en la espalda. Cuando me miró, sus ojos eran de un marrón sólido, sin las motas de color como los de Tyler—. ¿Quién es?

Tyler se zafó del abrazo de oso de Raleigh. Manteniendo las manos a los lados, dijo: —Marlee, te presento a mi hermano Raleigh. Raleigh, esta es mi amiga Marlee Rice.

No queriendo quedar envuelta en los musculosos brazos de Raleigh, le tendí la mano. —Encantada de conocerte.

Me la estrechó con más suavidad de la que esperaba. —Vaya, vaya, vaya.

—¿Nos sentamos ya que estamos todos? —preguntó Tyler. Sin esperar respuesta, se dirigió a la anfitriona. Nos llevó directamente a una mesa en la parte de atrás, donde Tyler y yo quedamos frente a Raleigh.

Mientras mirábamos el menú y pedíamos, los dos hermanos se pusieron al día. Raleigh estaba en la ciudad visitando la sede de su empresa, como hacía tres o cuatro veces al año. Había visto a sus padres el fin de semana anterior e informó de que estaban bien de salud, pero que echaban de menos a Tyler. ¿Cuánto tiempo hacía que no iba a casa? ¿Semanas? ¿Meses? ¿Más? Raleigh dio a entender que era más bien lo *último*.

Tyler le habló a Raleigh de su casa en el Excelsior —un cuchitril, lo llamó con una mirada de disculpa hacia mí—. Nunca había estado allí, pero no podía ser tan malo. Los bienes raíces en San Francisco eran caros, pero Synergy pagaba bien a los desarrolladores. Y le habló a su hermano de su trabajo. Le iba bien, dijo. Abrí la boca para corregirlo —Tyler era el protegido de Jackson, lo que decía mucho de su talento y sus perspectivas—, pero el camarero llegó con nuestros platos y nuestra conversación se centró en la comida y los restaurantes favoritos de los hermanos en Dallas.

Raleigh dejó el tenedor y tragó su bocado de rigatoni. —La cena de ensayo es en Carolina's. Bella quería algo elegante.

Tyler murmuró algo sobre su pollo.

Imaginando que Raleigh merecía una respuesta mejor que esa, dije: —¿Eres tú el que se va a casar?

Asintió. —Este verano. Mi novia de la universidad. Aunque la conocía de antes. Fuimos al mismo instituto, pero es un par de años más joven. De tu clase, ¿verdad, Ty?

—Sí —. Se encorvó sobre su plato y empujó un bocado de pollo con el tenedor.

Raleigh se reclinó en su silla. —Aunque, ahora que lo pienso, recuerdo que a veces estaba en nuestra casa. Era amiga de alguien. ¿Quizá fue con uno de nosotros al baile de graduación?

Tyler dejó caer el tenedor en el plato con un estrépito que

resonó en el ruidoso comedor. Mirando fijamente a su hermano, escupió: —Amigos. Salí con ella seis meses, imbécil.

Mi corazón se detuvo. La sonrisa de Raleigh se congeló en su cara y sus ojos se abrieron como platos. Tuve tiempo de imaginar dos escenarios en los que saltaba entre ellos sin mancharme la falda de color rosa ostra con marinara —lamentablemente, ambos fracasos rotundos incluso en mi imaginación— cuando Raleigh empezó a reírse entre dientes. Luego escaló a una carcajada en toda regla que provocó que la gente de las mesas cercanas le lanzara miradas divertidas. Raleigh tenía una risa genial. Lástima que fuera un completo patán.

—Ya lo sabía. Solo te estaba jodiendo.

—Cretino —murmuró Tyler. Luego me miró—. Perdón.

—Justificado —susurré—. Nunca había tenido un hermano, pero Raleigh tenía que haber roto el código al salir con la ex de su hermano. ¿Y encima se *burlaba* de ello? Qué…

—Aunque si hubieras practicado deportes como el resto de nosotros, quizá habrías podido conservarla.

Apreté la boca y respiré por la nariz.

—Este tipo —Raleigh apuntó su tenedor hacia Tyler— podría haber jugado para la UT.

Tyler puso los ojos en blanco.

—Pero prefería sentarse en la biblioteca frente a una computadora a ir a entrenar. O a mezclarse con el resto de nosotros.

Tyler se reclinó en su silla. —Siempre fui tu portero, tu cátcher, tu centro. Nunca me dejaste jugar como delantero, campocorto o mariscal de campo.

Raleigh se encogió de hombros. —Nunca supimos que querías hacerlo. Podrías haber dicho algo.

Tyler dejó su vaso de agua sobre la mesa con un golpe seco. —Lo hice.

—Pff. Deberías haberlo dicho más fuerte.

Quizás me había equivocado todos esos años en los que quise tener un hermano. Revisé mi teléfono. Nada de Alma. Y todavía tenía mucho tiempo antes del último tren. Miré a Raleigh. *Desafortunadamente.*

Masticó, con la mirada perdida, y dejó el tenedor. —Aunque tal vez si hubiera pasado más tiempo en la biblioteca, tendría un trabajo de oficina cómodo como tú.

—Tienes un gran trabajo —dijo Tyler—. Ganas mucho dinero y has viajado por todas partes. Nueva York, San Francisco, Singapur…

—Sí —dijo Raleigh—. Pero Bella lo odia. Desearía que estuviera más en casa. Quiere tener bebés. —Hizo una mueca.

—¿Y tú no? —le pregunté.

—No lo sé. Tal vez. Todavía no. Con tres hermanos menores, como que ya tuve suficiente de niños. ¿Sabes?

No quería sentir lástima por el imbécil, pero quizás tenía razón. Probablemente había cambiado su buena ración de pañales, al menos de los dos más pequeños.

Raleigh cruzó el tenedor y el cuchillo sobre su plato vacío, y un ayudante de mesero se lo llevó rápidamente. Un brillo apareció en sus ojos marrones. —¿Y bien? ¿Cuánto tiempo llevan juntos?

—No estamos juntos —gruñó Tyler.

—No, solo amigos. —Mi voz sonó demasiado aguda.

Raleigh estiró el brazo sobre la mesa y le dio una palmada en el hombro a Tyler. —Tarado. —Intercambiaron una especie de lenguaje de hermanos tácito con la mirada.

Finalmente, Tyler bajó la vista a su cena a medio comer. —Creo que me llevaré esto a casa.

—Ese es mi hermano Tyler. Siempre cuidando su figura de señorita. —Raleigh se palmeó el estómago plano.

—Tú deberías cuidar la tuya —dijo Tyler—. Has subido unos kilos, viejo.

Tyler también sabía devolver los golpes. Sonreí y saqué mi billetera. —Necesito hacer una llamada. ¿Les doy algo de efectivo para pagar?

Raleigh me miró como si tuviera dos cabezas. —No sé qué

hace este idiota aquí en la Costa Oeste, pero a mí no me criaron para dejar que una dama pague la cena.

Tyler puso los ojos en blanco. —Yo pago, cabeza hueca.

—Lo cargaré a la cuenta de gastos.

Dejándolos discutiendo por la cuenta, me puse el abrigo y salí. Me paré bajo la marquesina que goteaba y llamé a papá.

—Oye, ¿estás bien?

—Claro, Solecito. Cené con Alma, y ahora Tigger y yo estamos viendo béisbol. Le gusta el béisbol, ¿verdad, campeón?

—Papá. —Maldito gato—. ¿Estarás bien si me quedo en la ciudad un poco más?

—Claro.

—¿Revisarás que las puertas estén cerradas con llave? ¿Y que la estufa esté apagada?

Se rio entre dientes. —Sí, señora. Yo soy el padre aquí, ¿recuerdas?

—Recuerdo. —Sonaba bien. Y realmente no debería tratarlo como a un niño—. Buenas noches. Te veo en la mañana.

—Buenas noches, Solecito.

Guardé mi teléfono. Tyler y Raleigh habían salido y hablaban en voz baja. Cuando me acerqué, Raleigh estaba diciendo: —¿Entonces qué les digo?

—Diles que no sé.

Puse una mano en el hombro de Tyler para que supiera que estaba allí.

—Mamá va a llorar a mares si no estás en casa para Acción de Gracias.

El hombro de Tyler se tensó. —Lo pensaré.

Raleigh apretó los labios hasta formar una línea recta. Luego me extendió una mano. —Marlee, fue un placer.

—Mmm. —Hubiera sido una mentira corresponder al sentimiento.

Envolvió a Tyler en otro abrazo de oso. —Nos vemos, hermano. —Se dio la vuelta y se alejó.

—Sí. Tan malo como pensé que sería. —Tyler me devolvió la media sonrisa—. ¿Necesitas irte a casa de inmediato?

Miré mi reloj. Tenía un par de horas antes del último tren. Después de esa cena miserable, no podía dejar a Tyler solo. Sus hombros todavía estaban caídos como si Raleigh lo hubiera golpeado con un bate de béisbol. —No de inmediato. ¿Quieres ir por un postre?

Arrojó su envase de comida para llevar en un bote de basura cercano. —La mejor idea del mundo.

EN ESA NOCHE FRÍA, cerca de la hora de cierre, éramos los únicos clientes en la heladería. Tyler le preguntó al empleado adolescente qué sabores contenían frutos secos de árbol y, después de probar algunos sabores sin ellos, pidió una bola doble de chocolate con leche malteada y vetas de fudge con salsa de caramelo. Yo elegí una bola de cremoso sorbete de fresa y mango. Nos sentamos cerca de la ventana delantera, donde la niebla lamía el cristal.

Pasé la cuchara por la superficie de mi sorbete. —¿Siempre es así?

Clavó la cuchara en su helado. —Todos lo son. ¿Por qué crees que vivo a tres mil kilómetros de distancia? —Pero su sonrisa era irónica—. Es la familia.

—¿No te duele?

Se encogió de hombros. —A veces.

Durante la cena, se había visto como papá la vez que se clavó una grapa en el dedo índice.

—Deberías decírselo. Hacerles frente.

Sacó una cucharada de su vaso. —Lo que dijo era verdad. Siempre fui el segundo mejor en los deportes. Y Bella solo salió conmigo hasta que quedó claro que nunca sería un atleta del equipo universitario.

—¡Eso es horrible! —Dejé mi vaso.

Se encogió de hombros.

Negué con la cabeza, contenta por una vez de haber sido hija única. —Bueno, creo que ella te subestimó. Todos lo hicieron. Y no es justo. Además, tu hermano es un imbécil.

Me llevé otra cucharada de sorbete a la boca y levanté la vista para verlo observándome mientras sacaba la cuchara de mi boca. Su manzana de Adán subió y bajó cuando tragó. Con la garganta repentinamente seca, bajé la mirada a la mesa. Realmente necesitaba pedir ese vibrador nuevo pronto.

Por suerte para mí, el adolescente malhumorado que nos había atendido gritó: —Lo siento, chicos, vamos a cerrar —y le dio la vuelta al letrero de la ventana.

Caminando sin prisa hacia la calle oscura y neblinosa, esquivamos a los turistas y a los que volvían a casa tarde en la noche. Pequeñas gotas se condensaron y brillaron en las puntas de mi cabello y en las mangas de mi abrigo. El aire húmedo y frío se deslizó por mi cara y se coló en el cuello abierto de mi abrigo. Me estremecí.

—¿Tienes frío? —preguntó Tyler.

Esa fue una de las cosas que me habían metido en problemas después de la boda. Tenía que resistirme a la exposición al aroma de Tyler, al calor de su cuerpo. —No, estoy bien. Pero creo que tomaré un taxi a la estación de tren. —La estación estaba a solo unas cuadras, pero había sido un día largo y mis defensas se estaban derritiendo como el helado que habíamos tomado.

Tosió. —Pediré un taxi a casa y te dejo de paso.

—La estación de tren no está exactamente de camino.

—No me importa. No tengo prisa.

Antes de que pudiera protestar de nuevo, le hizo una seña a un taxi que pasaba y, cuando se detuvo, me abrió la puerta. Le dije al conductor el nombre de la estación, y Tyler, deslizándose detrás de mí, dio su dirección como la segunda parada. Incluso a estas horas de la noche, el tráfico avanzaba lentamente por las calles. Habría sido más rápido caminar, pero el taxi era cálido y seco.

Miré por la ventana, observando las gotas de agua temblar y deslizarse por el cristal.

Tyler tocó mi mano donde descansaba en el asiento de vinilo. —Gracias por venir conmigo. Fue mejor contigo allí.

Me aparté de la ventana para sonreírle. Volteando mi mano, entrelacé mis dedos con los suyos. —Cuando necesites apoyo emocional contra tus hermanos idiotas, avísame.

—¿Lo prometes? —Se aclaró la garganta.

—¿Qué?

Se mordisqueó el labio inferior. —Verás, tengo que ir a una boda este verano. Todos mis hermanos idiotas —y mi hermana, que también es una idiota— estarán allí. Tal vez podríamos hacer lo de la cita para la boda de nuevo.

Faltaban meses para el verano. Pero al pensar en el pobre Tyler en la boda de su hermano con su ex, no pude decir que no. —Si no estás saliendo con nadie a quien prefieras llevar, iré contigo. Para eso están los amigos.

En lugar de dedicarme su sonrisa fácil y aceptar mi oferta, frunció el ceño y se frotó la garganta.

—¿Qué pasa?

Movió la boca antes de hablar, como si la estuviera probando. —Siento picazón. Raro. Como si estuviera teniendo una reacción.

—Pero no comiste ninguna nuez de macadamia. Ningún fruto seco de árbol. —Mi cerebro estaba lento, como una computadora con la memoria sobrecargada.

—¿Recuerdas si alguno de los sabores cerca del chocolate tenía frutos secos? Tal vez usaron la misma cuchara.

—Había uno con sabor a Nutella en la misma vitrina. —Lo recordaba porque había considerado probarlo, pero lo descarté debido a la alergia de Tyler—. Eso tiene frutos secos, ¿verdad?

Tragó con dificultad. —Claro que sí. —Palmeó el asiento—. Mierda. Dejé mi mochila con mi epipen en la oficina.

—Oiga —le dije al taxista—. ¿Puede llevarnos al hospital más cercano, por favor?

—No. —La voz de Tyler sonaba rasposa—. Tengo uno en mi departamento. Estaré bien.

El conductor redujo la velocidad. —¿Qué va a ser?

Mi corazón iba a salirse de mi pecho, pero entendía que no quisiera ir al hospital innecesariamente. Tyler probablemente tenía una cobertura con deducible alto como la mía. —Llévenos a su departamento. En el Excelsior, por favor. Y apúrese. —Le apreté la mano como si eso fuera a ayudar.

El trayecto de cinco minutos a su departamento pareció durar cinco horas. Tyler aspiraba aire, con sibilancias y jadeos como un paciente con enfisema. Usó una mano para masajear su garganta. La otra apretó mi mano, como para tranquilizarme. No funcionó. Yo respiraba con dificultad por los dos para cuando nos detuvimos frente a su edificio.

Cuando tropezó, me metí bajo su brazo y lo ayudé a subir las escaleras hasta su casa. Abrió la puerta y encendió la luz. Nunca había estado dentro de su departamento, pero no tuve tiempo de mirar a mi alrededor. Mi corazón tropezaba en mi pecho como si yo fuera la que tenía el ataque de alergia.

Se tambaleó hacia una puerta abierta y encendió el interruptor de la luz. El baño era apenas lo suficientemente grande para una combinación de bañera y ducha, el inodoro y un mueble cuadrado para el lavamanos. Se inclinó sobre el lavamanos, abrió el botiquín y agarró un tubo de plástico, que dejó en el mostrador. Cerrando la tapa del inodoro, forcejeó con su cinturón. —Lo siento —dijo con voz ahogada, justo cuando se bajó los jeans hasta el suelo.

—No te preocupes por eso. —Santo Hipócrates, ¿le preocupaba bajarse los pantalones en medio de una reacción anafiláctica? Me quedé junto al lavamanos, con las manos colgando, entumecidas.

Pero Tyler sabía qué hacer. Se sentó en la tapa del inodoro y, con dedos firmes, sacó el dispositivo de su tubo. Quitó la tapa, lo colocó contra la parte exterior de su muslo, justo debajo del borde de sus bóxers ajustados, y presionó hasta que hizo clic.

—¿Eso es todo? ¿Ya está?

Sus manos temblaron cuando dejó el dispositivo en el mostrador. Se aclaró la garganta. —Sí.

—¿Ahora puedo llamar al 911?

—No, estaré bien.

—Ahí mismo dice que hay que buscar atención médica inmediata. —Las palabras estaban impresas sobre la aguja de aspecto maligno.

—Estaré bien. Ya he pasado por esto varias veces. —Su cara estaba sudorosa y pálida, pero ya respiraba con más facilidad. Sus labios ya habían pasado de azules a un rosa pálido.

Cuando se puso de pie, extendí mis brazos hacia él como si pudiera atraparlo si se caía. —De verdad, estoy bien. —Se subió los jeans—. Siento todo esto. Te llamaré un transporte a casa.

Me crucé de brazos. —No me voy a casa. No te voy a dejar solo esta noche. ¿Y si tus síntomas regresan? ¿O tienes una reacción a la medicina?

—Estaré bien. De verdad.

No me moví. —Me quedo.

—Bien. —Sus labios se crisparon—. ¿Te importa si voy a acostarme?

—Oh. Claro. No hay problema. —Ahora no solo mis manos eran inútiles; era todo mi cuerpo. Salí del baño y lo seguí a través de otra puerta a su dormitorio. Abrió la puerta del clóset y bajó una almohada y una manta. Las llevó a la sala, que tenía un único sofá largo colocado frente a una mesa de centro y un televisor. El departamento era pequeño, no tan grande como la diminuta primera planta de nuestra casa.

Lanzó la almohada sobre el sofá y se dejó caer en los cojines. — Tú toma la cama.

—Absolutamente no. Acabas de tener una emergencia médica. Vas a dormir en tu cama. —Tyler era terco, pero no tan terco como yo. Tomé su mano y tiré hasta que se puso de pie—. Anda. Te daré un minuto para que te acomodes.

Con el ceño fruncido, caminó con dificultad hacia su dormitorio. Llamé a casa para ver cómo estaba papá, y luego pasé unos minutos en su baño lavándome la cara y cepillándome los dientes con su pasta y mi dedo.

Cuando entré en el dormitorio, me dedicó una sonrisa somnolienta, y mi ritmo cardíaco finalmente se ralentizó. —¿Te sientes mejor?

—Sí. —Las sábanas estaban subidas hasta su barbilla—. Ya respiro bien. En serio, puedes irte a casa.

—Ni hablar. —Me senté al otro lado de la cama, sobre las sábanas, y me estiré a su lado, cubriéndome con la manta que había arrojado sobre el sofá antes.

—¿Qué estás haciendo? —La sonrisa había desaparecido.

—Hay mucho espacio aquí. Voy a asegurarme de que duermas bien.

—En serio, estoy...

—Lo sé, lo sé, estás bien. Aun así, me quedo. —No sabía qué haría si algo le pasaba a mi amigo. Y no estaba dispuesta a averiguarlo.

Apagó la lámpara y nos quedamos allí en silencio.

—No volveremos a ese lugar nunca más, ¿sabes? —dije.

—¿A la heladería? —Se rio entre dientes—. Qué lástima. Mi helado estaba muy bueno. Hasta que intentó matarme.

Puse una mano en su pecho para poder sentir los latidos de su corazón. Parecía rápido, pero era constante. Puso su mano sobre la mía. —¿Demasiado pronto?

—Definitivamente demasiado pronto. No más bromas. Duérmete.

Sus dedos se apretaron. —Gracias, Marlee. Por cuidarme.

Sabía que no se refería solo a su ataque de alergia. Se había cuidado a sí mismo perfectamente bien. Se refería a lo del horrible Raleigh.

—Cuando quieras. —Y lo cuidaría cuando quisiera. Igual que haría con Alicia. Aparté de mi mente la idea de lo que podría haberle pasado. Sabía que me costaría dormir si pensaba en ese aterrador viaje en taxi.

En cambio, observé su pecho subir y bajar en la tenue luz que se filtraba por los lados de las persianas. Su respiración se estabilizó y se ralentizó, y pronto, la mía también.

14

DESPERTÉ con la luz gris del amanecer, abrigada y a salvo. Pero no era mi almohada lo que tenía bajo mi mejilla, era la piel de otra persona.

Ay. Dios. Mío. ¿Qué había hecho?

Levanté la cabeza y mi mejilla se despegó del pecho de Tyler con un suave sonido de succión. Me quedé mirando la extensión de piel que tenía delante. Un tatuaje marcaba su hombro dorado, una V curva con un pequeño pentágono en un extremo y un triángulo en el otro. Me resultaba vagamente familiar, pero no conseguía averiguar qué podía significar una V en el hombro de Tyler. ¿Quizás era una Y de Young? ¿O había empezado un tatuaje que en realidad parecía algo y se había arrepentido?

Suspiró y estiró el otro brazo por detrás de la almohada. El brazo que no estaba ceñido a mi cintura. Mi cintura… —*oh, gracias a Dios*— completamente vestida. Aunque me había desparramado sobre su pecho, mi mitad inferior seguía encima del edredón. Vaya enfermera que había resultado ser. Me había quedado dormida encima de mi paciente.

Bajo la tenue luz que entraba por las persianas, me tomé un segundo para admirar la curva de sus tríceps, la superficie plana de sus pectorales, las crestas de sus abdominales. Para ser alguien que se pasaba el día sentado en un escritorio, tenía muchísimos músculos. Pero mantuve los dedos cerrados en las palmas de mis manos. Los amigos no tocan los pechos desnudos de sus amigos. Y desde luego, no espían bajo la sábana que cubría su mitad inferior.

Pero no hacía falta que espiara para ver que la mitad inferior era igualmente… sorprendente. No es que me sorprendiera que Tyler tuviera pene. Por supuesto que lo tenía. Es que nunca había tenido un motivo para pensar en ello. Hasta esa mañana, cuando su erección formaba una carpa bajo la sábana lo suficientemente grande como para…

Cerré los ojos. Pero se abrieron de nuevo. Las suaves sábanas de punto se le pegaban, delineando la forma con todo lujo de detalles. Tragué saliva y aparté la mirada.

El mobiliario de su dormitorio era espartano: una cómoda y una única mesita de noche con sus lentes junto a un reloj, cuya pantalla LED me indicaba que eran más de las seis. *Rayos*. Era viernes, Cooper tenía una reunión temprano y yo necesitaba llegar a la oficina.

Me deslicé con cuidado para salir de debajo de su brazo. Un ceño fruncido cruzó su rostro, y moví la mano que había estado en mi espalda a su estómago. Murmuró: «Princesa», y me quedé helada, esperando a que abriera los ojos, pero no lo hizo. No había tiempo para despertarlo; además, después de su ataque de alergia, necesitaba descansar. En lugar de eso, me levanté de la cama y salí de puntillas a la sala.

Vi mi bolso en el suelo, junto a la puerta, donde lo había dejado caer durante la loca carrera de anoche por la epinefrina. Saqué mi teléfono, esperando que el reloj de Tyler se hubiera equivocado con la hora, pero eran las seis y media. No había tiempo para ir a casa a cambiarme. Tendría que ir al trabajo con la ropa de ayer. Mientras pedía un Uber, me ajusté el sostén para sacar la varilla de la marca que me había hecho en el costado del pecho mientras dormía. Ay.

¿Dónde había dejado caer mi abrigo? Rodeé la pequeña habitación hasta que la luz rosada que se filtraba por la ventana iluminó una mancha de tela clara contra el sofá oscuro. Me acerqué para tomarlo del cojín, pero un siseo me sobresaltó, haciéndome retirar la mano. La esquina de mi abrigo rosa pálido asomaba bajo un bulto de pelusa gris paloma.

Unos malévolos ojos azules —eran casi del mismo color que los de Cooper— me parpadearon desde una cara gris oscura. Volvió a sisearme. ¿Tyler tenía un… gato? Uno que, al parecer, me odiaba tanto como Tigger. ¿Habría sido yo una maltratadora de gatos en una vida anterior? ¿O un perro? ¿Y cómo era posible que no supiera que mi amigo tenía un gato?

—Lindo gatito —susurré—. Ven aquí. —Hice un gesto hacia mí. La mirada del gato no se apartó de mi cara—. Shh. Está bien. —No sabía si me estaba hablando a mí o al gato. Estiré una mano tentativa hacia la esquina de mi abrigo. El gato gruñó y escondí mi mano contra mi blusa arrugada. No. Mi abrigo no valía la pérdida de mis dedos de teclear.

Una voz ronca llegó desde detrás de mí. —Buenos días.

—Hola. —Seguía sin camisa, vestido solo con los vaqueros de anoche, sin cinturón y caídos sobre la cintura. A la velocidad del rayo, aparté la mirada—. Tengo una reunión temprano y tu gato tiene mi abrigo de rehén. ¿Puedes…?

—Oh. Lo siento. Claro. —Tomó al gato y yo arranqué mi abrigo del sofá.

—Gracias.

—Esta es Subha. Es bastante tranquila. —Con un brazo, acunó al gato contra su pecho desnudo, y ella ronroneó. No la culpaba. Tenía un pecho cómodo. Y, ay, por mi dulce Leonardo da Vinci, ¿qué tan sexy podía ser un pecho musculoso con un gatito esponjoso acurrucado contra él? *No*. Mi amigo *no* era sexy. Bueno, sí, lo era, pero yo no me sentía atraída por él. Para nada.

—¿Cómo te sientes? —Su color era mejor que el de anoche. Sus labios estaban rosados y ya no tenían ese tinte azulado.

—Mejor. Gracias —dijo. Cuando sonrió, la opresión en mi

pecho se alivió—. Siento lo de los pelos de gato. ¿Quieres que le pase un rodillo quitapelusa?

Consulté el teléfono, como si el tiempo pudiera haber empezado a retroceder milagrosamente. —No hay tiempo. Cooper tiene una reunión temprano.

—Entonces supongo que tampoco hay tiempo para desayunar. Dame un minuto para vestirme y te llevo.

—No, gracias. Pedí un Uber. Deberías volver a la cama. —Luché contra el impulso de acercarme a él, abrazarlo, besarle la mejilla. Claro, estaba allí de pie, sano, y no en una cama de hospital con un tubo de respiración. Pero si lo tocaba, aunque solo fuera para asegurarme de que estaba bien, temía tomar más de lo que nuestra amistad permitía.

Manteniendo los ojos lejos de su piel desnuda, me puse el abrigo y me colgué el bolso al hombro. —Nos vemos luego.

Quité el cerrojo de la puerta y me escabullí. Mientras bajaba corriendo las escaleras, intenté olvidar la carrera de pánico que habíamos tenido la noche anterior. No había estado tan asustada desde que papá se cayó de aquella escalera. Me alegraba de haber estado con Tyler anoche. Aunque, si no hubiéramos estado juntos, nunca habría comido ese helado contaminado. La próxima vez, me aseguraría de que el camarero usara una cuchara limpia. Cuidaría mejor de mi amigo.

En la oficina, me abracé al abrigo y pasé corriendo junto a seguridad con un saludo superficial. *Nada que ver por aquí.* Arriba, miré por el pasillo hacia la oficina de Cooper —aún a oscuras—, tomé mi bolsa del gimnasio y corrí al baño privado de Jackson.

Unos minutos más tarde, olía a limpio y estaba razonablemente presentable, lo suficiente para un viernes en Synergy. Regresé corriendo a mi escritorio, metí la bolsa en un cajón y me dejé caer en la silla justo cuando el ascensor sonó y Cooper salió con su perfección planchada y engominada.

Me miró dos veces. Normalmente, eso habría sido algo bueno. Hoy no me gustaba la atención extra. Observó mi cola de caballo y mi camiseta que decía «Las chicas del yoga son retorcidas» sobre la falda rosa pálido arrugada de ayer.

—¿Se encuentra bien, Marlee?

—Me quedé dormida. —Por así decirlo. Al revés. Lo miré a los ojos, desafiándolo a que me desmintiera.

Se rascó la nuca. —Sé que Jackson no es muy estricto con el código de vestimenta, pero preferiría que mi asistente me representara de manera profesional. Incluso un viernes.

El sonrojo comenzó en mi pecho y me subió hasta la raíz del pelo. —Lo siento, Cooper. No volverá a suceder.

—De acuerdo, entonces. ¿Puede iniciar la teleconferencia?

—Claro que sí. —Abrí la aplicación de la reunión en mi pantalla, agradecida de no tener que mirarlo a los ojos. Se dio la vuelta, entró en su oficina y cerró la puerta.

Llamé a la oficina de Londres, puse a Cooper en la conferencia y desconecté mi línea. Luego me desplomé en mi silla y solté un suspiro. Iba a ser un día largo. Saqué mi teléfono para llamar a papá y encontré un mensaje de texto.

TYLER

¿Todo bien?

Una risa histérica burbujeó detrás de mis labios cerrados. *No* todo estaba bien. El hombre que me gustaba me había llamado la atención sobre nuestro inexistente código de vestimenta. Casi había hecho que mataran a mi amigo y luego terminé durmiendo sobre su pecho desnudo. Además, había dejado a papá solo en casa toda la noche.

Pero nada de eso era culpa suya.

Sip

Llamé a papá.

—Hola —dije cuando respondió—. Siento de nuevo lo de anoche. Necesitaba ayudar a mi amigo.

—¿Maggie?

Hice una mueca y me froté la sien. —No, papá, soy Marlee.

—¡Solecito! ¿Estás bien?

—Sí, bien. ¿Cómo estás tú?

—Bien, bien. Partido de eliminatorias esta tarde. ¿Qué te parecen unos tacos para cenar?

El dolor agudo en mi sien se alivió un poco. —Genial. Te veo en casa esta noche, ¿vale?

—Hasta luego, cariño.

Dejé el teléfono y me incliné sobre el escritorio con la cabeza entre las manos, agradecida, muy agradecida de que estuviera bien. ¿Pero y si le hubiera pasado algo? Era una persona terrible. Como penitencia, no haría otra cosa que trabajar y quedarme en casa con papá.

Espera. Quedarme en casa con él no debería ser un castigo. Ese hombre me había cuidado toda la vida. Era una hija ingrata. Tiré de mi cola de caballo.

Finalmente, gemí y dirigí mi atención a mi computadora.

Perdida en mi revisión de código matutina, no oí los pasos que se acercaban y salté cuando un vaso de café para llevar y una bolsa de papel cayeron sobre mi escritorio. Tyler estaba de pie junto a mí, con una botella de Mountain Dew en la mano y una amplia sonrisa en el rostro.

Justo cuando abrió la boca, Cooper apareció a la vista.

Aparté la mirada del rostro de Tyler y le dediqué a Cooper una sonrisa forzada. —¿Qué puedo hacer por usted, Cooper?

Su mirada recorrió a Tyler, al vaso de café y a mi camiseta de yoga… otra vez. Enarcó las cejas. —Buenos días, Tyler. —Sonrió con suficiencia.

—Buenos días —refunfuñó Tyler.

Incliné la barbilla hacia el café que me había traído. —Gracias. Te veo luego.

Las comisuras de su boca se tensaron antes de que se diera la vuelta y caminara de regreso al hueco de la escalera.

Después de que la puerta se cerró, Cooper meneó sus gruesas cejas hacia mí. —¿Se quedó dormida, eh?

Lo fulminé con la mirada. Cooper no parecía celoso en absoluto. Parecía… jubiloso. —Dormí en casa de Tyler anoche. Inesperadamente.

Sus cejas se alzaron. —¿Así que *sí* está pasando algo?

Me llevé el café a los labios. Sabía a especia de calabaza y a deshonestidad. Aunque todo lo que le había dicho era verdad, sentía que le estaba mintiendo a Cooper. Una relación construida sobre una mentira no se sostendría. Antes de que se fuera de viaje, iba a ser sincera. Sobre Tyler y sobre mis sentimientos por Cooper.

Aquellos ojos de rayo láser me escrutaron de nuevo como si intentaran traspasar mis patrañas. Por fin, parpadeó y apoyó una cadera en mi escritorio. —Oiga, tengo entradas para un musical y me preguntaba…

Santo telescopio Hubble. Por fin iba a invitarme a salir. Me quedé quieta, esperando que dijera las palabras.

—Son para la semana que viene y estaré fuera. ¿Le gustaría tenerlas? Sé que es aficionada al teatro musical. Podría llevar a Tyler.

Me desplomé. A pesar de que había querido ver una función de teatro musical profesional desde siempre. —Claro. Quiero decir, sí, sería maravilloso. Gracias.

Cuando frunció el ceño —probablemente por mi ingratitud—, bajé la mirada a mi escritorio. Mi teléfono se iluminó y tomé el auricular, agradecida por un respiro de esa mirada azul láser.

José, de seguridad, dijo: —Marlee, su visita está aquí.

—¿Visita? —¿Quién vendría a verme a *mí*?

—Dice que tiene una cita.

Abrí mi calendario y encontré la entrada para una entrevista con otro candidato para el puesto de asistente de Cooper. Había estado tan absorta en todo que lo había olvidado. Al menos el candidato de hoy era un hombre. Un hombre no se daría cuenta de mi camiseta poco profesional y mi falda arrugada, a diferencia de las mujeres que había estado entrevistando durante toda la semana.

—Gracias. Ahora mismo bajo.

Cooper todavía rondaba frente a mi escritorio. —Estoy entrevistando a otro candidato para usted —dije, sacando mi carpeta de currículums del clasificador de archivos—. ¿Quiere venir?

Se estremeció y retrocedió. —No, gracias. Tengo mucho trabajo que hacer.

Negué con la cabeza, y él se dio la vuelta y se apresuró a volver a su oficina. Cobarde.

Tomando el café que Tyler me había traído —tenía que ser el mejor amigo del mundo—, eché un vistazo a la bolsa. Dentro estaba la funda de papel para repostería que esperaba, sobre un rodillo quitapelusa envuelto en plástico. Me reí entre dientes.

Pero mientras bajaba en el ascensor hacia la planta baja, la sonrisa se borró de mi rostro. Si el candidato de hoy estaba cualificado, me reemplazaría en mi puesto temporal como asistente de Cooper. No más almuerzos a solas, no más excusas para aparecer en su oficina, no más oportunidades para ayudarlo con el trabajo nocturno.

Mi tiempo se estaba agotando.

———

POR SUPUESTO que tenía que venir a Synergy el día que llevaba una camiseta y el pelo sin lavar recogido en una cola de caballo.

Jamila Jallow, con unas piernas que parecían infinitas en un par de pantalones de talle alto y una gabardina de Burberry abierta por delante para revelar un suéter de cachemir y un pañuelo de seda, se apoyaba en el mostrador de seguridad, charlando con José.

—Buenos días, Jamila.

—Buenos días, Marlee. ¿Puedes acompañarme a subir?

Había planeado entrevistar al candidato abajo, pero supuse que podría subirlos a ambos al sexto piso. —Claro. Déjame ir a buscar a… —miré el currículum que tenía en la mano— Ben.

Un chico de mi edad se levantó de un salto de una de las incómodas sillas de cuero verde lima del vestíbulo. —¿Marlee? —

preguntó, extendiendo ya la mano. Llevaba una camisa de botones a cuadros azules bajo un suéter gris y pantalones chinos oscuros. Sus botines de cordones hacían juego con el cuero marrón de aspecto suave de su maletín.

Me acerqué a él, deseando lucir tan arreglada como él. Cuando le estreché la mano, incliné la cabeza solo un poco para mirarle a sus ojos color whisky. No era monstruosamente alto como Cooper y Jamila. —Hola, Ben. Soy Marlee Rice. Subamos.

Mientras esperábamos el ascensor, Ben se inclinó a mi alrededor. —¿Usted es Jamila Jallow, verdad?

Ella sonrió y extendió una mano larga y delgada. —Lo soy.

—Ben Levy-Walters. —Le estrechó la mano—. Leí su entrada del blog de esta semana sobre el diseño de la experiencia del usuario. Fue inspiradora.

¿Acaso toda la población de San Francisco leía el blog de Jamila? Uf.

Mientras subíamos, continuaron su conversación sobre interfaces de usuario. Mantuve la boca cerrada y escuché. El chico era inteligente, se defendía con una de las estrellas más brillantes de la industria. Hmm.

En el sexto piso, dejé a Ben en una sala de conferencias y acompañé a Jamila a la oficina de Cooper. Cuando llamé y abrí la puerta, su ceño de concentración desapareció y una sonrisa se dibujó en su rostro. Una sonrisa que nunca me había mostrado a *mí*.

—¡Mila! No sabía que venías hoy.

—Pensé en darte una sorpresa. Ver cómo estabas.

Cerré la puerta y caminé de vuelta hacia Ben. ¿Qué tenía que hacer para que me viera? ¿Para que me sonriera?

Pero me saqué a Jamila de la cabeza cuando me senté frente a Ben. Mientras intercambiábamos cumplidos, revisé su currículum. Recordaba que sus credenciales habían sido regulares: dos años como recepcionista y tres como asistente ejecutivo en una sola empresa. Sin título universitario. Pero su carta de presentación había sido estelar.

—Entonces, Ben —dije, comenzando la parte oficial de la entrevista—, dígame por qué solicitó este puesto en Synergy. —Me eché hacia atrás y me preparé para que me doraran la píldora sobre la *increíble oportunidad* y el *encaje perfecto*, como había hecho cualquier otro candidato.

—¿Sinceramente? —Se inclinó hacia delante, con las palmas de las manos en el borde de la mesa y los dedos extendidos hacia mí. Sus ojos castaños como el whisky estaban muy abiertos—. La startup para la que trabajaba se fue a pique el mes pasado. Ni siquiera lo vi venir. Mi jefe dijo que estábamos bien y le creí. La historia de mi vida. En fin, me pasé dos semanas en una habitación a oscuras comiendo Häagen-Dazs. —La comisura de su boca se curvó hacia arriba—. Entonces mi hermana me habló de este puesto. Trabaja aquí en contabilidad y sabe que soy un gran admirador de Cooper Fallon.

Así que esa era la razón por la que su currículum mediocre había pasado el filtro de RR. HH.: era un referido de un empleado. —¿Ah, sí? Cuénteme qué sabe de Cooper y por qué es un admirador.

Se reclinó en su silla. —No mucha gente sabe que Cooper se especializó en ciencias de la computación. Todos suponen que Jackson era el cerebro de la programación y Cooper el de los negocios. Eso es cierto, pero Cooper ayudó con el desarrollo inicial del producto. —Juntó las manos en su regazo—. No da entrevistas sobre su vida antes de la universidad y es activo en fundaciones que apoyan a niños en riesgo. Así que supongo que tuvo algunos problemas al crecer. Como yo. —Se inclinó un poco hacia mí—. Quiero aprender de él. Algún día me gustaría ayudar a los niños también.

Asentí. Podría aprender mucho de Cooper. Empezaba a caerme bien Ben, pero necesitaba saber en qué se estaba metiendo. —Puede ser… un reto trabajar con él.

Se rio entre dientes. —Sé que el puesto ha estado vacante durante meses, desde que su antigua asistente se jubiló. ¿Ninguno de los temporales ha funcionado?

Hice una mueca. No era necesario que supiera por qué. —No. Y ha estado demasiado ocupado para entrevistar para el puesto hasta ahora.

Su mirada era firme, evaluándome. —Y no *es él* quien me entrevista ahora, es *usted*. ¿Por qué?

—Oh, ha estado de viaje y trabajando en…

—Perdone mi francés, pero son patrañas. —Me recorrió con la mirada, desde mi cola de caballo hasta mis botines de cuero sintético—. Creo que es culpa *suya*.

Ladeé la cabeza. —Vaya. —Este tipo me conocía desde hacía veinte minutos y ya iba a diagnosticar mi relación con Cooper. Ja.

—Todo el mundo sabe que Jackson Jones es… un poco… distraído. Pero usted ha sido capaz de convertirlo en un ejecutivo que contribuye a la empresa.

Me habría encantado llevarme el mérito por eso, pero él había cambiado por Alicia. —Bueno, en realidad, fue…

Me interrumpió. —Usted le permite centrarse en lo que es importante. Es el Mago de Oz, haciendo que la magia suceda desde detrás de la cortina. Es usted *demasiado* buena. Cooper ve lo que tiene Jackson y quiere lo mismo.

Me removí en mi silla. Se suponía que esto no trataba de mí. Si tan solo Ben tuviera razón y Cooper *sí* me quisiera. Pero no iba a entrar en ese tema con este hombre demasiado observador.

Como no objeté, Ben continuó: —Sospecho que Cooper no es como Jackson. Parece ser más centrado.

—Lo es. —Comprimí los labios para evitar balbucear sobre todas las buenas cualidades de Cooper. No necesitaba venderlo.

—¿Qué *necesita* él?

Me eché hacia atrás en mi silla. ¿Quién estaba entrevistando a quién? —¿Qué cree *usted* que necesita?

Una lenta sonrisa se extendió por el rostro de Ben. Como a mí, debían de gustarle los desafíos. —Un tipo que, en diez años, ha hecho crecer una empresa desde su dormitorio universitario hasta convertirla en una compañía Fortune 1000. Un tipo cuyo cofundador es brillante pero disperso y cuyo director general es, según… —se aseguró de que la puerta de la sala de conferencias estuviera cerrada— ciertos informes, un poco… digamos, una personalidad difícil.

Un imbécil sería más preciso. Pero Ben estaba en una entrevista de trabajo.

—Sin embargo, Cooper Fallon todavía se las arregla para apoyar a varias fundaciones y mantiene su empresa en crecimiento cada año. Mantiene un agotador programa de viajes. Necesita…

Me incliné hacia delante en mi silla.

—Necesita a alguien que lo proteja de sí mismo. Aunque es importante apoyar a esta empresa y a sus empleados, necesita a alguien que le impida dar demasiado de sí mismo. Antes de que se queme.

Recordé las ojeras oscuras bajo sus ojos que no habían desaparecido tras su regreso de Asia. Operación Hakuna Matata. Me eché hacia atrás en mi silla. —Exactamente.

—Discúlpeme que lo diga, pero parece que a usted también le vendría bien alguien que hiciera eso por usted.

Entrecerré los ojos hacia Ben. Este hombre veía demasiado. No tenía duda de que lo contrataríamos; era exactamente lo que Cooper necesitaba. Pero tendría que andarme con cuidado con él.

CUANDO ABRÍ la puerta de casa esa noche, papá estaba viendo *Nova* en su viejo y maltrecho sillón reclinable.

—Hola, papá —grité por encima del estruendo del televisor.

—¡Solecito! ¿Tuviste un buen día en el trabajo? —Cuando me sonrió ampliamente, la parpadeante luz azul del televisor proyectó sombras en su cara, haciéndola parecer una calavera sonriente.

—Bien. —Me sacudí los escalofríos mientras iba a la cocina y encendía la luz. Esperaba que tuviéramos cerveza. O vino. Eso sería aún mejor. Después de la cena, subiría a escondidas y por fin pediría ese vibrador nuevo. Algo más… realista.

Para ocultarle a papá mis mejillas sonrojadas, dejé mis bolsas en el suelo y me quité los tacones con la punta de los pies. Fue entonces cuando me llamó la atención el plato insólitamente lleno de Tigger en el suelo. Normalmente, devoraba su comida en segundos. ¿Estaría enfermo? La verdad es que no estaba de humor para llevar al gatito gruñón al veterinario esa noche. Lo haría, por supuesto. De ninguna manera le devolvería a Alicia su adorado gatito en un estado que no fuera impecable dentro de una semana. Miré debajo de la mesa, donde le encantaba esconderse de mí, pero allí solo había una pelusa anaranjada.

Volví a la sala, pero Tigger tampoco estaba acurrucado con papá. Entré a su cuarto, levanté la esquina de la colcha y miré debajo de la cama. Más pelusas —agregué «pasar la aspiradora» a mi lista mental de tareas pendientes—, pero ni rastro del gato.

El odio de Tigger hacia mí era tan feroz que se negaba a poner sus delicadas patas en el segundo piso, pero de todos modos subí corriendo las escaleras y revisé mi cuarto. Ni una señal de la feroz bola de pelos.

Bajé las escaleras de nuevo, con el corazón acelerado, y me paré entre papá y el televisor.

—¿Has visto a Tigger? —Traté de que no se notara el pánico en mi voz. No tenía caso alterarlo.

—¿A quién?

Tomé el control remoto y le bajé el volumen al televisor. —A Tigger. El gato.

Arrugó la frente. —No tenemos gato.

Cerré los ojos e inhalé unas cuantas veces como en yoga para calmarme. —El gato de Alicia. Ha estado aquí casi dos semanas.

Cuando abrí los ojos, el rostro de papá no mostraba comprensión alguna. *Mierda.* Después de un último vistazo por la habitación, regresé a la cocina. Encontré mis tenis encima de la lavadora, me los puse y tomé una chaqueta, una linterna y mi teléfono. El corpulento gatito no podía haber ido muy lejos, pero sería difícil encontrarlo en la oscuridad. Y tenía que encontrarlo. Alicia amaba a ese maldito gato.

———

DOS HORAS DESPUÉS, mis manos temblaban mientras me servía un vaso de vino tinto. Me dejé caer en una silla de la cocina y me miré. Mi falda rosa pálido y mi camiseta estaban manchadas de tierra y cubiertas de pelo naranja y blanco, y mis manos y brazos estaban llenos de arañazos entrecruzados. La mayoría no eran profundos, y me los había lavado bien, pero el rasguño profundo en el dorso de mi mano había sangrado un poco y estaba empezando a formar una costra. Sentía el costado de la cara hinchado alrededor del arañazo superficial que empezaba en mi pómulo y bajaba hasta el cuello. Aun así, sonreí con suficiencia... *Auch.* Había salido victoriosa de nuestra batalla.

Mi corazón había latido con fuerza, todo mi cuerpo tenso y tembloroso mientras deambulaba por las calles de nuestro vecindario. No estaba segura de si debía llamarlo o intentar acercarme a él sigilosamente, considerando cuánto me detestaba Tigger. Al final, mi voz se había apagado hasta convertirse en un graznido, lo que hizo que la cuestión perdiera importancia. Ya había empezado a imaginar que encontraba su cuerpo aplastado en la calle y estaba componiendo mentalmente lo que le diría a Alicia cuando escuché un crujido de hojas secas e iluminé un par de ojos amarillos con el haz de mi linterna.

Lo perseguí por un par de patios hasta que lo acorralé contra los escalones de una casa y lo agarré por la panza. No fue hasta que el demonio me arañó la cara que se me ocurrió la idea de quitarme la chaqueta y envolverlo en ella. Después de eso, se mostró relativamente dócil, soltando solo un maullido ocasional mientras lo llevaba a casa como un corredor que acababa de anotar el touchdown de la victoria. Reprimí mis ganas de azotarlo contra el suelo y hacer un bailecito de celebración cuando estuvimos a salvo dentro de la cocina.

Ahora el pequeño monstruo estaba a salvo, acurrucado contra papá en su cama. Mientras tanto, yo deseaba que tuviéramos algo más fuerte que vino para calmar mis temblores y poder irme a dormir. Y por mucho que no quisiera pensar en ello, mi alivio por encontrar ileso al gato de Alicia no era la única razón por la que me temblaban las manos. La absoluta incomprensión en la cara de papá cuando le pregunté por Tigger me aterrorizaba. Ya no podía negarlo más: algo andaba mal con mi papá.

16

DE VUELTA en el trabajo el lunes por la tarde, vestida *apropiadamente* con una falda negra y un suéter de cuello vuelto rosa, me puse de pie para estirar la espalda. Trabajar para Jackson me daba más oportunidades de moverme; siempre necesitaba dar un paseo o ayuda para buscar algo en su oficina. Trabajar para Cooper implicaba estar mucho más tiempo sentada en mi escritorio.

Cuando se abrió la puerta de la escalera, sonreí. Tyler salió disparado, apenas sin aliento, y se acercó. Durante la última semana, se había acostumbrado a subir a mi escritorio a última hora de la tarde. Apoyó la cadera en el escritorio y se cruzó de brazos. —Hola.

—¿Buen fin de semana?

—Estuvo bien. ¿Y el tuyo?

—Lo de siempre. —Me arreglé el pelo—. Papá y yo vimos deportes.

—Espera. ¿Qué te pasó en la mano? —Se agachó, tomó mi mano entre las suyas y la giró hacia el tragaluz. Había podido camuflar la marca de mi cara con el maquillaje, pero el arañazo de la mano era más profundo. Nadie más —ni siquiera Cooper, y habíamos comido juntos— lo había notado.

Resoplé. —Fue Tigger. Se escapó el viernes y me dijo que nunca lo atraparía vivo. Pero lo logré, y está bien. Por favor, no le digas a Alicia.

Examinó el largo arañazo, pasando un dedo suavemente junto a la costra de color rojo oscuro. Se me puso la piel de gallina en el antebrazo. Levantó la vista de mi mano a mi cara, sus ojos del color musgo pardusco y aterciopelado de un tronco de árbol.

Mi aplicación de mensajería sonó, sacándome de golpe del momento. —Oye. Un segundo. —Saqué suavemente mi mano de la suya y miré la pantalla—. ¡Oh! Ben aceptó nuestra oferta.

—¿Quién es Ben? —Tomó un caramelo de sandía y lo hizo girar entre sus dedos.

Aparté la mirada del caramelo y la devolví a la pantalla de la computadora para teclear una respuesta a la encargada de RR. HH. —Va a ser el asistente de Cooper. Empieza la semana que viene.

—Eso es bueno para ti, ¿no? Menos trabajo, sobre todo con el regreso de Jay.

—Claro. —Lo que significaba era que se me había acabado el tiempo. Cooper se iba de viaje mañana y no volvería hasta el primer día de Ben. Tenía que hacer mi jugada *ahora*. Por suerte, ya había hecho arreglos para que cuidaran a papá y poder trabajar hasta tarde.

—Podríamos… podríamos ir a celebrarlo. Ese lugar mexicano que está más abajo hace Lunes de Locura de Margaritas.

Eso sí que sonaba divertido, pero… —Lo siento. Le prometí a Cooper que lo ayudaría con la presentación para su viaje a la Costa Este.

—¿Esta noche?

Me moví en mi silla. —Ha estado en reuniones consecutivas desde la boda, asumiendo la carga de trabajo de Jackson. Ha estado trabajando en ello por las noches, por su cuenta. Solo lo estoy ayudando a darle los toques finales. —Era un hombre tan bueno. Tan responsable. Una pequeña punzada de culpa me remordió por los empleados temporales incompetentes que había contratado. Todo por una buena causa.

Tyler se quedó en silencio por un momento. —Supongo que la Operación Príncipe Azul sigue en marcha.

Bajé la voz. —Voy a poner las cartas sobre la mesa esta noche.

—¿Esta noche? —Dio un medio paso hacia atrás como si le hubiera lanzado un golpe, pero luego me dedicó una sonrisa débil —. Quiero decir, ¿de verdad vas a ponerlas... —hizo un gesto hacia mi torso— ...sobre la mesa?

—Qué asco. No seas grosero. Hablo de sentimientos. Has oído hablar de ellos, ¿verdad? —Uf, ¿por qué estaba siendo una bruja con mi amigo?

Se le tensó la mandíbula. —Claro. Aunque no estoy seguro de que él lo haya hecho. —Entrecerró los ojos hacia la puerta cerrada de Cooper.

No era precisamente un fan de Cooper Fallon, pero intenté que lo entendiera. —Quizás parezca frío. Al principio. Pero también tiene sentimientos. Pasión. Creo que la persona adecuada podría hacer que se relajara un poco. Que derritiera un poco el hielo. —Había soñado con ello una o dos veces, o tal vez mil. Cómo esa máscara que llevaba se resquebrajaría cuando le dijera que me importaba. Igual que el multimillonario alfa de la novela romántica que había leído la semana pasada, que solo necesitaba una mujer de buen corazón que le enseñara lo que era el amor.

—La persona adecuada. O sea, tú. —Su voz era plana, casi tan fría como la de Cooper—. Y él es tu persona adecuada.

—Por supuesto. —Empujé mi portalápices para ponerlo en su sitio. Si tan solo Cooper pudiera verlo. Entonces yo sentiría mis chispas. Y el beso de amor verdadero.

Dejó caer el caramelo de nuevo en mi cuenco. —Buenas tardes, Cooper.

Giré en mi silla, golpeándome la rodilla con la pata de la mesa. Ráfagas de dolor estallaron en mi visión. Pero, efectivamente, Cooper se había acercado a mi escritorio.

—¿Qué pasa, Cooper? —Me froté la rodilla.

Nos miró a ambos. —Casi me olvido de darte esto. —Me entregó un sobre.

—¿Qué es esto?

—Las entradas para el teatro que te prometí. Tú y Tyler podrían ir juntos. Arreglar esta pelea de novios que están teniendo. —Hizo un círculo con la mano para indicarnos a los dos.

Probablemente podía sentir la tensión que flotaba entre nosotros como la niebla de afuera. Abrí el sobre y saqué dos entradas, centro de la platea, por supuesto, para… —¿*Hamilton?* —chillé.

—¿La has visto?

—No. —Las entradas eran para el viernes por la noche. No podía dejar a papá y a Tigger. Las metí de nuevo en el sobre—. No puedo…

Tyler me interrumpió—. Nos encantaría ir. Gracias.

—Fantástico. Les va a encantar. —Cooper sonrió como un tío orgulloso, la primera vez que vi su rostro romper su expresión severa en todo el día—. ¿Casi lista para empezar con mi presentación, Marlee?

Una emoción me recorrió. Era el momento. Operación Príncipe Azul, lista para el despegue. Asentí, sin confiar en mi voz.

—¿En mi oficina, en diez minutos? —Su voz era baja y sexi.

Quizás terminaría literalmente sobre la mesa. O desparramada en ese gran sofá de piel suave en su oficina. Imaginé esa mirada láser suya acercándose más y más mientras sus labios descendían sobre los míos. Su aroma amaderado envolviéndome. El calor de su cuerpo irradiando a través de su camisa cara. Seguramente de cerca sería cálido y no gélido como siempre parecía. —Claro —chillé.

Con un asentimiento, se dio la vuelta y caminó de regreso a su oficina.

Guau. Parpadeé.

—Se va mañana, ¿verdad?

—Sí. —Suspiré y empujé el sobre con las entradas hacia Tyler —. Ve tú. Yo no puedo escaparme.

No tocó el sobre. —Te mueres por ver *Hamilton*. No necesitarás trabajar hasta tarde ya que tanto Jackson como Cooper estarán fuera. ¿Por qué no puedes ir?

—Es complicado. —Todavía no entendía por qué papá se había olvidado de Tigger. Quedarme hasta tarde esta noche ya era bastante malo. Aunque parecía estar bien cuando lo llamé justo antes de que Tyler subiera, dos noches en una semana era buscarse problemas.

—¿Pasa algo malo?

—Es solo… solo mi papá. No creo que pueda dejarlo solo.

—Cuando salimos con Raleigh, dijiste que parecía raro. ¿Ha empeorado?

—Quizás. —Lo había hecho; sabía que sí. Sus despistes eran cada vez más frecuentes. Y el del viernes por la noche —dejar salir a Tigger— podría haber tenido graves consecuencias.

—¿Puedes pedirle a tu vecina que lo cuide de nuevo?

—Me sabe mal pedírselo siempre. Es mi responsabilidad.

—Hasta los cuidadores necesitan un descanso a veces —dijo—. Pregúntale. Y si no puede, yo encontraré a alguien para que pase el rato con él. Sabes que te mueres por ir.

Una comisura de mi boca se levantó. —Está bien. Te enviaré un mensaje de texto esta noche para decirte lo que me dice.

—Perfecto. —Se dio la vuelta—. Será genial. Ya verás.

Ahora sonreí abiertamente. Había puesto la banda sonora en el auto de camino a la boda. —La has estado escuchando.

—Quizás. —Se mordió el labio inferior—. Nos vemos mañana.

Un segundo después, había desaparecido en la escalera.

Me levanté y tomé mi tableta. ¿Cuándo tendría otra oportunidad de ver *Hamilton*? Me arrepentiría si perdía esta oportunidad. Llevaba años muriéndome por ver el espectáculo. Papá estaría bien. ¿Verdad?

Tyler también estaría bien. Aunque no podía entender por qué se había enojado tanto antes. Había estado de acuerdo con la Operación Príncipe Azul antes. Sería feliz por mí cuando Cooper y yo estuviéramos juntos, ¿no? Aunque Tyler y Cooper no fueran exactamente los mejores amigos, ya encontraría alguna forma de que todos pasáramos el rato juntos. Seguiríamos siendo amigos después.

Echándome el pelo por encima del hombro, casi salté hasta la puerta de Cooper. La fase dos de la Operación Príncipe Azul estaba en marcha.

Dos horas más tarde, estábamos sentados en los sillones de cuero de su oficina con una variedad de comida tailandesa para llevar sobre la mesa de centro frente a nosotros.

Dejé mis palillos y mi plato vacío —con Cooper, uno no podía comer directamente de los envases para llevar; él guardaba platos de porcelana en su aparador— y acurruqué las piernas debajo de mí en el sillón. Me había quitado los tacones hacía una hora.

Rompió el silencio que se había extendido entre nosotros mientras comíamos. —¿Cómo está Will?

Así era Cooper. Tan considerado, siempre consciente de que sus empleados tenían familias y vidas fuera de Synergy. —Está bien. El clima más frío siempre le provoca dolor en la pierna.

—Qué lástima. ¿Necesita algo? ¿Una recomendación para un especialista? ¿Un defensor?

—No, estamos bien, gracias.

—Tiene suerte de tenerla a usted para que lo cuide.

Levanté mi taza de la mesa y la acuné en mis manos. —Creo que la afortunada soy yo por tenerlo a él.

—Se ganó usted la lotería de los papás.

—Ah, ¿eso existe? —sonreí—. Supongo que sí.

Cooper carraspeó e inclinó la barbilla para darme una mirada falsamente seria. —¿Y qué piensa Will del joven Tyler?

Lo miré con los ojos entrecerrados. —No se conocen. ¿Por qué lo harían?

—Con sus visitas aquí y su pijamada de la semana pasada, pensé que las cosas se estaban poniendo serias.

¿Se había dado cuenta de las visitas de Tyler? ¿Quién hacía eso, aparte de alguien que estaba celoso? Pero después de más de una semana en estrecha proximidad con Cooper, fui capaz de hacerme la indiferente. —¿Qué es usted, mi compañera de hermandad?

—Solo estoy interesado.

Mi corazón latió más rápido. ¿Interesado? ¿En mí? Era el momento de la honestidad. De decirle cómo me sentía. —Somos amigos. Eso es todo.

—Fueron juntos a la boda de Jackson.

—*Usted* fue con Jamila.

Se llevó la taza a los labios pero no bebió. —Ella siempre es mi acompañante cuando necesito una. Somos amigos desde la universidad.

¿Amigos con derechos? ¿O amigos que se estaban convirtiendo en algo más? Había pasado más tiempo en Synergy en las últimas dos semanas que en los tres años anteriores juntos. Ojalá supiera lo que él sentía por ella. Y lo que sentía por mí.

Quizás estaba esperando que yo diera el primer paso porque no había querido meterse entre Tyler y yo. Y dependía de mí mostrarle cómo me sentía. Exactamente lo que Amy Adams le dijo a Patrick Dempsey en *Encantada*.

—¿Y entonces? ¿Usted y Tyler?

Lo miré directamente a los ojos. La Operación Príncipe Azul —y la diversión y los juegos asociados— había terminado. Ahora estábamos en la fase final. —No teníamos pareja para la boda, así que fuimos juntos. Los amigos hacen eso.

—La besó. En público.

Y en privado. Bajé la mirada. Levantando mi taza de té a los labios, esperé que el vapor ocultara mi sonrojo. —Nos dejamos llevar.

—¿Y la pijamada de la semana pasada?

—Tuvo una reacción alérgica. Me quedé para asegurarme de que estuviera bien.

—Es usted una buena amiga. Y una buena hija. Una asistente estelar. Destaca en todo, Marlee.

Ante eso, lo miré. Lo miré de verdad. Éramos tan parecidos.

Ambos nos esforzábamos por la perfección, o al menos por aparentar una fachada perfecta. Ambos ocultábamos cosas detrás de esa fachada —yo ocultaba mis problemas con papá, y él nunca hablaba de su pasado antes de Stanford—. Ambos estábamos impulsados a alcanzar nuestras metas. Él había conseguido lo que quería: una empresa multimillonaria. ¿Estaba yo a punto de conseguir lo que quería, mi propio «felices para siempre»?

Era el Príncipe Azul con el que siempre había soñado, guapo, exitoso y amable. Comprensivo con lo de papá. Si tan solo pudiera verme a *mí*, no como una empleada de Synergy, sino como una mujer sentada frente a él. Una mujer que podría amarlo si tan solo me diera una oportunidad. Seríamos geniales juntos. ¿Sospecharía él lo mismo? ¿Había aceptado mi ayuda esta noche para preguntar por Tyler y asegurarse de que el camino estuviera libre? ¿Por qué no hacía una jugada, entonces?

Porque, como le había dicho a Ben, Cooper estaba demasiado ocupado cuidando a los que lo rodeaban como para cuidarse a sí mismo. Yo tendría que cuidarlo a él.

Desdoblé las piernas y rodeé la mesa de centro. Me observó, con el rostro indescifrable, mientras me sentaba en el sofá de dos plazas junto a su sillón. Tomé su mano en una de las mías. —Cooper —comencé suavemente—, necesito decirle…

Mi pulso se disparó cuando puso su otra mano sobre la mía y me atravesó con su mirada. El águila había aterrizado. Iba a decirme lo que sentía. Abrí los ojos, los oídos, cada poro para captar sus palabras. La esperanza se apoderó de mi torrente sanguíneo en el breve y glorioso momento antes de que le dijera que me importaba. Que algún día, yo también podría amarlo.

—Marlee, deténgase. —Me quitó la mano de la suya y la colocó sobre el frío brazo de cuero del sofá. En un movimiento suave, se levantó del sillón y se dirigió a la ventana. Se quedó allí, con la espalda alta, recta y fría.

—Yo me encargo desde aquí. Gracias por su ayuda. Ya debería irse a casa.

El corazón se me fue al estómago, donde la comida tailandesa picante comenzó a erosionarlo. Dolorosamente. No podía creer que me hubiera cortado en seco cuando habíamos estado tan cerca de algo más. —Pero, Cooper, yo…

—No, Marlee. —Ni siquiera se giró—. Usted es una empleada de Synergy. Yo soy el director de operaciones. Incluso si yo…

Salté del sofá y marché hacia él, enfrentándome a su espalda rígida, esforzándome tanto por contener mi ira que vibraba con ella. —¿Nunca hace algo solo porque quiere? ¿Romper las reglas? ¿Incluso hacer alarde de ellas a veces?

Era un bloque de granito. —No. A diferencia de Jackson, me tomo mis responsabilidades muy en serio. Usted, de todas las personas, debería entender eso.

—Hay reglas importantes como… hacer lo correcto por la gente. Respeto. Mostrar a los demás que te importan. Jackson cumple muy bien con esas. Otras reglas —*no te enamores de tu compañero de trabajo*— pueden sacrificarse para mantenerse fiel a las más importantes.

—Todas las reglas se crean por una razón, Marlee. Todas son importantes.

En mi cabeza, lo llamé un imbécil obstinado y algunos otros insultos selectos. Pero continuar la discusión, incluso fuera de horario, habría sido inútil en el mejor de los casos. Con el humor que se traía, no me sorprendería que Cooper me hiciera una advertencia formal por escrito. Probablemente incluiría no llevar calzado adecuado en la oficina.

—Buenas noches, Cooper —dije—. Que tenga un buen viaje. *Testarudo… convencionalista.*

—Buenas noches. —Levantó la mano en una especie de saludo, pero no se dio la vuelta para mirarme.

Agarrando mis zapatos, cerré la puerta de una patada detrás de mí. Fuerte. Esperaba que lo asustara. Esperaba que se arrepintiera de haberme rechazado. Esperaba que le dolieran las bolas durante la próxima semana.

Me quedé helada a medio camino entre su oficina y mi escritorio. *¡Sigmund Freud para llevar!* Ahora yo era una de las locas de remate que salían de la oficina de Cooper. Si alguna vez veía a esa perra, Karma, la electrocutaría con mi Taser.

17

LA LLUVIA GOLPETEABA contra el tragaluz, tiñendo todo dentro de la oficina de un gris tal que no podía saber si era de mañana o de tarde.

Tampoco es que importara.

Eché un vistazo a la puerta cerrada de la oficina a oscuras de Cooper y luego aparté la vista rápidamente. ¿Cómo podría evitar volver a entrar allí? Cada vez que la miraba, las entrañas se me quemaban de vergüenza. Al menos eso me hacía sentir algo. Era un asteroide, girando por el espacio, arrastrado solo por la más débil de las fuerzas. Hueca. Insensible.

Abrí el cajón de un tirón y saqué mi viejo plan. Había tachado el primer paso, nuestro baile. No me había molestado en tachar el segundo paso, ya que lo de crear un vínculo con la comida para llevar se había convertido en un fracaso colosal. ¿Y el tercer paso? Para mí no habría ningún beso mágico.

Cerré el cajón de un portazo, me arrastré hasta la sala de fotocopias y metí la lista en la trituradora. Pero ni siquiera su ruidoso triturar me satisfizo. Tal vez debería haberla quemado.

Cuando la trituradora se apagó, el silencio me oprimió los oídos. De hecho, a excepción del repiqueteo de la lluvia en el tragaluz, el sexto piso estaba sorprendentemente silencioso.

Probablemente porque faltaban las desbordantes personalidades de Jackson y Cooper.

Lo que debería haber sido un alivio. Ver a Cooper sería incómodo, en el mejor de los casos, después de que me rechazara anoche, incluso después de que mi ira se disolviera, reemplazada por el vacío. ¿Y que Jackson me viera, pálida bajo el maquillaje y con ojeras azuladas? Me habría sacado toda la humillante historia y haría alguna ridiculez como comprarme flores.

Y por mucho que me encantaran las flores, las flores de lástima eran las peores. ¿Qué tipo de flores le regalas a alguien que ha estado colada por una persona durante tres años y ha sido rechazada en seco? Uno de esos horribles arreglos funerarios con flores de corazón sangrante, con cintas rojas que colgaban como hilos de sangre.

La puerta se abrió de golpe a mis espaldas y el chirrido de los tenis de Tyler resonó en el piso vacío.

—Marlee, ¿no vienes?

Me giré para verlo.

—¿A dónde?

—A la asamblea general. Está a punto de empezar. Todo el mundo está allí.

Miré alrededor del piso vacío y luego a la pantalla de mi computadora, que debería habérmelo recordado. Ah, claro, había entrado en modo de suspensión mientras yo andaba deprimida.

Tomé mi celular y me puse de pie. Pero en lugar de guiarme hacia los elevadores, me puso las manos en la parte superior de los brazos. Incluso a través de las mangas de mi cárdigan, sentí esa corriente, la misma que en la boda. Solo otra señal de lo jodida que estaba mi vida amorosa. Cosquilleos cada vez que un hombre me tocaba. Quién lo diría.

Me apretó los brazos suavemente.

—¿Estás bien?

No podía mirarlo. Mi columna vertebral se sentía como un fideo mojado y no podía reunir la energía para proyectar la imagen de tipa dura que necesitaba para protegerme de aquellos que me despreciaban o me temían a mí y a mi poder en Synergy.

—Estoy bien —masculló, mirando fijamente el lazo de Ms. Pac-Man en su camiseta.

—¿Tu papá está bien?

—¿Qué? Por supuesto. —Aun así, miré mi celular. Ni mensajes ni textos. Estaba levantado y moviéndose en la cocina cuando le di un beso en la mejilla y salí por la puerta esta mañana.

—Entonces, ¿qué…? —Miró hacia la oficina de Cooper—. Ah.

La herida estaba demasiado fresca para hablar de ella, incluso con mi amigo.

—Vamos.

Me tomó de la mano y caminó hacia las escaleras.

—Los elevadores están llenos.

Mis tacones no estaban hechos para las escaleras de concreto, y él bajó despacio, sosteniendo mi mano helada y dejándome descender a mi propio ritmo los cuatro pisos hasta el segundo, donde estaba el auditorio. Nos detuvimos frente a la puerta de metal.

Se oyeron pasos sobre nosotros y uno de los desarrolladores, Grant, apareció en el recodo de la escalera.

—Oye, Tyler, ¿vienes?

Él me miró a los ojos.

—En un minuto.

—¿Te guardo un asiento? ¿O te vas a sentar con ella? —Escuché la burla en su voz.

—Estoy con Marlee. Te veo después.

Grant pasó a nuestro lado y abrió la puerta. El ritmo de la canción característica de Weston, «All I Do Is Win» de DJ Khaled, llenó la sala de conferencias del otro lado. La puerta se cerró tras él, amortiguando la música.

Incluso en la escalera con poca luz, los destellos dorados en los ojos de Tyler brillaban.

—¿Quieres entrar?

Le di la mejor sonrisa que pude. Había rechazado a su amigo por mí.

—Supongo.

Levantó una mano hacia mi cara y me colocó un mechón rebelde detrás de la oreja. No pude evitarlo; me incliné hacia su contacto, cálido y seguro. Tyler nunca me haría daño. Se quedaría conmigo, pasara lo que pasara.

Tyler deslizó sus manos por mis brazos.

—Estás temblando. ¿Tienes frío?

Lo tenía, como un exoplaneta, demasiado lejos del sol.

—Lo siento, yo… Eres demasiado bueno. Y sé que odias que te llamen así, pero es verdad.

Me rodeó con sus brazos y yo hundí la cara en el calor de su pecho. Quería quedarme ahí para siempre, pero la música terminó y la voz de Weston llegó débilmente a través de la puerta.

—Nos estamos perdiendo la reunión. Y te estoy manchando toda la camisa de maquillaje.

—No te preocupes por eso. —Me frotó la espalda en círculos —. Desahógate.

Curiosamente, no tenía lágrimas. Pero absorbí su calor como el lado iluminado de la luna mientras él susurraba tonterías tranquilizadoras en mi cabello.

No llegamos a la asamblea. Quizá Weston les dijo a los empleados que nos iban a despedir a todos.

No me importó.

Solo me importaba que mi amigo fuera un osito de peluche gigante, haciéndome sentir un poquito mejor, convenciéndome de que no era completamente indigna de amor, que a alguien le importaba. Mientras me abrazaba en la escalera, silenció todos mis problemas —mi papá, Cooper, incluso el malvado de Tigger— y me dejó ser yo misma, con todas mis emociones desordenadas.

Finalmente, cuando me sentí casi humana de nuevo, lo abracé una vez más y levanté la cabeza. Todos los colores de mi cara —lápiz labial y rubor rosados, base de maquillaje durazno, rímel negro— quedaron en su camisa blanca, justo encima de la cara de

Ms. Pac-Man. Froté las manchas por un segundo antes de darme por vencida.

—Gracias por ser tan buen amigo.

Puso un nudillo bajo mi barbilla y la levantó para que lo mirara a los ojos. Ese día estaban marrones, como tierra calentada por el sol.

—Siempre estoy aquí para ti, Marlee.

Le di una sonrisa temblorosa.

—¿Sigue en pie lo de *Hamilton* el viernes? Mi vecina dijo que podía venir a quedarse con mi papá.

—No me lo perdería por nada del mundo.

—Siento lo de tu camisa. —Intenté de nuevo quitar la mancha con el pulgar—. Y me veo horrible con el maquillaje todo corrido.

—Con o sin maquillaje, eres la mujer más hermosa de esta oficina.

Tenía que aferrarme fuerte a Tyler. Nunca encontraría a otro amigo tan bueno como él.

———

CUANDO TYLER APARECIÓ en mi escritorio el viernes por la tarde, sentí algo muy poco amistoso hacia él. Después de un largo día de trabajo, ¿cómo demonios se las arreglaba para verse increíblemente sexi?

Tal vez era la chaqueta. En lugar de su camiseta y jeans habituales, llevaba pantalones caqui ajustados y una camisa de vestir de un tono entre azul y verde que resaltaba los colores fríos de sus ojos avellana. Sobre ella, llevaba un blazer oscuro, quizás el mismo que usó en la boda de Alicia. Debajo de mi escritorio, me pellizqué la piel entre el pulgar y el índice, usando el dolor para recordarme que, sin importar lo sexi que se viera esa noche, solo éramos amigos.

—¿Lista para irnos? —preguntó, y maldita sea si esos hoyuelos no me hicieron tropezar al ponerme de pie.

—Sí. —«¿Por qué mi voz sonaba tan entrecortada?», pensé.

Este era solo Tyler, mi amigo, e íbamos a ver *Hamilton* juntos. No era una cita. Eran dos amigos en una salida amistosa al teatro. Un regalo de Cooper. Quien me había roto el corazón. Debía ser por eso que me sentía tan rara cerca de Tyler. Mi corazón —y la parte de mi cerebro que lo regulaba— estaba tan defectuoso como el módulo de aterrizaje Schiaparelli y tan quemado como el cráter que dejó en Marte. Aclaré la garganta.

—¿Trajiste los boletos?

—Mm-hm. —Palpée mi bolso.

—¿Todo bien? ¿Tu papá está bien?

El sol poniente eligió ese momento para bajar lo suficiente como para que sus rayos se colaran entre los edificios vecinos hacia la oficina de Jackson, y una lanza de color salmón brilló a través de la pared de cristal directamente sobre Tyler. Doró las puntas de su cabello e hizo brillar la barba de media tarde en su mandíbula.

—¿Marlee?

—Sí, estoy bien. —Parpadeé con fuerza y me dirigí hacia los elevadores.

—¿Y tu papá?

—Está bien. —Lo había llamado, y él y Alma estaban en medio de una partida de gin rummy. Sonaba como solía hacerlo: fuerte, firme, inteligente. Días buenos como el de hoy me hacían esperar que los días malos como el del viernes pasado fueran como partículas cuánticas observadas en un estado anómalo, que se suavizarían hacia un comportamiento más normal con el tiempo. Quizás le preguntaría a papá qué pensaba de mi teoría en uno de sus días buenos.

Cuando entramos al elevador, percibí la colonia de Tyler —cedro y cítricos— y volví a estar fuera de la posada, usando su chaqueta, rodeada por sus brazos, sus labios...

Contuve la respiración. Si tan solo pudiera dejar de respirar hasta que las puertas se abrieran. Era la única manera de pasar la noche sin hacer algo completamente inapropiado con mi amigo. La maldita sequía me estaba volviendo loca.

Seis pisos era un largo camino, y el elevador de Synergy era lento. Se me oprimió el pecho y puntos danzaban frente a mis ojos. Pero no iba a dejar que el aroma embriagador de Tyler me hiciera hacer alguna estupidez en ese elevador.

Tyler debió pensar que estaba teniendo algún tipo de crisis de salud mental cuando salí disparada al vestíbulo antes de que las puertas se abrieran por completo, jadeando por bocanadas de limpiador industrial con olor a pino. El hombre de la limpieza seguro que lo pensó cuando casi me tropiezo con su pulidora de pisos.

Tyler me sujetó del codo para evitar que me diera de bruces contra el piso resbaladizo.

—¿Seguro que estás bien?

—Esto es raro, ¿no? —grité por encima del motor de la pulidora.

—¿Qué es raro?

Lo llevé, todavía agarrado de mi codo, a las puertas principales, donde no tenía que gritar. Y no debía; el guardia de seguridad nocturno, Howard, no necesitaba escuchar esto.

—Tú y yo. Saliendo en una c… yendo al teatro. Juntos, quiero decir. Nosotros dos. —Apreté los labios para detener el flujo de palabras.

—No. —Frunció el ceño. Al menos los hoyuelos habían desaparecido—. Hacemos cosas juntos todo el tiempo. ¿Seguro que estás bien?

Ah. Así que solo era yo.

—Sí. Estoy bien.

Me sostuvo la puerta y salimos a la luz dorada del atardecer; el aire era sorprendentemente cálido para ser mediados de octubre. Lo seguí hacia el estacionamiento.

En el camino, vi mi carrito de tamales favorito. Le sonreí a Diego mientras cerraba el toldo con una manivela. El persistente aroma especiado me atrajo, haciéndome la boca agua. Hacía tiempo que no comía tamales. Todos esos almuerzos formales con Cooper, y no había logrado ningún progreso. Ahora, apenas parecía valer la pena las visitas perdidas al carrito de Diego. Vendría a almorzar mañana.

Tyler se detuvo justo frente al carrito.

—Estos son tus favoritos, ¿verdad? —me preguntó.

—¿No lo son de todo el mundo? Seguro que ya no quedan.

Pero Diego sacó una bolsa ablandada por el vapor de las profundidades tostadas del carrito.

—Aquí tienes. Que pases una buena noche. —Le guiñó un ojo a Tyler—. Hasta luego, Marlee.

—Nos vemos, Diego. —Tyler se metió la bolsa bajo el brazo y continuó hacia el estacionamiento—. Pensé que podríamos hacer un pícnic, si te parece bien.

Odiaba escucharlo, así que no lo dije. Pero Tyler fue muy dulce al recordar que me encantaban los tamales de Diego. Mi estómago gruñó ante el aroma que salía de la bolsa de tamales.

—Suena genial.

En el auto, el olor de los tamales cubrió la colonia de Tyler, y pude pensar de nuevo. Claramente, mi viejo vibrador no estaba funcionando. Era hora de subir el nivel y pedir el elegante que prometía volverme loca con orgasmos gritones. Y comprarle unos tapones para los oídos a papá.

—Así que cuéntame sobre…

Lo interrumpí.

—¿Vas a ir a casa para las fiestas? —No estaba lista para hablar de cómo la Operación Príncipe Encantador se había ido al traste el martes.

Frunció el ceño.

—¿Te refieres a Acción de Gracias?

—Falta poco más de un mes. Necesitas comprar un boleto si vas a ir.

—No pensaba ir. Ya conociste a Raleigh. El resto son iguales. Alicia dijo que podía pasar el rato con ellos si me quedaba aquí.

Aunque solo éramos mi papá y yo, las fiestas —especialmente Acción de Gracias— eran para la familia.

—Deberías ir a casa. Ponerlos en su lugar como lo hiciste con ese idiota de Raleigh.

Se rio entre dientes.

—Tú pusiste en su lugar a Raleigh. Necesitaría llevarte conmigo.

Un silencio cayó sobre nosotros como una manta. Y no del tipo de manta cómodo, amistoso y suave.

—Quiero decir, hipotéticamente —dijo—. En el mundo al revés donde yo fuera a casa. Lo cual no voy a hacer.

—Por supuesto. Y yo llevaría mi fáser —programado para aturdir, claro— y me daría gusto con cualquiera de tus hermanos que intentara menospreciarte. ¡Piu! ¡Piu! —Fingí disparar a los otros autos.

—Los fásers no hacen piu-piu. Eso es un bláster de *Star Wars*. En *Star Trek*, suenan más como un ua-ua-ua-ua. O, en las series más nuevas, un zi-ot.

—Un zi-ot. —Y estábamos de vuelta en territorio seguro.

Cuando nos estacionamos en el Centro Cívico, Tyler sacó una manta deshilachada del maletero del Mustang antes de que subiéramos a la zona de césped frente al Ayuntamiento. Extendió la manta y yo me acomodé la falda acampanada de mi vestido, otro de estampado floral rosa. El edificio de columnas blancas y su cúpula se alzaban detrás de él, teñidos de coral por el atardecer.

Me entregó una botella de agua y abrió un Mountain Dew.

—No permiten vino en el parque, pero pensé que el ambiente valía la pena —dijo Tyler—. Mejor que algún restaurante estirado.

Me apoyé en las manos. Tyler era lo opuesto a estirado. Lo que veías era lo que obtenías: abierto, honesto, sincero. No podía decir lo mismo de Cooper, cuya naturaleza enigmática y opaca había sido un rompecabezas para mí los tres años que lo conocía. Había esperado que algún día lo descifrara, y los misterios de su universo quedaran al descubierto. Ya no. Sentí una punzada superficial en el pecho.

Tyler me pasó un tenedor y un par de tamales en un plato de papel.

—Buen provecho.

Di un bocado.

—Por Galileo, estos están buenísimos. Come un poco antes de que se enfríen.

Desenvolvió un par de tamales y los puso en su plato.

—¿Por qué es raro?

Ah. Había pensado que había decidido ignorar mi torrente verbal incómodo en el vestíbulo. Y en el auto. Eso probablemente habría sido mejor. Si no hablábamos de ello, no era real.

¿Por qué era raro? Sentada en una manta en el parque comiendo tamales con él no se sentía raro. Aunque estábamos arreglados, seguíamos siendo dos amigos compartiendo una comida. Afuera. En público. A diferencia del elevador, no quería envolverme en él, besar esos labios suaves. Y él no quería besarme. Se sentó frente a mí, pinchando sus tamales, sin siquiera mirarme. Un hombre pasó a nuestro lado, empujando un carrito de compras que traqueteaba. No, aquí afuera estábamos a salvo.

—Supongo que no es raro. —Quizás yo era la única que perdía la cabeza cuando nos acercábamos demasiado.

—Bien, porque no es así como me siento contigo. Me siento como… como si todos los colores estuvieran más intensos. Como si siempre fuera el amanecer o el atardecer a tu alrededor. —Levantó la mano, girándola para examinar el naranja donde le daba el sol poniente y las sombras azul oscuro del otro lado.

—Tyler, nosotros… —Mi corazón latía con fuerza como si quisiera saltar de mi pecho directamente al suyo. No. No podía dejarme llevar por la poesía. Éramos amigos pasando el rato. Pronto, el sol se pondría, llevándose la magia dorada y dejándonos en los fríos azules y grises del crepúsculo. ¿Qué le haría eso a los ojos de Tyler? ¿Se volverían oscuros, o los destellos dorados brillarían como los de un gato?

Necesitaba volver a ponerlo bajo las luces fluorescentes que desvanecían sus tonos vibrantes y lo convertían de nuevo en mi amigo de trabajo de todos los días.

Dejé mi plato.

—Somos amigos. Y no quiero que nada arruine eso. —Cooper había tenido razón sobre eso mientras bailábamos en la boda. Mientras mantuviera una distancia segura, como un satélite en órbita, estaría bien. Pero si me acercaba a Tyler, nuestra amistad se quemaría como un meteorito ardiente en la atmósfera y solo dejaría un frío trozo de metal. No podía destruir nuestra amistad de esa manera. No lo haría.

Tomó aire para decir algo, pero luego lo soltó. En su lugar, se llevó la botella verde a los labios y bebió.

—Tampoco quiero arruinar nuestra amistad. Es especial para mí. Tú eres especial para mí.

Sonreí.

—Nuestra amistad es importante. Especialmente con… —Ni siquiera podía decirlo. Si no decía las palabras, el matrimonio de Alicia no cambiaría nuestra amistad. Ella, Tyler y yo no cambiaríamos. Seguiríamos siendo los tres marginados que, cuando estábamos juntos, nos ayudábamos a sentirnos parte de algo.

—Lo entiendo. —Puso su mano sobre mi rodilla, sobre mi vestido, solo por un segundo, antes de pinchar un bocado de tamal y metérselo en la boca. Puso los ojos en blanco mientras masticaba—. Tienes razón. Estos son los mejores.

—Lo sé, ¿verdad? —Tomé mi plato y me lancé a mi segundo tamal. Estábamos de vuelta en la zona segura—. Quédate conmigo. Tengo mucho más que mostrarte.

Él resopló.

—Estoy seguro de que sí.

———

MI CORAZÓN SE ESTABA ROMPIENDO. De nuevo.

Una cosa era escuchar la banda sonora con mis audífonos. Otra cosa muy distinta era verlo representado en el escenario, especialmente desde tres filas atrás, desde donde podía ver claramente la expresión angustiada de Eliza mientras acunaba a su hijo en sus brazos. Y cuando gritó, se me escapó un sollozo.

Solo recordé que todavía estaba en un teatro lleno de extraños cuando vi un destello por el rabillo del ojo. La señora a mi lado se giró; sus aretes de diamantes captaron las luces del escenario, para darme una sonrisa reconfortante.

Desde mi otro lado, un pañuelo rozó mi mano. Le sonreí agradecida a Tyler, cuyos ojos también estaban brillantes. Pero a mí me corrían lágrimas de verdad por las mejillas, y probablemente el rímel, así que no intenté devolvérselo. Al menos mis conductos lagrimales volvían a estar operativos. Y estas eran lágrimas buenas. Tristes, pero por otra persona. No por mí.

Me sequé los ojos y volví a prestar atención al escenario, donde el drama marchaba hacia su inevitable conclusión.

Conocía el final. Todo el mundo lo conoce. Aun así, me alegré de tener el pañuelo de Tyler.

A Cooper le habría encantado el espectáculo. Aunque probablemente ya lo había visto en Broadway. Claro, era un adicto al trabajo, pero también un fanático del teatro musical. Si hubiera estado conmigo, en lugar de en Boston, podríamos haber hablado con entusiasmo de la música, el vestuario, las actuaciones. Frente al escenario, donde había mucho espacio para sus largas piernas, ¿me habría pasado un pañuelo de papel? ¿Me habría tomado la mano? ¿Habría puesto un brazo sobre el respaldo de mi asiento?

Quizás.

O quizás no. Él era más del tipo de pañuelo de seda de bolsillo que del tipo de pañuelo de algodón. Y nunca fue fan de las muestras de afecto en público, incluso si solo era para consolar a una amiga.

La señora a mi lado recogió su abrigo antes de volverse hacia mí.

—¿Está bien Cooper? Nunca se pierde los espectáculos.

Por supuesto. Estos eran sus boletos de temporada. Probablemente se habían sentado juntos durante años.

—Tuvo que viajar. Por trabajo.

—Dígale que lo extrañamos. Y a Jamila también.

Jamila. Estiré mis mejillas rígidas en una sonrisa y dije: «Claro que se lo diré».

—Pero me alegro de que usted pudiera venir. Se nota que lo disfrutó. Maneje con cuidado.

—Usted también.

Ella asintió y siguió a su acompañante por el pasillo.

Me giré y encontré a Tyler parado tan cerca que podría haberle golpeado la barbilla con la nariz.

—¿Lista para irnos? —preguntó.

—Sí. —Había sido una noche mágica, pero era hora de que Cenicienta regresara a casa, a donde pertenecía. Caminé por el pasillo ahora vacío, agarrando mi programa para no buscar consuelo en la mano de Tyler.

Afuera, el sol se había ido, dejando el cielo de un carbón brumoso. Las luces que se reflejaban en la fachada del teatro iluminaban la corta distancia hasta las escaleras del metro. Me detuve bajo el brillo amarillo de una farola.

—Gracias por venir conmigo. Me la pasé genial.

—¿Quieres tomar algo? No es tarde. Hay un lugar cerca de aquí…

—No. —Puse una mano en su manga—. Tengo que volver. Alma probablemente ya está lista para irse a casa.

Tamborileó los dedos en el costado de su pierna.

—Te llevo.

Negué con la cabeza.

—La estación de tren está justo aquí, y Oakland te queda completamente fuera de tu camino. Te tomaría más de una hora llegar a mi casa y volver a la tuya.

Sus hoyuelos desaparecieron y pareció encogerse.

—¿Estás segura? Es tarde para el tren.

Sonreí.

—Acabas de decir que no era tarde. No puedes tenerlo todo. —Me puse de puntillas y le besé la mejilla, justo donde había estado el hoyuelo. Tyler se quedó helado, como si lo hubiera alcanzado con mi fáser imaginario. Pero yo seguí moviéndome, asegurándome de no inhalar su aroma. Un beso rápido y una salida aún más rápida.

—Te veo en el trabajo el lunes —dije, ya pasándolo para llegar a las escaleras del metro.

Justo antes de dar mi primer paso hacia abajo, miré hacia donde había dejado a Tyler. Todavía de pie donde lo había dejado, levantó su mano de dedos largos en un saludo.

Le devolví el saludo y luego bajé las escaleras.

Podíamos seguir siendo amigos. No quería nada más. No necesitaba nada más. No de él. Necesitábamos permanecer en la *friendzone*. Él había dicho que eso también era importante para él.

Aun así, en el viaje en tren a casa, finalmente pedí ese nuevo vibrador. Si iba a seguir siendo amiga de Tyler y superar a Cooper Fallon, lo iba a necesitar.

18

EL LUNES ESTUVO TRANQUILO, así que pasé la mañana limpiando la oficina de Jackson. No me atreví a tocar la de Cooper. No es que algo estuviera fuera de lugar en su santuario.

Cuando Tyler me preguntó si quería ir a almorzar, insistí en que fuéramos a la cafetería de empleados. Se acabaron los peligrosos momentos a solas. Pasaríamos el rato juntos en lugares públicos hasta que Alicia regresara y tuviéramos una chaperona de nuevo. En el ruidoso bullicio de la cafetería, éramos simplemente dos colegas compartiendo una comida. Esos hoyuelos que se le marcaban justo antes de reír podían haber sido para cualquiera; no eran para que yo los coleccionara y catalogara celosamente.

El calor inusual de la semana pasada había desaparecido y, esa tarde, la fría niebla de octubre me envolvió en cuanto salí de la estación del BART en Oakland. Me abotoné el abrigo para protegerme de las diminutas gotas de humedad que se perlaba sobre la lana y me humedecía el cabello. Estaba ansiosa por llegar a casa, ponerme mi pijama calentito y sumergirme en una novela. Esperaba que papá no hubiera apagado la calefacción por accidente otra vez.

Pero en cuanto crucé la puerta de entrada, supe que algo

andaba mal. Tigger se enroscó en mis tobillos, maullando. La televisión estaba apagada, la casa a oscuras y el sillón reclinable vacío.

—¿Papá? —lo llamé. Silencio. Me quité las botas húmedas y entré de puntillas a la cocina, encendiendo la luz. Los maullidos de Tigger se volvieron desesperados, así que me detuve para llenarle el plato y casi pierdo un dedo por culpa de sus dientes afilados y hambrientos.

Entonces vi el teléfono —el de papá— sobre la encimera de la cocina.

—¿Papá? —volví a llamar. Caminé hasta su habitación, pero también estaba vacía. El baño, igual. Sabía que no estaría arriba —no podía estarlo—, pero subí corriendo de todos modos. Cuando vi mi habitación intacta, se me formó un nudo en la garganta. Miré por la ventana hacia el patio. Tampoco estaba allí. Ni en el banco bajo el arce japonés, ni sentado en los escalones.

Saqué el teléfono del bolsillo y llamé a Alma. —¿Has visto a mi papá? —le pregunté en cuanto contestó.

Ella entendió lo que yo no decía… no podía decir. —No, mija. Ya voy para allá.

Me temblaban tanto las manos que no pude presionar el botón para colgar. Estaba paralizada, incapaz de pensar qué hacer. ¿Adónde pudo haber ido? ¿Cómo podría encontrarlo? Agradecí que hubiéramos vendido la camioneta el año pasado. A pie no podía haber llegado muy lejos.

No supe cuánto tiempo estuve ahí parada, pero la voz de Alma desde la planta baja me sacó de mi trance. Bajé corriendo y la abracé. Después de un momento, se apartó de mi abrazo, pero me sujetó los brazos, tranquilizándome con su contacto.

Sus ojos marrón oscuro escudriñaron los míos. —Yo me quedo aquí esperando a que Will regrese. Mientras, haré algunas llamadas. ¿Sabes adónde pudo haber ido?

Negué con la cabeza. El pánico me nubló la mente y dispersó mis pensamientos.

—Solía ir a la YMCA, ¿verdad? —preguntó.

Asentí. Solía nadar por las tardes como terapia para la rodilla.

—Revisa ahí, pero de camino, pregunta en el bar de la calle y en los restaurantes de la siguiente cuadra. Puede que le haya dado hambre.

No podía pensar con claridad por el terror creciente, pero sí podía seguir sus indicaciones. Un pensamiento horrible me asaltó. —Llamarás al… —no pude decir la palabra *hospital*, pero su mirada de comprensión me dijo que había entendido.

—Sí. Pero no llamaré a la policía… todavía.

Un escalofrío me recorrió la espalda. Un reporte oficial podría alejarlo de mí. Me di la vuelta hacia la puerta.

—Espera —dijo—. No deberías salir sola. ¿Tienes algún amigo al que puedas llamar?

Repasé mi lista mental. Alicia y Jackson estaban en Fiyi hasta el viernes. Cooper seguía en Boston. Todos mis amigos de la universidad se habían mudado o seguido con sus vidas. Empecé a negar con la cabeza, pero entonces pensé en Tyler. Él era mi amigo. Él me ayudaría.

Encontré su nombre en mi teléfono y lo presioné antes de poder reconsiderarlo.

Después de seis timbrazos, ya había alejado el teléfono de mi oreja para colgar cuando habló.

—Hola, Marlee. —Sonaba sin aliento, como si hubiera corrido para contestar.

—Tyler —chillé. Me detuve para aclararme la garganta.

—¿Qué pasa?

—Mi papá… —me aclaré la garganta de nuevo—. Mi papá desapareció. Yo… ¿Podrías…? —Las palabras no me salían.

Pero no esperó a que se lo pidiera. —¿Dónde estás?

—Estoy en casa. Pero voy a salir a buscarlo ahora.

—Te llamaré cuando llegue a Oakland y nos vemos. Ten cuidado, ¿sí?

—Está bien.

Debió haber oído el temblor en mi voz porque dijo: —Todo saldrá bien. Probablemente lo encontrarás antes de que yo llegue.

Incapaz de hablar por la histeria que me oprimía la garganta, colgué. Unos segundos después, mi teléfono sonó. Tyler había usado una aplicación para enviarme su ubicación y me pedía que compartiera la mía con él. Hice clic en *Sí*, esperanzada de que la tecnología pudiera ayudarme a encontrar a papá.

Veinte minutos después, salí sola de un restaurante a pocas cuadras de la casa. El rugido del Mustang clásico de Tyler al detenerse frente a mí vibró en mi pecho. Los latidos desbocados de mi corazón se calmaron un poco cuando saltó del auto para pararse frente a mí en la acera. Sus brazos se crisparon como si quisiera alcanzarme, pero los mantuvo a los costados. Unas líneas de preocupación enmarcaban su boca y sus ojos saltaban entre los míos.

Yo no pude mostrar la misma contención. Me acerqué a él, rodeé su espalda maciza con mis brazos y escondí la cabeza bajo su barbilla. Aspiré su aroma familiar y reconfortante. —Gracias. Muchas gracias por venir.

Sus brazos me rodearon. Después de un rápido apretón, me soltó y dio un paso atrás. Miró a nuestro alrededor. —¿Cuál es el plan?

Ya no temblaba y mi voz me sorprendió por su firmeza. —He buscado en los restaurantes de aquí. Iba de camino a la Y. Mi papá solía hacer ejercicio allí.

—De acuerdo. Yo manejo. —Abrió la puerta del Mustang y la cerró detrás de mí. Cuando se deslizó dentro, extendió la mano por encima de la consola para tomar la mía y la sostuvo, evitando que me desmoronara.

No lo esperé cuando nos detuvimos frente a la YMCA. Salté del auto y corrí al vestíbulo, donde me abrí paso hasta el frente de la fila y abordé a la mujer del mostrador de membresías. —¿Ha visto a mi papá? Will Rice. Tiene cincuenta y tres años, camina con bastón o cojea, pelo blanco corto, un poco delgado.

Me miró, recelosa de la mujer con ojos desorbitados que había irrumpido en su tranquila tarde. Negó con la cabeza. Saqué mi teléfono y le mostré la foto que había usado en los otros lugares donde había buscado.

—¿Está segura?

—No, señorita.

Me di la vuelta y escudriñé el vestíbulo yo misma como si él estuviera al acecho por ahí, de alguna manera invisible para la recepcionista, pero no vi su pelo blanco corto por ningún lado. Me mordí el labio.

Tyler trotó hasta mi lado y me rodeó con un brazo. —Oye, lo encontraremos. ¿Adónde vamos ahora?

Mi pánico regresó con fuerza. No tenía ni idea. Abrí la boca para decírselo, pero mi teléfono vibró. Cuando vi que era Alma, una esperanza revoloteó en mi pecho.

—Hola, mija. Llamó el señor Oliveras de la tienda. Dijo que alguien vio a tu papá en la estación de tren.

—¿Cuándo?

—Hace unos diez minutos. Apúrate.

Agarré la mano de Tyler y tiré de él hacia la salida. —Está en la estación del BART. Vamos.

En el auto, me sostuvo la mano de nuevo mientras le daba indicaciones. —No crees que…

—No creo que pueda llegar a ningún lado. Dudo que tenga dinero. Claro que tampoco pensé que se escaparía… —Miré por la ventana, incapaz de continuar. Me apretó la mano.

Tyler dejó el Mustang en la calle con las luces de emergencia parpadeando mientras corríamos dentro de la estación. Casi me desplomo cuando vi la silueta familiar frente a la máquina de boletos.

—¡Papá! —lo llamé. Cuando lo alcancé, lo rodeé con mis brazos y lo abracé con fuerza—. Me asustaste. ¿Por qué te fuiste de la casa?

—Quería ir a ver a Maggie —dijo, como si fuera lo más razonable del mundo tomar el tren para ver a mi madre muerta.

Lo solté y deslicé mi mano en la suya como lo había hecho tantas veces cuando era pequeña. Pero esta vez, hablé como si yo fuera la madre. —Papá, no puedes irte por ahí. Te hemos estado buscando por todas partes.

Me sonrió y ladeó la cabeza. —Estaba aquí mismo.

¿Cuánto tiempo llevaba allí? Yo había pasado por la estación hacía poco más de una hora. Seguramente habría pasado a su lado si hubiera venido directamente desde casa. Si tan solo no hubiera estado metida en mis propios pensamientos, centrada en mí misma…

Lo examiné de pies a cabeza. Tenía el pelo pegado a la cabeza y la parte inferior de los pantalones mojada hasta los tobillos, como si hubiera estado caminando un rato bajo la llovizna. Con el estado confuso en el que se encontraba, nunca sabría exactamente adónde había ido.

Casi había olvidado que Tyler estaba allí hasta que puso una mano en mi espalda y extendió la derecha hacia mi padre. —Señor Rice, soy Tyler Young, un amigo de Marlee.

Papá le estrechó la mano y se enderezó hasta su máxima altura, quedando casi al nivel de los ojos de Tyler. —Will Rice. —Sonaba tan normal. Pero luego dijo—: Iba a visitar a Maggie.

Tyler enarcó las cejas hacia mí. Negué con la cabeza. —Vamos, papá —dije—. Vamos a casa. —Caminé a su lado, sujetando su brazo libre mientras se apoyaba en su bastón y salía arrastrando los pies detrás de Tyler.

Me acomodé en el diminuto asiento trasero y me maravillé de la facilidad con que Tyler entabló conversación con papá mientras nos llevaba a casa. Hablaron de béisbol, e incluso yo me daba cuenta de que papá saltaba de los playoffs de este año a alguna serie de diez o veinte años atrás, pero Tyler siguió sus saltos sin hacer comentarios. Aun así, me alegré de que el viaje terminara cuando llegamos a nuestra casa.

Mientras abrazaba a Alma y le contaba lo que había pasado, papá se fue a la cama. Las arrugas alrededor de sus ojos y boca me decían que estaba agotado, aunque no lo admitiera.

Yo también lo sentía. Me temblaban las rodillas y sentía las extremidades pesadas. Tenía la cabeza llena de lodo, los pensamientos luchando por abrirse paso. El estrés que me había tensado la espalda y me había mantenido en pie durante los últimos noventa minutos —¿habían sido solo eso?— me abandonó de golpe y me desplomé, sin fuerzas, en el sofá.

Tyler se paró en medio de la sala, con las manos en las caderas, haciendo que la habitación pareciera aún más pequeña de lo que era. —¿Te importa si nos preparo algo de comer? Todavía no he cenado, e imagino que tú tampoco.

Lo último que quería era arrastrarme a la cocina, pero era lo menos que podía hacer por Tyler, que había sido tan fuerte durante mi calvario. —Dame un minuto y yo…

—No —me interrumpió—. Quédate ahí. Encontraré algo para nosotros. Es decir, ¿si te parece bien?

Intenté reunir la energía para ser la amiga hospitalaria que debería haber sido. Simplemente… no podía. —Está bien. —Me estiré en el sofá. Descansaría unos minutos. Luego iría a la cocina y ayudaría a Tyler a encontrar algo para cocinar.

Una mano en mi hombro me despertó con un empujoncito. Gruñí al incorporarme. No tenía la intención de quedarme dormida, pero esos minutos sin sueños y sin preocupaciones habían calmado mis nervios alterados. Tyler se sentó en el otro extremo del sofá —dejó un cojín entero entre nosotros— con un plato. Inclinó la barbilla hacia otro plato frente a mí en la mesita de centro.

—Nos preparé sándwiches. Espero que esté bien.

—Gracias. —Me puse el plato en el regazo. Tigger saltó, se estiró a lo largo del muslo de Tyler y me miró fijamente, sin parpadear. Comimos en silencio. Hasta que…

—¿Quién es Maggie?

Terminé de masticar y tragué con dificultad. Se me había secado la boca. —Mi madre, Margaret.

—Me dijiste que había muerto. ¿Tu papá iba a visitarla al cementerio?

—No. Fue cremada. Está allí. —Señalé con la mano la pequeña mesa redonda en la esquina de la habitación con la urna de cerámica con estampado floral encima. Luego di un gran bocado a mi sándwich para no tener que decir nada más.

Tyler guardó silencio por un minuto, pero luego continuó: —¿Tiene episodios como este… a menudo?

Dejé mi plato y bebí del vaso de agua que Tyler había colocado en le mesa frente a mí. Deseé que fuera algo alcohólico. —No tan graves. —Bebí de nuevo y dejé el vaso—. Pero la semana pasada, fue papá quien dejó salir al gato. Olvidó que Tigger se estaba quedando aquí.

Le eché un vistazo a Tyler. Dejó su sándwich y su boca se tensó. Giró hacia mí, abriendo una rodilla hacia el respaldo del sofá.

—Mi abuelo tuvo alzhéimer.

Me quedé helada. ¿Alzhéimer? Lo había pensado un par de veces, pero eso era solo para gente mayor.

Sacudió la cabeza rápidamente y extendió las palmas de las manos hacia mí en un gesto de «tranquila». —No estoy diciendo que tu papá lo tenga. Aunque la gente puede desarrollarlo a los cuarenta y cincuenta años.

Sus dedos tamborileaban en su rodilla. —Empezó con cosas pequeñas, olvidar citas o contar la misma historia una y otra vez. A veces nos burlábamos de él y se reía de ello. —Tyler tiró de un hilo deshilachado del sofá—. Pero con el tiempo, empeoró tanto que no podíamos dejarlo solo. Se olvidaba de apagar la estufa. Una vez, dejó la bañera abierta y se desbordó. Arruinó el techo de la habitación de abajo. Y un par de veces, se escapó. Como tu papá. No podía explicar por qué lo había hecho. —Alisó el hilo y me miró—. Después de que lo encontramos parado en medio de una calle concurrida, tuvimos que internarlo en la unidad de cuidados de memoria de un asilo.

Me crucé de brazos, de repente con frío. —Yo no podría hacer eso. —Dirigí la mirada a la urna de mamá, rodeada de velas y las flores que había recogido en el supermercado. No podía perderlo a él también—. Contrataré a alguien. Para que lo cuide mientras estoy en el trabajo.

—Claro, eso está bien. —La voz de Tyler me calmó como miel en té caliente—. Lo estás cuidando muy bien.

Las lágrimas me picaron en los ojos y alcancé los platos de la mesita de centro.

—Yo lo hago. Tuviste una noche difícil. No te preocupes por nada. —La manta del respaldo del sofá se deslizó sobre mis hombros y el cojín se hundió cuando Tyler se levantó. Mientras él hacía sonar los platos, mi mente corría a toda velocidad.

¿Por qué se había escapado papá?

¿Qué le estaba pasando?

Papá solía cuidarnos a los dos. Había sido tan agudo, tan capaz. Ahora no podía confiar en que se quedara solo en casa.

Con ayuda, podría cuidarlo, ¿no?

Estaba segura de que podría… hasta que Tyler estuvo de acuerdo conmigo de esa manera poco entusiasta.

Tiritaba, incluso bajo la manta. Encontraría una manera de cuidar a papá. Yo era fuerte e independiente, y tenía la pistola Taser para demostrarlo.

Tyler regresó de lavar los platos y se dirigió hacia el sillón reclinable de papá, donde había arrojado su abrigo al entrar. Se quedó allí unos segundos antes de recogerlo. —Si estás bien, me voy a ir.

Fuerte. Independiente. —Estoy bien. Gracias de nuevo por venir. No sé qué habría hecho… —Traté de tragarme el nudo que tenía en la garganta.

Cruzó hacia el sofá donde yo estaba acurrucada bajo mi manta. —Cada vez que necesites ayuda, llámame, ¿de acuerdo? Siempre estaré aquí para ti.

Parpadeé para deshacerme de la repentina humedad en mis ojos y mi barbilla temblaba tanto que no pude pronunciar otro agradecimiento.

Se inclinó y me besó la coronilla, deteniéndose un momento. Tal vez podría superar esto. Especialmente si podía recurrir a mis amigos.

—Llámame mañana, ¿de acuerdo? Dime cómo está.

—Está bien. Buenas noches.

Me levanté y eché el cerrojo a la puerta detrás de él. Las escaleras a mi habitación estaban demasiado lejos. Además, no podía dejar que papá se me escapara. Me acosté en el sofá mullido, me acurruqué bajo la manta y cerré los ojos para darle la bienvenida al sueño.

19

ME DESPERTÉ EN LA OSCURIDAD, con el corazón acelerado. *Papá. ¿Sigue aquí?*

Corrí por el pasillo, me detuve para recuperar el aliento y luego entré de puntillas en su habitación. La luz de la luna entraba por las cortinas abiertas e iluminaba su figura dormida. Tigger, acurrucado en el hueco de sus rodillas, me miró con sus ojos amarillos, pero, por una vez, no me bufó.

Cerré la puerta con cuidado y fui a la cocina a preparar café. Aunque aquí era temprano, en la Costa Este ya eran tres horas más tarde. Cooper estaría despierto. Probablemente ya habría entrenado en el gimnasio del hotel, se habría duchado y estaría vestido con uno de sus perfectos conjuntos de negocios informales de pantalón y saco deportivo. Casi podía oler su loción para después de afeitar.

Le envié un mensaje de texto.

> Hoy no iré a la oficina. Tengo que llevar a papá al médico. Envíame un mensaje si necesitas algo.

Mi celular sonó justo cuando el primer chorro de café golpeó el fondo manchado de la jarra.

COOPER

¿Está bien?

Qué considerado de su parte preguntar, sobre todo después de que me le había lanzado en su oficina.

Ayer tuvo un episodio. Necesito que lo revisen.

Quizá saldría bien de la revisión. Quizá el médico diría que este era un comportamiento normal y que yo había reaccionado de forma exagerada. O le ajustaría de nuevo los medicamentos.

¿Y *tú* necesitas algo?

Mi corazón dio un vuelco. Era demasiado amable.

Mándame chocolate. 😊

Me encargo. Las reuniones aquí van bien. No te necesitaré. Tómate el resto del día libre.

Como dije, considerado. Atento. Pero no era mío. No era capaz de compartir esta carga conmigo.

Gracias. Nos vemos el lunes.

Miré mi celular cada cinco minutos durante la siguiente hora, y luego cada media hora, pero nunca respondió. Estaba ocupado. Lo sabía. Además, le había dicho que todo estaba bien. Aunque no lo estuviera.

———

EL ÁRBITRO ACABABA DE GRITAR: «¡Play ball!», cuando sonó el timbre.

—¿Qué demonios? —gruñó papá—. ¿Quién vendría durante la Serie Mundial?

Me incliné y le di una palmada en la rodilla. —No te preocupes, papá. Yo me encargo. —Probablemente era UPS entregando mi paquete de artículos esenciales. No había querido dejar a papá solo en casa ni siquiera para ir rápido a la tienda a comprar tampones. O —me mordí el labio y miré a papá— el discreto paquete que estaba esperando.

Pero cuando abrí la puerta, Tyler estaba en el porche, sosteniendo una caja de pizza. Me examinó la cara y luego su mirada bajó hasta mi sudadera descolorida de la universidad y mis pantalones de yoga, hasta llegar a mis sandalias. Encogí los dedos de los pies para ocultar mi esmalte saltado.

—¡Tyler! ¿Qué haces aquí? Quiero decir, me alegro de que hayas venido. —Una amplia sonrisa se dibujó en mi rostro. Quería a mi padre, pero era genial ver a otra persona.

—¿Hola. Sé que dijiste que estabas bien, pero yo… traje pizza. —Acercó la caja hacia mí—. ¿Seguro que él está bien? ¿Y tú también? —Sus ojos buscaron los míos.

Salí al porche y cerré la puerta detrás de mí. Aunque sabía que papá no podía oírme con el televisor a todo volumen, mantuve la voz baja. —Lo llevé al médico ayer. Sin hacer las pruebas costosas, nos dijo que probablemente es alzhéimer de aparición temprana. Así que ayer… contraté a alguien para que lo cuidara mientras estoy en el trabajo. Empieza el lunes.

—¿Ah. Eso es bueno, ¿no? —Alzó las cejas con esperanza.

No, carajo, no era bueno. Mi padre de cincuenta y tres años no debería necesitar una enfermera. Ni una niñera. Debería estar disfrutando de su jubilación anticipada, saliendo con amigos, yendo a tomar una cerveza al bar de la esquina. No debería estar encerrado, vigilado por alguien entrenado en reanimación cardiopulmonar y lo suficientemente corpulento como para impedir que saliera de casa. Y yo no debería haber tenido que tomar esa decisión. Me encogí de hombros y bajé la vista hacia las zapatillas Vans de Tyler.

—¿Oye? —Puso un nudillo bajo mi barbilla hasta que lo miré a los ojos—. Todo va a estar bien. Le estás consiguiendo los cuidados que necesita. Eres una buena hija.

Sorbí por la nariz. —Deja de ser tan bueno.

Dejó la caja de pizza en la ancha barandilla del porche y me atrajo hacia él. —Lo siento, no puedo. Eres mi amiga. —Me abrazó con fuerza, y debió de ser la presión lo que me arrancó las lágrimas. Me las sequé en el suave algodón de su camiseta de Galaga. Olía a cítricos y a sol, y quise envolverme en ella como si fuera una manta. Pero, demasiado pronto, se apartó.

—¿Quieres que deje esto y me vaya? —Señaló la caja.

¿Irse? ¿Y dejarnos a papá y a mí solos otra vez? —No seas ridículo. Ven a comer con nosotros.

—¿Segura?

Papá gritó desde dentro de la casa: —¡Marlee! ¿Sigues ahí fuera?

—¡Sí! Un segundo. —Le sonreí a Tyler—. ¿Vienes? Tenemos cerveza.

Él tomó la caja. —Me convenciste.

Abrí la puerta. —Papá, te acuerdas de Tyler de la otra noche, ¿verdad?

Papá levantó la vista rápidamente, pero luego volvió a concentrarse en el partido. —Tyler, el de la estación de tren. Tyler, el del *muscle car*. Siéntate y cállate, carajo.

Tyler se quedó helado. Le puse una mano en el antebrazo. —Siempre se pone así durante el béisbol —susurré. Nunca había dicho muchas groserías, pero últimamente los deportes en la televisión se las sacaban.

—¿Pero si Oakland ni siquiera…

—Shh. No importa. Es la Serie.

—Ah. —Cerró la boca de golpe. Puso la pizza en la mesita de centro y se sentó en el extremo del sofá más cercano a papá.

Ahora vuelvo, articulé con los labios y fui a la cocina a por platos, servilletas y tres botellas de cerveza. En el lado positivo, había ordenado la casa esta mañana. Lástima que hubiera preferido ponerme a leer mi novela en lugar de ducharme, cepillarme el pelo o maquillarme. Normalmente no dejaba que la gente de la oficina me viera cuando no estaba arreglada. Pero Tyler me había visto la otra noche en el teatro con las marcas de las lágrimas de rímel. No podía ser mucho más real que eso. Me peiné el pelo con los dedos y me lo recogí de nuevo en una cola de caballo.

Cuando volví, estaban en un anuncio, silenciado. Los hombres evitaban mirarse; Tyler miraba al suelo, con las mejillas sonrosadas, y papá me miraba a mí, sonriendo con demasiada intensidad.

—¿Gracias, Sol. Nada mejor que cerveza, pizza y béisbol. Este me cae bien. —Señaló con el pulgar, y yo no creía que fuera posible, pero las mejillas de Tyler se pusieron aún más rojas y manchadas.

Le di a papá una cerveza y luego un trozo de pizza suprema, mi favorita. *Pero la suprema es la favorita de todo el mundo.*

Le pasé otro trozo a Tyler y llevé mi plato al otro extremo del sofá. El partido volvió y papá subió el volumen.

—¿Cuál es tu equipo, Tyler? —preguntó papá en el siguiente anuncio. Nadie tenía que preguntarle cuál era *su* equipo. Había estado animándolos a gritos.

—¿En esta Serie? En realidad no me importa. Soy fan de los Astros.

—¿Unos tramposos.

Tyler parpadeó.

—¡Papá! ¡Sé amable! —Me acerqué a Tyler para susurrarle—: Se involucra mucho emocionalmente con los deportes.

—¿No me dijo Marlee que eres de Dallas?

En sus días buenos, tenía una mente muy aguda.

—Lo soy.

—¿Entonces por qué no eres fan de los Rangers?

Tyler frunció el labio. —Mis hermanos son todos grandes fans de los Rangers. Supongo que solo quería ser diferente.

—Menos mal —dijo papá—. ¿Cuándo fue la última vez que los Rangers ganaron la Serie?

—Exacto. —Tyler chocó su botella de cerveza contra la de papá.

En la siguiente pausa publicitaria, Tyler le preguntó a papá por la casa, y pronto estaban hablando de herramientas eléctricas. Papá incluso se enfrascó tanto en un tributo a su querida y difunta sierra para azulejos —la había vendido en eBay para pagar una cuenta del hospital antes de que alcanzáramos nuestro deducible — que se perdió un turno al bate. Nos terminamos la pizza y otra ronda de cervezas, y para cuando terminó el partido, yo usaba el hombro de Tyler como almohada y papá estaba bostezando.

Se levantó de las profundidades del sillón reclinable. —Me voy a la cama temprano. Diviértanse, chicos. —Guiñó un ojo—. Pero no se diviertan demasiado.

—*Papá*. Me incorporé. —Tyler y yo somos *amigos*.

—Ah, claro —dijo, sonriendo con suficiencia.

Tyler se puso de pie para estrecharle la mano. —Buenas noches, señor Rice. Gracias por dejarme ver el partido con usted.

—Cuando quieras. Es refrescante verlo con un verdadero aficionado.

Puse los ojos en blanco ante su mirada directa hacia mí.

Mientras papá se iba arrastrando los pies a la cama, Tyler se quedó de pie. —¿Querías que me…? —Inclinó la cabeza hacia la puerta.

A las ocho de la noche de un viernes, la mayoría de los jóvenes de veinticinco años estarían saliendo a cenar o volviendo a casa a tropezones del *happy hour* para descansar un par de horas antes de ir a una discoteca. La larga y solitaria noche se extendía ante mí.

—No, quédate. ¿Por favor? A menos que tuvieras… otros planes. —Tal vez tenía una cita. *Por favor, que no tenga una cita.* Ansiaba compañía.

Tyler torció el labio. —No. Traje mi consola de videojuegos. ¿Quieres que la busque?

—Claro. Yo voy a limpiar.

Mientras él iba a su carro, yo lavé los platos y tiré las botellas vacías al contenedor de reciclaje. Cuando volví a la sala, llevaba una bandeja con cerveza, un cuenco de pretzels y chocolate. El chocolate blanco que Cooper había enviado. Fue amable de su parte, pero cuando alguien dice que necesita chocolate, *nunca* se refiere a chocolate blanco. Ni siquiera es chocolate de verdad. Supuse que sabría bien con los pretzels.

Mientras dejaba la bandeja, Tyler murmuraba algo detrás de nuestro antiguo televisor.

—¿Problemas? —pregunté.

—No, no, ya está. —Parecía tener un compartimento entero para cables en su bolso—. ¡Ajá! —Sacó uno del fondo del bolso, enchufó una especie de adaptador, conectó otro cable y encendió la consola. La televisión mostró un video animado.

Lanzó los cables sobrantes a su bolso y luego se dejó caer en el sofá. Le di una cerveza y me senté en el otro extremo, apoyando una rodilla en el cojín, en dirección a él.

—Así que, dime. ¿Qué te preguntó mi papá que fue tan vergonzoso? Mientras yo iba por los platos.

Revisar el compartimiento de las pilas de uno de los controles pareció requerir su atención durante varios segundos. —Me preguntó cuáles eran mis intenciones. Contigo.

Eso hizo que se me calentaran las mejillas. —¿Le dijiste que somos amigos, verdad? —Sin esperar a que respondiera, dije—: Tuvo una buena noche. Hoy parece él mismo. Excepto por las groserías.

Las comisuras de su boca se curvaron hacia abajo. —Llamó a un taladro un «perforador de agujeros eléctrico». Puede que no muestre síntomas todo el tiempo, pero no hay cura. Las neuronas que ha perdido no se regenerarán. —Su mirada se volvió introspectiva, como si estuviera pensando en su abuelo. Luego parpadeó—. Estás haciendo lo correcto al buscarle ayuda.

Jugueteé con la etiqueta de mi botella de cerveza. —Lo sé. Ojalá…

Extendió la mano y me acarició el hombro con su mano grande. —Lo sé.

Sorbí por la nariz y contuve las lágrimas. —¿Vamos a jugar o qué?

Me apretó el hombro y luego se retiró. Un escalofrío se extendió desde donde su cálida mano había descansado y me heló el corazón. Estiré la mano detrás de mí y me eché la manta sobre los hombros. Aun así, no era tan bueno como su mano.

—Creo que este te va a gustar. Tenemos que trabajar juntos en las misiones. Y vamos a hacer explotar muchas cosas. Es mi juego favorito para aliviar el estrés. —Me entregó un control—. ¿Has usado esta consola antes? ¿Necesitas que te explique algo?

Hacía un par de años que no jugaba, pero el dispositivo me resultó familiar en la mano. —No, estoy bien.

—Genial. —Me dedicó una sonrisa y luego volvió su atención a la pantalla—. Vamos.

Tenía razón. Ver a nuestros enemigos explotar frente a nosotros era extrañamente satisfactorio. Trabajando junto a Tyler, tenía el control, era parte de un equipo. No me criticaba cuando era torpe o demasiado agresiva; me dejaba intentarlo de nuevo hasta que lo dominaba. No podía dejar de sonreír, y horas más tarde, me dolían los músculos de la cara y el estómago de tanto reír.

—¡Cuidado! —Mi advertencia llegó demasiado tarde. El personaje de Tyler se desplomó bajo el fuego enemigo—. ¿Cómo no viste ese tanque enorme?

Lo miré. *Ah*. Me estaba observando, con su propio control olvidado entre sus manos laxas. Ignoré los sonidos inequívocos de la muerte de mi propio personaje. Ahora me arrepentía de haberme sentado en el extremo opuesto del sofá. Sería tan agradable apoyar la cabeza en su hombro, que me rodeara con sus brazos y simplemente relajarme en su abrazo. Los amigos hacían eso... ¿verdad?

—Nunca me contaste qué pasó con la Operación Príncipe Azul.

Sentí como si me hubiera echado una cerveza fría por la cabeza. Me ajusté la manta. —No... no salió muy bien. Cooper tiene sus reservas sobre tener una relación con alguien que trabaja para Synergy. —Vale, esa era mi interpretación de lo que había dicho—. Así que no va a funcionar. —Me encogí de hombros.

Amigo o no, no quería hablar de ello con Tyler. No me gustaba la forma en que fruncía la boca cada vez que decía el nombre de Cooper. Dejé caer el control en mi regazo y soplé sobre mis manos sudorosas. —Recuérdame hacer algunos ejercicios de calentamiento para los dedos la próxima vez.

—*Reservas* no suena tan mal. ¿Vas a esperar? ¿Seguir intentándolo?

Me masajeé la palma con el otro pulgar. —No lo creo.

—Nunca te he visto rendirte con nada. —Inclinó la cabeza para encontrar mi mirada.

Fijé la vista en la televisión. —Hay una diferencia entre estar enamorada de alguien y ser una acosadora. Estoy tratando de superarlo. —Aunque Cooper Fallon había ocupado un lugar en mi corazón durante tanto tiempo, que el espacio que había dejado se sentía vacío.

—Marlee. —Se acercó a mí hasta que nuestras rodillas se tocaron—. ¿Recuerdas la primera vez que nos conocimos? De verdad, de conocernos.

Sabía a qué se refería. Jackson nos había presentado el primer día de Tyler, cuando le estaba enseñando la oficina. Pero nos habíamos conocido semanas después. —Me salvaste de ese malvado grifo de barril.

—Tenías cerveza en los ojos y en el pelo.

—Y por toda la camiseta. Me diste tu suéter para cubrirme.

Se rio entre dientes. —Te lo presté. Y nunca me lo devolviste.

—¿Qué? ¿No lo hice? —Lo había usado todos los fines de semana la primavera pasada. Era demasiado suave y acogedor como para devolverlo. Incluso después de lavarle la cerveza, olía increíble, como nada más en mis cajones.

—No lo hiciste. Pero no me importa. —Su voz se había vuelto muy profunda—. Incluso cubierta de cerveza, eras la mujer más hermosa que había conocido.

—Ay, gracias. Eres un encanto. —Pero a la luz parpadeante del televisor, sus pupilas se habían tragado sus iris, dejando solo un destello dorado. No parecía encantador. Parecía peligroso.

—No lo dije por ser un encanto. Lo dije porque es verdad. Y ahora que tú y Cooper no van a estar juntos, creo que nosotros... —Se aclaró la garganta—. Creo que deberíamos pensar en ser más que amigos.

Me apreté más la manta. —No puedo pasar de estar enamo... de estar colada por Cooper a salir con otra persona. Mi corazón no funciona así. —Había pensado que Cooper era mi Único y Verdadero Amor, como lo había sido mi madre para papá. Si eso era cierto, estaría suspirando por él durante mucho tiempo. Años. Décadas.

—Pero yo...

—Somos amigos. No puedo pensar en ti de esa manera. —¿Y si las advertencias de Cooper se hacían realidad? ¿Y si una relación resultaba ser demasiado rara y perdía a mi amigo? No podía permitir que eso sucediera.

Parecía como si lo hubiera abofeteado. —Está bien. —Juntó las manos entre las rodillas y las miró como si tuvieran la clave que habíamos estado buscando en el videojuego—. De acuerdo. —Se puso de pie—. Entonces me iré de aquí.

—No, Tyler, yo... *Mierda*. ¿Por qué *carajo* lo había arruinado todo al decir eso? —Quiero que sigamos siendo amigos.

—Por supuesto. —Parecía que había pisado un clavo oxidado y estaba tratando de sonreír a pesar del dolor—. Amigos. Nos vemos el lunes.

—De acuerdo. —¿Pero lo éramos?

Lo vi salir, con la espalda rígida. El motor de su Mustang rugió al encenderse. Fue solo después de que el estruendo se desvaneció en la calle que volví a enfocarme en nuestra sala de estar y me di cuenta de que había dejado su sistema de videojuegos conectado a nuestro televisor.

Dejé escapar un suspiro tembloroso. Significaba que quería seguir siendo mi amigo. Que volvería y jugaríamos de nuevo. Que, a pesar de lo que había dicho antes, quería mantener nuestra preciosa amistad y no arriesgarla tratando de convertirla en algo más.

Porque lo que más necesitaba, después de apagar mi enamoramiento, mientras papá necesitaba más cuidados de los que yo sabía darle, era un amigo.

Mientras miraba la consola, esperaba que Tyler fuera ese amigo para mí.

20

AL PRINCIPIO, Ben se puso rígido cuando lo abracé en el vestíbulo el lunes por la mañana, pero luego se relajó y me dio unas palmaditas en la espalda.

Al soltarlo, le dije: —Lo siento. Normalmente soy más cuidadosa con los límites en el trabajo, pero estoy tan contenta de verte.

Él ladeó la cabeza. —¿Pensaste que no vendría?

—Tal vez. —Tomé la credencial temporal de José en el mostrador de seguridad y se la entregué a Ben—. No habrías sido el primero. —Se enganchó la credencial en la presilla del cinturón y se alisó el suéter color caramelo que hacía juego con sus ojos.

Lo guié hasta el ascensor. —Cuando termines en Recursos Humanos, te pondré al día y te ayudaré a empezar. Cooper está en reuniones toda la mañana, pero te va a llevar a almorzar, y podrás conocerlo entonces. Jackson regresa de un viaje hoy, así que tendré que pasar algo de tiempo con él. Pero aparte de eso, estoy disponible hasta las cuatro. —Me aterraba la conversación que tendría que tener más tarde con Jackson sobre mi nuevo horario.

Después de dejar a Ben en Recursos Humanos, subí por las escaleras al sexto piso. Tenía alrededor de una hora para preparar la capacitación de Ben y ponerme al día con Jackson. Aunque había trabajado a distancia los dos días que estuve fuera, estaba más atrasada de lo que quería estar para el primer día de regreso de Jackson.

Salí de la escalera y eché un vistazo a la puerta de Cooper, contenta de que siguiera cerrada. No debería necesitar nada mientras estuviera en reuniones. Me encogí al recordar la última vez que estuve en su oficina, cuando me le había tirado encima y habíamos discutido. Ahora me alegraba de que él hubiera mostrado más contención que yo. Verlo hoy ya iba a ser bastante incómodo.

La puerta de la oficina de mi jefe estaba abierta y la luz, encendida. Asomé la cabeza y le sonreí. —¿Cómo estás, desaparecido?

—¡Marlee, mi salvadora! —Su piel bronceada me dijo que había pasado tiempo en la playa. Se había dejado crecer la barba de unos días hasta que era casi la barba completa que había tenido el año anterior. Alicia debía de haberle dicho por fin que la extrañaba.

Conectó su laptop a la base de expansión y salió de detrás de su escritorio con los brazos abiertos. La culpa por lo que tenía que decirle me recorrió, pero podía esperar hasta después de haberlo saludado como se debía. Me envolvió en sus brazos y le devolví el abrazo.

—¿Buen viaje? —le pregunté.

Me sonrió. —El mejor. Fiyi es increíble. Estábamos en un bungaló justo en la playa. —Me soltó y señaló los sillones junto a la ventana. Se sentó y cruzó un tobillo sobre la rodilla—. No te creerías la cantidad de estrellas que podíamos ver por la noche. Pensamos en ti cuando intentábamos descifrar las constelaciones. Sé que te las sabes todas, pero puede que haya intentado convencer a Alicia de que una de ellas era Bob Esponja.

Sonreí ante el uso casual de Jackson de *pensamos* como si él y Alicia compartieran ahora hasta el cerebro. ¿Mis padres habrían hablado así? ¿Hablaría yo alguna vez así de alguien?

—Nunca he visto las constelaciones del hemisferio sur en

persona —dije—. Deberías haber llevado un mapa estelar. O usado una aplicación en tu teléfono.

Se reclinó en el sillón y cruzó las manos detrás de la cabeza, con los codos bien abiertos. —No hizo falta. Estuve *bastante* entretenido.

Levanté la palma de la mano. —No. No quiero oír hablar de la parte «de negocios» de tu luna de miel.

—¿Qué? —Sus ojos se abrieron con inocencia—. Alicia te lo va a contar todo. Las he oído a las dos reírse a carcajadas.

—Sobre *mi* vida amorosa, no la suya. Eres mi jefe. Tengo límites. —Era mentira. Lo sabía todo sobre la fantástica vida sexual de Alicia y Jackson… y la envidiaba. Pero no quería oír los detalles de su boca. *Eso* sí que se pasaba de la raya.

—De acuerdo. —Levantó una ceja—. Estoy seguro de que mantuviste los *límites* con Cooper mientras estuve fuera.

Se me fue el color de la cara. —¿Dijo algo?

Jackson se levantó y caminó hacia la otra ventana. —No. Aún no lo he visto. ¿*Pasó* algo?

—No. —Traté de no suspirar al decirlo.

—Ah, bueno. —Jackson me conocía desde hacía demasiado tiempo como para no sospechar—. ¿Hay algo de lo que quieras hablar?

Se me encogió el estómago. —De hecho, sí. Pero no sobre Cooper. Sobre mi papá.

Jackson arrugó la frente. —¿Está bien?

Le dediqué una sonrisa irónica. —No realmente. —Le conté nuestra aventura en la estación del BART con el menor detalle posible—. El médico me recomendó que contratara a una cuidadora durante el día mientras estoy en el trabajo. Y por eso… —vacilé—. Necesito reducir mis horas para poder estar en casa antes de que ella se vaya. Entenderé si hay una reducción de sueldo.

Jackson resopló. —¿Esperas que te baje el sueldo justo cuando tus gastos están aumentando? —Sacudió la cabeza—. Me has apoyado durante demasiado tiempo y demasiado bien para eso.

Haz lo que tengas que hacer para cuidar a tu padre. Ya lo resolveremos.

Solté un suspiro tembloroso. —Gracias. No te decepcionaré. Si me necesitas fuera del horario de oficina, estaré encantada de dedicar más tiempo desde casa.

Me estrechó la mano. —Eso es genial, Marlee. Y avísame… avísanos… si hay algo que podamos hacer para ayudar.

Pestañeé para contener la humedad en mis ojos. —Eres el mejor. Gracias.

Con un último apretón en mi mano, se levantó y volvió a su escritorio. De espaldas a mí, dijo con voz ronca: —Ahora, ¿no deberías estar diciéndome dónde tengo que estar esta mañana y qué tengo que hacer?

Sonreí. A Jackson nunca se le había dado bien la gratitud. Ni las lágrimas.

Abrí su calendario en mi teléfono y empecé a ponerlo al día. Quizás esto no sería tan malo como había temido.

———

ACABABA de terminar de despejar el escritorio de Ben cuando emergió de la escalera con su flamante maletín de la laptop colgado del hombro. Otro juego de pasos que aprender. Los de Ben eran rígidos pero silenciosos, las suelas de goma de sus botas de estilo combate urbano amortiguaban sus pasos decididos. Le hice un gesto para que se acercara.

—¿Estás listo para empezar?

Puso los ojos en blanco. —Tengo un montón de capacitaciones de cumplimiento en línea que hacer. Pero ¿puedo hacer algo de trabajo de verdad primero, por favor?

Me reí entre dientes. —Cooper es un fanático de nuestro ambiente de trabajo respetuoso y libre de acoso. —Bueno, excepto cuando se enfrentaba a los trabajadores temporales incompetentes que había contratado. Pero ellos habrían sacado lo peor de casi cualquiera—. Además, está todo el asunto legal. No es muy divertido, pero Cooper y los abogados son muy estrictos con eso.

Apretó los labios y miró la puerta cerrada de su nuevo jefe. La duda parpadeó en sus ojos entrecerrados. Mierda, no podíamos perderlo tan pronto. Era exactamente lo que Cooper necesitaba. —Pero es un tipo genial —me apresuré a decir—. Te va a encantar.

Ladeó la cabeza, observándome, pero luego bajó la vista hacia el escritorio. —¿Así que este soy yo?

Aliviada, le dediqué una rápida sonrisa. —Sí. Encendamos tu laptop y te configuraré el calendario y el correo electrónico de Cooper.

Dos horas más tarde, Ben ya dominaba el calendario de su nuevo jefe y yo lo había puesto al día sobre los hábitos de trabajo y las preferencias de Cooper. Cuando la luz de la línea telefónica de Cooper finalmente se apagó y la puerta de su oficina se abrió, nos levantamos para recibir al hombre en persona. Salió con un aspecto más formal de lo habitual, con un traje de color carbón entallado y una camisa impecable de color aciano que hacía juego con sus ojos. Sin corbata. Como siempre, no pude contener un pequeño suspiro ante su belleza. La mirada de Ben se desvió hacia mí y luego hacia Cooper. Me pregunté qué verían sus ojos demasiado observadores.

Cooper se acercó a nosotros y extendió la mano. Ben se la estrechó, inclinándose un poco.

—Usted debe de ser Ben. Soy Cooper Fallon.

—Es un placer conocerlo, señor Fallon.

—Por favor, llámeme Cooper.

Las pupilas de Ben se dilataron y sus fosas nasales se ensancharon. Contuve una sonrisa de suficiencia. Cooper tenía ese efecto en todo el mundo, no solo en mí. Separaron las manos.

—Dios, qué alto es —soltó Ben—. Más alto de lo que parece en las fotos. —Se sonrojó—. No es que lo haya estado acosando en línea ni nada. —Apretó los labios.

—Siempre está al lado de Jackson, y crees que ambos son de estatura normal, pero no lo son —dije, tratando de aliviar su incomodidad. Jamila también era una amazona, especialmente con tacones, pero no pensaba mencionarla.

Cooper había estado mirando a Ben, flexionando su mano derecha a un costado. La levantó frente a su pecho y se la frotó un segundo con la mano izquierda.

Algo extraño estaba sucediendo aquí. —Cooper, ¿puedo hablar contigo un minuto?

No creí que fuera posible, pero la mandíbula de Cooper se puso aún más rígida. Por Darwin bendito en el *H.M.S. Beagle*, no iba a intentar tirármele encima *ahora*.

—Solo… solo un minuto —dije.

Me siguió hasta mi escritorio y se quedó de pie, con las manos en los bolsillos.

Susurré: —Mira, Ben está muy cualificado y es un tipo genial. No. Lo. Arruines. Dale una oportunidad.

Arrugó la frente. —Lo haré. Por supuesto que lo haré.

Lo fulminé con la mirada. —Bien. Compórtate en el almuerzo.

Llevándolo de vuelta al escritorio de Ben, pregunté: —¿A dónde van a ir?

Cooper nombró un restaurante de moda cercano. Le preguntó a Ben: —¿Lo conoces?

—Sí. —Por alguna razón, Ben se ruborizó. Se sonrojaba a manchas como Tyler. Adorable.

—¿Estará bien? —preguntó Cooper.

—Perfecto.

—Vamos. —Cooper se dio la vuelta y se dirigió a las puertas del ascensor.

Sacudí la cabeza. Esperaba que resolvieran su extraña situación. Cooper era bastante torpe a mi alrededor, pero nunca lo había visto tan inepto. Ben era perfecto, y quería —necesitaba— que se quedara. Ya no podía aceptar más trabajo extra de Cooper con mis nuevas responsabilidades en casa.

De vuelta en mi escritorio, revisé mi teléfono. Ni mensajes de texto ni de voz de Sylvia. Ya la había llamado esa mañana para ver cómo estaba papá, y me había asegurado que estarían bien.

Temía que se enojara si la llamaba de nuevo. Necesitaba pasar el día sin alterar el frágil equilibrio de mi nueva realidad. Así que le envié un mensaje de texto a Alicia.

¿Libre para almorzar?

ALICIA

Lo siento, almuerzo con Jackson. ¿Puedo pasar por tu casa esta noche a buscar a mi niño lindo?

¡Sí! Ven a cenar.

Niño lindo, mis polainas. El pequeño demonio me había vuelto a bufar cuando me fui. Parecía indiferente a Sylvia, pero probablemente serían los mejores amigos para esta tarde. Yo era la única a la que odiaba.

Mi estómago hizo un ruido parecido al de Tigger. Pero la idea de llevar mi triste lonchera a la cocina vacía fue suficiente para quitarme el apetito.

Podría haber bajado a la cafetería. Tyler probablemente estaría allí con su mesa llena de programadores. ¿Seríamos amigables o torpes? Habíamos sido amigos menos de un año; aun así, no podía imaginar mi vida sin Tyler en ella. Sus hoyuelos y el lindo mechón de su cabello. El chirrido de su zapatilla en los viejos pisos de madera. La forma en que dejaba lo que estaba haciendo para ayudarme cuando lo necesitaba.

Quizás necesitaba dar el primer paso, mostrarle que las cosas entre nosotros no tenían por qué ser raras.

Mientras sacaba la lonchera de mi cajón, la puerta de la escalera se abrió de golpe y Tyler salió corriendo, sonrojado y sin aliento. Me vio y se quedó helado, con la mano todavía en la barra de empuje. —¡Marlee! Perdí la noción de… pero no… ¿te gustaría…? —Su rostro se descompuso—. ¿Vas a salir?

Le dediqué una sonrisa irónica. El pobre tipo había estado programando toda la mañana y había perdido la capacidad de hablar coherentemente. — Justo iba a bajar al comedor. ¿Quieres venir conmigo? ¿O necesitabas algo de él? —ladeé la cabeza hacia la puerta cerrada de Jackson. *Por favor, di que subiste por mí. Que todavía somos amigos.*

Dejó que la puerta de la escalera se cerrara. —No. ¡Sí! De hecho, me preguntaba si querías salir a almorzar. —Su voz se elevó en la pregunta, y su cara se arrugó en una expresión adorablemente esperanzada.

Sentí un hormigueo en la piel, como cuando había cruzado las piernas durante demasiado tiempo y la sangre por fin empezaba a fluir de nuevo. No iba a ser raro.

Levanté mi lonchera. —Pero traje almuerzo.

—Yo invito —dijo—. Guárdalo para mañana.

No pude reprimir mi sonrisa. Íbamos a estar bien. —De acuerdo.

21

CUANDO SALIMOS a la calle bajo el sol brillante, Tyler preguntó:

—¿Quieres comer en el parque? Vi un camión de comida.

En la segunda quincena de octubre, el clima se había vuelto otoñal, pero el día estaba soleado, un último recordatorio del verano. Y de nuestro pícnic antes del teatro.

—Claro.

Me ofreció el codo y yo lo tomé. Solo dos amigos camino al parque para comprar un sándwich. Amigos como lo éramos antes de la Operación Príncipe Encantador. Amigos que no necesitaban ni querían nada más.

En el corto paseo hacia el parque, pasamos junto a otros oficinistas con ropa de negocios informal, turistas con sudaderas de San Francisco que habían comprado para protegerse del frío de la mañana y obreros con cascos que se tomaban un descanso de las omnipresentes remodelaciones de la ciudad. Pasamos por el restaurante italiano con olor a ajo, el aroma a curri de un lugar indio, el pesado aroma a pescado frito. Pronto, los imponentes edificios se abrieron a la plaza del parque y sus puntiagudos setos verdes.

Tyler me preguntó por papá y le dije que estaba bien. Que tener a Sylvia en casa para cuidarlo me tranquilizaba mientras yo estaba en el trabajo. En general, las cosas en mi mundo iban bastante bien. Jackson y Alicia habían vuelto, y yo pasaría tiempo con mi mejor amiga esa noche. Nos desharíamos de su gato malvado que me había causado mucho más estrés del que necesitaba. Además, habíamos contratado a un asistente increíble para Cooper que aliviaría mi carga de trabajo.

Mientras esperábamos en la fila del camión de comida, cerré los ojos y dejé que el sol me calentara la cara. Mi vida había cambiado mucho en la última semana, pero todavía tenía a papá, a mi mejor amiga, a un jefe increíble y a mi amigo Tyler.

Cuando abrí los ojos, me estaba sonriendo. La misma sonrisa tierna que me había dedicado la otra noche cuando jugamos videojuegos. Cuando habíamos tropezado bajo la luz de la luna desde la cena de ensayo hasta la posada. Cuando habíamos bailado juntos en la boda. Solo mi buen amigo, Tyler, a quien no le importaba que yo hiciera un trabajo para el que estaba sobrecualificada, que no pensaba que fuera raro que viviera en casa a los veinticinco años, que sabía lo importante que era la familia para mí. Quien veía a la verdadera Marlee y le gustaba.

Pero a pesar de todo eso y del beso supernova que habíamos compartido en la boda, me quedaban muy pocos amigos como para poner a este en peligro.

—Gracias —dije—. Fue una gran idea. —La semana pasada, le habría echado los brazos al cuello y lo habría abrazado, pero hoy me contuve.

Él sonrió, pero no tan ampliamente como de costumbre. Quizás él también echó de menos ese abrazo fantasma.

—Tengo muchas ideas geniales.

—Yo tengo una gran idea. ¿Por qué no aplicas para ese puesto de gerente? Todavía no han encontrado a nadie que les guste.

Se quedó mirando sus zapatillas.

—¿No crees que no estoy cualificado? Solo he trabajado para la empresa un par de años. Y llevo en mi puesto actual menos de un año.

—Claro que no. Y nunca lo sabrás si no lo intentas. —Yo había seguido mi propio consejo con Cooper y los resultados fueron desastrosos. Pero si no lo hubiera hecho, todavía estaría suspirando por él. Todavía obsesionada con él. Y entre el regreso de Jackson y el cuidado de papá, necesitaba concentrarme. Seguir adelante era lo más inteligente.

Cuando nos dieron los sándwiches, nos alejamos del césped abarrotado donde los demás oficinistas tomaban el sol y fuimos a una banca en una arboleda sombreada. La zona estaba tranquila, a excepción de los pájaros y las ardillas, que parloteaban y chillaban entre ellos, o quizás a nosotros por perturbar su paz a la hora del almuerzo.

Desenvolví mi sándwich y le di un mordisco al queso caliente y pegajoso que se derramaba entre las crujientes rebanadas de pan de masa madre.

—Mmm —gemí—. *Mucho* mejor que el de crema de maní y mermelada.

—Mejor vista que la cafetería, también. —Tyler me lanzó una mirada pícara y le dio un enorme mordisco a su propio sándwich.

Puse los ojos en blanco.

—¿Ya hablaste con Jackson? —Sabía que no lo había hecho, pero necesitaba desviar la conversación hacia un tema seguro.

—Todavía no. No me reúno con él hasta mañana.

—Dijo que la pasaron muy bien en Fiyi.

Él bufó.

—¿Quién no la pasaría bien?

—Yo sé que yo sí. Una playa cálida y arenosa suena perfecto hoy. —Mientras terminaba mi sándwich, me estremecí. Bajo la sombra de los árboles, una brisa fría me recordó que era octubre. Deseé haber pedido café caliente en lugar de agua.

—¿Tienes frío?

—Un poco.

Las palabras apenas habían salido de mi boca cuando él ya se estaba quitando su suéter gris y pasándomelo por la cabeza, tibio por su cuerpo. Pensé en protestar, pero en cuanto tuve su suéter puesto, estaba demasiado a gusto para considerar quitármelo.

Quizás podría robarle este también. Se frotó las manos sobre la parte superior de mis brazos.

—¿Mejor? —preguntó.

Su delgada camiseta gris de Burger Time, casi transparente, se estiraba sobre su pecho. Si lo miraba entornando los ojos y cambiaba la camiseta vieja y los jeans por una camisa de vestir desabrochada y pantalones de vestir, se parecía al bombón de la novela romántica que estaba leyendo. Arrastré mi mirada hasta su cara, deseando trazar el hoyuelo que enmarcaba su sonrisa, pasar mis dedos por su pelo, atraer su cara hacia la mía y... un momento. Este era Tyler. Firmemente en la zona de amigos. Necesitaba construir una cerca a su alrededor con algunos letreros de *Prohibido el paso* y alambre de púas. Posiblemente con un foso infestado de tiburones. Porque cuando estaba tan cerca de él, tan envuelta en su aroma, con sus manos cálidas sobre mí, no podía recordar mi propio nombre, y mucho menos por qué Tyler necesitaba ser nada más que mi amigo.

¿Por qué era eso, de nuevo?

—Sí, ya estoy bien. Gracias. —Busqué en mi bolso mi polvera y mi lápiz labial y luego unté el cremoso rosa sobre mis labios. *Nada de besos.*

Tyler se quedó mirando mis labios. Manchas sonrosadas florecieron en sus mejillas.

—No estaba tratando de...

—Lo sé. —Coloqué mi bolso entre nosotros en la banca.

Después de unos segundos, movió su brazo del respaldo de la banca para meter la mano en su bolsillo trasero. Sacó un fajo de papel brillante y me lo tendió.

—¿Qué es esto? —Leí la palabra *Care*.

—Visité algunos centros durante el fin de semana. Imaginé que estarías demasiado ocupada para hacerlo y, bueno, es caro, pero cuesta más o menos lo mismo que la atención en casa. Y más fácil para ti.

Su suéter no fue suficiente para protegerme de la helada que me recorrió. Tenía en sus manos folletos de residencias para el cuidado de la memoria en la zona de Oakland. Papá no estaba listo para eso. Todavía no. Ni yo tampoco.

Metí las manos entre mis rodillas. Si no tocaba los papeles, no sería real. Me quedé mirando el árbol al otro lado del camino.

—No necesitamos eso.

Después de un minuto, dijo:

—Quizás no hoy, pero lo necesitará.

—No. Puedo tenerlo en casa. Le encanta nuestra casa. —Toqué mi dije—. Él y mi madre la compraron juntos. Y él no quiere irse.

—Pero… —Lo oí inhalar y luego soltar el aire. Me tocó el hombro, una caricia ligera—. Alguien de tu edad no debería tener que lidiar con todo esto. Tu papá no quiere que te pierdas tu juventud por su culpa.

Me quité su mano de un manotazo.

—Él era solo un poco mayor que yo cuando mi madre murió y lo dejó a cargo de mí. ¿Qué habría hecho yo si él hubiera decidido que no podía manejarlo?

Él retrocedió.

—Seguirías cuidándolo. Y podrías visitarlo todo el tiempo.

—¿*Visitarlo*? —Mis fosas nasales se ensancharon—. Él no necesita que lo visite. Me necesita con él todo el tiempo.

—Marlee, yo… creo que podrías estar idealizando la condición de tu papá. Va a necesitar cuidados a tiempo completo. Y no importa cuánto amor le des, no va a mejorar. Va a llegar al punto en que ni siquiera te reconozca.

No podía quedarme sentada ni un minuto más. Me había equivocado. Era igual que todos mis amigos de la universidad. Examigos. No me entendía en absoluto. Me levanté de un salto de la banca, esparciendo los folletos.

—Mi papá y yo debemos estar juntos porque somos una familia. Puede que tu relación con tu familia esté jodida, pero la mía no. Amo a mi papá. Y él me ama a mí. Nunca podría olvidarme.

Ni siquiera me importó que su cara palideciera y su mandíbula se aflojara. Cualquiera que quisiera separarme de papá no era material para ser mi amigo. Me alegraba haberlo descubierto antes de…, antes de… ¡*nada!* Aquí no había un *antes.* Quizás ni siquiera un después.

Tomando mi bolso, me di la vuelta y me alejé furiosa por el camino. Apreté los bordes afilados de mi dije hasta que una marca quedó en mis dedos fríos. Papá era la persona más importante en mi vida. Tyler, sin importar lo que hubiera pensado de él antes, no lo era.

Casi había llegado a la oficina cuando oí el golpeteo staccato de unas zapatillas en la acera y mi nombre. Tyler. Reduje el paso y me detuve frente a la puerta giratoria.

Puso una mano en mi brazo. Miré sus dedos, largos y poderosos. ¿Todavía mágicos? No importaba. No quería saber nada de ellos.

—Yo… lo siento. No quise molestarte.

Levanté la vista hacia sus ojos, que ya no brillaban con colores caleidoscópicos, sino que se habían enturbiado en un marrón lodoso.

—Pues lo hiciste. No creo que pueda… necesito…

A nuestra izquierda, alguien se aclaró la garganta. Sin mirar, me aparté de la puerta. Tyler todavía sostenía mi brazo, así que cuando tiré, él vino conmigo. Tropezando, me agarró por los codos para estabilizarse, y terminamos medio abrazados. Me aparté, pero él apretó su agarre en mis brazos, sus ojos suplicándome que no continuara con lo que había estado diciendo. Que lo reconsiderara.

Por encima de su hombro, vislumbré a Ben y Cooper de pie, uno al lado del otro en la acera, mirándonos. ¿Qué pensarían de nosotros, con Tyler sosteniéndome y mis mejillas rojas de ira? Di otro paso atrás y aparté las manos de Tyler de mis brazos, y fue entonces cuando me di cuenta de que todavía llevaba su suéter. Su suéter gris, deslucido y demasiado grande, que me cubría las manos y no podía confundirse con el mío.

Los ojos abiertos de Ben desvanecieron cualquier esperanza que hubiera tenido de mantenerme fresca y segura. Adiós a la buena impresión en su primer día. Cooper ladeó la cabeza.

—Hola, Ben. Hola, Cooper. ¿Tuvieron un buen almuerzo? —No esperé su respuesta antes de empujar la puerta giratoria. Los tres hombres me siguieron. Ya me había quitado el suéter de Tyler para cuando entraron en la calidez del vestíbulo. Negándome a mirarlo a la cara, se lo empujé con una mano y me alisé el pelo con la otra—. Gracias.

Él me lo quitó. Mientras esperábamos frente a los ascensores, le tendió la mano derecha a Ben.

—Soy Tyler Young. Soy desarrollador en el equipo de analítica automotriz.

—Ben Levy-Walters. El nuevo asistente de Cooper. Hoy es mi primer día.

—Bienvenido a Synergy. Estoy seguro de que Marlee le ha contado todo lo que necesita saber, pero si alguna vez necesita algo del equipo de programación, búsqueme.

Ben me lanzó una mirada cuando la puerta del ascensor se abrió.

—Claro que lo haré. —Se mordió el labio y, mientras pasaba a su lado, susurró—: Qué rico. —Y chasqueó los labios sin ninguna sutileza.

Levanté la barbilla y entré en el ascensor. Después de alisar mi blusa, me entretuve con mi teléfono —Jackson había enviado un mensaje— hasta que Tyler dijo un casual «Nos vemos» y salió en el cuarto piso.

Me negué a levantar la vista. No estaba aquí para sus suposiciones o juicios sobre Tyler y yo. Demonios, no sabía qué pensar de Tyler en este momento. ¿Podríamos seguir siendo amigos después de lo que había dicho?

Cuando las puertas del ascensor se abrieron en el sexto piso, me alisé la falda y salí con elegancia. Tomé mi laptop de mi escritorio, pero antes de que pudiera llegar a la oficina de Jackson, mi jefe salió tranquilamente al pasillo.

—¡Coop! Siento que no nos viéramos ayer. Alicia y yo teníamos jet lag y nos quedamos dormidos en el sofá. —Lo que comenzó con un apretón de manos se convirtió en un abrazo y una palmada en la espalda.

Cuando se separaron, la mano de Cooper descansó en el brazo de Jackson solo un minuto antes de que metiera las manos en los bolsillos y se balanceara sobre los talones. Su sonrisa parecía forzada ahora. Quizás las últimas tres semanas habían sido más estresantes para él de lo que había dejado ver.

—Yo… me gustaría que conocieras a mi nuevo asistente, Ben Levy-Walters.

—¿Tienes un nuevo asistente? —La postura de Jackson se enderezó, y extendió una mano a Ben—. Bienvenido a bordo. ¿Todo bien hasta ahora? Este tipo —señaló a Cooper con el pulgar— no ha sido demasiado duro contigo, ¿verdad?

—No, para nada —dijo Ben, su voz grave y suave—. Cooper me llevó a almorzar. Y todo el mundo ha sido genial hoy, especialmente Marlee.

Normalmente, me habría encantado el elogio, pero cuando los ojos de todos se volvieron hacia mí, quise cubrir mi blusa arrugada y mi pelo despeinado por el viento. Le di a Jackson una sonrisa temblorosa y dije:

—¿Listo para revisar tu correo?

Jackson respiró hondo y soltó el aire en un bufido.

—Marlee, eres toda una capataz. —Le sonrió a Ben—. Encantado de conocerte, Ben. Avísame si puedo ayudarte en algo. —Se volvió hacia Cooper—. Ven a cenar esta noche. Prepararé unos bistecs a la parrilla y nos ponemos al día. —Luego señaló la puerta abierta de su oficina—. Después de ti, Marlee.

Abracé mi laptop contra mi pecho y entré en la seguridad de la oficina de Jackson. Jackson cerró la puerta de golpe.

—Y bien, Marlee —dijo, sonriendo con picardía—, ¿de qué me perdí?

22

APENAS CERRÉ la puerta de mi habitación, Alicia preguntó:

—¿Qué le pasa a tu papá?

No se le había pasado por alto que me llamara Maggie dos veces durante la cena. O cómo se había quedado perplejo con la cafetera. La cafetera que había usado dos veces al día durante al menos cinco años. Finalmente, le pedí que se sentara y le preparé yo misma el café.

Me senté en la cama y le hice un gesto para que hiciera lo mismo. Tigger saltó y se acurrucó a su lado como si ese fuera su lugar.

—Últimamente no ha sido él mismo —dije. Omitiendo la gran aventura de Tigger la noche que papá lo dejó escapar, la puse al día sobre la excursión de papá a la estación del BART, su diagnóstico y la nueva auxiliar sanitaria.

Los ojos de Alicia se arrugaron con compasión.

—Lo siento mucho. ¿Hay algo que podamos hacer para ayudar?

Alargué la mano y le eché el pelo por encima del hombro. Gruñendo, Tigger me fulminó con sus ojos amarillos.

—Jackson me deja salir temprano todos los días para poder tomar el relevo de Sylvia, su cuidadora. Estaremos bien.

Alicia me escudriñó el rostro.

—¿Lo estarán?

Estuve tentada, muy tentada, de desahogarme con mi amiga, de decirle que no, que estaba aterrorizada de perder a la única familia que tenía. Pero entonces sonó mi teléfono y miré la pantalla. Mariposas con alas afiladas como navajas me destrozaban el estómago.

—Es Tyler.

Ella puso los ojos en blanco.

—¿No vas a contestar?

Me mordí el labio.

—No. No… no estoy lista para hablar con él todavía. Tuvimos una pelea. Sobre papá, de hecho. Me trajo unos folletos sobre centros de cuidado de la memoria.

—¿No estaba solo tratando de ayudar?

—Supongo que sí. —Mi mano se deslizó hacia el dije alrededor de mi cuello y lo arrastré por la cadena—. Pero me hizo ver que no queremos las mismas cosas. Que yo valoro a la familia y él no. Tyler se mudó al otro lado del país para alejarse de su familia. Yo nunca he querido mudarme de esta casa. Somos tan diferentes que no estoy segura de que podamos seguir siendo amigos. O sea, no puedo evitar verlo en el trabajo, pero hasta ahí. —El teléfono dejó de sonar.

—Los amigos pueden ser diferentes. No es como si ustedes dos… —Sus ojos se abrieron de par en par—. ¿*Lo hicieron*?

—No. ¡No! Aunque él… él dijo que deberíamos ser más que amigos. Le dije que no y estábamos bien, pero ahora no lo estamos.

—Qué lástima. Es un buen tipo. Un buen amigo.

Un buen amigo. No tenía suficientes de esos. ¿Y si dejaba de venir a mi escritorio y de almorzar conmigo? Extrañaría esos hoyuelos. Y sus abrazos. Aun así, cada vez que recordaba esos folletos, carámbanos me apuñalaban el corazón.

—¿Qué es esto? —Alicia se agachó hacia donde su bota rozaba el suelo y sacó la caja de debajo de mi cama.

—¡Espera! —Salté de la cama y me apresuré a detenerla. Pero sus brazos ridículamente largos la arrebataron de mi alcance.

—¡Oh! —Cerró la tapa de la caja de golpe. Luego la abrió de nuevo—. Ohhh.

—Eso no es… —Mi cara había alcanzado la misma temperatura que la superficie del sol.

—Me gusta este. —Señaló El Tyler.

Me desplomé en la cama, escondiendo mi cara.

—Puedes sacarlo. Está limpio.

De su nido sedoso, sacó el nuevo consolador largo, morado y realista con su cabeza obscenamente bulbosa. Luego, por supuesto, encontró El Cooper metido debajo. Lo sacó también. Era más pequeño, curvo y sin rasgos, hecho de silicona brillante, un vibrador práctico para ir al grano. Hasta que dejó de serlo.

Sostuvo uno en cada mano, con las cejas levantadas.

—¿Qué? ¿No puede una chica tener una selección para diferentes… experiencias?

Encendió El Cooper. Lo había dejado en su máxima potencia, y zumbó con esfuerzo. Ella hizo una mueca y lo apagó. Luego encendió El Tyler, y comenzó una pulsación baja que me hizo retorcerme a un metro de distancia.

—Diferentes experiencias. —El problema de tener una mejor amiga es que, a veces, conoce tus asuntos mejor que tú.

—El Coo… —Me quedé helada—. Ese ya no satisfacía mis necesidades.

—¿Le pusiste a tu consolador el nombre de Cooper?

Hice una mueca.

—¿No?

—¿Y cómo llamaste a este? —Dejando El Cooper de nuevo en la caja, pasó un dedo con manicura sobre las venas y crestas del otro.

—El Tyler —murmuré.

—Le pusiste el nombre de tu amigo platónico a un juguete sexual, que puede que ya ni siquiera sea tu amigo.

Abracé mis rodillas contra mi pecho.

—Es complicado.

—Mmm. —Por fin, se apiadó de mí y cambió de tema—. Jackson quiere hacer una fiesta el próximo fin de semana.

La miré.

—¿Una fiesta una semana después de su luna de miel?

—¡Eso mismo le dije! Quiere organizar una fiesta de bienvenida y de Halloween en nuestra casa. Nosotros, um... —Podía verla luchando por reprimir la sonrisa que quería asomar en su rostro— tenemos asociaciones especiales con Halloween.

Me había contado sobre la fiesta de Jackson del año pasado en Austin, cuando la besó por primera vez. Su «y vivieron felices para siempre» había comenzado hacía poco más de un año, y ahora estaba casada con su verdadero amor. Suspiré.

—Vendrás, ¿verdad? —preguntó.

—Por supuesto. No me la perdería. ¿Estará... estará Cooper?

Las comisuras de sus labios se tensaron.

—Sí, estará allí. —Hizo una pausa—. Jamila, también. Y Tyler. —Apretó los labios. Podía notar que se estaba guardando algo.

—¿Marlee? —La voz de papá vino de abajo.

Fruncí el ceño. Ya se había ido a la cama —últimamente dormía mucho— y me sorprendió que todavía estuviera despierto.

—Ya vuelvo —dije.

Tardé unos minutos en volver a acomodar a papá. Quería un vaso de agua y no encontraba su bastón, que había rodado debajo de su cama. Regresé y encontré a Alicia examinando los títulos de mi estantería.

—Tienes todos mis favoritos de cuando era niña. —Pasó un dedo por los lomos doblados—. *Anne la de Tejados Verdes*, *El diario de la princesa*, *El club de las niñeras*.

—No podría deshacerme de ellos. Papá dijo que solía contarme historias —cuentos de hadas— mientras mi madre estaba embarazada de mí. Y cuando era pequeña. Luego pasé a esos. Supongo que de ahí vino todo esto. —Hice un gesto con la mano hacia mi habitación rosa y blanca con volantes. Señalé el asiento junto a la ventana abuhardillada, ahora a oscuras, con su asiento acolchado—. Cuando era niña, me sentaba ahí a leer y luego representaba las historias con mis muñecas. Todavía me encanta acurrucarme ahí bajo una manta con una novela romántica.

Alicia se acarició el suéter sobre su pancita de embarazada.

—Tal vez construyamos un asiento junto a la ventana y algunas estanterías. Puedes aconsejarnos sobre el material de lectura.

—¿Es una niña? —chillé.

—Nos acabamos de enterar esta mañana.

Abracé a mi amiga.

—No puedo esperar para comprarle un vestido rosa. ¡Con volantes! Y le leeré *El jardín secreto.* —Visiones de fiestas de té de princesas con la hija de Alicia danzaban en mi cabeza. Sería la mejor tía del mundo.

El timbre de la puerta sonó, interrumpiendo mis visiones de manicuras y pedicuras de princesas.

Me dirigí a las escaleras.

—Probablemente sea nuestra vecina Alma, comprobando cómo estamos. Ahora vuelvo.

Bajé corriendo las escaleras, quité el cerrojo y abrí la puerta. Pero no era Alma. Tyler llenaba el umbral.

—¿Qué haces aquí? —espeté.

Él bajó la cabeza y yo hice una mueca.

—Lo siento —dije—. No quise decirlo de esa manera.

Las comisuras de sus labios se levantaron un poco.

—No contestaste a tu teléfono y estaba por la zona. —Miró sus zapatillas y las arrastró por el escalón de la entrada.

Nadie de Synergy estaba nunca «por la zona» de Oakland. Me crucé de brazos.

Levantó la vista y la luz del interior brilló en sus lentes.

—Oye, siento lo de… lo de nuestra pelea de antes. Me pasé de la raya. Y lo siento.

Con la espalda rígida, dije:

—Está bien.

—¿Podemos volver a ser amigos?

—Yo… está bien. —Amigos era una petición razonable. Pero nada más. Y ya no le confiaría nada sobre papá.

—Deberías llevarte tu consola de juegos, sin embargo. —Cuando llegué a casa del trabajo, la había desconectado y metido en una bolsa de supermercado, con la intención de dejarla en su escritorio mañana. De esta manera, me ahorraría tener que cargarla en el tren.

—Ah. —Las comisuras de sus labios se curvaron hacia abajo, y las chispas doradas desaparecieron de sus ojos—. ¿Estás segura?

—Totalmente. Sería mejor si no… si mantuviéramos nuestra amistad en la oficina.

Un maullido sonó detrás de mí. Me giré para evitar que Tigger se escapara, pero se sentó en la alfombra y le maulló de nuevo a Tyler. Tyler se agachó y extendió una mano. Tigger se levantó, pasó a mi lado y, ronroneando, frotó su carita traidora en la mano de Tyler.

Tyler le arrulló:

—Buen chico.

Oí pasos en la escalera y suspiré. *Me pillaron.*

—Oh, hola, Tyler —dijo Alicia en un tonito insinuante.

—Hola, Alicia. —Sus mejillas no se enrojecieron como las mías. Parecía que no le importaba en lo más mínimo que la esposa de nuestro jefe lo encontrara en mi porche.

—Gracias por venir. Nos vemos mañana, Tyler. —No pude mirarlo a los ojos mientras lo decía.

No se me pasó por alto el dolor en su voz.

—Eh, vale. Nos vemos mañana. —Agarró la bolsa con su consola de juegos, dio media vuelta y caminó de regreso a su Mustang azul. Tigger soltó un último maullido lastimero tras él.

Cuando me encontré con su mirada, la expresión de Alicia era de preocupación.

—¿Estás segura de que no puedes…?

—Estoy segura. —No podía darle lo que él quería. Y no podía querer lo que él me daría.

————

EL JUEVES POR LA MAÑANA, bajé las escaleras de puntillas con las botas en la mano para no despertar a papá, pero estaba sentado en la mesa de la cocina con una taza de café.

—Buenos días, Sol.

—Buenos días, papá. ¿Te sientes bien hoy? —Serví café en mi taza de viaje.

—Genial. Creo que voy a tallar la calabaza esta mañana. Si no te importa, claro. Sé cuánto te encantaba Halloween, pero estás tan ocupada últimamente...

—Usarás el kit con las sierritas, ¿verdad? No los cuchillos grandes de la cocina. Y Sylvia te ayudará.

—¿Es esa forma de hablarle a tu padre? He estado usando cuchillos *y herramientas eléctricas* desde antes de que nacieras.

Me quedé helada a medio enroscar la tapa de mi taza de viaje.

—No usarás herramientas eléctricas en la calabaza, ¿o sí? —No podía. Las había encerrado en el cobertizo y había escondido la llave.

—Solo decía... —Soltó un suspiro—. Claro que no. Usaré las sierritas.

Encontré la bolsa de plástico con el kit y la dejé en la encimera.

—Gracias, papá.

Oí un golpe en la puerta principal, y luego se abrió.

—Buenos días —dijo Sylvia.

—Hola, Sylvia —dije—. Mira quién está ya levantado.

Ella le sonrió a papá.

—Hola, Will. Debes de sentirte bien hoy.

—Lo estaba —gruñó en su taza de café.

—Dijo que quiere tallar la calabaza hoy. Está en el porche trasero. Aquí está el kit para tallar. —Lo señalé en la encimera.

—Eso suena divertido. —Asintió, una promesa de que no le

dejaría rebanarse ningún dedo—. Oh, Marlee. Mi prima dice que puede quedarse con él el sábado por la noche para que puedas ir a tu fiesta.

No pude evitarlo; hice un pequeño baile antes de alargar la mano y abrazarla.

—Gracias. Eso es genial. —No quería perderme la fiesta de Alicia y Jackson, pero papá se estaba volviendo demasiado para que Alma lo manejara. La prima de Sylvia era enfermera.

Me incliné para besar la mejilla de papá.

—Que te diviertas hoy. Pórtate bien.

No dijo nada, sino que se quedó mirando su café. Sacudiéndome su mal humor, me dirigí al trabajo.

23

ME ACOMODÉ la peluca y toqué el timbre de la casa de Alicia y Jackson.

Noah abrió la puerta. El niño de once años llevaba puesta la mitad inferior de un disfraz de dinosaurio, con todo y cola puntiaguda de peluche; una camisa a rayas; garras de Wolverine y una máscara de hockey antigua subida hasta la frente. Hizo castañetear los dientes hacia mí.

—¿Bueno, me rindo. ¿De qué estás disfrazado?

—¿Soy el Jabberwocky. Lo leímos en clase. Lewis Carroll nunca lo describe, excepto por las «mandíbulas que muerden» —volvió a castañetear los dientes— y «las garras que atrapan», así que yo inventé el resto. Y tú eres la Princesa Leia.

Su voz sonó decepcionada por mi disfraz tan genérico. Para ser sincera, yo también estaba un poco decepcionada, considerando todo lo que Noah había pensado en el suyo.

—¿Acertaste. Hasta tengo un bláster. —Se lo mostré.

—¿No nos permiten llevar armas de juguete a la escuela.

—¿Ah. —La escondí en un pliegue de mi túnica blanca. Claramente, estaba perdiendo puntos con él. Tal vez Tigger se le había contagiado.

—¿Te vas a quedar despierto para la fiesta? —le pregunté.

—¿Solo la primera hora. Luego tengo que irme a la cama. Mañana temprano tengo tae kwon do. —Se hizo a un lado para dejarme entrar—. Oye, ¿ya conoces a Sam? Es como mi tía o algo así. —Arrugó la cara como si intentara esconder una sonrisa detrás de un ceño fruncido—. Es muy buena onda.

—¿Sam, la hermana de Jackson? Sí, la conozco. —¿Acaso Sam me había reemplazado en el afecto de Noah? Una pequeña punzada me atravesó el corazón. No debería estar celosa del enamoramiento de un niño de once años, ¿o sí? Suspiré. Había hecho cosas más estúpidas por amor. Como lo de esta noche. Metí mi bláster en su funda de la cadera.

—¿Vamos a buscarla. Está en la cocina. —Pasó corriendo delante de mí a través de la sala de concepto abierto hasta la cocina, donde Alicia, Jackson y Sam estorbaban el paso de un par de empleados del catering uniformados.

Pasé por detrás de la isla de la cocina para abrazar a Alicia. Estaba vestida como Alicia en el País de las Maravillas, con su pelo rubio recogido con una diadema negra. Llevaba un vestido azul, mallas blancas y merceditas negras. —¿Todo bien?

—¿Sí, supongo. —Miró de reojo al empleado del catering que sacaba del horno una bandeja de vieiras envueltas en tocino.

—¿Hola, Sam. —Sam llevaba unos pantalones cargo negros, una camiseta negra deslavada y holgada de Bon Jovi con un corazón atravesado por una espada, y una corona hecha de cartas de póker, puros corazones—. ¿Eres la Reina de Corazones?

—¿¡Sí! ¿Te gusta mi disfraz? Noah y yo lo hicimos. Normalmente no vengo a las fiestas de Jackson y no sabía que era de disfraces.

—¿Sam. —Jackson, el Conejo Blanco con una camiseta blanca, jeans y orejas caídas, le dio un coscorrón en la cabeza en el centro abierto de la corona—. Te dije al menos tres veces lo de los disfraces.

—¿Bueno, ya. No quería disfrazarme. Los disfraces pican. Pero este no está tan mal. —Tironeó de la camiseta, que reconocí como de él.

—¿Cuidado. —La voz profunda de Cooper sonó detrás de mí. Me giré para ver a una de las meseras luchando con una bandeja. Parecía que por poco la había chocado. Qué raro. Cooper solía ser muy cuidadoso, casi elegante. Nunca lo había visto tropezar, caerse o chocar con alguien. No como la posición en la que Tyler y yo nos encontró la semana pasada después de nuestra pelea en el almuerzo. O la vez que me caí haciendo yoga frente a él.

—¿Disculpe. ¿Está bien? —le preguntó a ella.

—¿Sí. Disculpe. —Dejó la bandeja.

Automáticamente, miré detrás de Cooper. No estaba Jamila. Pero eso no despertó el placer que me habría provocado un mes atrás.

La cocina se estaba llenando. —Ellos tienen todo bajo control aquí. Salgamos de en medio. —Saqué a empujones a los anfitriones e invitados de la cocina. Tirando de la mano a Alicia, la llevé a la sala y me senté junto a ella en el sofá. Sam y Noah se dirigieron al comedor, de donde oí el sonido de dados agitándose en un cubilete.

Jackson se acercó con una bandeja de vasos de ponche de naranja. Le dio uno con una cereza marrasquino a Alicia. Luego me pasó uno con una cáscara de naranja retorcida. —Para ti, nuestro ponche especial de Halloween. —Me guiñó un ojo.

—¿Qué es? —Lo olí y las burbujas me entraron por la nariz.

Cooper se acomodó en el sofá a mi lado. El mango de su sable de luz me picó en el muslo y me moví unos centímetros. —Solo una receta que Jay y yo inventamos en la universidad. Pruébalo.

Para mi desilusión, mi vaso era el único que tenía chispas, incluso con la rodilla de Cooper tocando la mía.

—¿Salud —dije y choqué su vaso.

—¿Salud.

Tomé un sorbo de la bebida y me estremecí cuando me quemó la garganta. —Esto está potente —dije con voz ahogada entre toses.

Él probó un sorbo cauteloso. —Guau —resolló—. No bromeas. Supongo que ha pasado un tiempo desde la universidad.

—¿Hola, chicos. —Tyler se veía imposiblemente alto con una casaca, un chaleco y unos calzones de satén bordado de color azul real. Sobre su cabeza llevaba una peluca desgreñada con cuernos que salían de ella. Pero no era ninguna Bestia. Su sonrisa familiar vaciló al ver nuestros disfraces coordinados.

—¿¡Tyler! —Quise levantarme de un salto y abrazarlo, pero estaba atrapada entre Cooper y Alicia, con una bebida que no quería en la mano y sin forma de salir del Cañón del Sofá. Sabía que se suponía que debía estar enojada con él, pero no era enojo —o el alcohol— lo que me calentaba por dentro.

—¿Hola. —Su saludo nos abarcó a los tres apretados en el sofá, y me desinflé un poco cuando se giró hacia Jackson para darle un abrazo de amigos con palmadas en los hombros. Maldito sofá comegente.

Cooper me dio un codazo en el hombro. —Bebe. Esta noche haces juego conmigo, señorita Rice.

En más de un sentido. Tomé un sorbo diminuto y luego otro. Ahora que me había acostumbrado al alto contenido de alcohol, podía sentir el dulce sabor a naranja. —No está tan mal después del primer sorbo.

Cooper bebió de nuevo. —Tienes razón. —Apoyó el vaso en su rodilla—. Buen disfraz, por cierto.

—¿Las mentes brillantes piensan igual. —Sonreí con suficiencia y me di una palmadita en la trenza enrollada sobre mi oreja. Joder, la peluca daba calor. Solo había elegido mi disfraz —por costumbre y falta de inspiración— para que hiciera juego con el de Han Solo de Cooper. Ahora estaba simplemente… desencantada. Y acalorada. En retrospectiva, molestar a Ben para averiguar qué se pondría Cooper parecía una tontería.

Me volteé para ver cómo estaba Alicia, pero su mirada estaba fija por encima de mi cabeza. —Jamila. Qué bueno verte. —Dejó su vaso y apoyó las manos en el cojín para levantarse.

—¿No se levante. —El aroma a jazmín flotó sobre mí mientras Jamila se inclinaba para abrazar a Alicia. Se enderezó—. Hola, Marlee. Qué bueno verte.

Empujando las rodillas de Alicia y Cooper, me levanté para no quedarme mirando el corto dobladillo de su falda azul de la Mujer Maravilla. Ahora estaba a la altura del corsé. Genial. Aparté la mirada de sus hermosos pechos hacia su igualmente hermoso rostro. —Qué bueno verte, Jamila.

Tiró de la mujer que había estado esperando detrás de ella. —Esta es Jenny. —Mientras terminaba de hacer las presentaciones, miré de reojo a Cooper, que observaba fijamente las manos entrelazadas de las mujeres. *Ay, no.*

Le di un codazo en la rodilla. —Bebe.

Lo hizo.

———

DOS HORAS DESPUÉS, la habitación —o yo— había empezado a inclinarse, y todo me daba risa. Estaba de pie junto a la barra con Jackson y Cooper. Jackson tenía un brazo sobre los hombros de Cooper y otro sobre los míos. Había perdido la cuenta de las veces que me había rellenado el vaso con el tóxico ponche de naranja.

—¿Ustedes son mis dos mejores amigos —arrastró Jackson las palabras. Su nariz de conejo y sus bigotes pintados eran solo una mancha rosa y gris después de dos horas de abrazar a sus invitados y beber.

—¿Y Alicia qué? —pregunté. La Marlee-borracha consideró de repente importante que no nos olvidáramos de mi amiga sentada al otro lado de la habitación, hablando con Sam.

—¿Cierto, ella es mi mejor amiga. Y Noah. Y el bebé. Luego ustedes. —La última palabra se alargó en un siseo zumbante.

Cooper frunció el ceño. —¿El *bebé* está por encima de mí? Te conozco desde hace catorce putos años, y tu bebé ni siquiera ha nacido todavía. —Su voz se elevó—. ¿Cómo puede un *feto* ser mejor amigo que yo?

Ay, no. Ese temperamento de los Fallon iba a arruinar la fiesta de Alicia. Lo mandé a callar y rodeé a Jackson con el brazo para ponerle una mano tranquilizadora en el antebrazo. —Claro que

Jackson va a querer más a su *bebé*. El bebé es familia, tonto. Tú no. —Jackson asintió lentamente.

Ese ponche de naranja era *diabólico* y si lo volvía a ver, le prendería fuego. Porque Cooper, que se había tomado al menos una copa de más, si no dos, se derrumbó sobre el hombro de Jackson, y vi cómo su espalda se arqueaba en un hipo... o un sollozo. Murmuró algo que no pude oír.

Jackson le dio una palmada en la espalda a su amigo. —'stá bien, Coop.

Al otro lado de la habitación, la boca de Alicia se apretó.

No iba a permitir que Cooper la molestara en su propia fiesta.

—¿Yo me encargo, Jackson. ¿Por qué no vas a ver cómo está Alicia? —Lo ayudé a desenredarse de Cooper, que todavía balbuceaba, y lo eché sobre mis propios hombros. Le froté la espalda mientras Jackson se escapaba.

—¿Oye, ya. ¿Por qué no vamos por un poco de agua? —La gente a nuestro alrededor empezaba a mirar, así que lo llevé hacia la cocina.

—¿Nunca será lo mismo —murmuró.

—¿Ay, cariño, mañana estarás bien. Me aseguraré de que tengas un poco de agua e ibu... ibo... iboprofeno. Ibuprofeno, quiero decir.

Había pensado que la cocina estaba vacía, pero no era así. En la esquina, donde no serían visibles desde la sala contigua, Jamila presionaba a Jenny contra la encimera. Mientras se inclinaba sobre la mujer más baja, su retazo de falda de la Mujer Maravilla se subió, y vislumbré un destello de su trasero perfectamente tonificado, apenas cubierto por sus bragas rojas... y una de las manos de Jenny. La bota roja de Capitana Marvel de Jenny se enganchó en la pantorrilla de Jamila. Sus labios se fusionaron.

Ese vil ponche de naranja intentó hacerme soltar un comentario sarcástico sobre un *crossover* entre DC y Marvel, pero apreté los dientes justo a tiempo. No había necesidad de llamar la atención sobre la escena en la cocina. Si podíamos pasar sigilosamente, tal vez Cooper no las vería. Jamila había parecido tan agradable. ¿Cómo podía hacerle esto a él?

Arrastré a Cooper hacia el cuarto de lavado. Pero sus pies dejaron de moverse y se quedó mirando a las mujeres. Mierda. ¿Estarían borrachas y tonteando? ¿O Jamila lo estaba engañando? Esto se iba a poner feo. Rápido.

—¿Hola, Mila. Jenny. —Su tono era conversador, amigable. Abrí los ojos de par en par, mi cerebro mareado tratando de descifrar la situación.

Jamila giró la cabeza, su sien todavía presionada contra la frente de Jenny, sus labios hinchados. —Hola, Coop. —Jenny le agitó sus dedos enguantados a modo de saludo.

Finalmente, me dejó empujarlo al cuarto de lavado. Bajo las luces fluorescentes, se veía verde. —¿Estás bien? —le pregunté.

Cuando se encogió de hombros, perdió el equilibrio y se tambaleó. Lo agarré por los bíceps. —¿Cooper?

—¿Sí, estoy bien. —Pero no me miró. Sus ojos azules miraban fijamente algo, quizás nada, detrás de mí.

—¿Siento mucho que vieras eso. Tal vez Jamila no es para ti, pero ya encontrarás a alguien. —¿Por qué no lo había dejado en la sala mientras iba por el agua? Apreté mi agarre en sus brazos para demostrarle lo seria que era… o para asegurarme de que ambos nos mantuviéramos en pie—. Eres guapísimo, inteligente, exitoso. Sé que la mujer adecuada está ahí fuera para ti.

Sus ojos estaban enrojecidos e inyectados en sangre, y olía a refresco de naranja y tequila. Aun así, era el hombre más hermoso que había conocido. Incluso el joven Harrison Ford solo podría desear verse tan bien con un disfraz de Han Solo.

Me miró, su mirada azul tan caliente como una llama de gas. —Tal vez ha estado aquí todo el tiempo. —Y se inclinó hacia delante y me besó.

Había soñado con este momento. Lo había idealizado, bordado en mi imaginación de tal manera que anticipaba el cosquilleo que seguiría al cálido roce de sus labios sobre los míos. Me preparé para desmayarme por el torrente de sangre caliente que iría de mi cerebro a mis partes femeninas, que pronto estarían palpitantes. Apreté sus brazos, preparándome para que mis rodillas se debilitaran.

Pero fue solo un beso. Con sabor a ponche de naranja. Con la boca cerrada. Una presión de labios. Nada duro presionaba contra mi cadera, excepto su sable de luz de plástico. No cantaron ángeles. Ni un cosquilleo. Ninguna contracción en mi vientre. Ningún pulso retumbando en mis oídos. Cero chispas.

Por primera vez en tres años, mi corazón no latió con fuerza ante la cercanía de Cooper. Las puntas de mis dedos no se entumecieron y mi respiración no se aceleró.

Realmente quería que él encontrara a alguien especial. Alguien que encendiera su corazón, alguien que lo hiciera anhelarla de la manera en que yo lo había anhelado a él durante tres años. Y, aun en mi nebulosa alcohólica, sabía que esa persona no era yo.

Y yo merecía a alguien que me quisiera, que me correspondiera, que me hiciera sentir un maldito cosquilleo. Alguien que, cuando estuviéramos juntos, hiciera que el mundo se redujera a nosotros dos, desdibujando el mundo a nuestro alrededor.

Si eso hubiera pasado cuando Cooper me besó, no habría oído el sonido.

Un chirrido sobre el piso de madera. Un chirrido que conocía.

Me aparté de Cooper y miré hacia la puerta justo a tiempo para ver el destello de la suela de una bota de príncipe. *Santo Galileo.*

Mis manos todavía descansaban sobre los brazos de Cooper, y lo sacudí. Suavemente. El vómito de ponche de naranja sería difícil de quitar de mi túnica blanca.

—¿Oye, estás bien? —Necesitaba hablar con Tyler, explicarle lo que había visto. No había sido un chirrido sin importancia. Si un chirrido de bota pudiera estar enojado, ese lo había estado.

—¿No —gruñó y se desplomó contra la lavadora, su piel normalmente bronceada ahora pálida.

—¿Agua —dije—. No te muevas.

En la cocina, saludé con la mano a las mujeres que seguían

besándose. —No me hagan caso. —Tomé un vaso, lo llené del grifo y volví corriendo al cuarto de lavado.

Puse el vaso en sus manos. —Bebe.

Mientras él se bebía el agua de un trago, pedí un coche para él. Su color era mejor cuando me devolvió el vaso, pero sus ojos vidriosos y sus movimientos torpes me dijeron que estaba borracho o desconsolado; probablemente ambas cosas. Hacerlo pasar junto a Jamila sería cruel, así que lo saqué por el garaje.

El aire fresco me abofeteó las mejillas, y también lo hizo mi buena amiga, la culpa. ¿Por qué me había parado tan cerca y había dejado que Cooper me besara? ¿Por qué lo había hecho donde cualquiera podía ver? ¿Y por qué el destino, esa perra cruel, había hecho que Tyler pasara justo en ese momento? Miré hacia la casa. Tendría que encontrarlo, hablar con él. ¿Y decir qué?

Miré al cielo. Más para mí que para Cooper, dije: —Lástima que haya demasiada niebla para ver las estrellas esta noche. —Un brillo difuso iluminaba el cielo donde debería haber estado la luna. No se veían estrellas, ni siquiera un planeta. Me habría venido bien la compañía de las constelaciones.

—¿Qué dijiste? —Apartó la mirada de la calle hacia mi cara.

—¿Que no hay estrellas esta noche. Hay niebla.

Ni siquiera miró hacia arriba. —Nunca se pueden ver estrellas aquí. Demasiada contamina… contaminación lumínica. —Eructó suavemente.

Cerré los ojos por un momento. Cuando los abrí, unos faros barrieron la acera. *Gracias, Copérnico.* Guié a Cooper al asiento trasero del coche y lo vi alejarse.

Cuando me volví hacia la casa, Tyler estaba sentado en los escalones de la entrada, con los brazos rodeando sus rodillas. Su larga casaca se arremolinaba a su alrededor en el escalón. Mi corazón dio un vuelco en mi pecho. Al menos haríamos esto sin una audiencia de fiesteros. No le debía una disculpa, pero sí una explicación después de haberle dicho que ya no perseguiría a Cooper.

Subí las escaleras con paso pesado y me senté a su lado en el frío porche de madera. La brisa agitaba mi larga falda blanca alrededor de mis tobillos.

Mirando hacia la calle, dije: —Mira, yo…

Al mismo tiempo, él dijo: —Felicidades.

Parpadeé ante la amargura en su voz. ¿A dónde se había ido el dulce y alegre Tyler, y quién era este doble gruñón? —¿Qué?

—¿Operación Príncipe Encantador. Parece que funcionó. De nada.

Nunca lo había visto tan enojado. ¿Algo lo había molestado en la fiesta? ¿O antes? —No. No es así.

Se puso de pie, y los dedos de su mano derecha tamborileaban un ritmo furioso contra el satén de sus calzones. —Éramos amigos, Marlee. Y me usaste para conseguir lo que querías. Y la peor parte es que te dejé. No puedo creer que te dejara, joder.

Era finales de octubre y el clima se había vuelto frío. Pero eso no explicaba el frío que me atenazaba como si estuviera en el planeta helado Hoth en lugar de en una calle de San Francisco. Tenía que decirle que había estado equivocada al usarlo, que ya ni siquiera quería a Cooper. Pero si yo estaba en Hoth, él estaba en Tatooine. Su cara se había puesto toda roja y manchada bajo la luz del porche. El calor irradiaba de él.

—¿Se acabó. Nadie puede competir con Cooper Fallon. —Sus brazos cayeron a los costados, y miró por la acera hacia el Porsche plateado abandonado de Cooper. En voz baja, dijo—: Yo no puedo.

Cuando se alejó de mí, yo estaba en el compactador de la Estrella de la Muerte, apenas capaz de respirar por el peso que comprimía mi pecho. Y no quería pensar por qué.

R2-D2 no podía salvarme. Esta princesa se había metido a sí misma y a su amigo en este basurero. Y ahora necesitaba encontrar una salida.

24

EL LUNES FUE MÁS o menos lo que esperaba: un 7.5 en la escala del desastre.

Cooper entró unos minutos después que yo —tarde para él— y dejó una taza de café sobre mi escritorio. Por el delicioso aroma supe que era un macchiato de caramelo, al que le faltaba el toque de sirope de calabaza especiada que siempre le añadía en otoño, pero no podía esperar que se acordara de eso.

Se frotó la nuca bajo el cuello de su impermeable. —Marlee, yo... ni siquiera sé qué decir. Estaba molesto y borracho y... lo que hice fue imperdonable. Lo siento. ¿Puedes perdonarme?

Parpadeé y me llevé la taza a la nariz. El paraíso. —Fue solo un beso. No es para tanto.

—¿Pero a ti... a ti no te importó?

—No. —Sonreí, agradecida de que no me importara. Un mes atrás, me habría sentido destrozada de que no fuera un beso de amor verdadero para él. Pero cuando finalmente obtuve lo que había estado esperando durante tres años, no lo quise.

La ironía es lo peor.

—¿Quieres hablar con RR. HH.? —preguntó—. Les daré mi declaración.

Me esforcé por no poner los ojos en blanco, pero probablemente fracasé al final. Él habría tenido motivos para denunciarme a RR. HH., basándose únicamente en cómo me lo había comido con los ojos durante los tres primeros años de mi empleo en Synergy.

—No hace falta. Pero si quieres traerme más café, por mí encantada. O flores. Las flores son bonitas.

Las comisuras de sus labios se curvaron hacia arriba como si hubiera pasado tanto tiempo que se hubiera olvidado de cómo hacerlo. —Gracias, Marlee. Por entender. Por ser una buena amiga.

Le devolví una sonrisa irónica. —Cuando quieras, Cooper.

Mientras él se alejaba, le grité: —¡Peonías rosas! Son mis favoritas.

Sin mirar atrás, levantó el pulgar.

Así era Cooper. Excepto por ese beso inoportuno y borracho del sábado por la noche, era un tipo íntegro. Le habían roto el corazón y estaba preocupado por herirme *a mí*. La próxima vez que viera a Jamila, le iba a cantar las cuarenta.

Jackson, con el rostro pálido, llegó arrastrándose sobre las diez. Murmuró algo que incluía «tequila» y «treinta» y «apesta» y cerró la puerta de su oficina. Con delicadeza.

Hasta ahora, había salido ilesa de mi noche de desenfreno del sábado. Pero entonces las cosas se pusieron serias.

O sea, muy mal.

Ben subió después de su ronda de bebidas de media mañana con cara de pocos amigos. Y sin café para mí. —Marlee, ¿podemos hablar en la sala de conferencias?

Me levanté, y el café que Cooper me había traído antes se me agrió en el estómago. No iba a renunciar, ¿verdad? Porque no podría soportar eso. Con los problemas de papá, no tenía la energía —ni emocional ni física— para encontrar un reemplazo y todo el trabajo extra que un Cooper sin asistente requeriría. Además, Ben no solo era servicial y eficiente, sino que, después de solo una semana, se estaba convirtiendo en un amigo. Agité mentalmente el puño contra el karma. Sabotear la búsqueda de asistente de Cooper finalmente se me había vuelto en contra.

Entré a rastras en la sala de conferencias detrás de él y cerré la puerta. Se quedó de pie, de espaldas a la ventana, y se mordió el interior del labio un segundo antes de hablar.

—Las otras asistentes administrativas dicen que te fuiste de la fiesta de Jackson con Cooper.

Un cosquilleo helado me recorrió la cara. —¿Qué?

—Que ustedes dos están juntos. —Se cruzó de brazos—. Sé que no nos conocemos muy bien, y normalmente no metería las narices en tus asuntos, pero esto es una mala idea, Marlee.

¿Cómo se había enterado del chisme antes que yo? Llevaba una semana en Synergy. Yo llevaba tres malditos años. Esas asistentes administrativas entrometidas deberían haber venido a mí primero. Lo miré fijamente en un silencio atónito.

Descruzando los brazos, me tomó la mano y frotó mis dedos. Sus palabras les habían quitado todo el calor. —Cooper es... complicado. Eres una chica hermosa y harás muy afortunado a algún tipo que lo merezca. No lo desperdicies en Cooper Fallon.

Ojalá hubiera estado aquí hace tres años para decirme eso. No es que le hubiera hecho caso. Pensar en todo el tiempo que había pasado deseando y planeando hizo que mi cuerpo se sintiera pesado, como si intentara caminar en Júpiter.

Me observaba, con compasión en sus ojos castaños claros.

Por fin, encontré las palabras. —No, no es cierto. Yo... lo llevé a la cocina para darle un poco de agua, pero, um, había alguien más allí. Así que fuimos al lavadero un par de minutos. Para hablar. —Me ardieron las mejillas—. Me besó, pero fue solo amistoso, lo juro. Y luego le pedí un auto y lo mandé a casa. Solo. Ambos habíamos bebido demasiado —*maldito ponche diabólico*—, pero eso es todo.

Apretó más mi mano. —¿Estás segura de que eso es todo? ¿Amistoso? Te trajo café esta mañana. —A Ben nunca se le escapaba nada.

—Café de disculpa. —Torcí los labios en la mejor aproximación a una sonrisa que pude lograr—. Estamos bien. Pero gracias. Gracias por preocuparte lo suficiente como para hablar conmigo.

Enarcó las cejas y levantó el otro brazo, y me metí en su abrazo. —Cuando quieras, cariño. —Me apretó una vez y luego me soltó—. Y no te preocupes por el chisme. Intentaré aclararlo.

Respiré hondo. —Será mejor que volvamos. Tengo que manejar a un ejecutivo con resaca.

—Yo también tengo mucho que hacer. Cooper se va de viaje otra vez.

Abrí la puerta y salí primero. —¿A Europa esta vez, verdad?

—Sí. Una semana. Me ha pedido que esté disponible durante el horario de oficina europeo.

—Ugh. Supongo que es mejor que Asia.

Después del almuerzo, regresé a mi escritorio y lo encontré cubierto por un gigantesco arreglo de peonías de color rosa brillante. En serio, la cosa medía casi un metro de alto.

Ben se acercó, se apoyó en la esquina de mi escritorio y rozó una de las flores.

—Flores de disculpa —dije, apretando los dientes. ¿Cuántas de las asistentes chismosas habían visto subir el exagerado ramo desde la planta baja? Miré con desprecio a las tres docenas de peonías.

—Vaya disculpa. Esto es, como, un arbusto de peonías entero. ¿Estás segura de que no hicieron nada más que besarse?

Lo fulminé con la mirada.

Se quedó con la boca abierta. —Señor Weston.

Me giré y, efectivamente, nuestro director general se había acercado en silencio y acariciaba un suave pétalo rosado. —Es un arreglo impresionante, señorita Rice.

—Es… es precioso, ¿verdad?

Sus penetrantes ojos verdes me atravesaron. —Entiendo que es del señor Fallon. He oído que ustedes dos asistieron a una fiesta juntos el sábado por la noche.

—No… no juntos. —El corazón me martilleaba en el pecho. ¿Por qué siempre me sentía como una presa a su alrededor?

—Y sin embargo, le envió flores. Interesante. —Su mirada se demoró en mí un segundo, escaneándome hasta los huesos. Luego giró sobre sus silenciosos talones y se dirigió a grandes zancadas hacia la oficina de Cooper.

—Señor Weston, él está en una… —La boca de Ben se cerró de golpe cuando Weston, sin mirar atrás, agitó una mano como si espantara una mosca y entró directamente en la oficina de Cooper sin llamar.

Ben estaba pálido. —Mierda. Ese hombre es aterrador.

Me estremecí. —Ni que lo digas.

La puerta de la escalera se cerró detrás de mí y oí el característico chirrido de unas Vans. Me di la vuelta, manteniendo mi cuerpo delante de las flores, pero no había manera de que pudiera cubrir el colosal arreglo.

—Tyler, hola —dijo Ben, con la voz todavía temblorosa.

Hoy no había hoyuelo. Ni siquiera el asomo de una sonrisa. Tenía el pelo aplastado en la parte superior como si hubiera estado llevando audífonos y revuelto por delante como si se hubiera estado tirando de él. Su postura encorvada ocultaba los músculos por los que había babeado —literal y figuradamente— aquella noche que dormí en su cama.

Aun así, era desgarradoramente hermoso.

Y en mi pecho sentí un pinchazo, como una fisura en mi corazón. No quería que me frunciera el ceño. Quería que sonriera, que sacara a relucir ese hoyuelo. Que caminara hacia mí y se parara en ese punto que me tapaba el sol de los ojos. Que se apoyara en mi escritorio mientras comparábamos la cantidad de analgésicos que habíamos tomado para mitigar los efectos de ese ponche diabólico. Para contarme sobre el elegante fragmento de código que había logrado dominar esa mañana. Para poder sentir esa chispa, ese cosquilleo, que ocurría cada vez que me tocaba.

Me golpeó como un meteoro en llamas. No hubo ninguna chispa cuando Cooper me besó porque todas mis chispas eran para Tyler. Mi amigo Tyler que, de alguna manera, mientras yo había estado distraída con pensamientos de Cooper, se había convertido en más que mi amigo. Se había convertido en la persona en la que podía confiar cuando algo salía mal. Con quien quería compartir las buenas noticias. La persona que me hacía sentir cuidada y valorada cada vez que subía a visitarme. Ayer había pensado que tenía resaca. En realidad, había estado melancólica, como una heroína de novela romántica histórica suspirando por su héroe. Lo único que me faltaba era un voluminoso vestido de seda y una cesta de costura sobre la que suspirar.

Por las cejas pobladas de Carl Sagan, amaba a Tyler Young.

—Hola. —Mi voz era baja y susurrante. El aire se me quedó atascado en el pecho.

Pero Tyler no me miraba a mí. Estaba mirando fijamente esas chillonas peonías rosas.

Apretó el puño con tanta fuerza que oí un débil chasquido, y algo diminuto tintineó en el suelo de madera.

—Olvídalo. —Sus Vans chirriaron cuando giró sobre sus talones, abrió de golpe la puerta de la escalera y bajó las escaleras a zancadas.

—Wow —dijo Ben, abanicándose—. Un Tyler Young enfadado es un trozo de hombre delicioso. Valdría la pena hacerlo enojar solo por el sexo de reconciliación…

—Cierra la boca, Ben.

Caminé hasta la puerta de la escalera y recogí el trozo de plástico negro que se le había caído a Tyler de la mano. Era una pistola diminuta o quizá un bláster como el que había llevado con mi disfraz de la Princesa Leia la otra noche. Cuando consiguiera recomponerme lo suficiente para hablar con él como una persona razonable y no como una solterona melancólica con bordados que hacer, se lo bajaría.

Esperaba que no lo necesitara de inmediato.

———

—MIRA, siento lo del ponche. —Alicia frunció el ceño mientras apretaba su vientre de embarazada contra la mesa del café—. Esto es nuevo —murmuró.

Tiré de la mesa hacia mí para darle algo de espacio para respirar. —¿El ponche?

—En la fiesta del sábado. ¿No me invitaste a tomar un café para gritarme por eso? Todos los demás lo han hecho. Al parecer, el domingo fue bastante miserable. El pobre Jackson todavía se estaba recuperando el lunes.

—¿Pobre Jackson? —resoplé—. Él preparó esa porquería. —Había tomado más de la dosis recomendada de ibuprofeno. Al diablo con las advertencias de la botella sobre los ataques cardíacos. Mi corazón podía besarme el trasero. Me había descarriado durante los últimos tres años.

—Se olvidó de que ya no tenía veintidós años. —Sonrió, sus ojos se suavizaron con cariño.

Tyler solía mirarme así. Antes de que lo rompiera y arruinara nuestra amistad. No había subido ni el martes ni ayer. Y yo no había tenido el valor de visitarlo abajo. Para eso necesitaba la ayuda de Alicia.

El camarero dejó el té de hierbas de Alicia y mi latte de caramelo con un corazón en la espuma. Ugh. Removí con mi cuchara hasta que pareció Júpiter con sus formaciones de nubes a rayas.

—No te invité aquí para quejarme del ponche. Aunque Jackson debería emitir una disculpa formal por intentar envenenarnos a todos. Necesito hablar contigo sobre… sobre Tyler.

—¿Tyler? ¿Está bien? No lo vi beber el ponche.

Agarré la mano de Alicia justo cuando estaba a punto de tomar su taza. —Olvídate del ponche. Yo… creo que lo amo.

Gracias a Bernoulli por haberla detenido antes de que bebiera. Por la expresión de asombro en su rostro, seguro que lo habría escupido todo. —¿Pero no estabas enamorada de Cooper?

—Shh. —El café no era el más cercano a la oficina, pero la fama de Cooper Fallon se extendía mucho más allá de la oficina de Synergy—. Creía que sí, pero no. —Me incliné hacia ella y susurré —: Me besó en tu fiesta y no sentí nada. Fue como besar a Jackson

—no es que lo haya hecho nunca— o a… a Ben. Tampoco es que lo haya hecho. Pero no hubo ninguna magia.

—¿Quieres decir que no como cuando besaste a Tyler?

Me tapé la cara con las manos y asentí.

—¿Y qué piensa Tyler de esto?

Eché un vistazo entre mis dedos. —Antes de la fiesta, dijo que quería ser más que amigos. Y yo lo rechacé. Luego nos vio a Cooper y a mí. Y a las peonías de disculpa.

—Disculpa…

—No se lo tomó bien. Creo que podría haber tocado un punto sensible. —Sus palabras habían estado resonando en mis oídos desde el sábado por la noche: *Me usaste para conseguir lo que querías. Y la peor parte es que te dejé.* Le había hecho lo mismo que su ex, Bella. —No he reunido el valor suficiente para hablar con él sobre eso.

Enarcó una ceja rubia. —Pero eso es exactamente lo que tienes que hacer. Tú fuiste la que hizo que Jackson viniera a Austin a suplicar.

—No sé si lo que hice fue tan malo como…

—Tienes que hablar con él. Si no, ¿cómo sabrá lo que sientes?

Estaba parafraseando mi canción favorita de *Encantada*. Tanto Alicia como Giselle tenían razón. Le diría a Tyler que lo amaba, y él me tomaría en sus brazos y me besaría de nuevo como me había besado en la boda de Alicia. Los dedos de mis pies se encogerían, el sol saldría de entre la niebla y las criaturas del bosque cantarían. Tyler y yo cabalgaríamos un caballo blanco —o quizá solo su Mustang azul— hacia el atardecer.

Me incliné sobre la mesa para abrazar a Alicia. —Tienes razón. Tienes razón. Hablaré con él mañana.

Me devolvió el abrazo. —Ustedes dos van a estar genial juntos. Deberían venir a cenar una noche de la próxima semana.

Eso sería perfecto. Cena con Tyler, mi mejor amiga y el jefe al que quería como a un hermano. Iba a conseguir mi «y vivieron felices para siempre» después de todo.

25

EL VIERNES POR LA NOCHE, subí a rastras los escalones del porche y metí la llave en la cerradura. Girarla fue casi más esfuerzo del que podía hacer.

Había sido una cobarde. Esperé la mayor parte del día, con la esperanza de que Tyler rompiera su racha de silencio y subiera a verme. Pero a las cuatro en punto, bajé con determinación y entré en la zona de los programadores para encontrar el cubículo de Tyler desierto. Sam me dijo que se había ido hacía apenas veinte minutos.

Pensé en enviarle un mensaje, pero ¿realmente podías decirle a alguien que lo amabas por primera vez por texto? No había leído eso en ninguna de mis novelas románticas. Lo encontraría en la oficina el lunes. Después del largo y solitario fin de semana.

Todo lo que quería era dejarme caer en la cama y hacer un maratón de comedias románticas. Abrí la puerta.

Sylvia me recibió en la cocina con palabras que no quería volver a oír jamás: «Tenemos que hablar». Tenía líneas de tensión alrededor de los ojos y su boca era una delgada línea.

—¿Está bien? —pregunté, mientras me quitaba los tacones. Papá no estaba en la cocina, y tampoco en su sillón reclinable.

—Tuvo un día difícil. Le di un sedante.

—¿Un sedante? —la fulminé con la mirada—. No hablamos de eso.

—Estaba agitado y pedía hablar con Maggie. ¿Así es como la llama a usted? —su expresión me dijo que sabía que no.

—No. Ese era el nombre de mi madre.

Los ojos de la mujer mayor se suavizaron y relajó la mandíbula. —¿Supongo que ella... falleció?

—Sí. —No iba a entrar en detalles con ella, no después de la semana que había tenido.

Ella irguió su sólida figura. —Dijo que necesitaba verla. Me empujó para intentar salir. —se subió la manga para mostrarme un largo moretón morado en la parte superior de su brazo.

Parpadeé. ¿Mi padre, tan amable y gentil, había empujado a una mujer? Seguro que había sido un accidente. —Eso no suena como papá.

Sus ojos oscuros se llenaron de lástima. —Esta enfermedad le arrebata a su padre quién era. Hará muchas cosas que no son propias del hombre que usted conoció.

Sus palabras fueron una puñalada en el estómago. Papá me había cuidado toda mi vida, la mayor parte del tiempo solo. Me había besado las rodillas raspadas, me había trenzado el cabello, me había enseñado a manejar en su vieja camioneta Ford. Me había animado cuando me gradué de la preparatoria y de la universidad, y me había consolado después de mis rupturas. No podía perderlo. Y necesitaba a Sylvia para conservarlo.

—¿Está usted bien? ¿No le hizo daño, verdad?

—No, cariño. No es el primer paciente que se pone un poco revoltoso. Pero puede que este ya no sea el lugar adecuado para él.

—Aquí, conmigo, es el mejor lugar para él. Soy todo lo que tiene. —Y papá era todo lo que *yo* tenía. No iba a perderlo.

Puso una mano en su cadera. —¿Quiere que le enseñe a poner la inyección de sedante?

La opresión en mi garganta me impedía hablar. No podía ponerle una inyección a nadie, y mucho menos a papá. Y él nunca me haría daño. No sabía qué había pasado hoy con Sylvia, pero yo no necesitaría los medicamentos.

Negué con la cabeza.

—Muy bien. —Tomó su chaqueta del gancho junto a la puerta trasera—. La veo el lunes.

—Gracias, Sylvia. Que tenga un buen fin de semana.

Después de que se fue, me dejé caer contra la puerta. Ni siquiera una comedia romántica iba a aliviar el golpe que me había dado. Alcancé la botella de vodka del gabinete sobre el horno.

———

EL DOMINGO POR LA TARDE, le quité el sonido al comercial durante el partido de los Raiders. —¿Quieres palomitas?

—Claro. —Papá me sonrió desde su sillón reclinable.

Le devolví la sonrisa, dejé a un lado mi libro de bolsillo —en este, el héroe era un jugador de fútbol americano, así que era como si realmente estuviéramos creando un vínculo con el partido — y le pasé el control remoto. Papá estaba teniendo un buen fin de semana.

Entré arrastrando los pies a la cocina para meter un paquete de palomitas de maíz en el microondas. Mientras esperaba, abrí un par de cervezas. El dolor de cabeza que tuve ayer por la mañana por el vodka había desaparecido. Papá se había reído de mí cuando bajé arrastrándome las escaleras. Cuando me preguntó, no pude decirle la verdadera razón por la que me había bebido todo el vodka. Ni sobre mi pelea con Tyler. En cambio, le dije que había tenido una semana difícil en el trabajo. Lo cual era verdad. Me había dedicado una sonrisa indulgente y me había dicho que trabajaba demasiado. Yo le di un beso en su mejilla áspera por la barba incipiente.

Esa mañana, había limpiado la casa de arriba a abajo mientras papá ponía masilla alrededor de las puertas y ventanas. Luego anunció que iba a salir a limpiar las canaletas, aunque él las llamó «atrapalluvias». Lo distraje encendiendo el partido de fútbol americano.

Me atreví a dejar que un poco de optimismo se colara en mi corazón. Solo había tenido un mal día el viernes. Pasar la semana con una extraña había sido difícil para él. Yo había hecho mi parte de berrinches en el preescolar cuando él volvió a trabajar después de la muerte de mi madre. El tiempo conmigo lo reponía. Nos reponía a los dos. Quizás Jackson me dejaría trabajar a distancia un día a la semana. Sylvia estaba equivocada. Tyler también. Papá seguía siendo él mismo, y podíamos hacer que esto funcionara.

El microondas sonó, y llevé nuestras botellas de cerveza y el tazón de palomitas a la sala. Papá vitoreó cuando los Raiders consiguieron un primer *down*. Roce su mano con la botella de cerveza, y él la tomó, con los ojos todavía en la televisión. —Gracias, Maggie.

Suspiré, pero no me molesté en corregirlo. Él y mi madre debieron de ver el fútbol juntos, y ella le había llevado cervezas en otros tiempos. Cuando eran jóvenes y estaban enamorados, antes de que se la arrebataran demasiado pronto.

¿Podría encontrar yo alguna vez ese tipo de amor, el que perdurara incluso más allá de la muerte? Papá había amado a mi madre desde el primer momento en que se tocaron. Yo había intentado fabricar algo así con Cooper. Ahora podía verlo. Había soñado que el príncipe de cuento de hadas perfecto me levantaría en su corcel y me llevaría lejos, y Cooper Fallon encajaba en ese papel a la perfección.

Pero incluso mientras estaba loca por él, sabía, en algún lugar en lo más profundo de mi corazón, que él era solo una fantasía. Como mis novelas románticas, era algo para mantener mi mente alejada de papá, de mi trabajo del que otras personas sin más cualificaciones que yo se burlaban, de mi falta de amigos de verdad.

Y cuando alguien que de verdad se preocupaba por mí entró en mi vida, yo estaba tan metida en la cómoda rutina de mi enamoramiento que no pude verlo. No pude verlo a él. Había ignorado todas las señales que Tyler me había dado, no queriendo arriesgar nuestra amistad. Pero con los sentimientos que había entre nosotros, nuestra amistad ya se tambaleaba sobre su eje. Ahora podría ser demasiado tarde, y nos separaríamos bruscamente hacia el vacío del espacio.

—Te extraño, Maggie. —La voz de papá sonó más joven de lo que la había oído en mucho tiempo, toda su aspereza habitual había desaparecido.

Se me hizo una bola fría y dura en el estómago. Dejé mi novela y lo miré. Me observaba, pero sus ojos estaban nublados por el recuerdo, no viéndome a *mí*, sino a otra persona. A mi madre.

Extendí la mano sobre la mesa y le agarré la suya. —Papá, soy yo. Marlee. Mamá... Maggie... se fue hace mucho tiempo. Lo sabes.

—Muerta. —Una lágrima brilló en el rabillo de su ojo y luego rodó por un surco de su mejilla.

—Así es, papá. Murió hace mucho tiempo.

—Hace semanas.

Suspiré. —*Años*, papá. Ya soy toda una adulta.

Él parpadeó para despejar la niebla de sus ojos. —Sí, lo eres, Sol. Te pareces tanto a tu madre.

Le sonreí. Siempre había pensado que ella era hermosa. —¿Qué tal si la recordamos con su receta de pastel de carne para la cena? —según papá, mi madre no había sido muy buena cocinera, pero su pastel de carne era su favorito.

—Eso suena bien.

Busqué carne molida en el congelador, pero la receta de mi madre requería una mezcla de cerdo y res que no teníamos. Después de estar dentro de casa todo el día de ayer y de hoy, ir de compras al aire fresco me haría bien. Le di un beso a papá en la coronilla de su cabeza blanca. —Voy a la tienda, entonces. Vuelvo en un rato.

Él gruñó, con la atención ya de vuelta en el partido.

El sol y el aire fresco de otoño me animaron a entretenerme con mis recados. Pasé unos minutos hablando con el Sr. Oliveras;

había visto a papá con Sylvia y me preguntó por su salud. Le dije solo que papá se había vuelto más inestable, lo cual era verdad. Compré un Zinfandel afrutado para acompañar el pastel de carne y una botella de vodka para reponer la que me había bebido. Además, unos alegres crisantemos amarillos para que papá los pusiera en el florero junto a la urna de mamá.

Cuando abrí la puerta principal, lamenté haberme ido tanto tiempo. Ni siquiera el vodka arreglaría esto.

—¡Papá! —grité en la sala vacía.

La habitación era un desastre. La cerveza de nuestras botellas volcadas colgaba en gotas péndulas del borde de la mesita y caía en un charco sobre el piso de madera. Había palomitas esparcidas por toda la habitación, desde el respaldo del sofá hasta la alfombra de pelo largo marrón que había delante. El reposapiés del sillón reclinable vacío estaba levantado. Habían sacado los cojines del sofá y estaban tirados al azar en una pila cercana. Mi corazón latía con fuerza. ¿Dónde estaba? ¿Lo habían atacado? ¿Nos habían robado?

Encontré el control remoto en la mesita de centro y le quité el sonido a la televisión. —¡Papá! —grité de nuevo en el silencio.

Entré con paso decidido a la cocina. Golpearía al ladrón con mi pesada botella de licor. Y luego lo electrocutaría con la pistola taser mientras estuviera en el suelo. Escaneé la habitación, que a primera vista parecía estar vacía. Pero entonces oí un sollozo debajo de la mesa.

Poniéndome en cuclillas, lo encontré debajo de la mesa de la cocina, abrazándose las rodillas contra el pecho. —¿Papá, qué haces ahí abajo? —susurré por si el ladrón todavía estaba en la casa.

Sus ojos se encontraron con los míos, y estaban claros, pero enrojecidos. —Se ha ido.

—¿Quién se ha ido? —¿Una ladrona?

—Maggie se ha ido.

La tensión abandonó mis hombros, y me dejé caer de mi cuclillas para sentarme en el linóleo. La bolsa del supermercado cayó al suelo con un ruido sordo. —Sí, papá. Se ha ido. ¿Puedes salir de debajo de la mesa? —¿Cómo se había metido ahí, de todos modos, con su rodilla mala?

Se arrastró hacia afuera usando sus manos y su pierna buena. Me levanté primero y luego lo ayudé a ponerse de pie y a sentarse en una de las sillas de la cocina. —¿Qué pasó?

—No podía encontrarla. No podía encontrar a Maggie.

Miré hacia la pared detrás del lugar de ella en la mesa para buscar su foto. Pero el cuadro enmarcado no estaba. Vaya. Tal vez se refería a eso. Lo buscaría más tarde.

Papá se frotó la rodilla. El arrastrarse bajo la mesa no le había hecho ningún bien. —¿Te duele la pierna? ¿Quieres una pastilla para el dolor?

—Por favor. —El temblor desesperanzado de su voz me provocó un escalofrío.

Le traje un vaso de agua y su pastilla recetada y lo observé tragarla. Al ver las profundas arrugas alrededor de sus ojos y boca, le pregunté: —¿Quieres ir a acostarte mientras hago la cena?

Su sonrisa fue forzada. —Eso estaría bien.

Lo ayudé a llegar a su cuarto y lo arropé con la manta. Le besé la frente, que se alisó bajo mis labios. —Vendré a verte en un rato.

—Está bien. —Sus párpados ya se estaban cerrando.

Limpié la sala por segunda vez ese día, y luego hice el pastel de carne de mi madre. Mientras se horneaba, investigué en mi laptop sobre la enfermedad de Alzheimer de inicio temprano y grupos de apoyo para la demencia.

Esa noche, cené sola y no le sentí sabor a nada.

26

EL LUNES POR LA MAÑANA, llegué a la oficina arrastrando el peso del fin de semana. No había dormido el domingo por la noche; mi cerebro daba vueltas sin parar y tenía el pecho oprimido por la preocupación. ¿Estaba haciendo lo correcto al tener a papá en casa conmigo? Verlo convertirse en alguien que no conocía me estaba partiendo el corazón. ¿Cuánto tiempo más podría hacerlo antes de despedirme de mi propia salud mental?

Pero solo una hija malagradecida querría abandonar a su padre enfermo. Mi padre soltero que me había criado solo desde que yo tenía dos años. Que había sacrificado todo —un segundo amor, una vida social, sueños más grandes— por mí. Incluso mientras atravesaba la puerta giratoria de Synergy, quería dar media vuelta y tomar el tren de regreso a casa solo para sostenerle la mano.

Sin embargo, no podía. No solo tenía trabajo que hacer y un sueldo que ganar, sino que tenía que arreglar las cosas con Tyler. Había querido llamarlo tantas veces durante el fin de semana, ya fuera para hablar de papá o para distraerme de él; no estaba segura de cuál. Pero me había detenido, con los dedos suspendidos sobre la pantalla. Siempre le echaba mis problemas encima.

¿Cuándo fue la última vez que le pregunté por su vida, por sus problemas? ¿Era una amiga terrible?

¿Y si no quería una amistad o el *algo más* que yo estaba lista para explorar con él? Pensar en las palabras furiosas que me había escupido fuera de la casa de Alicia hizo que se me revolviera el estómago como la mañana después de haber bebido todo el vodka.

Justo acababa de dejar mi bolso en mi escritorio cuando Jackson salió del ascensor. Se detuvo junto a mi escritorio.

—Marlee, tengo un problema.

—Buenos días a ti también. —A pesar del nudo en mi estómago, no pude evitar sonreír. Me encantaba resolver los problemas de Jackson.

—Puede que se me haya olvidado decirte que Alicia tiene una cita con el obstetra a las dos, y le prometí que iríamos a comprar muebles para el bebé después de eso. Así que tenemos que reprogramar todas mis reuniones de la tarde.

Toqué la pantalla para abrir su calendario.

—Ya me encargo. No olvides que Cooper se va a Europa esta noche. Intentaré encontrar quince minutos en tu agenda para él; si no, te pondré un recordatorio para que lo llames antes de que suba al avión.

—Eres mi salvavidas, Marlee. —Sonrió.

—Dudo que digas eso a la una y media, cuando hayas tenido reuniones una tras otra toda la mañana y yo te esté empujando por la puerta. Además, te toca cubrir a Cooper esta semana mientras está en Europa.

Su rostro se descompuso.

—Recuérdame por qué dejé que me hiciera vicepresidente.

—Porque amas la programación, esta empresa y la gente que trabaja aquí. Lo haces por ti, por Cooper e incluso por mí. Ahora ve a hacer tu meditación mientras yo desenredo tu calendario.

Me saludó con un gesto militar.

—Sí, señora.

Tal como lo había predicho, estaba cansado e irritable para

cuando le metí en la mano una barra de granola y una taza de café y lo subí al ascensor para que se fuera a encontrar con Alicia.

Cuando volví a mi escritorio, había aparecido una nueva cita en el calendario de Jackson para el día siguiente, y el asunto me llamó la atención. *Entrevista a Tyler Young para gerente de desarrollo.*

Me mordí el labio para contener un gritito de emoción y le envié un mensaje de texto.

> ¡Qué bueno! ¡Me alegro mucho de que hayas postulado para el puesto de gerente! ¿Quieres subir y hablar de ello?

TYLER

> Claro.

Eso había sido casi demasiado fácil. Una excusa perfecta para hablar con él. Aunque ¿por qué no me había dicho que había decidido postular? ¿Todavía estaba tan enojado conmigo? Ojalá no hubiera dejado pasar tanto tiempo. Ojalá hubiera tenido el valor de hablar con él la semana pasada.

Normalmente, yo enfrentaba los desafíos de frente. Los desafíos del trabajo. Pero mézclale algunas emociones y me enredaba toda. Como que me había tomado tres años iniciar la Operación Príncipe Azul. Y todavía no sabía qué hacer con papá, quien, si era honesta, había estado decayendo desde su accidente. Pero no iba a dejar que pasaran tres años ni una semana más sin decirle a Tyler lo que sentía por él. Merecía saber que yo estaba lista para algo más, si él todavía lo quería.

Tuve tiempo de acomodarme en mi escritorio, con los tobillos cruzados y la falda alisada, antes de que se abriera la puerta de la escalera y sonara el familiar chirrido de los tenis de Tyler. Se había cortado el pelo, casi al rape. Extrañaba las ondas despeinadas, pero anhelaba pasar los dedos por el pelo corto y de aspecto afelpado sobre sus orejas.

Se acercó con paso pesado a mi escritorio.

—Hola. —Cauteloso. Íbamos a optar por la cautela—. ¿Así que querías hablar?

Asentí. ¿Cómo hablaba con esta versión de Tyler, aquel cuya boca siempre sonriente se curvaba ahora en una mueca de disgusto, que se mantenía a un par de pasos más alejado de mi escritorio de lo habitual?

—Vayamos a la oficina de Jackson. Él ya no vuelve en todo el día. —Lo guié y cerré la puerta. Accioné el interruptor que bajaba las persianas—. Estoy muy feliz de que hayas postulado para el puesto. —Mierda, ya había dicho eso.

Se cruzó de brazos y se encogió de hombros.

—Supuse que valía la pena intentarlo.

—¿Y ves? Te llamaron para una entrevista.

—Sí.

Vaya, de acuerdo. No estaba acostumbrada al Tyler parco. Quizás solo quería que fuera al grano.

—¿Te sientas? —Señalé el sofá en la zona de estar de Jackson.

Sin decir palabra, pasó de largo el sofá para sentarse en uno de los sillones orejeros. Me senté en el borde del sofá, justo al lado de su sillón, y me estiré la falda sobre las rodillas.

—Siento que hayas visto lo que viste en la fiesta de Jackson y Alicia. Yo…

—¿Te refieres a ti besando a Cooper? ¿No era eso lo que querías? ¿Que yo lo viera para captar el mensaje y rendirme?

Contuve el aliento. Se me había erizado la piel, y no en el buen sentido.

—¡No! Nunca querría hacerte daño de esa manera. Somos amigos, y…

—¿Lo somos? ¿Amigos? Porque últimamente no te has comportado mucho como una amiga.

—Lo sé, y lo siento. Tenía miedo.

Frunció el ceño con fuerza.

—¿Miedo de mí?

—Miedo de lo que sentía y de cómo eso podría cambiar

nuestra relación. —Tracé una flor en mi falda—. Verás, yo… me importas. —Mierda, eso no estaba bien. Me había quedado corta.

—Quiero decir… —levanté la vista—, creo que me estoy enamorando de ti. —¿Por qué era tan difícil? Había leído esas palabras mil veces en mis novelas románticas. Salían con naturalidad de la boca de las heroínas. A mí se me pegaba la lengua al paladar.

No dijo nada y mantuvo su expresión en blanco.

—Di algo. Por favor. —Entrelacé las manos en mi regazo.

—Yo… no sé qué decir. ¿Es esta la Operación Príncipe Azul, Segunda Parte? ¿Más fingimiento para que Cooper saque la cabeza del culo y te pida matrimonio? ¿Qué papel se supone que debo interpretar ahora?

Puse mi mano sobre su rodilla.

—Ningún papel. Ningún fingimiento. Tengo sentimientos por ti, Tyler. Sentimientos de algo más que amigos.

—Pero en tu casa, dijiste que no querías eso. Que no podías. Y hace dos fines de semana, lo besaste a él. ¿Cómo puedo creer que…?

Me levanté de un salto del sofá, me incliné sobre él en el sillón y cubrí su boca con la mía. Intenté infundir en el beso todo el anhelo, todo el arrepentimiento y todo el amor que sentía por él. No fue suave, no como el beso que me había dado en la pista de baile, ni sexy, como el que habíamos compartido fuera de la posada después de su erótico masaje de pies. Fue duro y lleno de significado y promesa. Un compromiso.

Al principio estaba rígido, sus labios congelados. Pero insistí, mordisqueando su suave labio inferior, acariciando sus hombros y pectorales por encima de su camiseta. Estaba segura de que me veía ridícula, doblada por la cintura, con el trasero en el aire, pero no me importaba. Necesitaba demostrarle a Tyler lo que sentía por él. Que quería más que amistad. Que podía darle lo que él había dicho que quería.

Poco a poco, se fue ablandando. Deslicé mi lengua entre sus labios y lo saboreé. Dulce y cítrico burbujearon en mi lengua. Su sabor a limón era como volver a casa. Murmuré satisfecha. Sus manos se posaron en mi espalda y me derretí sobre sus rodillas, en su regazo. Suspiró contra mis labios.

—Mar…

—¡Marlee! —La voz ahogada de Cooper llegó a través de la puerta—. ¿Estás ahí?

Me tensé. Por todas las lunas de Saturno, ¿por qué había venido a buscarme ahora?

—No lo hagas. Si nos quedamos callados, pensará que saliste —susurró Tyler. Rozó sus labios contra los míos.

—Tengo que ver qué necesita. —Me levanté de su regazo, limpiándome un resto de lápiz labial de la barbilla. Caminé hacia la puerta y la abrí—. ¿Sí, Cooper?

—No encontramos la presentación en la que tú y yo trabajamos antes de mi viaje a la Costa Este. ¿Tienes una copia?

Suspiré. Estaba en el servidor, pero Ben no estaba del todo familiarizado con nuestros protocolos para archivar.

—Te la buscaré. Dame un minuto para terminar…

Pero él había mirado por encima de mi cabeza. Maldito sea por ser tan alto.

—Hola, Tyler. —Mirándome, sonrió con aire de suficiencia—. Creo que lleva puesto tu labial.

Caí en la trampa. Me froté el labio superior.

—Necesito un minuto. —Necesitaba asegurarme de que Tyler y yo estábamos bien. Que no estaba a punto de plantarme otra vez —. Y luego te buscaré el archivo. —Empecé a cerrar la puerta, pero Tyler se había puesto detrás de mí.

—Me voy. Estoy seguro de que tú y Cooper tienen trabajo importante que hacer juntos.

—Tyler, espera…

—No, Marlee. Terminamos.

Su última palabra absorbió toda la luz y el aire de la habitación como un agujero negro.

—¿Terminamos?

—No puedes darme lo que necesito. Lo que merezco. Ni siquiera tu total atención.

—Yo… bajaré cuando haya atendido a Cooper.

—No será necesario. No quiero nada más. —Pasó a mi lado, luego al de Cooper, y se dirigió a las escaleras.

Cooper se apoyó en el marco de la puerta.

—Bueno, parece que ustedes dos…

—Eso no ayuda, Cooper. Te conseguiré ese archivo ahora. —Pasé a su lado hacia mi escritorio, con el rostro congelado.

Ben merodeaba cerca de mi escritorio.

—Lo siento —susurró—. Traté de…

—Está bien. —Desbloqueé mi laptop y navegué hasta el archivo en el servidor.

No estaba bien. Había hecho que Tyler se sintiera como un segundo plato otra vez. Como si lo estuviera usando otra vez. No era culpa de Ben y, por muy irritante que hubiera sido, tampoco era de Cooper. Era mía. Había dejado claro desde el principio de mi amistad con Tyler que quería a Cooper. Y costaría trabajo hacer que Tyler pensara lo contrario.

Afortunadamente, el trabajo era algo en lo que yo era buena. Y seguiría trabajando hasta que Tyler creyera que lo amaba a él y a nadie más.

27

CUANDO ENTRÉ por la puerta esa noche, Sylvia y papá estaban sentados a la mesa de la cocina frente a un rompecabezas infantil —uno de los míos— con piezas casi del tamaño de la palma de mi mano. Sylvia me había dicho que armar rompecabezas ayudaría a la memoria de papá. Y, sin embargo, yo no me había acordado de comprarle ninguno.

Sylvia levantó la vista del rompecabezas y sonrió.

—Llegó temprano a casa.

—Ajá —me quité los tacones. Quería una ducha. Y pantalones deportivos. Y helado. En ese orden. Pero me incliné para besarle la sien a papá—. Hola, papá. ¿De dónde sacaste esta cosa vieja? —sentí una punzada en el corazón cuando vi la imagen de la caja: la Bella y la Bestia, bailando solos en el salón de baile.

—Sylvia lo encontró cuando estaba buscando a Maggie.

La miré, alarmada.

Ella negó con la cabeza.

—La foto de su mamá —luego señaló la pared detrás de mí—. También la encontré.

Miré detrás de mí y, en efecto, mi madre había sido devuelta a su lugar en la pared.

—¿Dónde?

Ella empujó una pieza del rompecabezas hacia papá.

—Debajo de su almohada.

Un pedacito de mi corazón se partió. Incluso después de más de veinte años, la extrañaba muchísimo.

—¡Terminé! —papá encajó la última pieza en su lugar.

—Eso es genial. Te conseguiré otro. Lo prometo —saldría en mi hora de almuerzo y lo compraría en una de las costosas tiendas para turistas si era necesario.

—Eh, este está bien —dijo—. Probablemente para mañana ya se me habrá olvidado.

Un trozo más grande de mi corazón se desprendió con eso. Ahora sí que necesitaba ese helado. Con salsa de chocolate.

Sylvia había cuidado a un sinnúmero de pacientes con demencia, pero su rostro también se ensombreció.

—¿Quiere irse temprano a casa? —le pregunté—. Yo puedo encargarme de él ahora que llegué.

—¿Está segura? —se levantó de su silla.

—Yo me encargo desde aquí. Que tenga buenas noches.

Ella recogió sus cosas y se fue. Cerré la puerta con llave y me apoyé en ella.

—¿Qué pasa, Solcito?

—¿Que qué pasa? Nada.

Me hizo una seña para que me acercara y me senté a su lado como lo había hecho toda mi vida.

—Puede que esté perdiendo la cabeza, pero sé cuándo mi Solcito pierde su brillo. Algo te preocupa. ¿Es ese chico del coche? ¿Tanner?

—Tyler —me desplomé en mi silla. Ahora tenía catorce años otra vez y le contaba sobre mi primer amor platónico. Nunca había sido de gran ayuda con los asuntos del corazón. Su relación con mi madre había sido perfecta, y no sabía nada de tener el corazón roto.

Pero se lo conté. Le conté que estaba enamorada de Cooper, que intenté ponerlo celoso con mi amigo, y luego sobre los sentimientos que mi amigo desarrolló por mí, los cuales no estuve lista para corresponder hasta que fue demasiado tarde. Cómo Tyler me había dicho que merecía más.

—¿Por qué la regué tan feo?

Sus ojos estaban lúcidos cuando dijo:

—Creo que te di una visión poco realista de las relaciones.

—No, papá. Tú me mostraste cómo debería ser una relación —empecé a desarmar el rompecabezas, comenzando por el vaporoso bajo del vestido de gala dorado de Bella.

Puso una mano sobre la mía, deteniendo mis dedos inquietos.

—Cuando conocí a tu madre, todavía era un joven. Más joven de lo que tú eres ahora. Tenía un trabajo, dinero para gastar, amigos. Tomábamos unas cervezas después del trabajo. Quizás hacíamos un poco de… —hizo un gesto de fumar con el pulgar y el índice.

—¡Papá! —eso sí que *no* quería oírlo.

Se rio entre dientes.

—Lo último que tenía en mente era ponerme serio con una chica. Y entonces conocí a Maggie. Era hermosa, inteligente y divertida.

Suspiré.

—Y te enamoraste.

—No —agachó la cabeza—. La embaracé.

—¡Oh, Dios mío! ¡Papá!

—Pero hice lo correcto por ella, y nos casamos.

—Y entonces te enamoraste.

Él tarareó.

—Éramos socios trabajando hacia un objetivo común. Criarte. Y fuimos tan felices cuando naciste —me apretó la mano de nuevo—. Ambos te queríamos muchísimo.

Me froté el colgante.

—¿No se querían el uno al otro?

—Lo hacíamos, en cierto modo. No de la forma en que hablan en los cuentos de hadas —quitó una pieza del rompecabezas de la otra esquina, la pata peluda de la Bestia—. Quería mostrarte, y quizás incluso mostrarles a Maggie y a mí mismo, que era posible. El amor verdadero. Así que te leía historias de amor.

—¿Y qué hay de ese toque mágico? ¿El pasarte la toalla junto a la piscina?

—Ojalá hubiera sucedido así. Siempre deseé que nos hubiéramos enamorado de esa manera.

Otro pedazo de mi corazón se quebró.

—¿Te arrepientes? ¿Te arrepientes de… mí?

Levantó la vista, con sus ojos azules lúcidos por una vez.

—No, nunca. Solo desearía que hubieras tenido más tiempo con ella.

Yo también. Deshice el resto del rompecabezas y esparcí las piezas en la caja. Cuando volví a levantar la vista, los ojos de papá estaban nublados.

—¿A dónde iba con esa historia?

—No importa, papá —yo sabía a dónde iba. Sam, a quien ni siquiera le interesaba el amor, me había dado el mejor consejo sobre relaciones. Por mucho que me encantara leer sobre la pasión instantánea, el amor basado en la amistad era el mejor tipo de amor.

Me levanté y puse la caja del rompecabezas en los estantes rosas junto a la puerta trasera para que él y Sylvia pudieran armarlo de nuevo mañana. El estuche del telescopio me llamó la atención.

—¿Quieres mirar las estrellas más tarde esta noche? Está despejado —mirar las estrellas mejoraría nuestro humor.

—Lo que tú quieras, Maggie.

Suspiré y miré la hora. Demasiado temprano para empezar a preparar la cena. Mi falda tubo se me clavaba en el estómago y me dolían los hombros bajo los tirantes del sujetador. Mis pantalones deportivos me llamaban desde el piso de arriba.

—¿Qué tal un poco de SportsCenter? Apuesto a que tendrán un avance del partido de fútbol americano.

—Está bien.

Lo guié a su sillón y encendí la televisión. Se reclinó y sus ojos se pusieron vidriosos. Quizás se quedaría dormido.

Tomé mis zapatos, subí corriendo las escaleras y me tomé mi tiempo para ponerme ropa cómoda, recordando el beso desesperado con Tyler y luego su postura inflexible. Cualquiera diría que después de todas las novelas románticas que había leído, después de todas las comedias románticas que había devorado, sabría cómo suplicar. Pero la había cagado. ¿Había arruinado nuestra amistad, y la posibilidad de algo más, para siempre?

Incluso mis pantalones de yoga y mi sudadera gastada me rascaban e irritaban la piel. Merecía la incomodidad después de lo que le había hecho a Tyler. ¿Quizás si le enviaba un mensaje de texto, vendría y me daría una segunda oportunidad para mis disculpas?

Justo cuando me di la vuelta para bajar y empezar a preparar la cena, un estrépito subió desde fuera de la ventana. ¿Acaso Tyler me había leído la mente y había venido con su consola de videojuegos? Con el corazón latiéndome a mil, corrí a arrodillarme en el asiento de la ventana.

Se me detuvo el corazón.

Papá estaba despatarrado en los escalones del porche de abajo. El estuche del telescopio yacía al pie de las escaleras. Una pierna se extendía en un ángulo antinatural. Su cabeza descansaba en el escalón superior. El atardecer extendía un brillo rosado sobre su rostro, pero tenía los ojos cerrados. Su cuerpo estaba inmóvil.

28

LAS SIGUIENTES HORAS pasaron como un borrón de imágenes y sonidos.

Destellos rojos y azules sobre los rostros curiosos de nuestros vecinos. El estruendo de la sirena mientras avanzábamos con demasiada lentitud en medio del tráfico de la hora pico. El olor a desinfectante y conmoción en la sala de emergencias, y luego a desinfectante y miedo en el piso de cirugía. El parpadeo de las luces fluorescentes demasiado brillantes sobre ochenta y cuatro baldosas de vinilo blanco. La silla de plástico duro, alisada por el uso de otros inquietos, expectantes y aterrorizados. Levantaba la vista a cada movimiento, esperando que no me llamaran para decirme que mi mundo se acababa.

Más tarde, el *bip, bip, bip* del monitor cardíaco impidió que mis párpados pesados se cerraran. Desde la relativa comodidad de la rígida silla de vinilo en la habitación del hospital de papá, observaba con los ojos entreabiertos cómo subía y bajaba su pecho. Una vez por minuto, revisaba su rostro laxo y gris, pero evitaba mirar el trozo afeitado de su pelo blanco y el vendaje que cubría los doce puntos de sutura de su cuero cabelludo. No me preocupaba tanto su pierna —ya habíamos pasado por eso—, pero rogaba que su corazón siguiera latiendo, que ese monitor siguiera sonando y que papá se quedara conmigo y no me abandonara por haber sido egoísta y descuidada.

Me acurruqué en la silla implacable, rodeé su mano inerte con mis dedos y esperé.

———

LA LUZ DEL SOL, que brillaba roja a través de mis párpados cerrados, me despertó. Me senté y parpadeé. El pitido constante de los monitores me recordó dónde estaba y qué había pasado la noche anterior. El pecho de papá subía y bajaba, y sus párpados tenían un tinte azulado. Acaricié su mano inmóvil, reconfortada por su calor.

Me puse de pie, me estiré y caminé hacia la ventana. Fuera del hospital, los primeros rayos de la mañana doraban los tejados con un suave tono rosado. Los autos se arrastraban por la autopista con los faros encendidos. Un autobús blanco del BART traqueteaba por el carril para vehículos de alta ocupación, recordándome dónde se suponía que debía estar.

Le di la espalda a la ventana y le mandé un par de mensajes a Jackson para informarle de lo que estaba pasando. Le envié otro mensaje a Ben para pedirle que buscara a alguien temporal que me cubriera el resto de la semana. El cirujano de anoche me había dicho que querrían vigilar a papá durante unos días. Miré el yeso de su pierna. Se había roto la misma, lo que, supongo, era una suerte. Su pierna buena lo ayudaría durante la rehabilitación.

Mis ojos se posaron en su rostro. Dormido, parecía más joven. Excepto por su pelo blanco y la palidez de su piel, se parecía al papá que me había criado, que me había tomado de la mano en todas mis vacunas, que me había preparado sopa de pollo —de lata, por supuesto— cuando estaba enferma, que me había vendado las rodillas raspadas cuando me caía de la bicicleta. Vaya par que hacíamos, solos y destrozados como estábamos.

Sería su pierna buena por todo el tiempo que me necesitara.

————

EL PITIDO de los monitores hacía que quisiera arrancarme a tiras la piel que me picaba.

Eso, o la falta de cafeína.

Cada vez que una de las enfermeras me sugería que me tomara un descanso, que saliera a pasear, que tomara una taza de café, me negaba. Había sido mi descuido, mi falta de atención, lo que había permitido que esto sucediera. ¿Por qué me había quedado tanto tiempo arriba? ¿Por qué le había dicho a Sylvia que se fuera antes?

¿Por qué siempre decepcionaba a todo el mundo?

Miré mi celular por centésima vez ese día. Ya tenía abierta la información de contacto de Tyler. Mi dedo flotaba sobre el ícono de mensaje de texto. *Debería decirle que lo siento.*

Pero ¿y luego qué? Suponiendo que respondiera, ¿qué le diría?

¿Que quería intentarlo? ¿Cómo podría, si papá necesitaba más cuidados?

Él se merecía más. Más de lo que yo podía darle en este momento.

Que no quería intentarlo, entonces, y que podía ser libre.

El ícono se volvió borroso en mi celular. Malditas lágrimas. Parpadeé para disiparlas y froté la que corrió por mi mejilla.

Necesitaba ser fuerte. Por papá. Sin distracciones.

Tiré el celular en mi bolso sobre el alféizar de la ventana. Afuera, la sombra azul del edificio del hospital se extendía sobre la autopista. Papá había dormido todo el día.

La puerta se abrió de golpe y la voz de Jackson resonó en la habitación, ahogando por fin los pitidos.

—Marlee, ¿estás aquí? —El segundo ramo de flores más grande que había visto en mi vida —las peonías de Cooper aún conservaban ese honor— entró en la habitación. Apenas podía ver los ojos de Jackson y su revuelto pelo oscuro asomándose por encima de las coloridas gerberas. Alicia, que lo seguía, lo mandó a callar.

Jackson dejó las flores en la mesita que había entre la cama de papá y la que estaba desocupada. Un surco de preocupación dividía sus cejas. —¿Estás bien?

Esperando no haberme corrido el rímel, lo abracé, llenando mis fosas nasales con su familiar aroma a jabón y asientos de cuero. —Estoy bien. Y el doctor dice que él también lo estará. Aunque todavía no se ha despertado —esa era mi preocupación. La última vez, después de caerse de la escalera, papá se había despertado justo después de la cirugía.

Daría todas las novelas románticas que tenía solo por ver sus ojos abrirse.

Alicia se acercó y abracé a mi amiga. El frío de noviembre aún se aferraba a su abrigo, junto con el aroma del té Earl Grey. Sus delgadas manos presionaron mi espalda y me apoyé en ella.

—Espera —me aparté y miré mal a Jackson—. ¡No puedes estar aquí! ¡Tienes reuniones programadas todo el día!

Su rostro se abrió en una sonrisa despreocupada. —Eso es lo bueno de ser el fundador informal. Puedo saltarme esas reuniones y dejarle todo a Cooper. Se quedó hasta tarde para atender las llamadas de Ámsterdam.

Incluso Cooper me estaba ayudando. Una calidez se extendió por mi interior al recordar que no estaba sola.

Le devolví la sonrisa a Jackson. —Nunca pensé que diría esto, pero me alegra que estés eludiendo tus responsabilidades.

Me masajeó el hombro y un poco más de mi tensión se disipó. —Aunque me preocupa…

Alicia lo interrumpió. —El equipo estará bien sin ti por unas horas. Incluso con uno menos. O dos. *Tú*, en cambio —me apretó el otro hombro—, necesitas nuestra ayuda.

Fingí poner los ojos en blanco para ocultar las lágrimas que brotaron. Me volví hacia la ventana para disiparlas con un parpadeo. —Gracias.

Jackson dijo: —Lo que necesites. Siempre has estado ahí para mí, y ahora es mi turno de ayudarte.

Eso solo hizo que las lágrimas vinieran más rápido. Absorbí por la nariz y dije: —En ese caso, ¿te importaría traerme una taza de café?

Alicia dijo: —Y algo de fruta y yogur. Apuesto a que no has comido en un buen rato.

Desde el almuerzo de ayer. Me había negado a sentir algo tan egoísta como el hambre.

Jackson me dio una palmada en el hombro. —Vuelvo enseguida —la puerta se cerró unos segundos después.

Alicia se acercó a la cabecera de la cama de papá. —Tiene buen color —dijo—. Quizá despierte pronto.

—Eso espero. Estoy… estoy preocupada.

Se volvió para mirarme. —Claro que lo estás. Es duro ver a un ser querido…

—¡Oh! —La culpa me atravesó. Ella había perdido a su hermana por un cáncer varios años antes. Debía odiar los hospitales—. No tienes que quedarte conmigo…

—Claro que sí, Marlee —me acarició el brazo—. Para eso están las amigas.

—Vas a hacer que llore otra vez.

—Llorar está bien. Intentar contenerlo, intentar hacerlo todo sola, eso no está bien. Sentémonos —se hizo a un lado para que yo pudiera tomar la silla junto a la cama y ella se hundió en la otra silla y se pasó una mano por su vientre redondeado.

Acomodándome en el implacable vinilo, la observé. —Sabes, justo antes de que… se cayera, papá me dijo que él y mi madre no estaban enamorados cuando se casaron. Ella estaba embarazada.

—Oh —Alicia frunció el ceño—. ¿Cómo te sientes con eso?

—No muy bien. Sorprendida. Siempre pensé que tenían un matrimonio perfecto, ¿sabes? —toqué mi dije.

—La gente puede amarse y no ser perfecta —dijo—. Jackson y yo nos queremos mucho y aun así discutimos.

—¿Cómo… cómo supiste que Jackson era el indicado para ti?

—Bueno, como sabes, él no es perfecto. Y había muchísimas razones por las que no debíamos estar juntos: trabajábamos juntos, vivíamos en ciudades diferentes, nuestras personalidades y estilos de vida eran completamente opuestos. Pero —una sonrisa flotó en su rostro—, me di cuenta de que era miserable cuando estábamos separados. Y feliz cuando estábamos juntos. Era mejor persona con él. Él sentía lo mismo.

Yo era miserable ahora, de eso no cabía duda. Y no era solo porque papá estuviera herido y en el hospital.

Cuando bailé con Tyler en la boda de Alicia, fui tan feliz que me olvidé de mi tonto enamoramiento por Cooper.

Sentados en el césped frente al Centro Cívico, comiendo los mejores tamales de San Francisco, el sol poniente dorando nuestra piel, volviéndonos de oro rosado. Ambos nos reímos ese día. Y me dio su pañuelo cuando lloré en *Hamilton*.

—¿Maggie? —el susurro ronco vino de detrás de mí. Me giré para mirar a papá. Su párpado se movió. Parpadeé con fuerza para asegurarme de que no había sido el mío el que se había movido. Cuando abrí los ojos, sus ojos gris azulados me devolvieron la mirada. Su rostro todavía estaba pálido, pero verlo despierto hizo que la banda que oprimía mis pulmones se aflojara.

Deslicé mi palma bajo la suya para evitar los tubos conectados al dorso. —Me alegra tanto que estés despierto.

—Maggie —sus ojos estaban desenfocados.

Podía llamarme Minnie Mouse si quería. —Soy Marlee, papá —me sequé una lágrima de la mejilla.

Sus dedos se movieron en mi palma y los apreté. —Me alegro de haberte encontrado, Maggie. Te extrañé.

—Yo también te extrañé.

Sus párpados se cerraron. Pero había estado despierto. Absorbí por la nariz.

Un brazo pesado rodeó mis hombros, y por un instante fugaz, pensé que era Tyler. Pero era Jackson. Apretó una taza tibia en mi mano y la sujeté.

—Despertó. Eso es genial. A partir de aquí todo irá sobre ruedas —dijo.

Jackson podía ser un genio de la programación, pero, lamentablemente, no sabía casi nada sobre la enfermedad de Alzheimer. No podría haber estado más equivocado.

29

—SYNERGY ANALYTICS. Habla Ben Levy-Walters.

Bien, no había podido pasar dos días enteros sin llamar a la oficina. Papá dormía la siesta, como había hecho la mayor parte de la mañana entre las revisiones de las enfermeras. Supuse que hablar con Ben mantendría mi mente fuera de ese lugar oscuro donde me revolcaba, preocupada por cuándo papá estaría lo suficientemente bien como para que ambos pudiéramos volver a casa.

Me volví hacia la ventana para no despertar a papá. —Hola, Ben. Soy Marlee.

—Cielos, Marlee. —Soltó un suspiro que crepitó en mi teléfono—. ¿Cómo lo hiciste?

—¿Hacer qué? ¿Está todo bien?

—N... espera. ¿Por qué me llamas? ¿Cómo está tu papá? ¿Estás bien?

—Está mejor. Despertó ayer. No estaba del todo lúcido, pero lo estará. —Si lo decía suficientes veces, se haría realidad. Al menos, eso me decía a mí misma—. Solo quería llamar para ver cómo van las cosas.

—No te preocupes por la oficina. Estamos bien. —Pero la nota aguda de tensión en su voz lo delataba como un mentiroso.

—Cuéntame. Quizá pueda ayudar.

Otro suspiro. —La agencia de empleos temporales envió a alguien verdaderamente horrible. Tuve que mandarla a casa temprano ayer y luego hablar con la agencia esta mañana. No tenían ni idea de lo que necesitábamos, ni siquiera de lo que hacemos. ¿Cómo pudiste trabajar con ellos?

La opresión que ya sentía en el pecho se intensificó un poco más. *Mi culpa.* —¿Lo solucionaste?

—La nueva, Angelique, es perfectamente aceptable. Pero no es como tú.

La opresión en mi pecho se alivió por un segundo. Hasta que dijo lo siguiente.

—Probablemente tú habrías podido manejarlo cuando el director de desarrollo vino a buscar a Jackson.

Ay, no. —¿Para qué necesitaba a Jackson?

—Algo se rompió en la compilación de esta mañana, y todo el mundo está buscando a quién culpar. Nadie sabe cómo arreglarlo. Y ahora la mitad de los desarrolladores están cazando errores y la otra mitad están sentados, esperando a que se arregle. El director está *furioso.* También Weston —susurró.

¿Sería el error algo que yo habría detectado en mi revisión de código matutina? —¿Dónde está Jackson? —No recordaba que tuviera ningún compromiso fuera de la oficina hoy.

—No está aquí. Y no contesta el teléfono.

Sentí una breve punzada de ansiedad antes de recordar que había pasado mucho tiempo desde que faltó al trabajo por una resaca, una carrera de Fórmula Uno o aquello que hizo en mi segunda semana de trabajo. Ese era el viejo Jackson. El nuevo Jackson, el que era un mejor hombre para Alicia, no desaparecía.

Por todos los cielos. Estaba de camino para vernos a papá y a mí.

—Envíame un correo con la descripción del problema. Lo investigaré, a ver qué puedo hacer.

—Marlee, no puedes.

—Claro que puedo. —El orgullo herido hizo que mi voz sonara demasiado cortante—. Tengo un título en ciencias de la computación. Estoy tan calificada como cualquiera de nuestros programadores júnior para intentar arreglarlo. De hecho...

—No —interrumpió Ben mi diatriba—. No quise decir eso. Lo único que quiero decir es que no puedes preocuparte por la oficina en este momento. Tu papá es tu prioridad. Necesita el cien por ciento de tu atención mientras esté herido.

—Pero él está... —Miré por encima de mi hombro. Papá tenía los ojos cerrados—. Está descansando.

—Entonces tú también deberías hacerlo. Él va a consumir toda tu energía por un tiempo. Todos aquí lo entienden.

Mis hombros se encorvaron. Tenía razón. No podía hacerlo todo. Al menos no bien. No podía hacer mi trabajo mientras papá estuviera aquí, necesitando que yo tomara decisiones en su nombre, necesitando mi apoyo. Todos en el trabajo —incluido Jackson— eran adultos sanos. Podían cuidarse solos. Papá no. Al menos no en este momento.

—Llama al piso de abajo y busca a... a Tyler Young. Él lo arreglará. —Era la primera vez que decía su nombre desde que papá se cayó. Todavía le debía una disculpa.

—Lo haría si él... no importa. Te extrañamos. Pero estaremos bien.

—¿Lo prometes? Porque volveré. Mejor que nunca. —Igual que papá—. No lleven el lugar a la ruina sin mí.

—No sé... —Su voz contenía un matiz de humor—. Si tengo que volver a tratar con ese director de desarrollo, podría simplemente prenderle fuego al lugar.

—Pide algunas galletas para el equipo. Pero nada con nueces. Y cuando vea a Jackson, le pediré que ofrezca un premio a la persona que encuentre el error. Eso debería dar resultados.

—Eres la mejor, Marlee. Tómate todo el tiempo que necesites, ¿de acuerdo?

—Lo haré.

Me necesitaban. Pero en este momento, papá me necesitaba más. Y no podría ayudar a nadie si me agotaba.

Llamaron a la puerta justo antes de que Jackson entrara con dos tazas de café.

—Buenos días —dijo alegremente—. ¿Cómo está Will?

Tomé la taza que me ofreció. —Está bien. —Seguiría diciéndolo hasta que fuera verdad—. Pero tu departamento no. Necesito que te des la vuelta y vayas a arreglar el desastre en Synergy.

—¿Qué desastre?

Miré a papá —todavía dormido— y luego tomé a Jackson del codo para acompañarlo al ascensor. Cuando las puertas se abrieron, le dije: —Tu teléfono está apagado de nuevo. Y por mucho que te quiera, no puedes estar dividiendo tu tiempo entre la oficina y yo. No puedes hacerlo todo.

Algo que ambos necesitábamos aprender.

Algo que Tyler había intentado decirme con sus historias sobre su abuelo y sus folletos de residencias de ancianos. Se equivocaba sobre la residencia, —¿o no?—, pero entendía por lo que yo estaba pasando. Y había recorrido todo Oakland para visitar centros de cuidado de la memoria. Por mí.

Mientras caminaba de vuelta a la habitación de papá, saqué mi teléfono del bolsillo y abrí la tarjeta de contacto de Tyler. Me sonreía con el saco y la corbata que había usado en la boda de Alicia. Se la había tomado temprano en la noche, antes de que bailáramos, antes de que me besara. Pensé que se veía perfecto, pero ahora la foto se veía extraña de alguna manera.

Busqué otra foto suya en mis fotos. Esta sí estaba bien. Llevaba una camiseta, su favorita de Galaga. A juzgar por la fecha de la foto, la había tomado en alguna fiesta de Synergy la primavera pasada. Su sonrisa era abierta, radiante.

Espera.

Me desplacé hacia abajo hasta la de la boda. Comparada con la anterior, su sonrisa parecía forzada. ¿Era solo porque llevaba traje, o era algo más? ¿Era por la Operación Príncipe Azul?

Había sido idea suya. Yo habría estado bien yendo juntos solo como amigos. Tyler fue quien propuso todo el asunto de la cita falsa. Porque sabía que yo quería a Cooper y él... a él le importaba lo suficiente como para ayudarme a conseguir lo que yo quería.

Le importaba. Incluso entonces, debió de haber querido algo más, pero como era mejor persona que yo, había hecho lo que pensaba que yo quería. Por mí. Hasta que despertó y se dio cuenta de que merecía más. Más que yo.

En la oficina de Jackson, había dicho que necesitaba toda mi atención. Entre mis responsabilidades en el trabajo y mi papá, ¿podría dársela?

Me apoyé en la pared junto a la puerta de papá y me cubrí la cara. *No ahora mismo.*

Tyler merecía más. Así que necesitaba retroceder. Alejarme. Volver a lo que era seguro, a lo que podía manejar: la amistad.

Escribí un mensaje de texto.

> Lo siento. Nuestra amistad es importante para mí. ¿Qué puedo hacer para arreglar las cosas entre nosotros?

Nuestra amistad. ¿Podríamos salvarla después de lo que había hecho, de cómo lo había tratado?

Envié el mensaje y esperé hasta que apareció *Entregado*. Luego, unos minutos más hasta que decía *Leído*. Y luego cinco minutos... diez. Cuando la enfermera pasó, lo seguí al interior de la habitación de papá.

El resto del día, cada vez que papá dormía, revisaba mi teléfono. Pero el mensaje seguía ahí, leído, sin respuesta.

—HOLA, chicos. — Jackson entró tranquilamente en la habitación del hospital el viernes por la tarde. Era un día mejor para papá. Él y yo estábamos jugando a las cartas, y yo iba perdiendo. No estaba segura de si era mi ansiedad por mi próxima reunión con la trabajadora social o las confusas reglas de papá lo que había movido mi montón de M&Ms a su vaso de papel. Agradecí la interrupción, pero...

—¿Por qué no estás en el trabajo? —Dejé mis cartas y fui a abrazar a Jackson, que holgazaneaba junto a la puerta.

—También me alegro de verte —dijo, sonriendo con suficiencia—. Con Cooper fuera, yo era prácticamente la última persona que quedaba en el sexto piso. Pero si no quieres esto —levantó una familiar taza de café roja—, me lo beberé de camino a...

—No. Dámelo. —Le arrebaté la taza de las manos e inhalé el sabor a nuez y caramelo—. Gracias. Y gracias por visitarnos. Significa mucho. —Intenté infundir en mi mirada todo el afecto y aprecio sinceros que sentía.

—¿Está todo bien en la oficina? —pregunté—. ¿Arreglaron el error? —Ben se había negado a darme ninguna primicia, aferrándose a su discurso de que me centrara en lo importante. Y lo había hecho. Pero todavía quería saber qué pasaba con mis amigos. Especialmente con Tyler.

—Sí. Es increíble lo motivada que puede llegar a estar la gente por una botella de whisky y el derecho a presumir. Sam lo encontró.

¿Sam? Habría apostado por Tyler. Y en parte esperaba que Jackson dijera su nombre para poder oír algo de él. El silencio empezaba a afectarme. Prácticamente podía sentir la hostilidad que emanaba de aquel icono de *Leído*.

En voz baja, Jackson dijo: —Sal a caminar. Ve a cenar temprano. O a comer algo de chocolate. Yo le echo un ojo a tu papá.

Me conocía bien. Susurré: —En realidad, tengo una cita con la trabajadora social. Debería volver en media hora, ¿vale?

Asintió y se acercó a papá. —Hola, Will. —Le estrechó la mano—. Jackson Jones. Soy el... de Marlee.

Papá lo detuvo. —Te conozco. Eres su jefe. Manejas un coche de carreras, y Marlee siempre tiene que arreglar tus desastres.

Jackson agachó la cabeza. —Ese soy yo. ¿Puedo reemplazarla? —Se sentó en la silla que yo había dejado vacía y tomó mis cartas.

Gracias, le dije moviendo los labios.

Mientras me iba, papá le dijo a Jackson: —Marlee y yo jugábamos por dulces, pero tú jugarás por dinero, ¿verdad, John?

Ay, madre.

En la oficina de la trabajadora social, empecé a desear haberme quedado en la habitación de papá. Recibir una paliza en las cartas era mucho mejor que estar en el lado perdedor de una discusión que desesperadamente quería ganar.

—¿Por qué no podría cuidarlo en casa? He cuidado de mi papá desde su lesión. —También entonces habían dicho que no podría hacerlo. Pero yo le había hecho hacer todos los ejercicios que el fisioterapeuta había recomendado. Lo había subido a pulso a la camioneta para llevarlo a las citas con el médico. Y me había asegurado de que se tomara sus medicamentos.

Sus ojos se suavizaron con algo demasiado parecido a la lástima para mi gusto. —La salud mental de su padre se ha deteriorado significativamente desde su accidente anterior. Las enfermeras informaron que no ha cooperado.

—Con *ellas.*—Intenté evitar que mi voz sonara a la defensiva—. Mi papá nunca se comportaría así conmigo.

Me miró fijamente, en un desafío. —No lo haría. —La incredulidad aplanó su tono—. ¿Nunca ha sido difícil con usted?

—Por supuesto que no. —Levanté la barbilla.

Me miró directamente a los ojos. —¿Qué estaba haciendo la noche que se cayó?

Bajé la vista a mis manos, retorciendo el bajo de mi cárdigan rosa hasta convertirlo en una cuerda. *Santo cielo.* —Estaba sacando el telescopio.

—Y si se va a casa con usted, ¿cómo va a evitar que lo haga de nuevo? ¿Va a instalar cerraduras con llave en el interior de sus puertas? ¿Lo vigilará cada minuto? ¿Qué pasará cuando vaya a trabajar?

—Hemos contratado a una enfermera de día.

Sus ojos eran de un cálido color marrón, y aunque no era mucho mayor que yo, su expresión me dijo que no era la primera hija terca con la que se había encontrado. —¿Y qué pasará cuando necesite trabajar hasta tarde, o ir al supermercado? ¿O necesite cinco minutos para usted sola?

Cada pregunta era un cuchillo en mi corazón. Le había fallado a papá cuando había hecho exactamente esas cosas. Me lo iban a quitar. Parpadeé con fuerza.

—Podemos recomendarle varias instalaciones de tipo residencial donde él estará cómodo, y usted podrá visitarlo cuando quiera. Todos los días si quiere. —Hizo una pausa hasta que aparté la vista de mi regazo y la miré a la cara—. Tienen unidades especializadas en el cuidado de la memoria. Saben cómo cuidar a su papá. Tienen programas de enriquecimiento para mantener su cuerpo y mente activos.

Mejor que aquel viejo y raído rompecabezas de *La Bella y la Bestia*. Recordé los folletos que Tyler me había traído. Él había estado tratando de convencerme de lo mismo. —¿No estará en una cama todo el día? ¿No estará... —tragué saliva— contenido?

—No. Habrá lugares seguros para que camine. Jardines. Clases de arte. Música.

—Suena caro. —Me mordí el labio.

—No es barato. Pero hay programas que ayudan a pagarlo.

—¿Y es lo mejor para mi papá?

—Lo es. —Sus ojos marrones podían ser suaves, pero su mandíbula firme me dijo que no cedería en esto.

—Piénselo —dijo—. Vaya a visitar algunas instalaciones. He hecho una lista. —Me entregó una hoja impresa y la tomé. La doblé dos veces y la metí en mi bolsillo trasero.

Las lágrimas me picaron en los ojos, y parpadeé para ahuyentarlas. Necesitaba ayuda. Lo sabía. Pero papá y yo nos habíamos cuidado el uno al otro desde que mi madre murió. ¿Cómo podía dejarlo ir ahora que más me necesitaba?

Fuera de la habitación de papá, respiré hondo y me froté las palmas sudorosas en los vaqueros. Abrí la puerta y entré.

—Ya volviste —dijo Jackson con demasiada alegría mientras se levantaba de un salto de la silla.

Papá metió la mano en el bolsillo de su camisa de pijama y me sonrió. —¡Solecito! ¿Tuviste un buen paseo?

—Sí, papá. —Le devolví la sonrisa—. Solo voy a acompañar a Jackson a los ascensores. Vuelvo enseguida.

Tomé el brazo de Jackson y volví al pasillo. Mientras caminábamos del brazo hacia los ascensores, le dije: —La trabajadora social dice que tiene que ir a una... a una residencia de ancianos.

—Ah, Marlee. Lo siento. —Pero no parecía sorprendido.

—Necesitaré unos días más libres para arreglar las cosas. Voy a tener que vender nuestra casa.

—El tiempo que necesites. Ben nos ha encontrado una temporal estupenda. Me pregunto por qué siempre tuviste tan mala suerte con las malas.

—Solo mala suerte, supongo. —Nos detuvimos frente a los ascensores—. Gracias por ser comprensivo. Volveré a trabajar tan pronto como pueda. No más de una semana.

—¿Puedo darte un consejo?

Levanté la vista hacia sus ojos color chocolate. —Suéltalo.

—En las inmortales palabras de Ferris Bueller: «La vida pasa muy rápido. Si no te detienes y miras a tu alrededor de vez en cuando, podrías perdértela». Cuidar de tu papá es algo admirable. Pero no puedes olvidarte de vivir tu propia vida.

—Gracias. —Tyler había intentado decirme lo mismo. Tenían razón. Tenía un buen trabajo, y pronto encontraría un lugar para vivir y comenzaría la siguiente fase de mi vida. Aunque algunas de mis otras relaciones eran un completo desastre, tenía buenos amigos. Y todavía podía visitar a papá todos los días y saber que estaba bien cuidado.

Cuando el botón del ascensor se iluminó, dijo: —Por cierto, hay algo que necesito decirte sobre tu papá.

Mi corazón se aceleró y mis palmas se pusieron sudorosas. —¿Qué es?

—Hace trampa en las cartas.

30

LOS VERANOS que no daba clases, papá trabajaba en la construcción y, a veces, me llevaba con él a sus obras. Demasiado pequeña para ayudar, me sentaba en la caja de herramientas en la parte trasera de su camioneta, leía libros y lo observaba. Cargaba montones de vigas de dos por cuatro sobre el hombro y las llevaba por la obra como si no pesaran nada. Incluso cargado con un cinturón de herramientas y arrastrando una pistola de clavos, trepaba por los andamios, ágil como un acróbata. Sus músculos se tensaban mientras colocaba bañeras de hierro fundido en su sitio. Y seis días después de su caída, con todo y la pierna rota, se necesitaron dos corpulentos auxiliares de enfermería para meterlo a la fuerza en una silla de ruedas y llevarlo a fisioterapia. No por nada se llamaba Will.

Cuando regresó, lo esperé, lista para la batalla. El sol del atardecer proyectaba rayos dorados sobre su cama de hospital. Tenía los ojos más avispados ese día, y solo me había llamado Maggie un par de veces.

—Tengo buenas noticias para ti —ya no tenía los tubos, reemplazados por moretones de color amarillo verdoso y una venda, y le tomé la mano—. Mañana te dan el alta.

Se le iluminó el rostro.

—¡Nos vamos a casa! Podré volver a comer comida decente. ¿Harás el pastel de carne de tu madre?

Mordiéndome el labio para que no me temblara, me aclaré la garganta.

—No vas a casa, papá. Vas a ir a un lugar nuevo. Bayside Gardens. Te ayudarán a rehabilitar tu pierna.

Se le ensombreció el rostro, pero luego asintió.

—Iré a casa después de que mi pierna esté mejor. El médico dijo que en seis u ocho semanas.

Respiré hondo.

—Voy a vender la casa. Me mudo a un apartamento, y tú te vas a quedar en Bayside. De forma permanente —le apreté la mano, rogando que entendiera y no me odiara—. Te van a cuidar mejor de lo que yo puedo. Tienen programas de arte y conciertos. Bayside incluso tiene una biblioteca y un telescopio que puedes usar.

—¿Me estás metiendo en un *asilo*? ¡Solo tengo cincuenta y tres años! —su rostro enrojeció de furia. Me alegré de que le hubieran quitado los monitores cardíacos; habría hecho sonar una alarma.

—Papá... —cubrí su mano con la mía, pero la apartó de un manotazo y se cruzó de brazos—. Papá, tienes la enfermedad de Alzheimer. No puedo darte los cuidados que necesitas en casa.

—Estoy bien —dijo—. A todo el mundo se le olvidan las cosas.

Se me oprimió el pecho. Tal vez *yo* necesitaba el monitor cardíaco.

—Hoy estás bien, pero últimamente has tenido días bastante malos. Estabas teniendo un mal día cuando te caíste, y no pude cuidarte. Me temo que tu salud va a empeorar, y necesito mantenerte a salvo.

Miró hacia la ventana.

—No quiero eso. Quiero vivir en mi casa y sentarme en mi sillón reclinable.

Yo también quería eso. Más que nada en el mundo. Pero ya no iba a mentirme a mí misma, y desde luego no le mentiría a papá.

—Lo siento. Ojalá pudieras. Pero esto es lo correcto para ti. Para los dos.

Se quedó en silencio por un minuto. Luego, sin dejar de apartar la vista de mí, dijo:

—Estoy cansado. Voy a dormir ya.

Un escalofrío me recorrió la piel. Me puse de pie, obligándome a mantener la compostura un minuto más.

—Está bien. Te veo mañana.

No dijo nada, pero una lágrima brilló dorada en su mejilla.

———

A LA TARDE SIGUIENTE, empecé a empacar nuestras vidas.

Papá y yo lloramos esa mañana cuando lo subieron a la ambulancia para ir a Bayside Gardens. Aunque no paraba de preguntar a dónde lo llevaban, recordaba que estaba enfadado por *algo* y que era culpa mía.

Sus lágrimas eran de ira frustrada. Las mías eran de pura culpa.

Las enfermeras me dijeron que esperara unos días antes de visitarlo para que se adaptara a una rutina. Como yo estaba hecha un desastre para ir a trabajar, me propuse ser productiva en casa.

La agente inmobiliaria con la que había hablado prácticamente había salivado ante la idea de vender nuestra casa. El barrio de al lado se había aburguesado cada vez más, y estaba convencida de que el nuestro era el siguiente. Se me abrieron los ojos como platos ante el precio que me soltó. Bien invertido, cubriría la parte de los cuidados de papá que los programas de ayuda y sus ahorros no cubrieran.

Así que empaqué nuestro hogar. Ya había terminado con la cocina; la mayor parte se iría conmigo a mi nuevo piso cerca de la oficina. Había limpiado el cobertizo, incluidas las luces de Navidad que nunca llegó a colgar.

Luego empecé con la habitación de papá. Ya había llevado su ropa y sus fotografías favoritas a Bayside Gardens. Pero quedaban un montón de fotos suyas y de mi madre, y cada una me apuñalaba el corazón. Las envolví en periódico y las acomodé en una caja con los álbumes de fotos. Algún día podría estar lista para volver a mirarlas.

Peor aún fue el escondite secreto de las cosas de mi madre que encontré en un rincón de su armario. La ropa y los zapatos de veinticinco años de antigüedad fueron a parar a una bolsa para una tienda de segunda mano. Su cepillo para el pelo, que aún conservaba algunos hilos de color castaño dorado, fue a la basura. Ambos habíamos estado obsesionados con mi madre durante demasiado tiempo; no podía dejar que esos recuerdos me agobiaran en mi nuevo futuro.

Una organización benéfica local se llevaría los muebles del dormitorio de papá, junto con su gastado sillón reclinable. Probablemente tendría que deslizarles a los tipos cincuenta dólares para que se lo llevaran. No podía imaginar que ni siquiera los pobres de Oakland lo quisieran.

Esperaba que mi habitación me resultara más fácil que la suya.

Todos mis libros habían ido a parar a una caja para donarlos a un grupo local de alfabetización. Juré que a partir de ese día leería historias más realistas. Me uniría al club de lectura de Alicia, que solo leía horribles suspenses domésticos y deprimentes dramas familiares. Esa era la vida real, no el mundo romántico y color de rosa de mis antiguos favoritos.

Mis viejas muñecas también iban a la beneficencia. Esperaba que alguna niña las quisiera como yo las había querido. Envié un deseo en la caja con ellas de que su nueva dueña fingiera que las muñecas eran Malala Yousafzai o incluso Beyoncé y que vivían para ellas mismas, no buscando un príncipe con quien casarse.

Cuando llegué a mi joyero, antes de meterlo en la caja de la mudanza, me llevé la mano a la nuca y me desabroché el collar. El colgante yacía en mi palma, las esquirlas de diamante centelleaban a la luz de la lámpara.

No viviría su vida. Ella había quedado atrapada en un matrimonio que no quería.

Tampoco viviría la vida de papá. Él se había consumido por un amor perdido que nunca existió.

Tenía que vivir mi propia vida.

Había terminado con los cuentos de hadas. No más soñar con un príncipe en un caballo blanco. No necesitaba que me rescataran. Necesitaba un amante que también fuera un amigo. Que me dijera mis verdades cada vez que cayera en una fantasía romántica. Que me apoyara. Alguien que también necesitara mi apoyo.

Si tan solo hubiera visto lo que tenía justo delante en lugar de lo que había imaginado, no estaría sentada sola, rebuscando entre los recordatorios de mis propias decisiones tontas y oportunidades perdidas.

Abrí mi joyero y dejé caer el colgante dentro. Lo había arruinado todo, y no habría un «y vivieron felices para siempre» para mí.

31

DOS DÍAS DESPUÉS, al salir del elevador en el sexto piso, casi podía convencerme de que mi mundo había vuelto a la normalidad. Había dejado atrás mi casa llena de cajas para reincorporarme a la rutina en Synergy.

Fruncí el ceño al ver mi escritorio. La asistente temporal había movido mis cosas. Me tomé un minuto para deslizar el portalápices a su lugar en la esquina y enderezar el archivador para poder alcanzarlo sin mirar. Arrojé una revista de celebridades a la papelera de reciclaje debajo de mi escritorio. Cuando el espacio se vio como debía, saqué mi computadora portátil y la encendí.

Cooper estaba de vuelta en su oficina. Su voz grave era el único sonido en el silencio de la mañana en el sexto piso. Un mes atrás, me le había insinuado en esa oficina y él me había rechazado. Parecía algo que otra mujer había hecho hacía años.

Irguiendo la espalda, caminé hacia su puerta y toqué el marco.

—¡Marlee! Me alegra que haya vuelto. ¿Cómo está su papá? —preguntó, dejando su teléfono boca abajo sobre el escritorio—. Jackson dijo que no estaba bien.

Le di la versión corta, pero aun así su rostro se arrugó de preocupación.

—Lo lamento. Sabía que tenía algunas lagunas de vez en cuando, pero no sabía que era tan grave.

—Ahora está a salvo. Eso es lo importante. —Lo examiné desde su cabello dorado hasta su impecable camisa de vestir lavanda—. ¿Cómo está usted? ¿Qué tal Europa?

—Bien. Lo de siempre. —Hizo un gesto vago con la mano.

Solo Cooper Fallon podía volver de dos semanas en Londres y París y decir que estuvo «bien». —Ok. Bueno, estoy segura de que tengo una montaña de trabajo esperándome. Hasta luego. —Con un saludo torpe, me di la vuelta para irme.

—Me alegra tenerla de vuelta.

Sonreí, contenta de haber regresado a nuestro nivel normal de incomodidad.

Diez minutos después, Ben entró a grandes zancadas, sacudiendo su abrigo salpicado por la lluvia. Tenía la boca apretada en un ceño de agobio, pero se detuvo en mi escritorio.

—¡Hola, Marlee, volviste! —Lanzó una mirada a la puerta de Cooper, pero luego su rostro se relajó en una amplia sonrisa—. ¿Tu papá ya está bien?

Como había hecho con todos excepto con Jackson y Alicia, solo le había dado la información básica sobre el accidente de papá. — Se rompió una pierna. Se está recuperando en un asilo. Yo…, él…, probablemente se quede ahí de forma permanente. Tiene alzhéimer. —Tenía que asumir la condición de papá ahora y la nueva realidad a la que me obligaba.

Sus ojos color whisky eran amables, y líneas de preocupación los enmarcaban. —Lamento mucho eso. ¿Tú estás bien?

Me tembló el labio, pero logré decir: —Lo estaré.

Se inclinó y me frotó el brazo. —Avísame cómo puedo ayudar. Cuando estés lista, saldremos a tomar algo y charlamos, ¿sí? — Sostuvo mi mirada hasta que asentí.

Ahora tenía más tiempo para los amigos. Me aseguraría de tomarle la palabra.

Veinte minutos más tarde, Jackson entró con energía al piso. Sin decir una palabra, vino detrás de mi escritorio y me levantó para darme un abrazo. Sus poderosos brazos a mi alrededor me aseguraron que todo estaría bien con el tiempo.

Nos separamos, pero me sujetó las manos. —¿Cómo estás?

—Estoy bien, jefe. Lista para trabajar.

Negó con la cabeza. —No, de verdad, Marlee. Sin rodeos. ¿Cómo estás? —Su mirada se encontró con la mía.

—Fue... difícil llevar a papá allí. Todavía no lo he visto. Las enfermeras me dijeron que esperara un par de días.

—¿Quieres que te acompañe? Podemos ir esta noche.

—Pienso ir después del trabajo y te agradezco la oferta, pero necesito hacer esto yo sola. —Le apreté la mano—. ¿Entiendes?

Me devolvió el apretón. —Sí. Pero dime qué puedo hacer para ayudar.

—Me encantaría trabajar un poco para distraerme de todo.

—Entonces tengo justo lo que necesitas. Faltan dos semanas para nuestra fiesta de fin de año y *puede que* haya metido la pata.

Puse los ojos en blanco. Jackson siempre ofrecía ayudar con la fiesta anual de fin de año el primer fin de semana de diciembre, pero sus responsabilidades usualmente recaían en mí. Encargarme del desastre de la fiesta de la empresa y asegurarme de que el evento saliera sin contratiempos mantendría mi mente ocupada de mi primer Día de Acción de Gracias fuera de la casa de mi infancia. —Por supuesto que te ayudaré.

—¡Genial! Tenemos una reunión a la hora del almuerzo con el comité de planeación de la fiesta.

—Pero no está en tu agenda —protesté—. Tienes una reunión con...

—La moverás, ¿verdad? Ah, y necesitaremos que nos traigan el almuerzo.

—Me encargo. Pero, Jackson, ahora que yo... ahora que... —Tomé una respiración profunda y tranquilizadora—. Como ya no tengo que correr a casa para ver a papá, me gustaría tomar algo de trabajo de programación. Oficialmente. —Su sonrisa se congeló en su rostro, y me apresuré a continuar—. Quiero seguir apoyándote, pero también quiero trabajar en otros proyectos.

Su sonrisa se relajó, pero no del todo, como si estuviera ocultando algo. —Puede que tenga algo para ti. Dame unos días para resolverlo. —Frunció los labios—. Debería...

El timbre del teléfono de mi escritorio, su línea, lo interrumpió. —Esa es tu llamada de las nueve —dije—. Mejor que entres.

—Gracias, Marlee, eres la mejor —me gritó Jackson por encima del hombro mientras corría hacia su oficina.

Por un momento, le creí.

———

MI PIE no dejó de moverse durante toda la reunión del comité de planeación. Maldito pie. Quería dejar de perder el tiempo planeando una fiesta que no me importaba y bajar corriendo al cuarto piso.

Tyler y yo no habíamos hablado ni enviado mensajes en más de una semana, y era hora de que habláramos. Bueno, era hora de que yo suplicara. Otra vez. Porque mi súplica fue un asco la primera vez. Esta vez, me aseguraría de hacerlo donde Cooper no pudiera encontrarme.

Una vez que la reunión terminó y Jackson estaba a salvo en su siguiente llamada de conferencia, le dije a Ben: —Ya vuelvo. — Abrí el cajón de mi escritorio y me guardé en el bolsillo la pequeña pistola de plástico negro. No necesitaba la excusa para hablar con él; éramos amigos y debería haber sido perfectamente normal visitarlo en su escritorio.

Debería haberlo sido. Pero él siempre subía a verme.

Era una amiga terrible y una «más que amiga» aún peor.

Con la excusa en mi bolsillo, bajé las escaleras al trote. Cuando llegué al descansillo del cuarto piso, me enderecé la blusa blanca donde se metía en mi falda de tubo negra y me alisé el cabello.

Al empujar la puerta, emergí en el mar de cubículos. Tenían divisiones bajas para fomentar la colaboración, y los programadores los habían decorado para reflejar sus personalidades. Un par gigante de zapatillas altas colgaba de una cuerda sobre el más cercano. Unas filas más allá, un estante exhibía una reluciente hilera de trofeos de fútbol. Miré hacia las ventanas donde se sentaban los programadores veteranos, incluido Tyler, y me dirigí en esa dirección.

Pero el cubículo de Tyler estaba totalmente distinto. Lo habían vaciado, y parecía que lo habían hecho deprisa. Aunque la superficie del escritorio estaba despejada, mostraba vetas de polvo donde podrían haber estado pilas de libros o papeles, y había algunos alfileres esparcidos sobre él. La base de conexión estaba vacía y los grandes monitores estaban apagados.

El estante superior estaba desnudo excepto por el polvo y una figura de la Princesa Leia, con la mano extendida. Espacios limpios en el polvo la rodeaban.

¿Se había mudado de cubículo?

Me di la vuelta y vi a la hermana de Jackson, Sam, en un pequeño cubículo cercano. Miraba fijamente su pantalla, con un par de audífonos con cancelación de ruido que parecían enormes en sus facciones delicadas.

—Sam. —Como no respondió, me acerqué a su cubículo y le toqué el hombro suavemente. Dio un respingo.

Cuando vio que era yo, sonrió, esa sonrisa torcida que me recordaba a la de Jackson. Se quitó los audífonos. —¡Marlee! ¿Qué haces aquí abajo? ¿Ahora eres programadora? Apuesto a que puedes quedarte con el cubículo de Tyler.

—Vine a buscarlo. ¿Sabes a dónde se fue?

—¿Tyler?

Me mordí el labio para no decir algo que delatara mi ansiedad. —Sí, Tyler.

—A casa. A algún lugar de Texas. Austin, ¿quizás? ¿O Dallas? Dijo que quería pasar un tiempo con su familia.

¿Su familia? Eran unos cretinos con él, especialmente Raleigh. Yo lo había animado a ir a casa por las fiestas, pero se había adelantado una semana.

—Ha estado trabajando de forma remota durante la última semana. Dijo que probablemente se quedaría hasta Acción de

Gracias. Pero si solo se iba a casa por un par de semanas, ¿por qué se llevó todas sus cosas? Me he estado preguntando si está... —bajó la voz— buscando otro trabajo. Llevaba un saco formal un día de la semana pasada. El día que se fue temprano. Sin embargo, no quise decirle nada a Jackson. En realidad no era asunto mío.

—Ah.

—¿Estás bien? Te ves pálida.

—Estoy bien. Gracias. —Me quedé mirando a la Princesa Leia. ¿Qué me estaba diciendo?

—Fue raro que se llevara todos sus juguetes.

—¿Sus juguetes? —Las pocas veces que había estado aquí abajo, no había prestado atención. Ciertamente no había catalogado el contenido de su cubículo.

—Tiene toda una colección: Yoda, Obi-Wan, Darth Vader, Chewbacca, Lando Calrissian, Boba Fett, Jabba el Hutt. Solo dejó a Leia aquí. Quizás porque está rota. Estaba a punto de tirar a Han Solo, pero Grant se lo pidió. —Señaló un cubículo diferente, y vi la figura de acción apoyada contra una suculenta en maceta.

Crucé el pasillo, saqué la diminuta pieza de plástico de mi bolsillo y encajé la pistola bláster en la mano de Leia. Llevaba el mismo vestido blanco y el pelo trenzado que yo en Halloween. Pero incluso la pequeña Leia parecía más fuerte, más segura, con la mirada clara. Ella sabía lo que quería y lo perseguía. Y era lo suficientemente inteligente como para querer las cosas correctas.

—Oye, la arreglaste. Le enviaré un correo para avisarle. O quizás deberías enviárselo tú. Puede que la quiera de vuelta ahora.

Mi estómago ardió como si hubiera recibido un disparo de bláster. No, él no la quería de vuelta. Eso estaba claro. Si la hubiera querido, no me habría enterado por Sam de que se había ido. Sorbo por la nariz.

—Oye, ¿estás bien?

—Estoy bien. El polvo me está haciendo llorar los ojos. —Le di la espalda a Sam, pero mi voz era aguda y tensa.

—Ah. Ok. No tengo pañuelos, pero hay en el baño.

—Gracias.

Tomé a la Princesa Leia. Ella había besado tanto a Luke Skywalker como a Han Solo. Afortunadamente, se había dado cuenta de que ella y Luke eran mejores como amigos antes de convertirse en amantes. Dejando a un lado el asquito de que él es en realidad su hermano, siempre había pensado que ella había cometido un error. Han Solo no la amaba de verdad; no de la manera que ella necesitaba. Luke era el que siempre estaba ahí para ella, honesto y leal.

Justo como Tyler.

Hasta que lo arruiné todo.

Y ahora se había ido. ¿Por cuánto tiempo?

Mis rodillas temblaron y me agarré al respaldo de su silla. *Respira.* Marlee Rice, asistente ejecutiva del cofundador, no podía perder la cabeza en medio del mar de cubículos.

Incluso si mi corazón acababa de reducirse a polvo en mi pecho.

———

DE CAMINO AL VESTÍBULO, le escribí a Alicia. *¿Puedes hablar?*

Mi teléfono sonó tan pronto como salí del elevador. —Hola.

—Hola —dijo Alicia—. Supongo que esperaba que quisieras hablar, pero no pensé que te enterarías tan pronto.

—¿No pensaste que me enteraría de qué? —Empujé la puerta hacia el patio, que estaba frío, húmedo y desierto. Me estremecí.

—Oh. De nada.

—No. Hemos sido amigas demasiado tiempo para eso. ¿Qué sabes?

Se quedó en silencio por un momento. —No puedes decírselo a nadie. Nadie lo sabe todavía.

—¿Nadie sabe *qué*, Alicia? ¿Tyler está bien? —Una pequeña gota de agua aterrizó en mi mejilla. No era exactamente lluvia; más bien como si la niebla hubiera empezado a licuarse.

—Está bien. Está bien, según escuché. Jamila lo vio. Se encontraron en Austin. No lo sabría, excepto que me pidió una referencia. Le ofreció un trabajo y él aceptó.

—¿Aceptó? ¿Quieres decir que trabajará en la oficina de Jamila en San Francisco? —Eso no estaría tan mal. No subiría a mi escritorio todos los días, pero podríamos almorzar juntos algunos días a la semana.

—No. El trabajo es en Austin. Va a abrir una segunda oficina allí.

—¿Austin? —No tenía sentido. Se acababa de mudar de Austin hacía menos de un año. Había dicho que su sueño era trabajar para Jackson en San Francisco.

—Lo siento, cariño. Estoy segura de que te llamará para contártelo. He oído que es un gran trabajo. Nivel de director, y no tiene ni treinta años. Jackson está trabajando en una contraoferta, pero no sé si Tyler la acepte. Tenía que tener una razón para pedirle un trabajo a Jamila.

Mi cara estaba mojada, y no podía decir si era lluvia o lágrimas o ambas cosas.

—Marlee, ¿estás bien?

—Bien.

—No suenas bien. ¿Necesitas poner la cabeza entre las rodillas?

—No. —Pero estar de pie no me estaba funcionando. Me agaché allí mismo en el patio con mis tacones, mi falda y sin abrigo. Esperaba que nadie me estuviera viendo perder la cabeza.

—Háblame. O voy a ir para allá y te haré hablar.

Agarré mi teléfono como si pudiera salvarme de ahogarme. —Antes de que mi papá se cayera, Tyler y yo… le dije lo que sentía. Pero no me creyó.

—¿Le dijiste qué?

—Lo amo, ¿ok? O sea, no amor de amigos como te amo a ti. Amor-amor, como amas a Jackson.

Su inhalación fue fuerte. —Lo amas.

—Pero él... pero yo... Cooper estaba allí, y fue horrible. Y luego mi papá fue al hospital, y ahora esto.

—Oh. —Estuvo en silencio unos segundos—. Sabes lo que tienes que hacer, ¿verdad?

—Tengo que llamarlo. Debería haberlo hecho antes, pero yo...

—Lo sé. Tenías muchas cosas en la cabeza. Él lo entenderá.

———

NO LO ENTENDIÓ.

Al menos, esa era la conclusión a la que tenía que llegar. Dieciséte mensajes de texto y seis mensajes de voz —incluyendo uno que dejé después de demasiadas copas de vino donde *puede que* haya cantado «Veo en ti la luz» de *Enredados*— sin respuesta era un mensaje bastante claro.

Pero el más claro fue su respuesta de dos palabras al final de mi conversación de texto unilateral.

TYLER

No puedo.

32

ENCARGARME del comité de planificación de la fiesta significó que estaba demasiado ocupada para pensar —mucho— y demasiado ocupada para la autocompasión. En su mayor parte.

Pedirme que rescatara la fiesta había sido una de las ideas más brillantes de Jackson. No es que fuera a admitírselo.

Con todas las llamadas que hice, la comida que probé, los lugares que visité y las audiciones que escuché, no había tenido tiempo para deprimirme por mis primeras fiestas de fin de año sola en mi nuevo apartamento sin papá.

Pero no pasé el Día de Acción de Gracias sola. Bayside Gardens había invitado a las familias de los residentes a una comida. Y aunque papá todavía no me hablaba por haber vendido la casa, tirado su amado sillón reclinable y haberlo metido en el asilo, varias veces se confundió lo suficiente como para ser amigable. Me llamó Maggie y me dijo lo amable que era por cocinar para todos sus nuevos amigos. Se veía sano y bien alimentado, y por eso estaba agradecida.

Después de la comida, Alicia y Jackson me recogieron y me llevaron a su casa para el fin de semana largo, donde jugué videojuegos con Sam y Noah. Fue casi tan bueno como tener mi propia familia.

Y la semana entre el feriado y la fiesta, definitivamente estuve demasiado ocupada para pensar en Tyler. No lo había visto en veinticinco días —no es que estuviera contando— desde que salió furioso de la oficina de Jackson. No me había acurrucado con el suéter de Tyler, que ya casi no olía a él, cada vez que me sentía sola o triste. Eso habría sido patético.

Lo cual yo era, totalmente.

Así que había decidido hacer algo al respecto. Mis súplicas no habían servido de nada, y descubrí por qué: en las novelas románticas, las súplicas siempre iban precedidas de un gran gesto, realizado por el personaje que más había herido al otro. Esa era yo, sin duda. Tenía que demostrarle a Tyler que lo sentía antes de que aceptara mis ruegos. Uno pensaría que alguien que había leído tantas novelas y visto tantas comedias románticas como yo, se le habría ocurrido. Pero tenía muchas cosas en la cabeza.

Ya le había pedido a Jackson tiempo libre y planeaba volar a Texas después de Navidad. Como en *Cuando Harry conoció a Sally*, pondría todas las cartas sobre la mesa y le diría que quería ser más que su amiga por el resto de nuestras vidas. Si —y sabía que era un gran *si* después de cómo lo había tratado— me perdonaba y todavía me quería, nos besaríamos en la víspera de Año Nuevo, y eso nos sellaría para siempre.

Sí, sabía que Texas era un estado grande, y que primero tendría que encontrarlo, pero no dudaría en usar a Alicia para el reconocimiento. Jackson no sería de ninguna ayuda; todavía estaba molesto con Tyler por haber presentado su renuncia oficial con dos semanas de antelación el día antes de la fiesta de la empresa.

La noche de la fiesta, alisé las arrugas de la falda acampanada de mi vestido de cóctel negro. *No estoy nada nerviosa*. Probablemente ni siquiera aparecería. Lo más seguro es que siguiera en Texas. Pero una pequeña esperanza ardía bajo el escote drapeado de mi vestido.

Para distraerme, examiné las mesas en el salón principal del barco de fiesta que habíamos alquilado para la celebración de fin de año de la empresa. Una vez que todos estuvieran a bordo, navegaríamos por la bahía durante unas horas mientras los empleados y sus invitados cenaban y bailaban. De alguna manera, el comité y yo habíamos logrado que pareciera que no lo habíamos organizado todo en solo two semanas.

Un mantel blanco cubría las mesas del gran salón de fiestas. Las ventanas oscurecidas reflejaban un centenar de velas de mesa. Jarrones con rosas blancas y ramitas de bayas rojo sangre coronaban cada superficie. Las mesas del bufé se extendían por el centro de la sala, y pronto estarían cargadas de comida caliente. Los camareros, con bandejas de aperitivos y copas de vino, circulaban entre los invitados que llegaban temprano. Había pasado demasiado tiempo planeando la fiesta como para tener hambre de las barquitas de lechuga, los buñuelos de cangrejo y las diminutas tostadas de aguacate que tan cuidadosamente había seleccionado. No era porque estuviera demasiado ansiosa para comer.

Después de que terminé de aprobar la disposición de las mesas y de revisar el programa de actividades, salí a la cubierta al aire libre. El estómago se me revolvió como las olas de abajo. Quizás fue por el movimiento del barco, o quizás fueron los nervios por la posibilidad de volver a ver a Tyler. Como todavía estábamos atracados, supuse que era lo segundo.

Alicia bajó por la pasarela, deslumbrante en su vestido de noche blanco. El sobrevestido de pedrería del corpiño desviaba la atención de su abultado vientre, cubierto por una tela vaporosa. Se agarró de la manga de Jackson —como de costumbre, él se veía delicioso en esmoquin— y lo arrastró hacia mí. Sam, la hermana de Jackson, los seguía. Llevaba un suéter negro sobre unos pantalones negros. En la oscuridad, habría sido invisible si no fuera por su piel pálida.

—¡Marlee, todo se ve maravilloso!

Dejé la tableta con mi lista de verificación y abracé a Alicia. —*Tú* te ves maravillosa. ¿Cómo te sientes esta noche?

Me abrazó con fuerza y me susurró al oído: —Hoy tuve mis primeras contracciones de Braxton-Hicks. Pero lo estoy manteniendo en secreto para que Jackson no se asuste. Me haría empacar la maleta del hospital y practicar la carrera hasta allí.

Me aparté y le sonreí. —¡Eso es genial! —Al ver la mirada preocupada de Jackson, continué—: Genial que te sientas tan bien. Jackson, te ves fantástico como siempre. Aunque, déjame… —Busqué en mi bolso y saqué un rodillo quitapelusas. Me puse en cuclillas y lo pasé por los bajos de sus pantalones—. Supongo que estuviste recibiendo un poco de cariño de Tigger antes de irte.

Se agachó para quitarme el rodillo y susurró: —Te tengo una sorpresa para esta noche. —Me guiñó un ojo.

¿Una sorpresa? ¿Podría ser Tyler? Observé a Jackson pasarse el rodillo por los tobillos, esperando que me iluminara.

Pero él solo se enderezó y dijo: —Tigger ha estado un poco ansioso con todos los cambios por el bebé. Él y yo creamos un vínculo mientras esperábamos que Alicia terminara de arreglarse.

Sam se unió a nuestro círculo. —Oye, Marlee, hace tiempo que no te veía. Solo para que sepas, le envié un correo a T…

Jackson le pasó un brazo por los hombros a Sam, sobresaltándola hasta hacerla callar. —Recuerda lo que dijimos en el camino. No vamos a hablar de ese desertor esta noche.

Le sonreí débilmente a Jackson. Decir el nombre de Tyler no evitaría que pensara en él. Aunque apreciaba el esfuerzo.

—Pero pensé que ella…

—Qué bien nos vemos todos.

No me había dado cuenta de que Cooper se acercaba. Le estrechó la mano a Jackson y luego a Alicia. Me extendió una mano y yo la estreché. Por primera vez en tres años, no intenté convertirlo en un abrazo ni demorarme demasiado con su mano en la mía. No fingí que había chispas. Todas mis chispas eran para la única persona que faltaba en nuestro grupo esta noche.

La voz del capitán del barco crepitó en mi auricular. —Señorita Rice, es hora de zarpar. ¿Están todos a bordo?

—Deme un minuto para confirmar —murmuré. Me di la vuelta y caminé hacia la pasarela, donde la coordinadora de la fiesta estaba de pie con una tableta similar a la mía.

—¿Ya se registraron todos? —le pregunté.

—Todos menos uno —se desplazó por la lista de nuevo—, Tyler Young.

No iba a venir. Acaricié mi collar, un simple colgante de cristal. —Demos otros cinco minutos, y luego puede decirle al capitán que proceda.

Ella me dedicó una sonrisa. —Suena bien. Vaya a divertirse, ahora.

Intenté dedicarle una sonrisa brillante, pero mi cara estaba demasiado rígida. Guardé mi tableta en mi bolso, me quité el auricular y se lo entregué, junto con mi bolso. —Gracias. Iré a socializar. Búscame si necesitas algo.

—Así lo haré —dijo, toda alegre y eficiente.

Me di la vuelta y caminé de regreso hacia las luces brillantes de la fiesta. Aunque había pasado semanas planeándola, desde la decoración hasta la música y la comida, y conocía a casi todos los presentes, algo andaba mal. Deambulando entre los grupos de empleados de Synergy y sus acompañantes, intercambié algunas palabras aquí, estreché una mano allá, but I no podía encajar en ninguna de las conversaciones que se arremolinaban a mi alrededor. Tyler siempre se había quedado a mi lado en estos eventos, listo para hacer una broma tonta, para suavizar una palabra hiriente.

Cuando la cubierta se meció y me tambaleé sobre mis tacones brillantes, la decepción se agitó en mi vientre. No había venido. Deseé estar en cualquier otro lugar que no fuera atrapada en un barco y con la expectativa de divertirme y ser amable con todo el mundo durante las próximas cuatro horas. Necesitaba un trago.

Me acerqué al primer camarero que vi y tomé una copa flauta de champán de su bandeja. Justo la había levantado hacia mis labios cuando oí un barítono familiar.

La voz de Jackson retumbó por los altavoces. —Buenas noches a todos. Bienvenidos a la fiesta anual de fin de año de Synergy. — Me quedé helada. *Esto* no estaba en el guion. Se suponía que Cooper daría el discurso. ¿Qué estaba haciendo Jackson?

Cooper debió de pensar lo mismo porque se quedó de pie, rígido, a un lado del escenario, observando a su amigo, con sus pobladas cejas en un ángulo perplejo.

Jackson continuó, hablando por el micrófono que le había quitado al cantante de la banda: —No se preocupen, guardaremos los discursos para más tarde en la noche, cuando hayan bebido mucho más. —Un grupo de programadores vitoreó.

—Pero me gustaría agradecer a alguien, alguien que ha tenido muchas cosas últimamente pero que aun así se hizo tiempo para organizar esta fantástica fiesta. Marlee, sube aquí.

Un rubor me quemó desde el escote de mi vestido hasta la raíz del pelo. Deseé estar más cerca de una salida para poder desaparecer, pero ya había manos que se extendían hacia mí, tirando de mí hacia el escenario. Forcé mis pies hacia Jackson, rezando para que mis tacones altos no me hicieran tropezar. De camino, pasé junto a Alicia, que se encogió de hombros, tan confundida como yo.

Jackson me recibió en el escenario con una sonrisa y otro guiño. —Hace tres semanas, no teníamos local, ni catering, ni música. Una vez más, Marlee —y el resto del comité de planificación— han salvado la fiesta de mi exceso de compromisos y mi falta de cumplimiento. —Todos rieron, y los desarrolladores borrachos ulularon. Tendría que llamar a algunos autos al final de la noche.

Cuando los aplausos se apagaron, dijo: —Marlee, creo que deberías encabezar el primer baile. —Agarró el brazo de Cooper—. Con nuestro director de Operaciones, Cooper Fallon.

Ahora la sangre se me fue de la cara. Seis semanas antes, habría estado en el paraíso. Esa noche, preferiría haberme arrancado el brazo a mordiscos que pasar tres minutos incómodos bailando con Cooper. Su sonrisa forzada decía que él sentía lo mismo.

—Démosles un poco de aliento —bramó Jackson por el micrófono. Los invitados a la fiesta vitorearon y aplaudieron, y la banda comenzó a tocar "Almost Like Being in Love".

Cuadré los hombros y busqué la mano de Cooper. —Acabemos con esto de una vez —dije con una sonrisa demasiado brillante. Lo guié por el escalón hasta la pista de baile y puse una mano en su hombro. La otra, que todavía sostenía con la suya, la levanté cerca de mi hombro. Una persona del tamaño de Sam habría cabido en el colchón de aire entre nosotros.

Cooper colocó una mano de madera ligeramente sobre mis costillas y me condujo en un tieso quickstep. Los otros invitados nos hicieron espacio. El señor Weston estaba de pie cerca del escenario, su expresión demasiado inexpresiva para ser leída. Nuestro baile no haría nada para disipar los desagradables rumores que se habían extendido por la empresa desde la fiesta de Halloween. Ajeno a todo, Jackson nos sonreía desde el escenario como un padre orgulloso. Ugh.

—Bueno, esto es incómodo… —empecé.

Al mismo tiempo, Cooper dijo: —Marlee, yo…

Ambos dejamos de hablar, y luego nos reímos. Su hombro duro como una roca se relajó bajo mis dedos. —Tú primero —dijo y me hizo girar. Mientras volvía a sus brazos, recordé el baile en la boda. Entonces había sido pareja de Tyler, pero yo había deseado esto. ¿Por qué siempre quería lo que no tenía?

El baile de Tyler había sido fluido, divertido. Bailar con Cooper era como bailar con una marioneta. Simplemente no había comparación.

—Jackson tiene buenas intenciones. Estoy segura de que lo perdonaré. Algún día. —Hice una mueca—. Yo… lo que te dije era en serio. Lamento haber hecho las cosas incómodas entre nosotros. Espero que podamos ser buenos amigos.

Él me sonrió. —No hay nada que perdonar. Estoy bailando con una mujer hermosa, una mujer inteligente que me encontró el segundo mejor asistente del mundo.

—¿Dónde está Ben esta noche? —Entre los preparativos de la fiesta y la búsqueda de Tyler, todavía no lo había visto.

Las comisuras de la boca de Cooper se tensaron. —En el bar. Trajo a… no importa.

Estaba de espaldas al bar, así que no podía ver de qué hablaba. Para cuando me giró en la dirección correcta, tantas parejas se nos habían unido en la pista de baile que no pude encontrar a Ben. Esperaba que la estuviera pasando bien, con quienquiera que estuviera.

—Se merece desahogarse un poco, ¿sabes? No eres el tipo más fácil para el que trabajar.

La postura de Cooper se puso rígida. —Tengo altas expectativas de todos...

—Lo sé. —Le acaricié el hombro—. Lo que he aprendido recientemente es que no se puede poner a nadie en un pedestal. Ni siquiera a ti mismo.

Empezó a decir algo justo cuando la canción terminó. Cerró la boca, me atrajo en un abrazo y me susurró al oído: —Gracias — antes de besarme la mejilla.

Mi papá me habría besado la mejilla con más pasión. El beso de Cooper fue un seco roce de labios que quise apartar de un manotazo. Aun así, tenía buenas intenciones. Le devolví el abrazo brevemente, respirando su aroma a menta. —Cuando quieras.

La banda comenzó a tocar otra canción, y cuando me giré para abandonar la pista de baile, Sam me bloqueó el paso. —Sé que se supone que no debo hablar de él, pero Jackson está bailando con Alicia, y no puede oírnos. —Se acercó más para no tener que gritar por encima de la música—. Tyler está aquí. Pero cuando Cooper te besó, salió corriendo por esa puerta. —Señaló hacia las puertas dobles que daban a la cubierta exterior.

—¿Está aquí? —No pude haberla oído bien.

—Traté de decírtelo antes. Dijo que no quería que la Princesa Leia volviera, pero que nos vería a todos esta noche.

No quería que la Princesa Leia volviera. Bueno, si eso no me decía cómo se sentía, no sabía qué lo haría. Aun así, estaba aquí. Y eso significaba que tenía una oportunidad más de arreglar las cosas entre nosotros.

—Gracias. —Me abrí paso entre la multitud hasta la salida y miré a la derecha, luego a la izquierda. La luz de la luna brilló en el cabello castaño claro de una figura familiar por un momento antes de que desapareciera por la curva de la popa.

A pesar de mis tacones de tiras, corrí para alcanzarlo antes de perderlo. Otra vez. Agradecí a Pitágoras y a quienquiera que inventara el sextante que estuviéramos en un barco sin escapatoria.

Rodeé la curva del barco para encontrar nada más que tumbonas vacías. Soltando un suspiro de frustración, taconeé hacia la proa del barco. Cuando llegué al centro del barco, una figura solitaria apoyaba los codos en la barandilla, de cara a las olas salpicadas por la luna. Esta vez, mi suspiro llevó consigo todo el alivio que sentí al encontrarlo solo, esperándome. O eso esperaba.

—¡Tyler! —grité y troté a su lado, deteniéndome de golpe sobre la madera rociada por el mar. Me lanzó una rápida mirada pero volvió a fijar la vista en el agua.

Así que así iban a ser las cosas. Se requerirían súplicas. Estaba lista.

—Oí que fuiste a casa.

—Ajá.

—¿Tu familia está bien?

—Sí.

—Espero que hayas golpeado a Raleigh. O al menos que le hayas cantado las cuarenta.

Se encogió de hombros. —Fue bueno verlos. Hacía tiempo.

Intenté sonreír, लेकिन मेरे होंठ कांप गए। —Me alegro de que fueras, entonces. ¿Tuviste un buen Día de Acción de Gracias?

Todavía mirando el océano, dijo: —Sí, lo tuve.

—Fui a ver a mi papá a su nuevo lugar. Bayside Gardens. Trataste de darme un folleto. Lo recuerdo encima del montón antes de que yo... —Me estremecí por el viento helado y me abracé para conservar el calor—. Desearía haberte escuchado entonces. Tuvieron una buena comida para las familias. Hubo pavo.

Eso obtuvo una respuesta. Se giró para mirarme. —¿Metiste a tu papá en un asilo?

Me encogí ante el tono acusador de su voz, pero luego me encogí de hombros. —Él... se cayó. Se rompió una pierna y necesitaba rehabilitación. Y... —Esto no se lo había dicho a nadie, pero Tyler lo entendería—. Y se golpeó la cabeza, y pareció empeorar su condición. —Me froté los brazos y miré las olas.

—Lo siento —dijo. Casi a regañadientes, preguntó—: ¿Estás bien?

No podía mirarlo. —Me mudé a un apartamento. Estoy vendiendo la casa. Papá está enojado conmigo. Principalmente porque regalé su sillón reclinable. —Me reí, pero no había humor en ello.

A mi lado, se agarró a la barandilla.

—Yo... te extrañé, Tyler. —Extendí la mano hacia la manga de su abrigo pero perdí el valor y la retiré sin tocarlo—. Me habría venido bien un amigo.

Tyler se giró bruscamente hacia mí, con los ojos brillando bajo las luces de la guirnalda. —Marlee, eso es exactamente lo que les haces a tus amigos: *los usas*. Me usaste para acercarte a Cooper. Y por lo que vi allá adentro, funcionó. Así que, como ya cumplí mi propósito, ya me cansé de que me usen. No puedo seguir siendo tu amigo.

El dolor en sus ojos me mató. —No, no es así. Solo estábamos bailando.

Tamborileó los dedos en su muslo, pero el resto de él estaba quieto.

—Jackson nos obligó. Cooper no significa nada para mí. Yo solo...

Pero Tyler se alejó de mí, de vuelta hacia la música y la gente. Me lancé hacia él, tambaleándome con mis tacones de aguja, hasta que pude agarrar su manga. Me aferré y clavé los talones en la cubierta, deteniéndolo en seco.

—No lo quiero a él. Te quiero a ti. —Listo. Lo había dicho por fin. Pero él era un obelisco, todo piedra oscura y fría, congelada frente a mí.

—¿Como me querías después de la boda? ¿Como un premio de consolación cuando no puedes tener tu primera opción? Merezco más que eso.

Incluso a la luz de la luna, su dolor era evidente en las líneas alrededor de sus ojos, en la tensión de su boca. ¿Qué podía hacer para aliviar ese dolor? Extendí una mano hacia su mejilla.

Él se apartó y se dirigió de nuevo hacia la fiesta. Corrí tan rápido como mis tacones me lo permitieron —Tyler y sus malditas piernas largas— hasta que lo alcancé y me planté frente a él.

—Estoy de acuerdo. Tú mereces… mereces todo. No hay duda de quién es el primero para mí. Solo estás tú. Te amo *a ti*, Tyler. Solo a ti.

Ahora sí que lo había hecho: había puesto todas las cartas sobre la mesa. Si esto fuera una comedia romántica, me tomaría en sus brazos y me diría que él también me amaba, justo antes de besarme.

—¿Me amas? —Su rostro era inexpresivo, ni un hoyuelo a la vista.

—Sí. —Me incliné hacia él, lista для нашего поцелуя.

Tyler se quedó quieto el tiempo suficiente para que lo que yo había dicho se asentara entre nosotros, para que flotara hasta la cubierta y empapara la madera como si fuera cerveza derramada. Sus gafas reflejaban las luces de la fiesta, opacas.

—Necesito un minuto —dijo.

—¿Un… un minuto? —¿Para hacer qué?

Levantó una mano, pero en lugar de colocar un mechón de pelo detrás de mi oreja o acariciar mi mejilla, apartó mi mano de la manga de su chaqueta y alisó la tela. Luego me rodeó y atravesó la puerta hacia la luz y el ruido de la fiesta.

33

EN UN BARCO lleno de borrachos felices, era difícil encontrar un lugar para estar a solas. Después de que el minuto de Tyler se alargara a dos, luego a tres y luego a cinco, me escabullí y me instalé en una cubierta superior desierta con espacio suficiente para unas cuantas bancas de madera expuestas a la luna, las estrellas y el viento.

Me acurruqué en una banca con los pies en alto, los brazos alrededor de mis espinillas y la barbilla apoyada en las rodillas. Mi cabello, suelto de su moño francés, volaba alrededor de mi cabeza, excepto donde se pegaba a la humedad de mi cara.

Con razón había sido fácil reservar el barco con poca antelación: en diciembre hacía un frío que calaba hasta los huesos en el agua. Y ahora estaba atrapada. Llevábamos navegando solo una hora y media, quizás two, sin forma de saberlo con mi teléfono en el bolso allá abajo, así que estaba atrapada en el barco al menos por dos horas más. Tiritando en el frío invernal. Al menos, desmayarme por hipotermia pondría fin a mi fiesta privada de auto-compasión.

No es que me mereciera tal liberación. No, por cómo me había comportado en los últimos tres meses —demonios, en los últimos tres años— me había ganado cada miserable minuto. No había querido ver lo que era real y ahora el destino, el karma, lo que fuera, me había pasado factura.

Abracé mis piernas y me estremecí. El viento punzante me abofeteaba las mejillas y me hacía llorar. No, ya había terminado de engañarme a mí misma: eran lágrimas. Lágrimas de soledad y desamor. Tyler se mudaría a Austin y yo me quedaría en mi apartamento solitario. *Tal vez debería comprarme un gato.* No, probablemente también me odiaría, como lo había hecho Tigger. Incluso una criatura con un cerebro del tamaño de una nuez sabía que no debía quererme.

Al menos en la cubierta superior podía ver las estrellas. Dirigí mi mirada a Orión. Él había perseguido a una chica que no lo amaba, y el padre enojado de ella le había arrancado los ojos. Mi enamoramiento no correspondido por Cooper me había impedido ver a Tyler, a quien podría haberle importado. Una vez. Ya no.

Recorrí el cielo de Orión a Perseo y Andrómeda. Ver a los amantes solía reconfortarme, pero esta noche su felicidad me dio un puñetazo en el estómago. No todas las chicas encadenadas a una roca tenían un héroe guapo que las rescatara del ataque de un monstruo. No, en la vida real, si la chica no pouvait se libérer de ses propres chaînes, le monstre l'attrapait. Y aunque lograra escapar, no había garantía de que no arruinaría la relación con el héroe guapo que se cruzara en su camino.

Algo pesado golpeó la escalera detrás de mí. Por un segundo, esperé que solo fuera un fiestero felizmente borracho que se había tropezado con ella. Pero no, los golpes continuaron con un ritmo. Pasos. Alguien venía subiendo y me encontraría con el rímel corrido y los mocos cayéndome por la cara. Me pasé la mano por debajo de la nariz.

Un cabello alborotado por el viento apareció por el borde de la cubierta. Un peldaño más, y la luz de la luna brilló en un par de anteojos.

Tyler.

Genial. Él también había elegido mi lugar para esconderse.

Supongo que era lo suficientemente grande para que dos personas se amargaran.

Me aclaré la garganta a modo de advertencia. Seguramente retrocedería cuando viera quién ocupaba el espacio. Pero no lo hizo; sus hombros emergieron por el borde. Él era más fuerte que yo, y no me refería a lo físico. Sería capaz de pasar a mi lado, como tendría que hacer para llegar al otro lado de la cubierta superior, probablemente sin siquiera mirarme. Más lágrimas calientes brotaron, listas para delatarme como una idiota patética que no conocía su propio corazón y no merecía el amor de este hombre. Giré en la banca para darle la espalda a la escalera y me sequé las mejillas con las palmas temblorosas. Mirando hacia el cenit, encontré el patrón familiar de Piscis.

El cuerpo sólido de Tyler se sentó a mi lado, lo suficientemente cerca como para oler su aroma cítrico y fresco y sentir el calor que irradiaba de él. Me negué a mirarlo; me quedaba suficiente vanidad como para no querer que viera mis ojos rojos y manchados de rímel. Mis dientes castañetearon.

—¿Tienes frío? —preguntó.

No confiaba en mi voz para hablar, pero asentí.

Se apartó de mi lado por unos segundos, y luego algo pesado y áspero se posó sobre mis hombros. Ni de lejos tan maravillosa como la chaqueta que me había prestado en la boda, tibia por su cuerpo e impregnada de su aroma. Pero bloqueaba el viento. La apreté más a mi alrededor. Con los ojos todavía mirando hacia arriba, me aclaré la garganta y dije:

—¿Es algún truco que te enseñan en Texas? ¿Hacer aparecer mantas de la nada?

—No —dijo, riendo—. Las bancas de aquí arriba las tienen guardadas dentro.

Me atreví a mirar y, efectivamente, había una bisagra en el asiento donde estaba sentada. Moví los hombros en círculos, tratando de aliviar la tensión que los temblores habían acumulado en mi cuerpo.

—¿Qué estamos mirando? —preguntó.

Lo miré. Su mirada estaba fija en el cielo salpicado de estrellas.

—Estaba mirando a Piscis. —Saqué una mano de debajo de la manta para señalar—. Ese gran cuadrado es Pegaso. Y luego, debajo, hay un pequeño pentágono. Esa es la cabeza de un pez. Son dos, conectados por las colas. Puedes seguir esa hilera de estrellas hacia abajo hasta la más brillante —Alfa Piscium, es una estrella doble— y luego volver a subir…

Me interrumpió:

—Conozco a Piscis.

Lo volví a mirar y el patrón encajó.

—¡Tu tatuaje! En tu hombro.

—Sí. —Guardó silencio por un minuto—. Mi equipo de natación de la preparatoria nos hicimos tatuajes juntos. Supongo que estaba obsesionado con el agua, así que decidí tatuarme mi signo zodiacal.

—¿En serio? Yo también. Soy del veintiuno de febrero.

—Del quince de marzo.

—Así que ambos somos soñadores.

—Románticos —dijo él.

Nos quedamos en silencio por un minuto. Debajo de la manta, temblé.

Romántica. La antigua Marlee había leído novelas románticas y veía el amor en todas partes. La nueva Marlee sabía que no todo el mundo tenía un final feliz. Incluida, al parecer, la nueva Marlee.

Me moví para alejar mi cara de él. Mientras tanto, mi estómago se revolvía y mis pensamientos daban vueltas. ¿Por qué estaba sentado a mi lado? ¿Era esto amistad? ¿O se había apiadado de mí al encontrarme aquí arriba, medio congelada? No necesitaba su lástima. Después de todo, todavía me quedaba algo de orgullo a pesar de cómo había actuado antes.

—Mira, yo… —empecé.

—¿Quisiste…? —dijo él al mismo tiempo.

Apoyé la cabeza en mi rodilla y lo miré de nuevo, todo excepto mis ojos oculto por la manta que cubría mi hombro. La luz de la luna doraba las puntas de su cabello y las estrellas se reflejaban en sus anteojos. Su camisa blanca brillaba bajo su saco oscuro y su corbata.

—Tú primero —dije.

Tamborileó con el dedo en su rodilla y dijo:

—¿Lo decías en serio cuando dijiste que me amas?

Me resistí a taparme la cara con la manta. Lo había dicho en voz alta. No había forma de evitarlo.

—Lo decía en serio. Te amo.

Cuando me tocó la espalda entre los omóplatos, me estremecí.

—¿Y no un amor de amigos, como el que sientes por Alicia?

Hubiera sido muy fácil tomar la salida que me ofrecía. Pero no podía mentirle a mi amigo.

—Bueno, también está eso. Pero me refiero al amor romántico. El amor de «quiero-arrancarte-la-ropa». El amor de «quiero-vivir-felices-para-siempre-contigo». Incluso estaba planeando un gran gesto para intentar demostrártelo y luego rogar tu perdón.

—¿Un gran gesto?

—Iba a ir a Texas para Año Nuevo. Encontrarte donde sea que fueras a estar. Humillarme como nadie. Y besarte hasta el cansancio si me lo permitías.

—Marlee. —Se inclinó de modo que su cara bloqueó mi vista del horizonte—. Escúchame. No quiero algo sacado de un cuento de hadas o una novela romántica. Ni caballos blancos. Ni radio-grabadoras. Ni carreras por aeropuertos. Ni canciones. Ni un maldito Príncipe Azul. Quiero lo que es real. ¿Es esto real?

Temblé bajo la manta.

—Por el testículo izquierdo congelado de Lord Kelvin, ¿crees que estaría aquí arriba sorbiéndome los mocos —me sequé las lágrimas de la mejilla— y congelándome el trasero si lo que siento no fuera real? Mi corazón se me salió del pecho cuando te fuiste. Y de nuevo esta noche, abajo, cuando te alejaste de mí. Estoy llorando y arruinando todo mi maquillaje porque te amo y p-porque tú no me amas.

Froté mi cara contra mis rodillas para ocultar mi cara de llanto feo. Odiaba llorar, y entre mi papá y Tyler, lo había hecho demasiado últimamente.

—Oye. Oye. —Me frotó los hombros temblorosos.

—No quiero tu lástima. Deberías b-bajar a la fiesta. Donde hace calor. Estar con Sam y los otros desarrolladores. Despídete.

—Quizás mi corazón se congelaría aquí arriba y no dolería tanto que mi amigo se fuera.

—No quiero estar con ellos. Quiero estar contigo. Y tengo calor suficiente para los dos. —Se acercó más y me rodeó con sus brazos.

—¿Qué? —Cuando levanté la cabeza, vi que había dejado una mancha pálida de maquillaje en mi falda negra—. *Genial.*

—Te amo, Marlee. Desde ese día en la fiesta cuando estabas empapada en cerveza.

—Pero tú... —¿Me amaba?—. Te fuiste. ¿Por qué no dijiste nada abajo?

Torció los labios en una sonrisa irónica.

—Estaba tan enojado ese día en la oficina de Jackson. Pero leí todos tus textos y escuché tus mensajes de voz mientras estuve en Dallas. La canción fue un buen toque, por cierto. Esta noche, esperaba que pudiéramos hablar. Cara a cara. Pero luego te vi muy a gusto con Cooper, y yo... perdí el control. No quería ser el segundo plato. No lo seré. —La luz de las estrellas iluminaba la fiereza de su mandíbula.

Negué con la cabeza.

—No lo eres. Nunca.

—Entonces, cuando dijiste que me amabas —el otro lado de su boca se curvó ahora—, todo lo que pude pensar fue que tenía que decirle a Jackson que no me iba de Synergy. Que no te dejaba a ti.

—¿No te... vas?

—Definitivamente no. —Sus ojos brillaban a la luz de las estrellas—. Me tomó más tiempo de lo que esperaba porque me van a dar el ascenso. Y no como gerente. Como director.

Su sonrisa era contagiosa y las comisuras de mis labios se elevaron.

Se inclinó hacia mí, su aliento cálido sobre mi piel helada.

—¿Puedo besarte ahora, princesa?

Me balanceé hacia él y presioné mis labios contra los suyos. Tenía razón. Era cálido y suave, todo lo que yo no era como un témpano de hielo humano atrapado aquí en la cubierta azotada por el viento. Pero cuando me tomó la mejilla con una mano y deslizó la otra bajo la manta para apoyarla en mi espalda, empecé a descongelarme.

—Entiendo que el contacto piel con piel es la forma más rápida de calentar a otra persona. —Puede que haya leído eso en una o dos novelas románticas.

—Estoy dispuesto a intentarlo. —Me lo susurró al oído, erizándome el vello de la nuca.

Con dedos temblorosos, le aflojé la corbata y le desabotoné la camisa. Aspiró una ruidosa bocanada de aire cuando presioné mis dedos fríos contra su cálido pecho.

—Joder, sí que estás fría.

—Realmente tienes que empezar a creerme si vamos a hacer que esto funcione. —Le deslicé mis manos heladas por la espalda, haciéndole estremecerse.

—Contacto piel con piel, ¿eh? —Su sonrisa ladina fue mi única advertencia antes de levantarme de la banca y ponerme en su regazo. Mis rodillas quedaron a ambos lados de sus caderas y él jaló la manta para cubrirnos a los dos.

Sentada sobre sus muslos, acerqué mis labios a los suyos. Debería haber sido raro besar a mi amigo, quien se había reído conmigo, quien me había secado las lágrimas, quien había venido a verme todos los días a mi escritorio para hablar de nada. O tal vez no era nada raro estar enamorada de mi amigo. Tener todo eso, y además, besos.

El cierre de mi vestido chirrió por mi espalda, y los ágiles dedos de Tyler lo siguieron. Mi vestido se deslizó por mis hombros y Tyler me besó desde la mandíbula hasta el cuello antes de meter la cabeza bajo la manta.

—Ahí está. —Su aliento caliente cayó en cascada sobre la parte superior de mis senos. Un hormigueo me recorrió entre las piernas.

—¿Qué?

—Tu brasier rosa. Me preocupé cuando te vi con este vestido negro. No parecía muy tuyo.

Sería demasiado cursi decirle que no me provocaba usar colores vivos cuando él no estaba cerca.

—Es un-un evento formal. —Las palabras se volvieron difíciles mientras él mordisqueaba el borde del encaje rosa.

—Eres hermosa con lo que sea que uses. Pero no puedo esperar a quitarte este vestido.

—Ya está casi quitado. —Empujando mi pecho hacia su cara, froté mi núcleo adolorido contra la parte delantera de sus pantalones y sentí una rigidez en respuesta. Bajé las manos a su cinturón y busqué a tientas la hebilla.

Se quedó quieto y puso una mano sobre la mía.

—Aquí no, princesa. Alguien podría subir.

Me incliné para susurrarle al oído:

—Te prometo que estaré callada. —Me retorcí contra el bulto en sus pantalones.

—No quiero que estés callada. Quiero que grites mi nombre cuando esté dentro de ti.

Recordando lo que había visto bajo la sábana la mañana después de haber dormido a su lado, le mordisqueé el lóbulo de la oreja.

—Sí, por favor. —El Tyler de mi cajón de noche no le llegaría ni a los talones al de verdad.

Su voz sonaba forzada cuando dijo:

—Y por eso no podemos hacerlo aquí.

—¿No? —Le mordisqueé el cuello hasta la clavícula, la cual lamí hasta el hueco de la base de su garganta.

Él tragó saliva.

—No. —Pero no me impidió frotarme contra él. No había intentado correrme completamente vestida desde la preparatoria. Pero parecía estar funcionando. La fricción entre sus pantalones y mis bragas me hizo jadear.

Cuando gemí su nombre en su oído, él levantó las caderas y se frotó contra mí. Sus dedos se clavaron en mi trasero mientras yo me aferraba a su pelo demasiado corto. Su aliento estaba caliente en mi oído.

—¿Casi llegas?

Dejé escapar un gruñido frustrado. El ángulo estaba mal.

—Necesito…

—Dime qué necesitas, princesa.

—Tus dedos.

Él exhaló como si acabara de subir un tramo de escaleras corriendo.

—¿En tu clítoris o dentro?

—Mi clítoris.

Movió una de sus manos desde mi cadera a lo largo de la abertura de mis bragas. Su pulgar se metió dentro y se deslizó hacia arriba justo donde lo necesitaba. Jadeé.

—Ahí está.

No hizo falta mucho. Una, dos, tres pasadas vibrantes con la yema de su pulgar, y apreté mi boca abierta en su cuello para ahogar mi gemido. Su pulgar se detuvo mientras yo pulsaba por dentro, y él levantó la otra mano de mi cadera a mi espalda, presionándome contra su pecho. Hizo sonidos tranquilizadores y me frotó la espalda hasta que me desplomé contra él, temblando.

—¿Ya estás lo suficientemente caliente? —Me besó la sien.

—Sí. —Mis músculos estaban flojos y lánguidos, como si acabara de recibir un masaje—. ¿Tú…?

—Oh, ah, todavía no.

—Dame otro minuto, y yo…

—No. —Me agarró la mano, que había empezado a vagar hacia el sur—. Por mucho que quiera tus manos y tus preciosos labios rosados sobre mí, esperaré hasta que estemos solos. Preferiría que mi primer acto como director no fuera que me atraparan con tus manos en mis pantalones.

Me eché hacia atrás.

—Tu mano estaba en mis pantalones.

Se llevó la mano a la boca y se metió el pulgar, chupándolo para limpiarlo.

—Valió totalmente la pena.

Mis ojos se abrieron de par en par mientras mi mente se disparaba a imágenes de él chupándome para limpiarme. Me incliné hacia adelante para susurrarle al oído:

—Haría que valiera la pena el riesgo.

Se estremeció, y dudé que fuera por el viento que azotaba la bandera sobre nosotros. Pero sus manos fueron a mi espalda y me subieron el cierre del vestido, volviendo a colocarlo sobre mis hombros. Se recostó contra la barandilla y me giró para que mi espalda descansara contra su pecho. La manta nos cubría a ambos.

—Por ahora, simplemente disfrutemos del crucero.

—¿Querías volver a bajar? —Él se veía bien, aunque un poco sudado y desarreglado. Lo más probable es que yo hubiera perdido todo mi maquillaje de ojos con el llanto y mi lápiz labial con los besos. Y ni siquiera quería mirar mi vestido para ver las arrugas. Pero si él quería volver a la fiesta, tomar mi mano y deshacer ese estúpido baile con Cooper bailando conmigo el resto de la noche, lo haría.

—No. Tengo todo lo que necesito aquí mismo.

Y yo también. A diferencia de Andrómeda, esta princesa no esperaba ser rescatada. Estaba agarrando su destino con ambas manos y nunca lo iba a soltar.

—LA MEJOR FIESTA de Navidad de todas. —Tyler me tomó la mano mientras bajábamos de la pasarela al muelle. Insistí en esperar hasta que hubiéramos atracado y todos, excepto el personal del catering, hubieran abandonado el barco. No iba a dejar que mis compañeros de trabajo me vieran después de haberme quitado el rímel derretido con una toalla de papel húmeda en el baño y de haberme peinado con los dedos. Olvídate de las ondas playeras. Mi pelo estaba azotado por el viento y enredado como si hubiera estado en una turbina.

Reunida con mi teléfono, respondí a los textos de *dónde-estás* de Alicia y a sus ofertas de llevarme.

> Estoy bien y Tyler me lleva a casa 😊

Levanté la vista con una sonrisa irónica.

—Gracias. Lo hice todo yo sola mientras tú te dabas la gran vida en Texas.

Abrió la puerta de su Mustang y me la abrió.

—Lo siento. Yo…

Le puse un dedo sobre los labios para detenerlo.

—Es importante que veas a tu familia. Me alegro de que lo hicieras, y —tragué saliva— espero que eso signifique que puedas pasar el resto de las fiestas aquí conmigo.

Me rodeó con sus brazos y apoyó su frente contra la mía.

—Quiero pasar el mayor tiempo posible contigo. Empezando ahora mismo.

Le di un beso breve en los labios —hacía un frío de mil demonios, y ni siquiera el saco de Tyler me mantenía caliente ahora— y me deslicé en su auto. Cerró la puerta detrás de mí, se subió a su lado y encendió el motor y la calefacción. Temblé cuando el aire frío salió de las rejillas de ventilación.

—¿Quieres ver mi nuevo apartamento? No está lejos de aquí.

Me agarró la mano helada y me besó los nudillos.

—¿Funciona la calefacción?

—Creo que podemos generar mucho calor nosotros mismos —dije con mi voz más sensual.

Él arqueó las cejas.

—¿Demasiado cursi?

Me besó la punta helada de la nariz. —Me encanta cuando eres cursi. —Luego se acercó a mi oreja y me dijo exactamente cómo planeaba calentarme, usando palabras sucias que nunca le había escuchado a mi amigo.

Hubiera jurado que tenía asientos con calefacción en ese Mustang.

Tras un rápido viaje en auto, abrí la puerta de mi departamento. Con Tyler presionado contra mi espalda, no podía recordar si había lavado los platos o tirado mi pijama al cesto de la ropa sucia. Hasta ahora, solo Alicia había visto mi departamento. ¿Le gustaría?

Entré y encendí la luz. —Bueno, esto es…

Un segundo después, estaba presionada contra la puerta. Me agarró las manos, las apoyó a cada lado de mi cabeza y me besó de nuevo, lentamente al principio y luego aumentando el ritmo hasta una danza de lenguas y labios que se mordisqueaban. Cuando soltó mi boca para besarme el cuello, estaba perdida.

Nunca nada se había sentido tan bien como sus dedos en mi cabello, sus labios en mi piel. ¿Quién sabía que la parte de atrás de mi cuello, justo en la línea del cabello, era una zona erógena? Dos personas: Tyler y la Marlee hambrienta de sexo, esas dos. Enredó sus dedos allí y me estremecí.

Manoteé su pecho. Se había quitado la corbata y la había puesto, enrollada, en el bolsillo de la chaqueta que yo todavía llevaba puesta. Encontrando los botones de su camisa de vestir, los abrí al tacto mientras sus labios encontraban los míos de nuevo en otro beso con la boca abierta, con sabor a cítricos, un beso de «lo necesitaba más que al aire para respirar». El oxígeno estaba sobrevalorado. Toda la función nerviosa importante ocurría en la parte reptiliana de mi cerebro.

Cuando pude abrirle la camisa, gemí en su boca.

—¿Qué pasa?

—Camiseta interior —gruñí.

—Hacía frío esta noche. Me vestí para la ocasión. A diferencia de ti con ese vestido tan provocador. —Dejó caer su camisa al suelo y se quitó la camiseta por la cabeza—. Admito que en secreto esperaba tener que darte mi chaqueta. —La alcanzó y la deslizó de mis hombros.

Pasé mis manos por su pecho desnudo. Toda esa piel desnuda que había vislumbrado la mañana que desperté en su cama era mía ahora. Mía para tocar. Mía para lamer. (Lamí). Apoyé la mejilla en el centro de su pecho, donde su corazón latía, fuerte y constante, aunque un poco rápido. —Lo único que esperaba era que volvieras para la fiesta. Tenía tanto miedo… —Mi voz se quebró. Tenía miedo de que nunca más quisiera volver a verme. De que no viniera a mi fiesta. De que hiciera todo el viaje hasta Texas para mi gran gesto y él me dijera que me largara.

—Marlee. —Se reclinó y esperó hasta que encontré su mirada—. Yo también tenía miedo. Miedo de haberlo arruinado todo por pedir demasiado.

Tragué saliva. Le había costado tanto valor pedir lo que quería, arriesgar algo que consideraba precioso: nuestra amistad. —Ahora lo tenemos todo.

—Lo tenemos todo. —El hoyuelo había vuelto, y era mío para besarlo. Así que lo hice.

—La habitación está por aquí. —Entrelacé mis dedos con los suyos y lo llevé a mi nueva cama. El cubrecama rosa y los cojines decorativos habían desaparecido. Ahora tenía un simple edredón blanco. Todavía no había decidido una paleta de colores para mi nuevo dormitorio, así que era sencillo. Excepto por…

—¿Es ese mi suéter? —Tyler se estiró por detrás de mí para tomarlo de su lugar en la segunda almohada.

Me encogí de hombros. Ya no podía ocultarlo. —Te extrañaba.

Dejó el suéter sobre mi cómoda y se giró para mirarme. —Nunca más tendrás que extrañarme.

Mi corazón se calmó con sus palabras, y una calidez me llenó como si acabara de terminar una clase de yoga. Me senté en la cama y, sin romper el contacto visual, me incliné hacia atrás hasta quedar acostada, con las piernas colgando a un lado. —Demuéstramelo.

Su mirada ardiente bajó de mis ojos a mi cuerpo, catalogando cada parte de mí. Una pulsación comenzó en mi entrepierna, y apreté los muslos para aliviarla.

—¿Necesitas algo? —Nunca lo había escuchado gruñir así.

Mis ojos se abrieron de par en par y asentí. —Los condones están en el cajón. *Por favor, por favor, por favor, que no estén vencidos.* ¿Cuánto tiempo hacía que los había comprado en un arrebato de esperanza de que…? No. No iba a dejar que él entrara en la habitación con nosotros. Esta noche, éramos solo Tyler y yo.

—Oh, pasará un buen rato antes de que necesitemos uno de esos. —Se arrodilló en la alfombra y lentamente deslizó sus dedos por la cara interna de mis muslos, subiendo por mi falda milímetro a milímetro—. Es decir, ¿si estás de acuerdo con que esté aquí abajo?

Me retorcí, desesperada por su toque. —Ajá. —Las palabras eran difíciles.

Se puso de pie y gemí. —Pensé que ibas a…

Se rio entre dientes. —Oh, lo haré. —Alcanzó una de las almohadas y la encajó debajo de mi cabeza. Luego se arrodilló de nuevo entre mis rodillas—. Mira.

Oh. *Oh.*

Me bajó las bragas por las piernas y las quitó antes de separar suavemente mis rodillas un poco más. Contempló mi centro y sacó la lengua para humedecerse el labio inferior. —Preciosa —murmuró.

—¿Qué dijiste? —Sí, lo había escuchado la primera vez, pero quería oírlo de nuevo. ¿No sueña toda mujer con encontrar a un hombre que piense que su cuerpo desnudo es hermoso?

Sonrió. —Tu sexo es precioso, Marlee. Rosado, hinchado y goteando para mí.

Por los diez mil grados de la superficie del sol, me traían loca las groserías de Tyler.

—Parecías un chico tan bueno.

Esos ojos avellana suyos se oscurecieron. —Te enseñaré lo que es bueno. —Hubo una bocanada de aire caliente antes de que su boca descendiera sobre mí, su lengua explorando, sus dientes rozando, sus labios calmando. Apoyada en la almohada, observé su rostro hundirse entre mis muslos, con una mirada de concentración que solo había vislumbrado las pocas veces que lo había visto programar.

Y por muy bueno que fuera programando, era aún mejor en el sexo oral. Pronto, introdujo un dedo en mi entrada y arqueé la espalda.

—¿Todavía bien?

Su cálido y ágil dedo y su talentosa lengua eran mucho mejores que mi vibrador, incluso que El Tyler. —Si paras, te abofeteo.

—Quizás más tarde. —Su sonrisa era perversa.

Mientras presionaba lentamente hacia adentro y hacia afuera con su dedo, trazó un camino con su lengua hacia arriba. Apreté las sábanas con los puños en anticipación.

—¿Te gusta eso?

Asentí, frenética.

Rodeó mi clítoris con la punta de su lengua. Cuando finalmente tocó el sensible botón, la primera ola de placer me inundó y grité.

—Sí que te gusta. —Su barba incipiente me rascó la cara interna del muslo.

Mientras alternaba círculos con la punta y lametones con la parte plana de su lengua, sin dejar de meter y sacar sus dedos, subí más y más alto. Ahora enredaba mis dedos en su cabello, instándolo a quedarse donde lo necesitaba.

Mis respiraciones entrecortadas se convirtieron en gemidos mientras subía en espiral para alcanzar el orgasmo que flotaba justo fuera de mi alcance.

—Te tengo, princesa.

Su mano se detuvo, presionada dentro de mí, y el orgasmo me atrapó y me sacudió entre sus dientes. Me sostuvo durante todo el proceso, susurrando tonterías tranquilizadoras en mi piel mientras cada músculo dentro de mí se contraía y se liberaba y estrellas multicolores danzaban detrás de mis párpados. Cuando abrí los ojos parpadeando, él se había acostado de lado junto a mí, su silueta recortada por la lámpara detrás de él. Apoyando la cabeza en su mano, me observó mientras mi respiración se calmaba. Todavía llevaba sus lentes y sus pantalones. Colocó su otro brazo sobre mi cintura.

Pude oír la sonrisa en su voz cuando dijo: —Podría mirar esa cara todo el día.

—¿Te refieres a mi cara de orgasmo? —La giré hacia la almohada.

Su mano dejó mi costado y dos dedos empujaron mi barbilla hacia arriba para que lo enfrentara de nuevo. Me apartó un mechón de pelo de la frente. —Solo tu cara. De orgasmo o no.

Su ternura me estaba derritiendo por dentro. ¿Por qué lo había alejado? Podría haber tenido a este hombre una y otra vez para estas alturas, el hombre de los dedos ágiles que acababa de hacer girar los cielos estrellados a mi alrededor.

Mis músculos internos se contrajeron de nuevo, queriendo más, necesitando ser llenados con algo más que sus dedos. Moví una mano hacia la parte delantera de sus pantalones y lo sentí tenso hacia mí. Deslicé un dedo a lo largo de su erección. —¿Quieres verla de nuevo?

—Dios, sí.

Girando para colocarme sobre él, planté un beso en sus labios que sabía a mí y bajé por su cuello, deteniéndome justo en el hueco de su clavícula, en el centro de su aroma a cítricos y cedro. Él tarareó y cerró los ojos.

Animada, lamí hasta su pezón, que ya estaba erguido, esperando que mis dientes lo rozaran. Cuando lo mordisqueé, gimió.

Sonreí contra su piel y continué hacia abajo, agachándome para rozar las colinas de sus abdominales, una por una. Mis dedos fueron a la hebilla de su cinturón, pasando el cuero a través del metal mientras, con mi lengua, dibujaba una órbita alrededor de su ombligo.

Sentándome, desabroché sus pantalones y bajé la cremallera, con cuidado de no atrapar su tensa erección en los dientes. Este era el momento. Iba a ver cómo se comparaba El Tyler con mi Tyler. Besé su camino de la felicidad justo por encima de la cintura de sus pantalones antes de quitarle la ropa interior y los pantalones. Mostrando una moderación que me sorprendió incluso a mí, le quité los calcetines antes de dejar que mi mirada cayera sobre su pene.

Santo *Anatomía de Grey*. El Tyler era monstruoso. Por no hablar de que era morado. El verdadero Tyler, aunque más modesto, era precioso: venoso, sonrojado y tan, tan erecto. Deslicé un dedo desde la base hasta la cabeza y a través de la ranura, esparciendo la humedad que perlaba allí. Él era más sedoso. Más cálido. Y saltó bajo mi toque.

Alcanzando mi cremallera, la bajé hasta que el vestido cayó de mis hombros y se amontonó en el suelo. Mi sostén se le unió un segundo después. Me quedé de pie, desnuda, ante mi amigo y amante.

Su rostro se quedó sin expresión. —Jesús, Marlee.

—¿Qué? —¿Se había imaginado… esperado… que me viera diferente? Quizás debería haberme dejado el vestido puesto.

—Incluso mejor de lo que imaginaba —dijo en un suspiro.

Me acerqué a la mesita de noche y saqué un sobre de condón de la caja junto a la funda de El Tyler. Lo dejé caer en la cama y me arrodillé sobre sus muslos. —¿Te imaginabas esto?

—Solo todas las noches. Y las tardes de fin de semana. Y una o dos veces en la oficina. Siempre que usas esa falda con vuelo. Esa que nunca sé si es blanca o rosa.

La comisura de mi boca se levantó. —Es rosa ostra. Puede que yo también te haya imaginado. —Algún día le contaría sobre El Tyler. Quizás podríamos jugar todos juntos alguna vez. No esta noche. Esta noche era solo para el Tyler muy real y para mí.

Su pene se tensó hacia mí, ansioso y glorioso. Envolví mis dedos alrededor de él y tiré a modo de experimento. Y luego con más confianza cuando gimió y su miembro se endureció aún más en mi mano. Levanté la vista hacia su rostro para comprobar que lo estaba haciendo como a él le gustaba. Parpadeó con fuerza.

—Nena, para o me correré en tu mano.

Así que lo estaba haciendo bien. —Yo me corrí en tu mano. Y en tu boca. —Me incliné y lo lamí desde la base hasta la punta. Pero antes de que pudiera repetir la acción, acunó mi barbilla con la palma de su mano.

—Quiero… quiero correrme dentro de ti la primera vez. ¿Está bien?

—Me parece genial. La primera vez, la segunda vez, la tercera vez. Tenemos toda la noche para ponernos creativos.

Su pene saltó. Antes de que pudiera besarlo de nuevo, rasgó el paquete y desenrolló el condón a lo largo de su miembro. —Depende de ti, princesa.

Quería decir que una cosa era que él me llevara al orgasmo con sus dedos y su lengua. Y que estuviéramos desnudos juntos, incluso que yo le hubiera dado esas pocas lamidas íntimas. Pero esto era diferente. Unir nuestros cuerpos era un paso más allá de la amistad, incluso de amigos que habían tonteado un poco.

Ya le había dado mi corazón. También le daría mi cuerpo.

De rodillas, avancé hasta sentarme a horcajadas sobre sus caderas. Me levanté y guié la punta hasta mi entrada. Me observó, esos ojos avellana oscuros y entornados, mientras me hundía lentamente sobre él. Estaba lista y húmeda, y había tenido mucha práctica con El Tyler; aun así, me tomé mi tiempo mientras bajaba sobre él hasta que mis caderas se encontraron con las suyas. Ambos suspiramos, completos.

—Solo un segundo. —Quería capturar este momento, este recuerdo. Grabarla en mi cerebro para poder sacarla y saborearla de nuevo. Apreté alrededor de la plenitud y sonreí ante su brusca inhalación. ¿Sería este mi último primer sexo? Eso esperaba. Nunca había pensado que Tyler fuera un príncipe azul, pero ahora sabía que era perfecto para mí. Mejor que el cuento de hadas.

Lentamente, empecé a mecer las caderas. Él se quedó quieto, dejándome dirigir la acción. Apoyó sus manos en la curva de mi trasero, apretando un poco, ya fuera para estabilizarme o para evitar devastarme con sus manos. Deslicé mis dedos sobre sus pectorales hasta sus abdominales. —¿Está bien así?

—Tan bien. —Cerró los ojos con fuerza, pero se abrieron de golpe un segundo después como si no quisiera perderse nada—. Tú concéntrate en ti. Yo estoy genial.

Dejé de moverme y apoyé las manos en mis muslos. —No.

—¿No? —Parpadeó para quitarse la neblina de los ojos.

—No vamos a hacer eso. No vas a poner tu propio placer, tu propia felicidad, en segundo lugar nunca más. Somos compañeros. Hacemos lo que es bueno para ambos.

Su hoyuelo juguetón desapareció. —Marlee. —Su voz se quebró en mi nombre. Pasó sus manos desde mis caderas hasta mi espalda y me empujó hacia su pecho, envolviéndome en un abrazo. Me besó la sien—. Nadie nunca… —Soltó un suspiro.

—Lo sé, nene. Pero es hora de que te des cuenta de que mereces más.

Sus brazos, su cuerpo, se apretaron a mi alrededor. Estaba justo debajo de mi mejilla, así que besé su tatuaje.

Con una atlética contracción de sus músculos, nos hizo girar para que yo quedara de espaldas y él se cerniera sobre mí, todavía dentro de mí. —No puedo… no puedo ser gentil. No ahora mismo. —Sus ojos habían pasado de oscuros a salvajes.

La emoción comenzó en el lugar donde estábamos unidos y se estremeció hasta las puntas de mi cabello esparcido en la cama. —No quiero que seas gentil. Solo te quiero a ti. Tal como eres.

Se inclinó para besarme, a fondo y exigente como un duque en una de mis novelas históricas. Pero como la heroína, yo era luchadora, y le devolví el beso, haciendo mis propias demandas.

Levantándose, observó mi rostro mientras se retiraba y embestía de nuevo. La segunda vez, el placer brilló dentro de mí como un púlsar, rítmico. Unas pocas embestidas más tarde, me calenté por dentro y me enrosqué a su alrededor. —No pares.

—Nunca, princesa. —Se inclinó y me mordisqueó justo donde mi cuello se unía a mi hombro. Luego giró sus caderas, rozando mi clítoris hinchado y sensible.

Me convertí en una supernova. Contrayendo cada músculo, arañé su tenso trasero y grité su nombre. Embestió una vez más y se quedó quieto, una expresión de felicidad congelada en su rostro. Pero en lugar de desplomarse sobre mí, me plantó un beso en la frente, otro en la punta de la nariz, en mis labios, en mi barbilla. Repartió besos por cada parte de mí que podía alcanzar.

—Te amo, Marlee.

Me reí cuando me hizo cosquillas con un beso en las costillas.

—Solo lo dices por todas las endorfinas.

Dejó de besarme y se incorporó de nuevo. —No. Te amo. Con o sin endorfinas.

Sonreí. —Ya veremos.

Se retiró, sujetando el condón. —Ahora vuelvo.

Un minuto después, regresó, oliendo a mi jabón de manos floral. Levantando las sábanas, se metió en la cama a mi lado.

—Todavía te amo, Marlee.

—¿Nunca has oído hablar del resplandor postcoital? Las endorfinas pueden durar horas. —Me acurruqué a su lado y enredé mis piernas con las suyas—. La verdadera pregunta es, ¿todavía me amarás cuando esté de mal humor?

—¿Como cuando estás a punto de tener tu período y le gruñes a todo el mundo, incluido Jackson?

—¿Qué? —Moví mis pies de vuelta a mi lado de la cama.

Su expresión de felicidad se atenuó. —Oh, quiero decir, no me di cuenta de eso en absoluto. Pero si lo hiciera, te traería chocolate y aun así te amaría.

Arrugué la nariz. Tyler a menudo me traía chocolate justo antes de que comenzara mi período. Santo Edwin Hubble.

Me acercó más. —¿Recuerdas esa vez que estábamos al borde de la fecha límite y se fue la luz en el edificio?

—El equipo de construcción de la calle cortó accidentalmente la luz. Y la conexión a internet.

—El resto de nosotros simplemente nos quedamos sentados mirando nuestras pantallas, preguntándonos si las baterías se agotarían antes de que volviera la luz, sabiendo que no podíamos compilar sin la red. Pero tú no. Llamaste por teléfono a la compañía eléctrica, al proveedor de internet. Bajaste y nos dijiste que siguiéramos trabajando. Incluso Jackson te tenía miedo ese día. Eras como… un trueno. O una diosa vengativa.

Enterré mi cara en su cuello. —Sabía lo importante que era esa fecha límite. Lamento haber sido una perra.

—No, cariño. —Enganchó mi pierna sobre la suya y me presionó contra él. Ya estaba medio duro de nuevo—. Estuviste magnífica.

Lo hice girar sobre su espalda y me senté a horcajadas sobre él. —Te mostraré lo que es magnífico.

Hicimos el amor de nuevo, más suavemente esta vez. Después, nos acurrucamos bajo el edredón, con las piernas enredadas y mi mejilla apoyada en su pecho, nuestras respiraciones sincronizadas y lentas, mis extremidades relajadas, como si fuéramos dos peces en el océano.

Tyler llevó mi mano a sus labios y me besó el pulgar. —No puedo creer que esto sea real —susurró, como si al hablar más alto rompiera el hechizo.

Incliné la cabeza para mirarlo a los ojos, sombreados en la oscuridad. —Es real. Te amo, Tyler. Quiero que seas mi acompañante en las bodas. Quiero que te detengas en mi escritorio y coquetees conmigo cada vez que subas a ver a Jackson. Quiero que subas solo para verme a mí. Quiero tomar tu mano en el ascensor cuando nos vayamos cada noche. Juntos.

Su sonrisa, la especial que guardaba para mí, brilló a la luz de la luna que entraba por la ventana, y su brazo me rodeó. —Amigos. Y amantes.

—Amantes. Y amigos.

Lo mejor de ambos mundos.

EPÍLOGO

TYLER

Seis meses después

EL ROSTRO de Marlee estaba pálido, pero su mandíbula cuadrada sobresalía de esa manera terca que me encantaba, siempre y cuando no estuviera dirigida a mí. Estábamos sentados en mi auto, estacionados frente a la residencia de ancianos de su padre. Había querido visitarlo antes de que nos fuéramos a Dallas, pero yo sabía que era difícil para ella. Desde que estábamos juntos —seis meses ya—, venía a verlo un par de veces por semana, a veces conmigo, a veces sola.

Le apreté la mano. —¿Lista, princesa?

Había sido una princesa desde el primer momento en que la vi, vestida con su ropa de trabajo de un rosa muy femenino y manejando a los ejecutivos como si trabajaran para ella. Luego, cuando por fin estuvimos juntos en el barco de la fiesta, se me escapó. No pareció importarle. Y ahora que era mi princesa, haría cualquier cosa que me pidiera: lanzar mi abrigo sobre un charco de lodo, escalar una torre alta, luchar contra un dragón, todo por ella.

Se volteó para mirarme. Como siempre, ver sus ojos marrones, suaves y tristes, casi me detuvo el corazón. Me dedicó una sonrisa temblorosa y me apretó la mano. —Lista.

Salimos de mi Mustang de chasis bajo y nos encontramos en la acera frente al capó. De la mano, entramos juntos. Marlee conversó con la recepcionista y nos registró mientras yo examinaba el vestíbulo. Como de costumbre, estaba limpio y luminoso, pero vacío. Nadie estaba sentado en el sofá ni en el par de sillas de respaldo recto. Unos girasoles de un amarillo brillante en un jarrón azul iluminaban la deslucida habitación. Como mi Marlee.

La recepcionista abrió la puerta de seguridad y nos hizo pasar. Al otro lado, nos recibió una de las directoras de atención al paciente. Conocía su cara, pero no podía recordar su nombre.

—Hola, Liz —recordó Marlee. Una vez que finalmente admitió que su padre necesitaba más cuidados de los que ella podía proporcionarle, se embarcó en una misión. Había investigado, elegido el mejor lugar para él y supervisado cada aspecto de su cuidado. Charlaba con las enfermeras cada vez que lo visitaba.

—Hoy está teniendo un buen día —dijo Liz, respondiendo a la pregunta que yo sabía que Marlee no se atrevía a hacer.

La tensión de sus hombros se disipó.

Liz dijo: —Hemos estado probando una nueva terapia con él esta semana. Está ahí ahora. ¿Les gustaría verla?

—¿Podemos? —preguntó Marlee.

—Por supuesto. Vamos.

Liz nos guio a través de las instalaciones y luego, para mi sorpresa, al exterior a través de otra puerta de seguridad, por un pasillo cubierto, hasta un edificio de metal corrugado, no mucho más grande que un cobertizo. Usó un teclado numérico para abrir la puerta.

El interior se parecía al taller de mi padre en casa, solo que con menos tecnología. Había herramientas de mano colgadas en clavijas en las paredes y tres bancos de trabajo de madera ocupaban el centro de la habitación. Luces fluorescentes colgaban del techo para iluminar cada espacio de trabajo. El dulce olor a aserrín llenaba el aire y, a pesar del zumbido del sistema de recolección de polvo, motas de polvo y pequeños rizos de madera danzaban en los haces de luz que entraban por las altas ventanas.

Dos hombres estaban de espaldas a nosotros al otro lado de la habitación, frente a un torno manual. Uno era el fornido auxiliar de enfermería que veíamos a menudo con el padre de Marlee; el otro, que torneaba la pata de una silla en el torno, era el hombre en cuestión.

Will Rice se había estabilizado en los últimos meses. Todavía tenía días malos como aquel en que se había escapado y lo encontramos en la estación de transporte público, pero también tenía días buenos, en los que reconocía a Marlee. Yo siempre me presentaba de nuevo, ya que nunca asumía que recordaría a alguien que había conocido desde su enfermedad; mi experiencia con el abuelo me había enseñado eso. Esperaba que Will no empeorara tan rápido como lo había hecho el abuelo.

Liz le dio una palmada en el brazo a Marlee y nos dejó. Le masajeé a Marlee el hombro donde se unía con el cuello, donde la tensión había comenzado a acumularse de nuevo. Sin embargo, no la presionaría. Tenía que hacer esto en sus propios términos.

Echó los hombros hacia atrás y se acercó a Will, que trabajaba en el torno. Se apoyaba en su pierna buena y usaba la más débil en el pedal. El raspar de la cuchilla sobre la madera cubría el sonido de nuestros pasos.

—¿Papá? —Su voz era demasiado baja para oírse por encima del chirrido del torno. Se aclaró la garganta y lo intentó de nuevo, más fuerte—. Papá.

Will detuvo la máquina y miró a Marlee. Una sonrisa partió su rostro, tan parecida a la de ella.

—¡Sol!

Estaba de espaldas a mí, así que no pude ver su cara, pero su postura se relajó. Se estiró para abrazarlo y los brazos de él, cubiertos de aserrín, la rodearon. Cuando la soltó, unas huellas de manos polvorientas marcaban la espalda de su camisa rosa.

Me acerqué y le extendí la mano. —Señor Rice, me alegro de verlo. Tyler Young.

—Te recuerdo, Tyler. Veo que estás cuidando bien de mi chica.

Así que era un buen día. —Lo intento, señor. Nos cuidamos el uno al otro. —De hecho, nos íbamos a mudar juntos el mes que viene, pero no iba a contarle *eso* al padre de Marlee. Con pierna mala y todo, era fuerte.

—Demos un paseo —dijo.

El auxiliar le entregó su bastón y todos salimos a la luz del sol. La residencia estaba en una colina rodeada de césped ondulante. Algunos residentes trabajaban en un huerto cercano.

—Me quedaré por aquí —dije, señalando un banco. Les daría a Marlee y a su padre un tiempo a solas en su día bueno.

Me dedicó una sonrisa deslumbrante. —No tardaremos. Sé que tenemos que irnos.

—Tómate todo el tiempo que necesites. Nos llevaré al aeropuerto a tiempo. —Le di una sonrisa pícara. ¿De qué servía tener un *muscle car* si no podías flexionar esos músculos de vez en cuando?

Después de una última mirada persistente, se alejó con su padre. Paseaban del brazo, con el auxiliar siguiéndolos a una distancia discreta.

Me dejé caer en el banco e incliné la cara hacia el sol. Había menos niebla por aquí en Oakland y siempre disfrutaba de las visitas en días despejados. Quizás el año que viene, cuando hubiéramos ahorrado suficiente dinero, podríamos comprar una casa en este lado de la bahía, o tal vez en uno de los suburbios lejos de las luces de la ciudad, donde pudiéramos ver las constelaciones por la noche. Me encantaba cuando Marlee me contaba las historias de las estrellas.

Mi teléfono sonó con un mensaje de texto.

RALEIGH

¿Todavía vienes esta noche?

Preocuparse era inusual en Raleigh, mi hermano creído e idiota. Él era la razón por la que Marlee y yo nos dirigíamos a Dallas más tarde ese día. Le había hecho cumplir su promesa de ser mi pareja en su boda. Me había perdido su despedida de soltero —el nuevo proyecto de programación de Marlee nos había mantenido en San Francisco toda la semana—, pero mi hermano siguiente, Lincoln, me había dicho que había sido una fiesta salvaje. Estaríamos allí para la cena de ensayo mañana por la noche.

> Espera, ¿es este fin de semana?

Después de todas las indirectas que Raleigh y mis otros hermanos me habían lanzado, se merecía una pequeña broma.

Aparecieron los puntos mientras escribía, luego desaparecieron y reaparecieron unas cuantas veces más. Realmente lo había hecho enojar.

> No es gracioso

> En serio, ¿está todo bien?

Por los mensajes grupales con mis hermanos y mi hermana, me había dado la sensación de que a Raleigh le estaban entrando dudas. Por supuesto, lo había proyectado en Bella para que pareciera que *ella* era la nerviosa. Pero sabía que eso no podía ser cierto. Como todos mis hermanos, Raleigh había sido el mandamás tanto en la preparatoria como en la universidad. Las chicas no podían resistírsele. No podía imaginar que Bella se echara para atrás.

> Solo llega, y todo estará bien.

Sonreí. Tendría que jugarle alguna broma. Algo pequeño, sin embargo, como aparecer con calcetines rojos o decir que mi esmoquin había desaparecido, solo para molestarlo un poco más. Lo ponía demasiado fácil.

> Llegaremos tarde esta noche. No puedo esperar a que todos conozcan a Marlee.

Sabía que la amarían casi tanto como yo. Guardé mi teléfono, volví a girar la cara hacia el sol y cerré los ojos.

Nos habíamos quedado despiertos hasta tarde anoche haciendo las maletas. Le había comprado a Marlee una maleta de mano llena de novelas románticas para reemplazar algunas de las que había descartado. Como le había dicho en la fiesta de fin de año, ambos éramos unos románticos. Y haría todo lo posible por mantener el romance en su vida.

Nos quedamos despiertos aún más tarde para hacer el amor. Agotados o no, no podíamos quitarnos las manos de encima. Nunca había tenido una amistad que se hubiera convertido en amor. ¿Pero añadir intimidad a la amistad con Marlee? Cada vez que nos tocábamos era pura magia.

Debo haberme quedado dormido porque lo siguiente que supe fue que Marlee me apretaba el hombro. —Vamos, grandulón. Una multa por exceso de velocidad solo nos retrasará más para nuestro vuelo.

Abrí los ojos y encontré su cara bloqueando el sol. Sus rayos irradiaban desde su cabello de color miel oscuro, haciéndolo brillar. No me extrañaba que su padre la llamara «Sol». Miré detrás de ella. Will y el auxiliar se habían ido. Extendí mi mano, como para que ella me levantara, pero en lugar de eso la atraje hacia mi regazo. Le acuné la mejilla y besé sus labios rosados. Ella me acarició la nuca, ahora con el pelo corto gracias a mi corte de pelo prematrimonial, y yo enredé mis dedos en sus largos mechones sedosos. Podría haberla besado allí, en el banco, bajo el sol, durante horas.

De mala gana, me separé y apoyé mi frente contra la suya para recuperar el aliento. La última vez que había ido a Dallas, casi rompimos. Pero esta vez, ella estaría a mi lado durante lo que seguramente sería un pandemónium, como todo lo que involucraba a mi familia, que era una de las razones por las que vivía a tres mil kilómetros de distancia. Pero con Marlee a mi lado, lo superaríamos juntos.

Le quité un largo pelo gris de la camisa. —Subha ha estado de nuevo en tu cajón.

Ella rozó sus labios contra los míos. —¿Qué puedo decir? Comparte mi pasión por la ropa de diseñador con descuento.

Pensé que Subha compartía *mi* pasión por Marlee, pero no iba a discutir. Lo único que mi gata —nuestra gata— amaba más que anidar en sus cajones era sentarse sobre la propia Marlee. La mañana en que se había acurrucado en su abrigo había sido el comienzo de la obsesión de Subha por ella.

Empujé a Marlee para que se pusiera de pie y luego me levanté y entrelacé mi mano con la suya. Caminamos hacia el estacionamiento. —¿Buena visita?

Ella suspiró. —Sí. Mudarlo aquí fue la mejor decisión.

—No la *mejor* decisión. —Le apreté la mano—. Esa fue aceptar ser mi pareja para la boda de Jay y Alicia.

Me sonrió y deslizó su brazo alrededor de mi cintura. —Tienes razón. Vamos, pareja de boda.

Paseamos por el sendero, en camino a otra boda juntos. Y algún día pronto, le pediría que fuera mi esposa, y *esa* sería la mejor decisión de nuestras vidas.

EPÍLOGO EXTRA
OPERACIÓN FELICES POR SIEMPRE

TYLER

LA LUZ de la lámpara teñía las puntas del cabello de Marlee de un tono oro rosa, a juego con su camiseta de tirantes para dormir mientras ella se aferraba al libro de bolsillo y se acurrucaba entre las almohadas. Con una pequeña mirada hacia mí, que estaba estirado a su lado, pasó la página y reanudó la lectura.

—«A la mañana siguiente…».

Puse una mano sobre la suya en el libro.

—¿No crees que deberíamos parar aquí?

—Pero quiero saber si por fin van a dejar de fingir, ahora que han hecho el amor —prácticamente podía ver corazones de caricatura en sus ojos.

—Pero —dije, y esta era mi parte favorita de nuestras lecturas románticas antes de dormir—, estás caliente. —Deslicé un dedo por el centro de su agitado pecho, sobre su estómago y hasta la cinturilla de sus sedosos pantalones cortos. Hice una pausa y esperé su asentimiento antes de ahuecar la mano entre sus piernas. Húmeda, tal como lo había anticipado.

Lentamente, metí un dedo por la abertura de la pernera y recorrí sus labios.

—¿Qué te excitó de esa escena?

Dejó caer el libro sobre las sábanas y giró las caderas.

—Tyler, te necesito. No quiero hablar ahora.

La besé, un lento deslizamiento de mis labios contra los suyos. Ella se aferró a la parte de atrás de mi cabeza y me sujetó contra ella, con desesperación en su beso. Vaya. Estaba realmente excitada. Más que con el *bondage* ligero que habíamos probado después de uno de sus libros de BDSM, con mis manos atadas con cintas de seda a los postes de la cama. Le había gustado especialmente las nalgadas que habíamos probado, pero a ninguno de los dos nos gustó la fusta que habíamos conseguido.

Levanté la cabeza y ella gimió en señal de protesta.

—Estás empapada. ¿Qué te pareció sexy de eso? ¿Fueron los dos penes? ¿Los calzones? —Estábamos leyendo una novela histórica gay, y la autora había hecho un trabajo increíble con la cocción lenta. Incluso yo estaba ansioso por llegar a la escena de sexo de esta noche.

—No lo creo. Creo que uno de ti es suficiente para mí.

Solté el aire. Tampoco creía que a mí me gustara eso.

—¿Fue porque lo están haciendo en la sala de billar mientras se celebra la fiesta en la casa y alguien podría entrar en cualquier momento?

Sus ojos se abrieron de par en par.

—Ni siquiera cerraron la puerta. Estaba tan asustada por ellos. Y también... excitada. —Se mordió el labio.

—Entonces... —Metí un dedo dentro de ella y gimió suavemente—. Es el sexo en público. El miedo a ser descubierta. Por eso te pusiste tan caliente en el barco. —Aquella noche, en la fiesta de Navidad de Synergy, hacía casi un año, se había corrido en mi mano después de menos de cinco minutos de roce en seco. Fue la primera vez que la hice correrse, y supe que fue rápido. Ahora estaba un poco decepcionado de que no fuera solo por mi superior habilidad con los dedos.

—Cualquiera podría haber subido. —Se restregó contra mi mano—. Cualquiera podría haberme oído.

Deslicé otro dedo dentro de ella.

—¿Querías que alguien nos interrumpiera?

Sus párpados se abrieron de golpe y se quedó helada.

—No. Eso sería horrible. Y vergonzoso.

—De acuerdo. —Me incliné y la besé, larga y lánguidamente —. Así que solo la ilusión de la posibilidad de que te descubran. Que no te descubran de verdad. Eso es lo que te excita.

—Tú me excitas, Tyler. Punto final.

Tenía razón. No leímos más de su libro esa noche.

———

UNAS SEMANAS DESPUÉS, en Año Nuevo, bajamos en el elevador atestado del lujoso hotel del centro donde la fundación de Cooper organizaba una gala. Normalmente, no habríamos ido. Ambos ganábamos bien, sobre todo tras nuestros ascensos, pero no ganábamos "mil dólares el plato" como para esas galas. Synergy había patrocinado un par de mesas y nos invitaron a ocupar dos asientos.

—Tienes esa mirada —susurró Marlee.

Me incliné y rocé su oreja con mis labios para que el hombre pegado incómodamente a mi otro lado no oyera. —¿Qué mirada? Toqué la bolsita en mi bolsillo.

—Esa mirada de nervioso/emocionado/determinado que significa que vamos a hacer la Operación Polvo Literario.

—Oh. Mierda. Estaba tan concentrado en mi otro plan que lo había olvidado por completo. Me enderecé, la mente a mil. Con unos ajustes, podía hacerlo funcionar. Podía hacer que ambos planes funcionaran. Al mirarla, le guiñé un ojo. —Me descubriste.

—A mí no se me escapa nada. Te conozco demasiado bien. Sonrió de medio lado, y me dieron ganas de lamerle ese giro en los labios.

Si no hubiéramos estado aplastados por una docena de personas en el elevador, habría presionado el botón de parada de emergencia, la habría empujado contra la pared y habría implementado la Operación Felices Para Siempre, Parte B, ahí mismo. En lugar de eso, le di la mirada incendiaria que siempre le provocaba un escalofrío.

Le recorrió un escalofrío.

—¿Frío? —murmuré—. Tal vez te gustaría tomar prestada mi chaqueta.

—Ni de chiste. Se inclinó y me olfateó. —Si hago eso, nunca llegamos a la fiesta.

—La fiesta me importa un carajo —gruñí. Le pasé un dedo por el escote bajo de la espalda de su vestido.

—Pero a mí sí. Un brillo travieso chispeó en sus ojos castaños. —Quiero provocarte durante toda la cena hasta que estés listo para echarme al hombro y llevarme arriba. Luego quiero bailar contigo, gigoló de bodas, y ponernos calientes y sudorosos. Y *entonces* —yo ya estaba ardiendo dentro del esmoquin— te llevaré arriba y te mostraré cuánto te aprecio.

—¿Apreciarme? —deslicé el dedo más abajo, por dentro de la tela de su vestido—. ¿Eso es todo?

Me besó la mejilla y luego frunció el ceño y me quitó el labial. —Sabes que te amo.

—Lo sé. Se abrieron las puertas del elevador y la gente empezó a desalojar. Le tomé la mano y besé sus yemas. —Lo sé.

Habíamos ido a suficientes eventos de estos como para saber el procedimiento. Primero en la agenda: bandejas de canapés y hacer contactos. Me quedé de pie, con la mano en la parte baja de la espalda de Marlee, expuesta, reclamándola delante de todos. Ella se acurrucó a mi costado, reclamándome de vuelta.

Luego vino la estampida hacia las mesas. Marlee tuvo suerte: la sentaron junto a Alicia. A mí me tocó la cita de Weston, una mujer deslumbrante, de filo duro, cuarentona, con diamantes escurriéndole del cuello. No eran los diamantes de Weston; no se había casado con esta. Todavía.

Después de algunos intentos fallidos, encontramos algo en común: Mustangs. Ella tenía un Boss 429 de 1969, además del modelo del 50 aniversario. Hablamos de caballos de fuerza, de cómo tomaban las curvas y de apreciación en el mercado durante la ensalada y el plato fuerte.

Pero Marlee reclamó mi atención cuando sirvieron el postre. Metió su cuchara en la cremosa mousse de chocolate oscuro, y en cuanto le tocó los labios, encontró el paraíso.

La miré, hipnotizado, mientras sacaba cada diminuto bocado y cerraba los labios alrededor de la cuchara, saboreándolo, lamiendo y acariciando a escondidas la cuchara dentro de su boca. El pantalón de mi esmoquin se volvió incómodamente apretado, y me balanceé en la silla para tratar de aflojar la presión.

Marlee aleteó las pestañas. —Está tan rico. Prueba. Y sacó un poco de mi copa —no de la suya— y me lo llevó a los labios. Me abrí para ella y dejé que la mousse se derritiera en mi lengua.

—Oigan, ustedes dos —la voz de Jackson me llegó desde lejos —. Búsquense un cuarto. Tengan consideración por los pobres viejos casados.

Solté la cuchara y Marlee la dejó junto a su platito, con las mejillas sonrosadas.

—¿Viejos? —Alicia alzó una ceja—. ¿Y desde cuándo has mostrado contención en público?

—¿Contención? El mantel ocultaba la mano de Jackson, pero hizo algo que hizo jadear a Alicia. —¿Qué es eso?

—Eso —Alicia levantó su mano hasta la mesa y entrelazó los dedos con los suyos— es algo que demuestras mientras Cooper da su discurso. Asintió hacia el escenario a un costado del salón. Cooper estrechaba la mano de alguien junto al podio.

Me incliné hacia Marlee. —Esa es nuestra señal.

—¿Qué? Le estaba echando ojitos a su mousse sin terminar —y a la mía—, pero la puse de pie y la llevé casi corriendo hacia la salida. Las puertas se cerraron detrás de nosotros justo cuando la voz de Cooper retumbó por el sistema de sonido.

Apresuré el paso doblando la esquina, apretándole la mano. Me había familiarizado con el plano antes, mientras ella se duchaba en nuestra habitación arriba. Pasamos los baños, un salón más pequeño con hip hop sonando tan alto que hacía vibrar el piso, y un par de salas de conferencias antes de llegar a la puerta de la sala de juntas Duchess.

Hice todo un espectáculo al intentar abrir la puerta, como si de verdad estuviéramos haciendo algo prohibido, como si no hubiera reservado la sala hacía semanas.

La treta funcionó. —¿Qué estás haciendo? —susurró, aunque el pasillo estaba vacío.

—Necesitamos un poco de privacidad para la Operación Felices Para Siempre.

—Espera. ¿Qué es eso? ¿Es como la Operación Polvo Literario?

—Un poco. Me tembló la mano en el picaporte. Era mucho más grande que la Operación Polvo Literario.

La habitación estaba tenuemente iluminada por las velas sin llama que había colocado antes. Delineaban una sólida mesa de juntas de madera, rodeada por media docena de sillones de cuero mullidos. La ventana de un lado daba a la calle, donde la lluvia constante aguaba a los fiesteros de Año Nuevo.

—Oh. Marlee se detuvo apenas dentro de la puerta.

—No es una sala de billar —murmuré en su oído—, pero ¿crees que servirá?

Tenía los ojos grandes y oscuros cuando se volvió hacia mí. —¿Aquí?

Cerré la puerta. —Es como una fiesta en una casa. Imagina que el hotel es una mansión campestre.

—Con unos *miles* de invitados.

—¿Eso te molesta? ¿O te excita? —mi voz fue un ronroneo bajo.

—Excita —chilló—. Definitivamente me excita.

—¿Cierro la puerta con llave, mi señora? ¿O la dejo abierta?

—Ciérrala, por favor. No querría que alguien se apresure a entrar cuando grites mi nombre. Desabrochó el botón de mi chaqueta de esmoquin y me rodeó la espalda con los brazos. Se inclinó, inhalando en mi cuello, y luego alzó la barbilla, ofreciéndome los labios para un beso.

No soy tonto. Eché la mano hacia atrás y puse el seguro del

picaporte con el pulgar, luego la besé con el alma, sacando valor del quiebre en su respiración, de sus manos errantes, del deslizamiento cálido de su lengua.

Pasó su mano por el frente de mis pantalones y encontró mi verga dura, tensándose para ella. Delineó su contorno, nublándome el cerebro. Por un minuto, olvidé por qué había reservado la sala, pero cuando cayó de rodillas y abrió los corchetes frontales de mis pantalones, me acordé.

—Espera.

Se detuvo, una mano aún apretando mi verga y la otra en el cierre. —¿Espera?

—Siéntate. Quiero hablar.

—¿Hablar? —parpadeó hacia mí—. ¿En serio vamos a tener una junta aquí?

Curvé un lado de la boca en una sonrisa. —No lo llamaría una junta, porque somos solo los dos. Pero sí tengo algo que decir.

Se mordió la parte interna del labio, pero lentamente se puso de pie. Se dejó caer en uno de los sillones y lo bajó hasta que los talones tocaron el piso. Se acomodó la falda corta y acampanada sobre las rodillas, la tela sedosa pegándose a su piel.

Arrastré la silla vecina más cerca de la ventana y la giré para mirarla. Sentándome al borde, me incliné hacia ella. El titilar de las velas iluminaba su mandíbula fuerte y bañaba su cabello con un brillo dorado. Le brillaban los ojos con el reflejo de las luces de la ciudad afuera. Dejé que mis ojos la recorrieran, memorizando su aspecto para algún día poder contárselo a nuestros nietos.

Cuando lo hube guardado en mi memoria junto con la imagen de ella plantando los talones en la cubierta y diciéndome que me amaba mientras el barco se mecía suavemente bajo nosotros, dije su nombre como una oración. —Marlee.

—¿Sí, Tyler? Estiró la mano y me enroscó un mechón de la frente. Me acurruqué en su caricia.

—Te amo. Te amo casi desde que nos conocimos. Eres mi mejor amiga y el amor de mi vida.

Me trazó el pulgar desde el pómulo hasta la comisura de la

boca. —Y tú eres mi mejor amigo. Mi Amor Verdadero. Dios, era tan romántica. Y eso me encantaba de ella.

—¿Quieres ser mi mejor amiga —y más— por el resto de mi vida? Rebusqué en mi bolsillo la bolsita. ¿Por qué demonios no la había sacado antes de sentarme? Entre mi erección y cómo se fruncían mis bolsillos en los muslos, tuve que forcejear para sacarla. Pero Marlee, bendita sea, no se rió. Esperó, con los labios entreabiertos.

Volteé la bolsita sobre mi palma y el anillo cayó en ella, reluciendo a la luz de las velas.

—¡Santo Edwin Hubble! —le temblaron los dedos al cubrirse la boca—. ¿Es eso...?

—Cásate conmigo, Marlee. Me deslicé de la silla a mis rodillas, tomé el anillo de mi palma y se lo tendí. Las velas titilantes relucían en el engaste de forma más o menos estrellada. Diamantes más pequeños rodeaban el central más grande, con garras diseñadas para que pareciera una explosión estelar.

—Sí. —Sus ojos saltaron del anillo a mi cara—. Sí.

Entre mis dedos temblorosos y los de ella, nos tomó un par de intentos colocarle el anillo. Una vez en su lugar, lo estiró para que ambos pudiéramos verlo centellear a la luz de las velas. Luego se inclinó y me besó, una promesa suave y para siempre.

Exhalé.

Me acerqué más y ella abrió las rodillas, enmarcando mis costados. Cuando puse mi mano en su rodilla, jugueteando con el dobladillo de la falda, nuestro beso pasó de tierno a abrasador. La había reclamado con el anillo. Eso era para los demás. Para mi madre, que había amado a Marlee, el único punto brillante de la no-boda desastrosa de Raleigh el verano pasado. Para cada tipo en la gala que había seguido el vaivén de las caderas de Marlee, que habían recorrido sus curvas con la mirada. El anillo significaba que era mía.

Pero esta forma de reclamarla, en la sala de juntas donde existía la posibilidad —por remota que fuera— de que alguien tocara la puerta, era para nosotros dos.

Me devoró como lo había hecho con la mousse de chocolate antes. Le probé el dulzor en la lengua. Me apretó el cabello en la nuca y me atrajo más. Con la otra mano, arrugó mi camisa de esmoquin, intentando soltar los broches sin mirar.

No. Aunque había puesto el seguro, no iba a desnudarme aquí. Pero le daría una probadita de lo que ambos queríamos.

Con cuidado, le subí la falda. Tracé una línea desde su rodilla hacia su...

—¡Mierda, Marlee! —me separé de sus labios y miré su coño expuesto—. ¿Saliste sin ropa interior?

—Todos se deschongan un poco en Año Nuevo. Alzó un hombro, con un brillo malvado en los ojos.

Era un juego, y seguí la corriente. —Estabas intentando enseñárselo a todos en esa fiesta, ¿verdad?

—Solo a ti. Esperaba un poco de que me dieras con los dedos en la mesa. Se mordió el labio.

—¿Sentada al lado de la esposa de tu jefe? —chasqueé la lengua—. Niña mala. Ponte de pie.

—Pero pensé...

—Oh, no te preocupes. Lo tuyo llega. Me puse de pie y la hice retroceder hasta la ventana de piso a techo. Dos pisos abajo, los paraguas ocultaban a la gente de la vista. —Todo lo que cualquiera tiene que hacer es mirar hacia arriba y tendrá un espectáculo.

—Pero no van a...

—No, bebé. —Bajé la máscara de alfa y sonreí—. Está de la chingada allá afuera. Nadie está mirando hacia arriba.

—Está bien —susurró—. ¡Pero mi virtud! —dijo, más fuerte.

—No va a quedar mucha cuando termine. Caí de rodillas, le empujé los pies más separados y metí la mano bajo su falda. Su excitación le chorreaba entre los muslos. Cerró los ojos con mi caricia.

—Ojos abiertos —dije. Le subí la falda y le di una lamida larga y lenta por el muslo interno. Me miró, con los ojos dilatados.

Lamié del otro lado y luego atendí su coño, arremolinando la lengua alrededor de su centro. Me agarró la cabeza, manteniéndome contra ella. —Sí, Tyler, yo...

Su voz se quebró cuando subí hasta su clítoris. Vibré mi lengua contra él como a ella le gustaba. Le temblaban las piernas, avisándome que ya estaba cerca. Al parecer, la parte exhibicionista era una excitación tanto como la ambientación de fiesta en casa.

Le metí un dedo y lo curvé hacia el punto que la volvía loca. Mientras deslizaba la lengua sobre su clítoris, levanté la vista hacia ella. Me apretó más el cabello. Con los ojos clavados en los míos, gimió: —Tyler, me voy a...

No tuvo que terminar. Sabía que se venía. Se me apretó alrededor del dedo y las piernas le temblaron sobre mis hombros. Detuve la lengua, cubriéndole el clítoris, y dejé que sus paredes internas sujetaran mi dedo en su lugar.

—Saltarina Jocelyn Bell —murmuró, con la voz hecha hilito. Poco a poco, sus dedos se soltaron de mi cabello.

La estabilicé, sujetándole las caderas. —¿Lista para volver y presumir tu anillo? —le sonreí desde abajo. Necesitaba unos minutos para arreglarse el cabello y el maquillaje, y yo me lavaría la cara y buscaría la forma de calmar mi erección lo suficiente para regresar al salón.

—No hemos terminado aquí, su gracia.

Entrecerré los ojos. —Tú eres la duquesa en este escenario. Yo solo soy el segundo hijo de un...

—Tú eres exactamente quien yo digo que eres. —Su sonrisa se tambaleó en el borde del mal—. Ahora siéntate en esa silla, digo, en ese trono.

—Los duques no tienen...

—Siéntate —ordenó.

Me senté, tirando de mis pantalones para conseguir algo de alivio del estirón.

—No te preocupes, bebé. Yo me encargo. Se arrodilló sobre la alfombra. Su anillo brilló cuando me bajó el cierre con cuidado. Dulce alivio.

Tiró de mis pantalones y de la ropa interior hasta liberar mi verga. Con todos los preámbulos, desde el viaje en el elevador hasta el coqueteo en la mesa y su excitación que todavía me cubría la barbilla, ya había una gota de humedad en la punta.

Sonrió y la lamió.

Mierda. Un hormigueo empezó en mis huevos y me bajó por las piernas hasta los dedos de los pies atrapados en mis brillantes zapatos de agujetas. —Princesa, no voy a…

La garganta se me cerró cuando cerró sus labios rosados alrededor de mí y me chupó a su boca. Apenas pude agarrarme de los brazos de la silla y evitar embestirle la boca. Curvó una mano en la base de mi verga y apoyó la otra, con su anillo brillante, en la parte subida de mi camisa.

Hundió las mejillas, succionando hasta que la presión me hizo saltar los ojos. Despacio, alzó la cabeza, arrastrando los labios por toda mi longitud hasta casi soltarme. Luego volvió a tragarme hacia abajo.

La visión se me afinó hasta no ver los edificios afuera, ni las velas, ni la mesa. Solo veía a Marlee, mi prometida con su anillo reluciente. Sus labios rosados alrededor de mi verga, el ceño fruncido en concentración.

Su lengua se curvó alrededor de mí como se había curvado alrededor de su cuchara, y la sensación, junto con la imagen, me hizo perder el frágil control que me quedaba. —Marlee —jadeé, estallando en su boca.

Siempre princesa, aguantó hasta que terminé. Tragó y se limpió las comisuras de la boca con sus dedos delicados. Incorporándose de un impulso, me picoteó los labios. —Ahora sí estoy lista para volver y presumir mi anillo.

Mierda. Después de ese orgasmo, estaba listo para una siesta. Pero faltaban un par de horas para la medianoche, y no iba a perderme besar a mi prometida al recibir el nuevo año.

Me guardé y me puse de pie. —Vamos. Nos ponemos presentables y luego vuelvo a seducirte con mis pasos de baile.

Se alisó la falda y me dio un golpecito en el pecho. —Sabía que lo hiciste a propósito en la boda de Jackson y Alicia.

—¿Qué te digo? Tengo cuatro hermanos. Peleo sucio.

—Me encantan todas las cosas sucias que haces.

Mi verga dio un respingo. —¿Segura que no quieres subir directo? Podemos anunciar el compromiso en el brunch de mañana.

—¿Y perderme mi turno en la pista con el mejor bailarín del salón? Ni de broma. Pero en cuanto terminemos "Auld Lang Syne", soy toda tuya.

—Y yo, tuyo.

De la mano, salimos de la sala Duchess para celebrar el año nuevo y nuestras nuevas vidas juntos.

¡Muchas gracias por leer *Finge Conmigo!* Por favor, considera dejar una reseña en tu tienda favorita o en Goodreads.

El próximo libro de la serie, *Viaja Conmigo,* presenta a la hermana nerd de Jackson, Sam. No pretendía terminar en una gira de libros tratando de hacer pasar su novela escrita con inteligencia artificial como una escrita a la antigua. Y ciertamente no pretendía enamorarse de su poético compañero de gira que vestía de franela. Los opuestos se atraen en este romance de viaje por carretera. Sigue leyendo para un adelanto.

VIAJA CONMIGO, SYNERGY LIBRO 3
CAPÍTULO 1

SAM

NO CUALQUIERA METERÍA a su perro a escondidas en un almuerzo de recaudación de fondos. Su perro adorable, que casi nunca ladra y que, sin duda —bueno, casi—, no suelta pelo.

Pero, para eterna decepción de mi madre, yo no soy cualquiera.

Cualquiera desearía tener tus privilegios.

Cualquiera debería casarse con alguien que encaje en su círculo social. Con eso, se refería a alguien adinerado.

Cualquiera querría ser un Jones.

Pero en algún momento de los últimos veinticinco años, debería haberse dado cuenta de que soy un poco... diferente.

—Bilbo Baggins —siseé, levantando el mantel blanco de una gran mesa redonda.

—¡Sam!

Haciendo una mueca, dejé caer el mantel y me giré bruscamente hacia mi hermana menor. Me miraba desde arriba con sus tacones de infarto, una mano en la cadera y la otra sosteniendo un cóctel rosa que combinaba con el rosa pálido de su vestido de seda. Ella siempre se veía tan natural en estos eventos. —¿Qué estás haciendo? —susurró.

—Eh, ¿buscando un arete?

Natalie me entrecerró los ojos. —No llevas aretes.

—Ah. Entonces supongo que estoy buscando los dos.

—Perlas. Deberías llevar perlas. —Me escaneó de pies a cabeza y yo escondí mi enorme bolso negro detrás de la espalda—. Ese traje es de hace dos temporadas. ¿No te envió mamá uno nuevo?

Miré la punta redonda de mis zapatos de tacón bajo, recordando cómo había dejado caer esa monstruosidad rosa chillón en el contenedor de donaciones. Este traje no estaba tan mal. Lo había comprado cuando todavía tenía dinero para ropa nueva y era de mi color favorito: negro.

La voz de Natalie sonó más suave de lo que la había oído en mucho tiempo. —La próxima vez, dile lo que quieres.

—Lo que quiero es no estar aquí —mascullé.

—Ah, ¿en serio? ¿Cómo se habría sentido papá con eso? —Sus ojos adquirieron un brillo inusual antes de darse la vuelta sobre sus sandalias brillantes y marcharse a grandes zancadas.

¿Papá? Cometí el error de mirar su foto en el cartel de la entrada del museo. Habría estado demasiado ocupado trabajando como para venir a un evento como este, aunque llevara su nombre. Me froté el punto en el pecho que todavía me dolía, después de catorce años.

Yo no estaba ahí por él. Aunque habría preferido estar investigando, acurrucada con Bilbo Baggins en mi sofá o que me extirparan el apéndice de nuevo, estaba ahí por mi madre. Exigía que su familia se presentara impecable en los eventos de la fundación.

Y eso me recordó que tenía que encontrar a Bilbo Baggins antes que ella. ¿Adónde podría haber ido? Normalmente no era tímido. No se escondería bajo una mesa. A diferencia de mí, estaría en el centro de la acción, haciendo amigos. Giré en círculo, recorriendo la sala con la mirada.

Una larga mesa de bufé ocupaba un lado del espacioso museo de techos altos. A mamá normalmente le horrorizaba la idea de que la gente sostuviera comida, pero las mesas de comedor no habrían encajado con las grandes esculturas. El otro lado de la sala estaba salpicado de mesas más pequeñas que servían aperitivos. Quizás había ido a suplicar por una alita de pollo. No es que mamá sirviera alitas de pollo, que eran un desastre para comer, pero Bilbo Baggins no lo sabía.

Había dado un paso en esa dirección cuando una mano suave como la seda, pero firme como el acero, me rodeó la muñeca. —Samantha, *¿qué* es eso?

Frenética, examiné el área cercana. ¿Lo habría visto?

Unos dedos pálidos con manicura francesa pellizcaron la correa de mi bolso. —¿Por qué no dejaste tu bolso de estudiante en el guardarropa?

Me giré lentamente para mirarla. —Madre, ahí es donde tengo la cartera y las llaves. —Y a mi perro, también, antes de que hiciera su gran escape.

Sus labios rojos se curvaron hacia abajo. —¿Qué pasó con el bolso que te di para tu cumpleaños?

—No combinaba con mi traje. —Señalé con la mano mi traje de pantalón negro y mi camisa blanca. No mencioné que cuando vendí el bolso fucsia floreado en eBay, cubrió la visita anual al veterinario de Bilbo Baggins, además de su preventivo para el parásito del corazón y sus medicamentos para la alergia.

—No me hagas empezar con ese traje —murmuró, quitándome una mota del hombro—. Ahora, ¿dónde está tu cita?

—¿Mi cita?

—Sí, recuerda, te dije que William Winford quería conocerte.

—No mencionó que era una cita.

Sus ojos azules, más pálidos que los míos, se posaron en mi cuello, que enderezó. —Es muy respetado. Y brillante. Por lo que he oído, ha triplicado su fideicomiso.

Que no empiece a hablar de fideicomisos. —¿Cuál es su negocio, capo de la droga? ¿Traficante de armas?

Su boca formó una *O* roja de asombro. —Samantha Renée Jones, sabes que no nos relacionamos con gente así.

—Madre, solo era una bro...

—Puedes confiar en que tu familia no te dejará caer víctima de gente así.

Abrí la boca. No se atrevería a sacar a relucir mi horrible error aquí, ¿o sí? El corazón se me aceleró.

—Samantha. —Me puso una mano en la manga—. Necesitas confiar en la gente que te quiere. Te ayudaremos a encontrar una pareja que pueda mantenerte.

—Puedo mantenerme sola. —Quizás tomaba pésimas decisiones sobre hombres, pero no necesitaba que me buscara pareja. Tenía un plan para mi vida. Me crucé de brazos—. Lo último que necesito es una pareja.

—Necesitas seguridad. He visto esa pocilga en la que vives. Eso no es...

—Madre. —La gran mano de mi hermano mayor se posó en el hombro de su chaqueta.

—Ah. Jackson. —Su voz se suavizó al oír el nombre de mi hermano, como nunca lo hacía cuando decía el mío.

Él se inclinó para besarle la mejilla, pero su sonrisa ladeada fue toda para mí. —Necesito a Sam por un minuto.

—Pero iba a presentarle a William Winford. Ya sabes, el *banquero de inversiones*. —Frunció los labios hacia mí.

—Puede conocer a tu tipo más tarde. Tengo a alguien más en mente.

Lo miré con los ojos entrecerrados. Mi hermano no me ofrecía como si nada ni intentaba usarme como un peón en su juego de negocios. Pero no delató nada bajo la mirada de mi madre.

—Está bien. Te buscaré más tarde, Samantha. Con William. —Se marchó a grandes zancadas, con sus tacones repiqueteando en el suelo de madera.

—Qué demonios, Jacks...

—No habrás traído a esa rata gigante que llamas perro, ¿verdad? —Le dio un toque a mi bolso.

Contuve el aliento. —¿Lo viste?

—Por la mesa de embutidos y quesos.

—Oh, no. —Con Jackson justo detrás, corrí hacia la mesa llena de bandejas de carnes y quesos. Me agaché y levanté el mantel que la cubría, pero el espacio bajo la mesa estaba vacío—. No está aquí.

—Sam, ¿por qué traerías a tu perro a la fiesta de mamá?

Me levanté y palmeé mi bolso como si Bilbo Baggins pudiera haber reaparecido mágicamente donde debía estar. Con mi perro pegado a mi costado, mis manos habían dejado de temblar y mi ritmo cardíaco había bajado de la velocidad de un colibrí a la de un conejo asustado. —No lo sé. —Pero no pude evitar mirar el gigantesco cartel con el rostro de mi padre, más grande que la vida misma.

Su sonrisa se desvaneció. —También lo odio, Samwise. Pero la gente paga un dineral por venir a comer queso de lujo, y el dinero va a una buena causa.

La causa favorita de papá, no hacía falta que lo dijera.

—Lo sé, pero… —Los eventos de la Fundación Jones eran lo peor. La gente quería hablar de libros, que yo ya no leía, o de papá, lo que hacía que me doliera el corazón como si se hubiera ido hacía solo un año y no más de la mitad de mi vida—. ¿Por qué no pueden simplemente extender un cheque y dejarme en paz?

Se encogió de hombros. —Te guste o no, eres una Jones.

No podía escapar de mi apellido, no aquí en San Francisco. Pero algún día —dentro de un año, si lograba encarrilar mi proyecto de tesis—, podría liberarme. Encontraría un puesto de profesora investigadora en algún lugar lejano, en el centro del país, donde mamá no iría. Dakota del Sur o Iowa, o incluso Arkansas. No me importaba dónde, siempre que no hubiera tiendas de diseñadores ni donantes. Todo lo que necesitaba era un laboratorio de computación y un apartamento lo suficientemente grande para mí y…

—Bilbo Baggins —siseé de nuevo, en voz baja. Con sus orejas gigantes, debería haberme oído incluso por encima del bullicio de los comensales.

—Mira, nos dividiremos y buscaremos. Tú cubre esta mitad de la sala y yo revisaré por la mesa del bufé.

—¿Y si salió corriendo? —Había zorros y halcones, quizás hasta coyotes, en el parque de los alrededores.

—Ese perro nunca te abandonaría, Samwise. Solo fue a buscar un bocadillo. Lo encontraremos.

Me ardió un poco el interior de la nariz mientras extendía la mano y apretaba el brazo de Jackson. —Gracias.

—No te preocupes. Esto es mucho más entretenido que hablar con esos tipos literarios estirados. Oye, ¿recuerdas cómo cazábamos gnomos en ese juego que hicimos juntos?

—¿*Gnome Dome*? Eso fue hace años. —Historia antigua—. Y Bilbo Baggins es mucho más escurridizo que los gnomos que programamos.

—Es bastante predecible cuando hay bocadillos cerca. —Me guiñó un ojo antes de dirigirse hacia el bufé.

Me volví hacia las mesas de aperitivos. Tenía que estar por allí, suplicando por un premio. Escaneé el suelo. Ni rastro de su pelaje negro.

Una risa, grave y sonora, captó mi atención. No era la risita educada que la gente usaba para señalar su diversión, generalmente falsa, en estos eventos. Era pura y desenfrenada. Y fuerte. Miré para ver quién había roto el pacto social.

Era grande y... y radiante, como si estuviera en llamas por dentro. Su pelo era del mismo color que el cielo durante los incendios forestales del verano pasado, un rojizo intenso. Pecas doradas cubrían su piel. Tenía el físico de alguien que jugaba a uno de esos deportes en los que se lleva una pelota por un campo, ancho de hombros y de cintura estrecha. Alguien que se vería más natural con una capa forrada de piel y empuñando un hacha que vistiendo un traje gris marengo y sosteniendo un...

—¡Bilbo Baggins! —Me detuve en seco frente al vikingo.

—¿Disculpa? —Con una mano enorme y pecosa, acunó a Bilbo Baggins más cerca de su pecho. Me clavó un par de ojos azules. No. Eran verdes. Motas doradas los iluminaban como chispas. Sus pestañas eran rojas. ¿Había un dios nórdico de la llama? Porque este tipo era una fogata, cálida y acogedora, pero también chispeante de peligro.

Miré a derecha e izquierda antes de acercarme. Más suavemente, dije: —Ese es mi perro. Bilbo Baggins.

—¿Este tipo de aquí? —Miró los saltones ojos marrones de Bilbo Baggins. Bilbo Baggins sacó su lengua rosada para lamer la barbilla bien afeitada del hombre, y luego se retorció en sus brazos—. Se parece más a Totó que a un Hobbit.

No podía arquear una ceja como Natalie, pero levanté las dos. —¿Y eso te convierte en la Bruja Mala del Oeste, secuestrando a mi perro? —Referencias de películas, eso sí sabía hacer. Este tipo parecía más un *linebacker* que un bibliotecario; si nos quedábamos en aguas poco profundas, no tendría que delatar mi ignorancia literaria.

Una sonrisa se extendió por su rostro como la miel. —¿Secuestrarlo? Más bien ponerlo a salvo. Parece que Bilbo Baggins estaba listo para una misión. Aportando algo de emoción a su vida monótona.

—La emoción está sobrevalorada. —Se me hizo un hueco en el estómago. Ni siquiera podía mirar a Bilbo Baggins a los ojos—. Sé que no debería haberlo traído. Es que... —Apreté los labios. No podía decirle a este extraño que necesitaba a mi diminuto perro para defenderme de las emociones que me amenazaban aquí.

—Eh, eh. —Esperó hasta que volví a levantar la vista—. Está bien. Ya está a salvo. ¿Ves? Yo lo tengo. —Bilbo Baggins suspiró y se apretó contra su pecho.

Ojalá yo también pudiera acurrucarme junto a él.

El hombre se rio entre dientes. —Claro, hay mucho sitio para los dos.

—Mierda, lo dije en voz alta, ¿verdad?

—«Ningún legado es tan rico como la honestidad». —Miró alrededor de la sala—. Aunque no lo dirías por esta multitud.

Ladeé la cabeza. —Eso suena a Benjamin Franklin.

—Shakespeare, en realidad.

—Ah. —A pesar de su apariencia, a pesar de su opinión sobre los asistentes a la recaudación de fondos, era uno de los tipos literarios—. Te agradecería que me devolvieras a Bilbo Baggins ahora.

Sus cejas rojas se fruncieron, pero me extendió a Bilbo Baggins, y mi perro nadó con sus diminutas y peludas patas directamente a mis brazos. Lo acurruqué contra mi pecho. Demasiado cerca, descubrí cuando soltó un eructo.

—No le habrás dado queso, ¿verdad?

El vikingo abrió la otra mano y me mostró una servilleta arrugada que contenía un único cubo naranja. —Solo uno o dos trozos.

Hice una mueca. —Voy a sacarlo de aquí antes de que se… antes de que tenga problemas gástricos, quiero decir. —Arrugué la nariz—. No tolera los lácteos.

—Lo siento. Parecía que le gustaba. —Su voz, como su risa, era grave y sonora. No culpaba a Bilbo Baggins por correr hacia él. Demonios, yo me acurrucaría contra este hombre mientras me daba de comer bocadillos.

Un ligero olor a queso apestoso me llegó a la nariz. Metí a Bilbo Baggins en mi bolso.

—Le encanta el queso, hasta el momento en que sus pequeños intestinos se descontrolan. —¿Fue demasiada información? Probablemente. Cuando estaba nerviosa, mi boca era más desenfrenada que los intestinos de Bilbo Baggins después de comer Muenster.

Hizo una mueca de dolor. —De verdad lo siento.

—No pasa nada. Me dará una excusa para irme temprano. —Pero mis pies se quedaron ahí mismo, frente al gigante amistoso que había rescatado a mi perro.

—Soy Niall Flynn. —Extendió su mano derecha.

—Samantha. —Mi mano desapareció en la suya, mucho más grande, sus dedos tan largos que rozaron la piel sensible de mi muñeca. Mi pulso se aceleró y contuve el aliento.

Hizo una mueca. —Lo siento. Manos ásperas.

Era verdad. Los callos endurecían su palma y cada uno de los dedos que cubrían el dorso de mi mano. La mayoría de los hombres en estos eventos no hacían nada más agotador que hacer clic con un ratón, y sus manos eran más suaves que las mías. Niall tenía que ser un atleta. La fundación se asociaba con algunos deportistas profesionales.

—No pasa nada. Me... me gusta. —Observé cómo las mangas de su saco se estiraban sobre sus bíceps. Mi amiga Marlee me diría que me lanzara. Que coqueteara. Que me tomara una copa con él. Pero yo no era Marlee. Debí estar en el laboratorio de computación cuando daban las lecciones sobre cómo echarse el pelo hacia atrás y mantener una charla trivial. En la escala de conversación, desde la charla ligera hasta lo mortalmente serio, yo solía pasarme de intensa.

Dándome cuenta de que todavía me sujetaba la mano, la saqué de su agarre. —Bueno, gracias por salvar a Bilbo Baggins de ser aplastado por el tacón de alguien.

—Espera. —Me estaba estudiando, con un lento escrutinio de mi cara, como algunas personas miran el arte, no como el cálculo mental que la mayoría de la gente hacía cuando miraba a un Jones.

Parpadeé. —¿Tengo algo en la cara?

Sacudió la cabeza. —Lo siento, es que... supongo que me sorprendió encontrar a alguien como tú aquí.

—¿Alguien como yo? —Arrugué la nariz—. ¿Qué se supone que significa eso? —¿Qué había descubierto sobre mí en nuestros diez minutos juntos?

—Alguien... real. Y a la vez no. Es como si fueras a convertirte en una criatura del bosque cuando se ponga el sol. —Su cara se puso roja, incluso las pecas.

—¿Como en *Ladyhawke*?

—Sí, como...

—¡Niall! Ahí estás. —Una mujer de mi altura, con el pelo oscuro y rizado y la piel bronceada, agarró la manga de Niall. Una ráfaga de clics detrás de ella me dijo que había traído un fotógrafo. Me encogí y di la espalda al sonido—. ¿Qué haces escondido aquí? Tenemos que hacer que salgas y te relaciones.

—Estaba hablando con Samantha. —Extendió su mano hacia mí. De ninguna manera me iba a dejar arrastrar a su sesión de fotos. Cada clic del obturador aumentaba la fría pesadez en mi estómago. ¿Cómo pude haberme equivocado tanto otra vez? No era un gigante gentil. Era una celebridad menor que venía a soltar dinero por publicidad.

O peor, era como Stephen, atrayéndome a su trampa, esperando para cerrarla. De alguna manera, me había relacionado con la familia Jones, aunque no le había dado mi apellido. Maldito aquel ridículo retrato familiar que ponían en un caballete para estos eventos. Tenía diez años, con mi pelo liso y oscuro con una raya en zigzag, una sonrisa de boca cerrada que ocultaba mis frenillos y unos ojos demasiado grandes para mi cara. Ahora mi pelo estaba recogido en una coleta baja y los frenillos habían desaparecido, pero todavía me parecía a esa niña preadolescente demasiado despistada para saber que estaba a punto de perder a su padre.

La mirada de la mujer se posó en mí, aún más penetrante que la de Niall. —¿Cuál es su apellido, Samantha?

—Gabi —dijo Niall—, necesito otro minuto con Samantha. —Normalmente no me gustaba mi nombre completo, pero la forma en que rodó en su voz grave me hizo estremecer. O quizás fue un temblor de advertencia de Bilbo Baggins. ¿Para qué podría necesitar Niall otro minuto? ¿Para quitarme el pelo de perro del traje para una foto? Una vez, había estado dispuesta a ser un adorno en el brazo de un hombre, sonriendo para fotos que no quería. Nunca más.

Levanté las palmas de las manos frente a mi pecho como si pudiera apartarlos a ambos. —No pasa nada. Ya terminamos. Encantada de conocerte, Niall. —Caminé hacia la salida, dejando a Niall y a su séquito frente a la mesa de embutidos y quesos.

Cuando llegamos a una zona de césped fuera del museo, Bilbo Baggins saltó de mi bolso para librarse del malvado queso, mirándome como si lo hubiera traicionado. —Fue tu nuevo amigo, Niall, quien te envenenó —dije mientras limpiaba el desastre—. Y no valió la pena en absoluto. Es igual que Winford Nosequé. Quiere usarme como una credencial de acceso para entrar en fiestas de mierda como esa. —Agité la bolsa de plástico con la caca del perro—. No soy el boleto dorado de nadie. Voy a obtener mi doctorado y a largarme de aquí. ¿Entiendes?

Bilbo Baggins ladeó la cabeza.

—Lo sé. Tú lo entiendes. —Tiré la bolsa a la basura y me eché gel desinfectante en las manos.

Mientras le enganchaba la correa al collar, mi teléfono vibró desde el bolsillo exterior de mi bolso. El tono del Dr. Martell. Por lo general, respetaba mis fines de semana. Quizás se había olvidado de algunos exámenes que necesitaba que calificara.

—Hola, Dr. Martell.

—Samantha. Pensé que me saldría su buzón de voz. ¿No tenía alguna fiesta esta tarde?

—Yo... ya terminé. —Llevé a Bilbo Baggins a un banco y me senté, quitándome los tacones.

—Bien. Bien. —Casi podía oír su cerebro volviendo al modo de investigación. Siempre me había gustado el enfoque de mi asesor en lo que era importante.

—Tenemos que hablar de su investigación. Lunes por la mañana a las nueve, en mi oficina.

Mi estómago gorgoteó como si yo también me hubiera comido el queso en mal estado. —Sé que no ha ido muy bien, pero...

—No se preocupe, Samantha. Es una oportunidad.

La última oportunidad que me había dado me había metido en un callejón sin salida, y todavía estaba intentando reconducir el proyecto. —Una oportunidad.

—Le va a encantar. Nos vemos el lunes.

No había duda en su voz. Supervisaba no solo mi beca, sino también mi doctorado. Sin su firma en mi tesis, sería la versión sin doctorado de Samantha Jones, incapaz de conseguir el puesto de investigadora que necesitaba para escapar. —De acuerdo —dije.

Ya había colgado.

Dejé caer el teléfono en mi bolsillo. —Vámonos a casa, Bilbo Baggins. —Me volví a poner los zapatos y me levanté. Pasando junto a la fila de Mercedes y Bentleys negros y el llamativo Lamborghini amarillo de Jackson, caminé con paso cansado hacia la parada de autobús más cercana.

———

Viaja Conmigo está disponible en edición de bolsillo con tu vendedor favorito.

ACERCA DE LA AUTORA

A Michelle McCraw le encanta leer novelas románticas y trabajar en tecnología. Un día, decidió combinar sus dos intereses, y ahora escribe romance contemporáneo picante y nerd que podría hacerte reír. Sus libros presentan personajes que aman sin vergüenza la ciencia, la ingeniería y la tecnología.

Como autora estadounidense y texana de nacimiento, Michelle ha paleado nieve durante tormentas en Nueva Inglaterra y cambió a una quitanieves en el Medio Oeste. Ahora vive en Georgia, donde NO extraña la nieve EN ABSOLUTO. Disfruta de la lectura, los viajes, beber bourbon y consentir a su perro extraordinariamente mal educado pero adorable. Ha sido finalista en el RWA Vivian Contest, el Contemporary Romance Writers' Stiletto Contest y el Windy City Romance Writers' Four Seasons Contest.

facebook.com/MichelleMcCrawAuthor

instagram.com/MMOWriter

amazon.com/author/michellemccraw

goodreads.com/MichelleMcCraw

bookbub.com/authors/michelle-mccraw

LIBROS DE MICHELLE MCCRAW

Synergy Series

Trabaja Conmigo

Finge Conmigo

Viaja Conmigo

Mándame

Recuérdame

Tiéntame

40 and Fabulous

Fashion and Passion

Frenemies and Lovers

Books and Hookups

Conspiracies and Chemistry

Advances and Retreats

Marriage and Trouble

Sugar and Spice